Diogenes Taschenbuch 22647

JACK LONDON, geboren 1876 in San Francisco als unehelicher Sohn eines nie von ihm gesehenen Wander-Astrologen, schlug sich als Zeitungsbote, Eisverkäufer, Landstreicher, Fabrikarbeiter, Goldschürfer und Matrose durch und bildete sich autodidaktisch. Er wurde einer der produktivsten, erfolgreichsten und höchstbezahlten Autoren Amerikas, schrieb zahllose Kurzgeschichten, fünfzig Romane, dazu Essaybände, Reiseberichte – alle um Abenteuer und Liebe, Wildnis und Großstadt und – buchstäblich – Leben und Tod. Seinem eigenen Leben – von Erlebnissen verbraucht, von Trunksucht zerstört – setzte er 1916 ein Ende.

Jack London
Meistererzählungen

*Aus dem amerikanischen Englisch
von Erwin Magnus*

*Mit einem Vorwort
von Herbert Eisenreich*

Diogenes

Die vorliegende Auswahl von Doris Morf erschien
erstmals 1965 unter dem Titel *Westwärts* sowie
1976 unter dem Titel *Seefahrer- und Goldgräbergeschichten*
im Diogenes Verlag
Covermotiv: Lithographie von 1872

Die Nutzung dieses Werks für Text und Data Mining im
Sinne von § 44b UrhG behalten wir uns explizit vor

Alle deutschen Rechte vorbehalten
Copyright © 2010
Diogenes Verlag AG Zürich
info@diogenes.ch · www.diogenes.ch
In Fragen zur Produktsicherheit (GPSR):
truepages UG (haftungsbeschränkt)
Westermühlstraße 29, 80469 München
info@truepages.de
ASR/24/852/8
ISBN 978 3 257 22647 8

Inhalt

Vorwort 7
Die Perle 13
Chun Ah Chun 44
Koolau, der Aussätzige 64
Westwärts 87
Der Mexikaner 99
Wie vor alters zog die Argo... 135
Das Gesetz des Lebens 175
Die Goldschlucht 185
Das Feuer im Schnee 214
Jan, der Unverbesserliche 239
Der Sohn des Wolfs 250
Das weiße Schweigen 273
Eine Tochter des Nordlichts 287
Am Ende des Regenbogens 301
Der Abtrünnige 316
Die Liebe zum Leben 345

Jack London
1876–1916

Die Literaturgeschichten und literarischen Lexika behandeln Jack London ein bißchen wie einen lieben, doch ungezogenen Jungen; so Pongs: »Naive Dichterstimme Amerikas, abenteuernd, tierliebend, urwüchsig.« Oder Laaths: »Jack London, der mit seinen Kurzgeschichten aus Alaska und der Südsee realistisch-romantische, atemberaubende Abenteuermotive packend, aber oft stilistisch sorglos geschrieben hat.« Oder John Brown: »Seine Bücher gaben ein farbiges und romantisches Bild von dem Leben in der Neuen Welt, und es war ein Bild, wie es dem Leser in Amerika wie in Europa gefiel.« Man befaßt sich weniger mit seinen Werken als mit seinem Leben, welches ja in den vierzig Jahren von 1876 bis 1916 weit mehr enthält, als darin Platz zu haben scheint: uneheliche Geburt, Fabrikarbeit schon im Kindesalter, Matrose in der Südsee und Goldgräber in Klondike, Vagabund und Student, Ehe und Scheidung und zweite Ehe, Kandidat der Sozialisten von Oakland mit 981 Stimmen und meistübersetzter amerikanischer Autor, eine gescheiterte Weltumseglung in einem winzigen Boot und das Ende im Selbstmord, zwischen Luxus und Verzweiflung. Seine Biographie von Stone – deutsch unter dem Titel ›Zur See und im Sattel‹ – liest sich wie ein toll erfundener Abenteuerroman; und wir fragen uns erstaunt, wann dieser Mensch denn seine rund fünfzig Bücher (darunter neunzehn Romane) geschrieben hat. In unserem Bild von Jack London dominiert das Leben über die Literatur – kein Wunder bei einem Autor, der da sagt: »Im Nordland sieht man bald die Nutzlosigkeit der Worte und den unendlichen Wert der Taten ein.« Die nörgelnden Literaturhistoriker haben so unrecht nicht, wenn sie einen Mangel an Kunstverstand und Kunstfleiß konstatieren. Und niemand von uns handelt ungerecht, wenn er im literarischen Gespräch sich auf Melville oder Proust, auf Flaubert oder Musil beruft, und nicht auf Jack London. Trotzdem aber...

Denn erstens einmal gäbe es keine einsam ragenden Gipfel ohne die tragende, breite Masse der Gebirgszüge und Hügelrücken; keine Spitze der Pyramide ohne deren Basis. Die Literatur ist eine Art Organismus, in dem ein jedes Organ funktionieren muß zum Wohle der andern Organe, zum Wohle des Ganzen, in dem und aus dem er selber lebt. Das Experiment an den Rändern des Sagbaren hat die gleiche Berechtigung wie die Unterhaltung; das Esoterische hat darin genauso seinen Platz wie das Didaktische; an dem einen Ort wird die Artistik vorangetrieben, an dem andern ein bislang unbekannter Stoff gewonnen, ein bislang unberührtes Thema erfaßt. Das entscheidende Kriterium sollten wir darin erblicken, daß einer möglichst genau in dem Rahmen seiner Möglichkeiten geblieben ist: ohne unerfüllte Lücken innerhalb seiner Kontur und ohne anmaßende Gestik außerhalb derselben. Wir wollen nicht leugnen, daß Jack London zuweilen unter sein Niveau gegangen ist. Aber abgesehen davon, daß beispielsweise Tolstoi mitunter nur predigt und lamentiert und Balzac mitunter nur klatscht und tratscht; ganz abgesehen davon hat Jack London in seinen besten Stücken das offenbar in ihm Angelegte aufs schönste und eigentlich unverwechselbar verwirklicht. Das sollten wir dankbar zur Kenntnis nehmen.

Und zweitens waltet ein großer Unterschied zwischen dem Interesse an der Literatur und der Freude am Lesen. Proust und Musil belehren uns exemplarisch darüber, was Literatur etwa sein kann; aber wir bezahlen dafür mit Langeweile. Andre Autoren tun nichts für den Fortschritt der Literatur, sie tun aber viel für den Leser. Wir wissen einigermaßen, welch neue Impulse der einsame Artist Flaubert der Literatur gegeben, welche Pforten, ja Schleusen er ihr aufgerissen hat. Wir ziehen tief den Hut, aber fast schon mehr vor der Werkstatt als vor dem daraus hervorgegangenen Werk. Und lesen Maupassant, der da gelernt hat, das da Gelernte aber nicht demonstriert, sondern einfach benützt: dazu benützt, um uns irgendeine Geschichte zu erzählen von irgendwelchen uns unbekannten Leuten, die uns nichts angehen, wenn wir nicht wollen, in denen wir andernfalls uns selber verstehen lernen. In diese zweite Kategorie von Autoren gehört auch Jack London.

Er erzählt uns irgendwelche Geschichten von irgendwelchen uns unbekannten Leuten, die uns nichts angehn, wenn wir nicht wollen, in denen wir andernfalls aber uns selber verstehen lernen. Zumindest eine bestimmte Seite unseres Wesens: wir lernen uns da verstehen als die (relativ) raffiniertest ausgeklügelten Werkzeuge des um sich selbst besorgten Lebens. Nicht das Individuum kämpft, sondern das Leben kämpft und bedient sich dabei des Individuums. Der irgendwo in Alaska verirrte Wanderer, der vor Hunger und Müdigkeit am liebsten sterben möchte, sammelt Moosbeeren und fängt Elritzen und trinkt heißes Wasser und wehrt sich gegen die Wölfe und humpelt weiter einfach deshalb, »weil das Leben in ihm zu sterben sich weigert«. Und der alte, todkranke Indianer, den die weiterziehende Sippe am Rastplatz zurückgelassen hat, stirbt in dem

Bewußtsein, damit dem Gesetz des Lebens zu genügen: »In allem Lebendigen sah er Beispiele dafür. Das Steigen des Pflanzensaftes, die aufbrechende Grüne der Weidenknospe, der Fall des gelben Laubes – schon darin lag alles. Aber eine Aufgabe stellte die Natur dem Individuum. Löste es sie nicht, so starb es. Löste es sie – gleichviel, es starb dennoch. Der Natur war es gleichgültig: Es waren Unzählige, die gehorchten, und nur der Gehorsam, nicht der Gehorchende, lebte und lebte ewig.« Das klingt verdächtig nach Philosophie und ist es wohl auch: Jack London hat Spencer und Marx und Nietzsche gelesen, und nicht nur gelesen, sondern auch ausgeschlachtet. Indessen: gerade dort, wo er diese Lektüre vergißt und schlicht erzählt, beweist er das, was philosophisch gar nicht beweisbar ist. Seine besten Erzählungen sind Triumphe der Darstellung über die Argumentation, der Anschauung über die Vorstellung. Wir sagen's noch einmal: es waltet nicht sehr viel Kunstverstand in diesen Geschichten. Aber wir stehen selber im Boxring, wir schwenken selber die Pfanne des Goldwäschers, wir spüren selber unsere Zehen abfrieren, wenn wir davon lesen. Nicht eine fein ausgeklügelte Handlung mit überraschenden Wendungen und einer verblüffenden Pointe, sondern die Dringlichkeit des Seienden und des jeweils darin zu Tuenden versetzt uns in Spannung. Die Zündhölzer dürfen nicht naß werden – das ist hier ein Abenteuer auf Leben und Tod. Und schon insofern bedeutet diese Lektüre für uns zivilisatorisch Verwöhnte eine Art Erholung: Erholung im elementaren Mensch-Sein.

Obendrein aber erfahren wir ungeheuer viel von der Welt: von den uns wenig oder überhaupt nicht bekannten geographischen und psychischen Gegenden dieser Welt. Geographisch: die Inseln der Südsee, und vor allem: Alaska. Psychisch: der Kampf des Menschen einerseits gegen die anderen Menschen und anderseits gegen die Natur; oder eigentlich: nur gegen die Natur, denn die anderen Menschen sind auch nur Natur. Es gibt das Individuum, und es gibt die ewig stärkere Umwelt: »Die Natur hat viele Möglichkeiten, den Menschen von seiner Sterblichkeit zu überzeugen.« Und dann gibt es etwas ganz Unerklärliches: den menschlichen Willen: »Koolau vergaß, wo er war, er vergaß alles, wie er dalag und sich über den seltsamen Eifer dieser Weißen wunderte, die ihren Willen durchsetzen wollten, und wenn der Himmel einstürzte. Ja, sie wollten ihren Willen bei allen Menschen und allen Dingen durchsetzen, und wenn sie darob sterben mußten! Unwillkürlich mußte er sie ihres Willens wegen bewundern, der stärker als das Leben war und alles zwang, ihrem Gebot zu gehorchen. Er war überzeugt, daß sein Kampf aussichtslos war. Es war unmöglich, gegen diesen furchtbaren Willen anzukämpfen.«

Was hier von der ›alles besiegenden‹ weißen Rasse gesagt wird, das gilt vom Menschen schlechthin: von dem Menschen, der jenseits von Sieg und Niederlage kämpft; der nicht um eines Gewinnes willen, sondern des Kampfes wegen kämpft. Das Gold, die Perle, die Frau: das sind im Grunde nur Vorwände, nicht aber das eigentlich Gemeinte, welches, wie später bei Hemingway, unsichtbar bleibt und mit der prallen Lebensfülle, mit der saftigen Gegenständlichkeit nur umschrieben wird. Nicht nur Hemingways leer ausgehende Sieger sind da vorgebildet; da steht auch schon der Sisyphus von Camus. Denn nur die Worte erzählen vom ›struggle for life‹, vom biologisch-materiellen Existenzkampf. Zwischen den Zeilen aber lesen wir von den menschlichen Tugenden, die ebenso nutzlos wie wertvoll sind; von den Anstrengungen, nicht zu kapitulieren, sondern sich selber in Einklang zu bringen mit den Gesetzen der höheren Instanzen: »Es war das letztemal, daß der Schrecken Macht über ihn gewann. Als er Luft geschöpft und die Herrschaft über sich wiedergewonnen hatte, setzte er sich auf und begann zu denken, daß er dem Tod würdig begegnen wollte. In dieser Form kam ihm der Gedanke jedoch nicht. Er sagte sich, daß er sich hier lächerlich gemacht hatte, daß er wie ein Huhn mit abgeschlagenem Kopf herumgelaufen wäre – das war das Gleichnis, das ihm einfiel. Nun ja, er sollte also erfrieren, und da konnte er sich ebensogut ordentlich benehmen.«

Sich ordentlich benehmen: das ist eine Qualität, deren gerade die Literatur des 20. Jahrhunderts sich energisch und vielfältig angenommen hat; und zwar gewiß auch als Protest gegen unsern modernen Sicherheitswahn, der jeden Ansatz zur Würde im Keim schon erstickt. Und so hat auch Jack London schon protestiert: nicht, wie man's gemeinhin liest, gegen die Zivilisation, sondern gegen die Perversion, unser Schicksal ihr, der Zivilisation, und nicht der Kraft des eigenen Herzens anzuvertrauen.

Herbert Eisenreich

Die Perle

Trotz ihrer plumpen Linien steuerte die ›Aorai‹ leicht in der sanften Brise. Um den Sog der Brandung zu vermeiden, ließ ihr Kapitän sie weit einlaufen, ehe er wendete. Das Atoll Hikueru lag niedrig auf dem Wasser, ein Kreis von feinem Korallensand, an hundert Ellen breit, zwanzig Meilen im Umkreis und drei bis fünf Fuß über der Hochwasserlinie. Auf dem Grunde der ungeheuren, glasklaren Lagune lagen viele Perlenmuscheln, und vom Deck des Schoners aus konnte man jenseits des schmalen Atollringes die Taucher bei der Arbeit sehen. Aber die Lagune bot selbst für einen Handelsschoner keine Einfahrt. Bei günstigem Winde konnten Kutter durch den seichten, gewundenen Kanal hineinschlüpfen, aber Schoner mußten draußen bleiben und ihre kleinen Boote hineinschicken.

Die ›Aorai‹ schwang ein Boot aus, und ein halbes Dutzend braune, nur mit einem scharlachroten Lendenschurz bekleidete Matrosen sprangen hinein. Sie ergriffen die Riemen, während achtern am Ruder ein junger Mann stand, in dem man an der weißen Tropenkleidung den Europäer erkannte. Aber er war es nicht ganz. In dem Glanz seiner hellen Haut, auf der goldene Lichter spielten, und dem blauen Schimmer seiner Augen verriet sich Polynesien. Es war Raoul, Alexander Raoul, der jüngste Sohn von Marie Raoul, der reichen Quatronin, die ein halbes Dutzend Handelsschoner wie die ›Aorai‹ besaß. Durch die kochende Flut eines Wirbels dicht vor der Einfahrt erkämpfte sich das Boot seinen Weg in die spiegelblanke Ruhe der Lagune. Der junge Raoul sprang auf den weißen Sand und schüttelte einem hochgewachsenen Eingeborenen die Hand. Brust und Schultern des Mannes waren muskulös, aber der Stumpf des rechten Armes, über dessen Fleisch der gebleichte Knochen um mehrere Zoll hinausragte, zeugte von der Begegnung mit einem Hai, die den Tauchertagen des Mannes ein Ende und ihn zu einem Speichellecker gemacht hatte, der um geringe Gunstbeweise kroch.

»Hast du gehört, Alex«, waren seine ersten Worte, »Mapuhi hat eine Perle gefunden – eine riesige Perle! Noch nie hat man so eine gefischt, weder auf Hikueru noch auf den Paumotuinseln, noch sonstwo auf der Welt. Kauf sie ihm ab. Er hat sie noch. Und vergiß nicht, daß ich es dir zuerst erzählt habe. Er ist ein Dummkopf, du kannst sie billig bekommen. Hast du ein bißchen Tabak?«

Raoul ging über den Strand auf eine Hütte zu, über der sich grüne Pandangzweige wiegten. Er war der Superkargo seiner Mutter und hatte von ihr den Auftrag, die ganzen Paumotuinseln nach ihrem Reichtum an Kopra, Muscheln und den darin enthaltenen Perlen zu durchstöbern.

Er war ein junger Superkargo, erst auf seiner zweiten Reise in dieser Eigenschaft, und litt manche geheime Qual, weil er so wenig Erfahrung im Einschätzen von Perlen besaß. Als aber Mapuhi ihm die Perle zeigte, glückte es ihm doch, sein Staunen zu unterdrücken und einen unbekümmerten, geschäftsmäßigen Ausdruck zu bewahren. Sie war so groß wie ein Taubenei, vollkommen rund und von einer Weiße, die in Lichtern von allen Farben schillerte. Noch nie hatte er etwas Ähnliches gesehen. Als Mapuhi sie in seine Hand gleiten ließ, war er über ihr Gewicht erstaunt. Es zeigte, daß es eine gute Perle war. Er prüfte sie genau durch eine Taschenlupe. Sie war makellos. Ihre Reinheit schien sich mit der Atmosphäre zu verschmelzen. Im Schatten schimmerte sie sanft wie der Mond. So durchsichtig war sie, daß er Mühe hatte, sie in einem Glas Wasser wiederzufinden.

»Was willst du dafür haben?« fragte er mit gutgespielter Gleichgültigkeit.

»Ich will –«, begann Mapuhi, und hinter ihm nickten zu beiden Seiten seines dunklen Gesichtes die zweier Frauen und eines Mädchens ihren Beifall zu seinen Wünschen. Ihre Köpfe waren, erregt von unterdrücktem Eifer, vorgebeugt, und ihre Augen blitzten begehrlich.

»Ich will ein Haus haben«, sagte Mapuhi. »Es muß ein Dach aus verzinktem Eisenblech und eine achteckige Wanduhr haben. Es muß sechs Faden lang sein und rundherum eine Säulenhalle haben. Drinnen muß ein großes Zimmer sein mit einem runden Tisch in der Mitte und der achteckigen Uhr an der Wand. Vier Schlafzimmer muß es haben, zwei auf jeder Seite des großen Zimmers, und in jedem Schlafzimmer muß ein eisernes Bett sein und zwei Stühle und ein Waschtisch. Und hinten am Hause muß eine Küche sein, eine gute Küche mit Töpfen, Pfannen und einem Herd. Und du mußt das Haus auf meiner Insel – auf Fakarava – bauen.«

»Ist das alles?« fragte Raoul verdutzt.

»Eine Nähmaschine muß da sein«, mischte sich Tefara, Mapuhis Weib, ein.

»Nicht zu vergessen die achteckige Wanduhr«, fügte Nauri, Mapuhis Mutter, hinzu.

»Ja, das ist alles«, schloß Mapuhi.

Der junge Raoul lachte. Er lachte lange und herzlich. Aber während er lachte, zerbrach er sich den Kopf mit

Rechenproblemen. Er hatte noch nie im Leben ein Haus gebaut, und seine Vorstellungen darüber waren etwas unklar. Während er lachte, berechnete er die Kosten der Reise nach Tahiti, woher alles geholt werden mußte, die Materialien selbst, die Rückreise nach Fakarava, das Ausladen der Materialien und den Hausbau. Wenn man zur Sicherheit reichlich rechnete, kamen viertausend französische Dollar heraus – viertausend Dollar waren gleich zwanzigtausend Franken. Das war unmöglich. Woher sollte er den Wert einer solchen außergewöhnlichen Perle kennen? Zwanzigtausend Franken waren eine Menge Geld – und obendrein das Geld seiner Mutter.

»Mapuhi«, sagte er, »du bist ein großer Narr. Mach einen Preis in Geld.«

Aber Mapuhi schüttelte den Kopf, und die drei Köpfe hinter ihm wurden im Chor geschüttelt.

»Ich will das Haus haben«, sagte er. »Es muß sechs Faden lang sein und rundherum eine Säulenhalle –«

»Ja, ja«, unterbrach Raoul ihn, »ich weiß Bescheid über dein Haus, aber es geht nicht. Ich will dir tausend Chile-Dollar geben.«

»Ich will das Haus haben«, beharrte Mapuhi.

»Was hast du von dem Haus?« fragte Raoul. »Der erste Orkan fegt es weg. Das solltest du doch wissen. Kapitän Raffy sagt, daß es gerade jetzt sehr nach einem Orkan aussieht.«

»Nicht auf Fakarava«, sagte Mapuhi. »Da liegt das Land viel höher. Auf dieser Insel, ja. Jeder Orkan kann Hikueru wegfegen. Ich will das Haus auf Fakarava haben. Es muß sechs Faden lang sein und rundherum eine Säulenhalle haben –«

Und Raoul wurde nochmals die Beschreibung des Hauses vorgesetzt. Mehrere Stunden verwandte er auf den Versuch, Mapuhi das Haus auszureden; aber Mapuhis Mutter und sein Weib und Ngakura, Mapuhis Tochter, bestärkten diesen in seinem Entschluß. Bei der zwanzigsten Beschreibung des verlangten Hauses sah Raoul das zweite Boot seines Schoners auf den Strand fahren. Die Matrosen blieben an den Riemen und zeigten damit, daß sie schnell wieder weg wollten. Der erste Steuermann der ›Aorai‹ sprang an Land, wechselte ein paar Worte mit dem einarmigen Eingeborenen und eilte dann zu Raoul. Der Tag wurde plötzlich dunkel, eine Wolkenwand verbarg die Sonne. Jenseits der Lagune konnte Raoul die unheilverkündende Linie der Bö sich nähern sehen.

»Kapitän Raffy sagt, Sie müßten sich beeilen, daß Sie hier wegkämen«, lautete der Gruß des Steuermanns. »Wenn's hier irgend 'ne Muschel gibt, müßten wir's darauf ankommen lassen und sie später holen – sagt er. Das Barometer ist auf neunundzwanzig siebzig gefallen.«

Der Windstoß traf den Pandangzweig zu ihren Häupten und brauste durch die Palme, wobei er ein halbes Dutzend reife Kokosnüsse mit dumpfem Schlag zu Boden schleuderte. Dann fegte der Regen aus der Ferne, näherte sich brüllend wie ein Sturmwind und peitschte das Wasser der Lagune, daß es dampfte. Die ersten Tropfen prasselten scharf herab, und Raoul sprang auf.

»Tausend Chile-Dollar bar auf den Tisch, Mapuhi«, sagte er laut, »und für zweihundert Chile-Dollar Waren.«

»Ich will ein Haus haben –«, begann der andre.

»Mapuhi!« schrie Raoul, um den Lärm zu übertönen. »Du bist ein Dummkopf!«

Er stürzte aus dem Hause und erkämpfte sich Seite an Seite mit dem Steuermann den Weg nach dem Strande.

Sie konnten das Boot nicht sehen. Der tropische Regen überschüttete sie so, daß sie nur den Sand zu ihren Füßen und die kleinen Wellen, die nach dem Sande schnappten und bissen, sehen konnten. Ein Gesicht tauchte aus der Sintflut auf. Es war Huru-Huru, der Einarmige.

»Hast du die Perle bekommen?« schrie er Raoul ins Ohr.

»Mapuhi ist ein Narr!« schrie dieser zurück, und im nächsten Augenblick hatten sie einander in dem herabstürzenden Wasser verloren.

Eine halbe Stunde später sah Huru-Huru, der auf der Seeseite des Atolls Ausguck hielt, wie die beiden Boote eingeholt wurden und die ›Aorai‹ ihren Bug seewärts wendete. Und nahe bei ihr sah er einen andern Schoner, auf den Schwingen des Sturmes hergetragen, sich schaukeln und ein Boot zu Wasser lassen. Er kannte ihn. Es war die ›Orohena‹, Eigentum des Halbbluts Toriki, eines Kaufmanns, der seinen eigenen Superkargo machte und zweifellos selbst achtern im Boot stand. Huru-Huru kicherte. Er wußte, daß Mapuhi Toriki noch Geld schuldete für Waren, die er im vorigen Jahr auf Kredit gekauft hatte.

Die Bö war vorüber. Die Sonne flammte heiß, und die Lagune glich wieder einem Spiegel. Aber die Luft war klebrig wie Schleim, und ihr Gewicht lastete auf den Lungen und erschwerte das Atmen.

»Hast du die Neuigkeit gehört, Toriki?« fragte Huru-Huru. »Mapuhi hat eine Perle gefunden. Noch nie hat man so eine gefischt, weder auf Hikueru noch auf den Paumotuinseln, noch sonstwo auf der Welt. Mapuhi ist ein Narr. Übrigens ist er dir Geld schuldig. Vergiß nicht, daß ich es dir zuerst erzählt habe. Hast du ein bißchen Tabak?«

Und Toriki ging zu Mapuhis Grashütte. Er war ein herrischer und ziemlich dummer Mensch. Unbeteiligt warf er einen Blick auf die wundervolle Perle, einen einzigen Blick nur, und unbekümmert steckte er sie in die Tasche.

»Du hast Glück«, sagte er. »Eine nette Perle. Ich räume dir einen Kredit in meinen Büchern ein.«

»Ich will ein Haus haben«, begann Mapuhi bestürzt. »Es muß sechs Faden –«

»Erzähl das deiner Großmutter!« unterbrach ihn der Händler barsch. »Du willst deine Schulden bezahlen, nicht wahr? Du warst mir zwölfhundert Chile-Dollar schuldig. Na, schön: Du schuldest mir nichts mehr. Die Rechnung ist beglichen. Außerdem räume ich dir einen Kredit von zweihundert ein. Wenn ich nach Tahiti komme und die Perle gut verkaufe, so gebe ich dir noch für hundert Kredit. Das macht zusammen dreihundert. Aber wohlgemerkt: nur, wenn die Perle gut verkauft wird. Ich kann vielleicht sogar Geld dabei zusetzen.«

Mapuhi kreuzte kummervoll die Arme und saß mit gebeugtem Haupte da. Die Perle war ihm gestohlen worden. Statt das Haus zu bekommen, hatte er eine Schuld bezahlt. Er hatte nichts Handgreifliches für die Perle erhalten.

»Du bist ein Narr«, sagte Tefara.

»Du bist ein Narr«, sagte Nauri, seine Mutter.

»Warum hast du ihm die Perle in die Hand gegeben?«

»Was sollte ich machen?« entgegnete Mapuhi. »Ich schulde ihm das Geld. Er wußte, daß ich die Perle hatte. Ihr habt selbst gehört, daß er sie sehen wollte. Ich hab ihm nichts davon erzählt. Er wußte es. Irgend jemand hat es ihm erzählt. Und ich schuldete ihm das Geld.«

»Mapuhi ist ein Narr«, äffte Ngakura nach.

Sie war zwölf Jahre alt und wußte es nicht besser. Mapuhi erleichterte sein Herz, indem er ihr eine Ohrfeige gab, daß sie taumelte, während Tefara und Nauri in Tränen ausbrachen und fortfuhren, ihn nach Weiberart auszuschelten.

Huru-Huru, der Ausguck am Strande hielt, sah einen dritten Schoner, den er kannte, vor der Einfahrt schaukeln und ein Boot aussetzen. Es war die ›Hira‹, die ihren Namen mit Recht trug, denn sie gehörte dem Juden Levy, dem größten Perlenhändler von allen, und ›Hira‹ war, wie bekannt, die tahitische Gottheit der Fischer und Diebe.

»Hast du die Neuigkeit gehört?« fragte Huru-Huru, als Levy, ein fetter Mann mit massigen, unregelmäßigen Zügen, den Strand betrat. »Mapuhi hat eine Perle gefunden. Noch nie hat man so eine gefischt, weder auf Hikueru noch auf den Paumotuinseln, noch sonstwo auf der Welt. Mapuhi ist ein Narr. Er hat sie Toriki für vierzehnhundert Chile-Dollar verkauft – ich horchte draußen und hörte es. Toriki ist auch ein Narr. Du kannst sie ihm billig abkaufen. Vergiß nicht, daß ich es dir zuerst erzählt habe. Hast du ein bißchen Tabak?«

»Wo ist Toriki?«

»Er ist bei Kapitän Lynch und trinkt Absinth. Seit einer Stunde.«

Und während Levy und Toriki Absinth tranken und um die Perle schacherten, horchte Huru-Huru und hörte schließlich, daß sie zu dem erstaunlichen Preise von fünfundzwanzigtausend Franken handelseinig wurden.

Um diese Zeit näherten die ›Orohena‹ und die ›Hira‹ sich dem Strande und begannen wie wahnsinnig ihre Kanonen abzufeuern und zu signalisieren. Die drei Männer kamen gerade noch rechtzeitig heraus, um die beiden Schoner in aller Eile mit Großsegel und Klüver von der Küste fort direkt der Bö in die Zähne fahren zu sehen, die sie weit über das schäumende Wasser jagte. Dann verschwanden sie im Regen.

»Wenn's vorüber ist, kommen sie zurück«, sagte Toriki. »Draußen wären wir besser dran.«

»Ich vermute, daß das Glas noch weiter gefallen ist«, sagte Kapitän Lynch.

Er war ein weißbärtiger Seebär, der jetzt zu alt für die See war und die Erfahrung gemacht hatte, daß Hikueru die einzige Stelle der Erde war, wo er auf gutem Fuß mit seinem Asthma leben konnte. Er ging hinein, um nach dem Barometer zu sehen.

»Großer Gott!« hörten sie ihn ausrufen und stürmten hinein, um gemeinsam mit ihm auf das Zifferblatt zu starren, das jetzt neunundzwanzig zwanzig zeigte.

Als sie diesmal herauskamen, prüften sie ängstlich Himmel und Meer. Die Bö war vorüber, aber der Himmel war und blieb bedeckt. Sie konnten die beiden Schoner unter vollen Segeln in Gesellschaft eines dritten zurückkommen sehen. Der Wind drehte sich und zwang sie, die Segel festzumachen, und fünf Minuten später packte eine plötzliche Bö aus der entgegengesetzten Richtung alle drei Schoner von hinten, und man konnte am Strand sehen, wie die Spieren brachen und weggerissen wurden. Die Brandung brüllte laut, hohl und drohend, und eine schwere Dünung setzte ein. Ein furchtbares Blitzen erleuchtete den dunklen Tag, und der Donner rollte wild über ihnen.

Toriki und Levy stürzten zu ihren Booten, wobei der letztere wie ein gejagtes Nilpferd watschelte. Als ihre beiden Boote zur Einfahrt hinausfegten, passierten sie das einkommende Boot der ›Aorai‹. Im Stern saß Raoul und spornte die Ruderer an. Außerstande, das Bild der Perle aus seinen Gedanken zu verscheuchen, kehrte er zurück, um auf Mapuhis Preis, das Haus, einzugehen.

Er landete mitten in einer treibenden Gewitterwolke, die so dicht war, daß er mit Huru-Huru zusammenstieß, ehe er ihn sah.

»Zu spät«, schrie Huru-Huru. »Mapuhi hat sie Toriki für vierzehnhundert Chile-Dollar verkauft, und Toriki hat sie Levy für fünfundzwanzigtausend Franken verkauft. Und Levy will sie in Frankreich für hunderttausend Franken verkaufen. Hast du ein bißchen Tabak?«

Raoul fühlte fast eine Erleichterung. Seine Unruhe wegen der Perle war vorüber. Er brauchte sich keine Sorgen mehr zu machen, wenn er auch die Perle nicht bekam. Aber er glaubte Huru-Huru nicht. Mapuhi mochte sie wohl für vierzehnhundert Chile-Dollar verkauft haben, daß aber Levy, der sich auf Perlen verstand, fünfundzwanzigtausend Franken dafür bezahlt haben sollte, war denn doch ein bißchen zu stark. Raoul beschloß, sich bei Kapitän Lynch danach zu erkundigen; als er aber das Haus des alten Seemanns betrat, fand er ihn, wie er mit weit aufgerissenen Augen auf das Barometer starrte.

»Was lesen Sie da heraus?« fragte Kapitän Lynch ängstlich, indem er seine Brille abwischte und wieder auf das Instrument sah.

»Neunundzwanzig zehn«, sagte Raoul. »Ich hab's noch nie so niedrig gesehen.«

»Das glaub ich gern!« schnaubte Kapitän Lynch. »Fünfzig Jahre hab ich alle Meere befahren, aber so tief hab ich es noch nie sinken sehen. Hören Sie!«

Sie standen einen Augenblick regungslos, während die Brandung polterte und das Haus in allen Fugen erzitterte. Dann gingen sie hinaus. Die Bö war vorüber. Sie konnten die ›Aorai‹ sehen, die in einer Entfernung von einer Meile in völliger Windstille lag und wie verrückt unter den fürchterlichen Seen stampfte und rollte, die in einer stattlichen Reihe aus Nordost herankamen und sich wütend auf das Korallenriff warfen. Einer von den Matrosen im Boot zeigte auf die Mündung der Einfahrt und schüttelte den Kopf. Raoul blickte hin und sah einen weißen Wirrwarr von Gischt und Wogen.

»Ich denke, ich bleibe heut nacht bei Ihnen, Kapitän«, sagte er. Dann wandte er sich an den Matrosen und befahl ihm, das Boot auf den Strand zu ziehen und mit den andern Leuten Schutz zu suchen.

»Rund neunundzwanzig«, berichtete Kapitän Lynch, der mit einem Stuhl herauskam, nachdem er nochmals nach dem Barometer gesehen hatte.

Er setzte sich und starrte das Schauspiel an, das das Meer jetzt bot. Die Sonne brach durch, sie vermehrte noch die Schwüle des Tages, und die völlige Windstille hielt an.

»Ich verstehe nicht, woher dieser Seegang kommt«, murmelte Raoul verdrießlich. »Es ist kein Wind, und doch, sehen Sie mal, sehen Sie bloß diesen Burschen da!«

Meilenweit, mit einem Gewicht von Zehntausenden von Tonnen, erschütterte der Anprall der Woge das gebrechliche Atoll wie ein Erdbeben. Kapitän Lynch war bestürzt.

»Großer Gott!« rief er aus, indem er sich halb von seinem Stuhl erhob und dann wieder zurücksank.

»Aber es ist gar kein Wind«, beharrte Raoul. »Ich könnte es noch verstehen, wenn wir Wind hätten.«

Die beiden Männer saßen schweigend da. Der Schweiß trat ihnen in zahllosen winzigen Perlen auf die Haut und bildete feuchte Flecke, die sich zu Bächen vereinigten und dann auf den Boden tropften. Sie rangen keuchend nach

Atem, und namentlich der alte Mann mühte sich ab. Eine See fegte auf den Strand, leckte an den Kokosbäumen und setzte fast zu ihren Füßen ab.

»Ein ganzes Stück über der Hochwasserlinie«, bemerkte Kapitän Lynch, »und ich lebe hier seit elf Jahren.« Er sah nach der Uhr. »Es ist drei.«

Ein Mann und eine Frau kamen mit einem bunten Gefolge von Kindern und Kötern verzagt daher. Hinter dem Hause machten sie halt und setzten sich nach kurzer Unschlüssigkeit in den Sand. Wenige Minuten darauf kam von der andern Seite noch eine Familie, deren männliche und weibliche Mitglieder mit den verschiedenartigsten Besitztümern beladen waren. Und bald waren mehrere hundert Menschen jedes Alters und Geschlechts um das Haus des Kapitäns versammelt. Er rief eine Frau an, die mit einem Säugling auf dem Arm gekommen war, und erfuhr, daß ihre Hütte in die Lagune gespült worden war.

Sie befanden sich hier auf dem höchsten Punkt des Landes, und schon schlugen die großen Seen an manchen Stellen zu beiden Seiten glatte Breschen in den schmalen Ring des Atolls und brausten in die Lagune. Zwanzig Meilen im Umkreis maß das Atoll und war nirgends über fünfzig Faden breit. Es war mitten in der Taucherzeit, und von allen Inseln, selbst von Tahiti, hatten die Eingeborenen sich hier versammelt.

»Zwölfhundert Männer, Frauen und Kinder sind hier«, sagte Kapitän Lynch. »Ich möchte wissen, wieviel es morgen früh noch sein werden.«

»Aber warum weht es nicht? Wenn ich das nur wüßte«, meinte Raoul.

»Keine Sorge, junger Mann, keine Sorge; das Unglück kommt noch früh genug.«

Im selben Augenblick traf eine mächtige Wasserwand das Atoll. Das Seewasser wühlte sich drei Zoll tief unter ihre Stühle. Die Frauen schrien entsetzt auf. Die Kinder starrten mit gefalteten Händen auf die ungeheuren Seen und weinten kläglich. Hühner und Katzen, die verstört durch das Wasser wateten, suchten, wie auf gemeinsamen Beschluß, fliegend und kletternd ihre Zuflucht auf dem Dach des Kapitänhauses. Ein Paumotuaner erklomm mit einem Korb voll neugeborener Hunde eine Kokospalme und befestigte ihn dort zwanzig Fuß über dem Erdboden. Die Mutter jaulte und kläffte unten im Wasser.

Und immer noch schien die Sonne mit aller Macht, und die Windstille hielt an. Sie beobachteten die Seen und das unsinnige Stampfen der ›Aorai‹. Kapitän Lynch starrte sich an den ungeheuren Wasserbergen, die hereinströmten, die Augen aus. Er bedeckte das Gesicht mit den Händen, um es nicht mehr sehen zu müssen, und ging ins Haus.

»Achtundzwanzig sechzig«, sagte er ruhig, als er wiederkam.

Über dem Arm trug er eine Rolle dünnes Tau. Er zerschnitt es in Stücke von zwei Faden Länge, gab eines Raoul, behielt ein zweites für sich und verteilte den Rest unter die Frauen mit dem Rat, sich einen Baum zu wählen und hinaufzuklettern.

Ein leichter Wind begann aus Nordost zu wehen, und sein Fächeln erfrischte Raoul. Er konnte sehen, wie die ›Aorai‹ Segel setzte und in See stach, und bedauerte, daß er nicht an Bord war. Sie kam schon irgendwie durch, aber das Atoll ... Eine See brach darüber herein und riß ihm fast die Füße unter dem Leibe fort, und er wählte sich schon in Gedanken einen Baum aus. Dann aber fiel ihm das Barometer ein, und er lief zum Hause zurück. Er traf Kapitän Lynch, sie gingen zusammen hinein.

»Achtundzwanzig«, sagte der Seebär. »Eine schöne Hölle wird das hier – was war das?«

Die Luft war von einem großen Rauschen erfüllt. Das Haus zitterte und bebte, und sie hörten ein mächtiges Dröhnen. Die Fenster klirrten. Zwei Scheiben krachten; ein Windstoß fuhr herein und traf sie, daß sie wankten. Die gegenüberliegende Tür schlug so heftig zu, daß die Klinke in Stücke ging. Der weiße Türknauf fiel, in Atome zerschmettert, zu Boden. Die Wände des Raumes bauschten sich wie ein Luftballon, der plötzlich gefüllt wird. Dann kam ein neuer Ton, wie Gewehrfeuer; der Gischt einer Woge schlug gegen das Haus. Kapitän Lynch sah nach der Uhr. Es war vier. Er zog eine blaue Jacke an, nahm das Barometer vom Haken und verstaute es in seiner geräumigen Tasche. Wieder traf eine See mit dumpfem Schlag das Haus, das leichte Gebäude kippte, drehte sich im rechten Winkel um sein Fundament und brach zusammen, so daß der Fußboden einen Winkel von zehn Grad bildete. Raoul stürzte zuerst hinaus. Der Sturm erfaßte ihn und wirbelte ihn fort. Er bemerkte, daß der Wind sich nach Osten gedreht hatte. Mit großer Mühe warf er sich in den Sand, duckte sich und hielt seine Sachen fest. Kapitän Lynch wurde wie ein Strohwisch herausgefegt und fiel, so lang er war, über ihn. Zwei Matrosen verließen eine Kokospalme, die sie erklettert hatten, und kamen ihnen zu Hilfe, mußten sich aber in unmöglichen Stellungen gegen den Wind lehnen und jeden Zoll Weges kriechend erkämpfen.

Die Glieder des alten Mannes waren steif, er konnte nicht klettern. Die Matrosen wanden ihn mit Hilfe von kurzen Tauenden in Zwischenräumen von wenigen Fuß den Baum hinauf, bis sie ihn schließlich im Wipfel, fünfzig Fuß über dem Erdboden, hatten. Raoul schlang sein Tauende um den Fuß eines danebenstehenden Stammes und beobachtete. Der Wind war entsetzlich. Er hätte sich nie träumen lassen, daß es so furchtbar wehen könnte. Eine See durchbrach das Atoll und ging bis ans Knie, ehe sie sich in die Lagune ergoß. Die Sonne war verschwunden, und bleifarbenes Zwielicht senkte sich herab. Einige waagrecht treibende Regentropfen trafen ihn. Ihr Anprall glich dem geschleuderter Kugeln. Ein Spritzer von salzigem Gischt traf sein Gesicht. Es war wie ein Schlag von Menschenhand. Seine Wangen brannten, und unwillkürlich traten ihm Schmerzenstränen in die Augen. Mehrere hundert Eingeborene hatten die Bäume erklommen, und der Anblick der scheinbar auf den Wipfeln wachsenden Menschenfruchtbündel wirkte beinahe lächerlich. Dann umklammerte er als geborener Tahitianer den Baum mit den Händen, preßte die Fußsohlen gegen den Stamm und begann, ihn zu erklettern. Im Wipfel fand er zwei Frauen, zwei Kinder und einen Mann vor. Ein kleines Kind hielt eine Katze im Arm.

Von seinem Horst aus winkte er mit der Hand Kapitän Lynch zu, und der unerschrockene alte Mann winkte zurück. Raoul war entsetzt über das Aussehen des Himmels. Dieser schien viel näher gekommen, er schien sich gerade über seinem Kopfe zu befinden, und er war nicht mehr bleifarben, sondern schwarz. Viele Menschen waren noch unten, standen in Gruppen um die Baumstämme herum und hielten sich an ihnen fest. Mehrere Gruppen beteten, und in der einen predigte ein Mormonenmissionar. Ein seltsamer Ton traf Raouls Ohr, rhythmisch, schwach wie das Zirpen einer Grille in der Ferne, nur einen Augenblick, aber dieser Augenblick erweckte in ihm den unbestimmten Gedanken an die Musik der himmlischen Heerscharen. Er blickte umher und sah am Fuße eines andern Baumes einen großen Menschenhaufen, der sich, aneinandergeklammert, an Tauen festhielt. Er konnte ihre Gesichter arbeiten und ihre Lippen sich gleichförmig bewegen sehen. Kein Ton drang zu ihm, aber er wußte, daß sie Psalmen sangen.

Immer noch nahm der Wind an Stärke zu. Raoul hatte keinen Maßstab für ihn, denn es war längst alles übertroffen, was er je an Wind erlebt hatte, aber irgendwie spürte er doch, daß er stärker wurde. In geringer Entfernung wurde ein Baum entwurzelt, seine Menschenlast zu Boden geschleudert. Eine See spülte über den Sandstreifen, und sie war verschwunden. Die Ereignisse jagten sich. Er sah die Umrisse einer braunen Schulter, eines schwarzen Kopfes sich gegen das aufgewühlte Weiß der Lagune abheben. Im nächsten Augenblick war auch das verschwunden. Andre Bäume stürzten und brachen wie Streichhölzer. Er war entsetzt über die Gewalt des Windes. Sein eigener Baum schwankte gefährlich, die eine Frau jammerte und hielt das kleine Kind umschlungen, das sich seinerseits wieder an die Katze klammerte.

Der Mann, der das andre Kind hielt, berührte Raouls Schulter und zeigte auf etwas. Dieser wandte den Kopf und sah die Mormonenkirche in einer Entfernung von etwa hundert Ellen wie einen Betrunkenen schwanken. Sie war von ihrem Fundament losgerissen und wurde von Wind und Wogen der Lagune zugeschoben. Eine furchtbare Wasserwand packte sie, warf sie um und schleuderte sie gegen ein halbes Dutzend Kokospalmen. Die Büschel von Menschenfrüchten fielen wie reife Kokosnüsse. Die zurückgehende Welle zeigte sie, einige lagen regungslos auf dem

Boden, andre krümmten und wanden sich. Sie erinnerten ihn merkwürdig an Ameisen. Er entsetzte sich nicht. Das Schaudern hatte er überwunden. Wie etwas Selbstverständliches bemerkte er, wie die folgende Welle den Sand von menschlichen Wrackstücken reinwusch. Eine dritte Welle, riesiger als alle, die er bisher gesehen, schleuderte die Kirche in die Lagune, von der sie seewärts ins Dunkel schwamm.

Er sah nach Kapitän Lynchs Haus und erblickte es zu seiner Überraschung nicht mehr. Zweifellos kamen die Ereignisse Schlag auf Schlag. Er bemerkte viele, die von den noch stehenden Bäumen heruntergestiegen waren. Immer noch nahm der Wind zu. Sein eigener Baum zeigte es ihm. Er schwankte nicht mehr, bog sich nicht mehr hin und her. Er stand, in einen scharfen Winkel gekrümmt, tatsächlich still da und zitterte nur. Aber dieses Zittern war widerwärtig. Es war wie das Schwingen einer Stimmgabel oder der Zunge an einer Mundharmonika. Die Schnelligkeit des Zitterns war beklemmend. Selbst wenn die Wurzel hielt, konnte der Baum die Anspannung nicht mehr lange ertragen. Er mußte brechen.

Ah, da war einer gestürzt! Er hatte ihn nicht brechen sehen, aber da stand der halbe Stamm noch. Wenn man es nicht selbst sah, wußte man nicht, wie es geschah. Das Krachen der Bäume und das verzweifelte Jammern der Menschen waren in dem Chaos von Tönen nicht zu hören. Er blickte gerade nach Kapitän Lynch, als es geschah. Er sah den Baumstamm lautlos in der Mitte zersplittern und verschwinden. Die Krone segelte mit drei Matrosen von der ›Aorai‹ und Kapitän Lynch über die Lagune hinweg. Sie fiel nicht zu Boden, sondern trieb wie ein Stückchen Spreu durch die Luft. Hundert Ellen weit verfolgte er ihren Flug, bis sie das Wasser berührte. Er strengte seine Augen an und war sicher, Kapitän Lynch zum Abschied winken zu sehen.

Raoul wartete nicht länger. Er berührte den Eingeborenen und bedeutete ihm, zur Erde zu steigen. Der Mann wollte, aber seine Frauen hatte der Schrecken gelähmt, und er zog es vor, bei ihnen zu bleiben. Raoul legte sein Tau um den Baum und glitt hinab. Eine Woge von Salzwasser ging ihm über den Kopf. Er hielt den Atem an und klammerte sich verzweifelt an das Tau. Die Welle trieb vorbei, und im Schutze des Baumes atmete er auf. Er befestigte das Tau sicherer und tauchte dann in einer andern Welle unter. Eine der Frauen glitt herab und kam zu ihm, während der Mann bei der andern Frau, den beiden Kindern und der Katze blieb. Raoul hatte bemerkt, wie die Gruppen, die sich an den Fuß der andern Bäume geklammert hatten, immer kleiner wurden. Jetzt sah er es auch dort, wo er sich befand. Er bedurfte seiner ganzen Kraft, um sich festzuhalten, und die Frau, die sich ihm angeschlossen hatte, wurde immer schwächer. Jedesmal, wenn er aus einer See auftauchte, war er erstaunt, sich selbst und die Frau noch vorzufinden. Zuletzt tauchte er auf und sah sich allein. Er blickte nach oben. Die Spitze des Baumes war fort. In halber Höhe zitterte noch ein zersplittertes Ende. Er befand sich in Sicherheit. Der Baum bot dem Winde keinen Widerstand mehr, und die Wurzeln hielten noch. Er begann hinaufzuklimmen, war aber so kraftlos, daß es nur langsam ging und Welle auf Welle ihn traf, ehe er oben war. Dann band er sich an den Stamm und stärkte seine Seele, um der Nacht und dem Unbekannten entgegenzusehen.

Er fühlte sich sehr einsam in der Dunkelheit. Zuweilen schien es ihm, daß dies der Untergang der Welt und er der einzige Überlebende sei. Noch immer nahm der Wind zu.

Stunde um Stunde wuchs er. Als es seiner Berechnung nach elf Uhr war, hatte er eine Gewalt erreicht, die ihm unfaßbar schien. Er war schrecklich, unerhört, eine brüllende Furie, eine Wand, die zermalmend vorüberglitt, immer wieder kam und ging, eine Wand ohne Ende. Es schien Raoul, als sei er leicht und ätherisch geworden, als sei er es, der sich in Bewegung befinde, als werde er mit unfaßbarer Geschwindigkeit durch eine unendliche feste Masse getrieben. Der Wind war nicht mehr bewegte Luft. Er war körperlich geworden wie Wasser oder Quecksilber. Raoul hatte das Gefühl, daß er in ihn hineinfassen, ihn in Stücke reißen könnte wie das Fleisch eines toten Ochsen, daß er den Wind greifen und sich an ihn hängen könnte wie an einen Felsblock.

Der Wind erstickte ihn. Er konnte ihm nicht trotzen, konnte nicht atmen, denn er drang ihm in Mund und Nase und weitete ihm die Lungen wie Blasen. In solchen Augenblicken schien es ihm, daß sein Körper mit fester Erde gefüllt und geschwollen sei. Nur indem er die Lippen an den Baumstamm preßte, vermochte er zu atmen. Der unaufhörliche Ansturm des Windes erschöpfte ihn. Körper und Gehirn wurden müde. Er beobachtete, dachte nicht länger, war nur halb bei Bewußtsein. Ein Gedanke erfüllte ihn: Das also war ein Orkan! Dieser eine Gedanke kehrte unregelmäßig, aber beharrlich wieder. Er war wie eine schwache Flamme, die gelegentlich aufflackerte. Aus einem Zustand der Starre kehrte er immer wieder zu ihm zurück – das also war ein Orkan! Und dann versank er wieder in neue Starre.

Von elf Uhr abends bis drei Uhr morgens raste der Orkan in gleicher Stärke. Es war elf, als der Baum, an dem Mapuhi und seine Frauen hingen, brach. Mapuhi tauchte an der Oberfläche der Lagune auf und konnte gerade noch seine Tochter Ngakura packen. Nur ein Südseeinsulaner vermochte in solchem erstickenden Getriebe zu leben. Der Pandangenstamm, an den er sich klammerte, wirbelte in Schaum und Gischt herum, und nur dadurch, daß er ab und zu schnell den Griff wechselte und sich umdrehte, war er imstande, seinen und Ngakuras Kopf für Augenblicke über Wasser zu bekommen, die genügten, sie Luft schöpfen zu lassen. Aber die Luft war wie Wasser, war fliegender Schaum und strömender Regen, der waagrecht durch die Luft peitschte.

Es waren zehn Meilen quer über die Lagune bis zur andern Seite des Sandringes. Und neun Zehntel der unglücklichen Wesen, die der Lagune lebend entronnen waren, wurden hier von stürzenden Bäumen, Wrackteilen und Haustrümmern erschlagen. Halb ertrunken, zu Tode erschöpft, wurden sie in diesen wahnsinnigen Mörser der Elemente geschleudert und zu formlosen Fleischmassen zerstampft. Aber Mapuhi hatte Glück. Das Glück eines von zehn; es fiel ihm durch eine Laune des Schicksals zu. Aus einer Unzahl Wunden blutend, erreichte er den Strand. Ngakuras linker Arm war gebrochen, ihre rechte Hand stark gequetscht, und Wange und Stirn bis auf den Knochen zerfetzt. Er packte einen noch stehenden Baum und klammerte sich daran, drückte das Kind an sich und schnappte nach Luft, während das Wasser der Lagune ihm die Knie und zuweilen die Brust umspülte.

Um drei Uhr morgens war dem Orkan das Rückgrat gebrochen. Um fünf Uhr wehte nur noch eine steife Brise. Und um sechs Uhr war es totenstill, und die Sonne schien. Die See hatte sich gelegt. An dem noch unruhigen Rande der Lagune sah Mapuhi die zerfleischten Leichen derer, denen die Landung mißglückt war. Zweifellos waren Tefara und Nauri unter ihnen. Er ging suchend am Strand entlang und fand seine Frau, die halb im, halb über dem Wasser lag. Er setzte sich nieder und weinte mit den tierischen Lauten uralten Kummers. Da bewegte sie sich unruhig und stöhnte. Er blickte genauer hin. Sie lebte nicht nur, sie war sogar unverletzt. Sie schlief. Auch sie hatte das Glück des einen von zehn gehabt.

Von den zwölfhundert, die am Abend zuvor auf der Insel gelebt hatten, waren nur dreihundert übrig. Der Mormonenmissionar und ein Polizist nahmen die Zählung vor. Die Lagune war mit Leichen übersät. Nicht ein Haus, nicht eine Hütte stand mehr. Auf dem ganzen Atoll war nicht ein Stein auf dem andern geblieben. Von je fünfzig Kokospalmen stand noch eine, aber auch sie waren Wracks, und auf keiner war auch nur eine Nuß geblieben. Es gab kein frisches Wasser. Die Brunnen waren mit Salzwasser gefüllt. Aus der Lagune wurden drei völlig durchnäßte Mehlsäcke gefischt. Die Überlebenden schnitten das Mark aus den gestürzten Kokospalmen und aßen es. Sie krochen in winzige Hütten, die sie machten, indem sie Löcher in den Sand gruben und sie mit Resten von Blechdächern überdeckten. Der Missionar verfertigte einen rohen Brennkolben, konnte aber nicht genug Wasser für dreihundert Menschen destillieren. Als Raoul am Ende des zweiten Tages in der Lagune badete, entdeckte er, daß sein Durst dadurch etwas gestillt wurde. Er rief die Neuigkeit aus, und gleich darauf konnte man dreihundert Männer, Frauen und Kinder bis an den Hals im Wasser stehen und durch die Haut die Feuchtigkeit aufsaugen sehen. Ihre Toten schwammen um sie her oder lagen auf dem Grunde, so daß man auf sie trat. Am dritten Tage wurden sie begraben, dann setzte man sich hin, um auf die Hilfsdampfer zu warten.

Inzwischen erlebte Nauri, die der Orkan ihrer Familie entrissen hatte, ein Abenteuer auf eigene Faust. An eine ungehobelte Planke geklammert, die sie verletzte und quetschte und ihren Körper mit Splittern zerriß, wurde sie quer über das Atoll ins offene Meer geschwemmt. Unter dem Schwall wahrer Berge von Wasser entglitt ihr die Planke. Sie war eine alte Frau, nahe an die Sechzig, aber sie war in Paumotu geboren und hatte ihr ganzes Leben am Meere verbracht. In der Finsternis schwimmend, kämpfend, fast erstickend, nach Luft schnappend, erhielt sie von einer Kokosnuß einen heftigen Schlag an die Schulter. Im selben Augenblick war ihr Plan gefaßt, und sie ergriff die Nuß. Im Laufe der nächsten Stunden fischte sie noch sieben dazu auf. Zusammengebunden bildeten sie einen Rettungsgürtel, der ihr zwar das Leben rettete, sie aber gleichzeitig kurz und klein zu stoßen drohte. Sie war eine fette Frau und leicht zu quetschen, aber sie wußte mit Orkanen Bescheid, und während sie zu ihrem Haigott um Schutz vor Haien betete, wartete sie darauf, daß der Wind sich legen sollte. Um drei Uhr war sie jedoch so erstarrt, daß sie die Besinnung verlor. Als es um sechs ruhig wurde, merkte sie nichts davon. Sie erwachte erst aus ihrer Bewußtlosigkeit, als sie auf den Strand geworfen wurde. Mit aufgerissenen, blutenden Händen und Füßen grub und stemmte sie sich gegen den Rückschlag der Wellen, bis sie aus ihrem Bereiche war. Sie wußte, wo sie sich befand. Dieses Land konnte nichts anderes sein als die kleine Insel Takokota. Sie besaß keine Lagune. Niemand lebte auf ihr. Hikueru war fünfzehn Meilen entfernt. Sie konnte es nicht sehen, wußte aber, daß es gegen Süden lag. Die Tage vergingen, und sie lebte von den Nüssen, die sie über Wasser gehalten hatten. Sie dienten ihr als Trinkwasser und Speise. Aber sie trank und aß nicht so viel, wie sie gern gewollt hätte. Die Rettung war zweifelhaft. Sie sah den Rauch des Hilfsdampfers am Horizont, es war aber nicht daran zu denken, daß er hierher nach dem einsamen, unbewohnten Takokota kam.

Vor allem machten ihr die Leichen zu schaffen. Die See schleuderte sie hartnäckig auf ihr kleines Fleckchen Sand, und Nauri warf, solange ihre Kräfte reichten, sie ebenso hartnäckig wieder ins Wasser, wo die Haie an ihnen zerrten und sie zerrissen. Als ihre Kräfte nachließen, bekränzte sich der ganze Strand mit Leichen, und sie zog sich, soweit sie konnte - was indessen nicht sehr weit war -, von ihnen zurück.

Am zehnten Tage war ihre letzte Kokosnuß verzehrt, und sie schrumpfte vor Durst ganz ein. Sie schleppte sich den Strand entlang auf der Suche nach Kokosnüssen. Es war merkwürdig, daß so viele Leichen angeschwemmt wurden und gar keine Kokosnüsse. Es mußten doch mehr Nüsse als Leichen herumschwimmen. Schließlich gab sie es auf und blieb erschöpft liegen. Das Ende war gekommen; es blieb nichts übrig, als auf den Tod zu warten.

Als sie nach kurzer Bewußtlosigkeit wieder zu sich kam, wurde sie gewahr, daß sie auf ein Büschel rotblonden Haares auf dem Kopfe einer Leiche starrte. Die See warf die Leiche heran und riß sie wieder fort. Dann wurde sie umgedreht, und Nauri sah, daß sie kein Gesicht hatte. Und doch war etwas Bekanntes an diesem rotblonden Haarbüschel. Eine Stunde verging. Sie zerbrach sich nicht den Kopf darüber, wer es sein könnte. Sie wartete auf den Tod, und es war ihr gleichgültig, welcher Mensch dieser Gegenstand des Schreckens einst gewesen sein mochte.

Als die Stunde um war, setzte sie sich jedoch langsam auf und betrachtete den Leichnam. Eine ungewöhnlich hohe Welle hatte ihn in den Bereich der kleineren geworfen. Ja, sie hatte recht, dieses Büschel roten Haares konnte nur einem einzigen Manne auf den Paumotuinseln gehören: es war der Jude Levy, der Mann, der die Perle gekauft und auf der ›Hira‹ weggebracht hatte. Nun, jedenfalls war die ›Hira‹ untergegangen. Der Gott der Fischer und Diebe hatte den Perlenhändler im Stich gelassen.

Sie kroch zu dem toten Manne. Sein Hemd war zerrissen, und sie konnte den ledernen Geldgurt um seinen Leib sehen. Sie hielt den Atem an und löste die Schnallen. Leichter, als sie erwartet hatte, gaben sie nach, und sie kroch, den Gurt hinter sich herschleppend, hastig über den Sand. Eine Tasche des Gurtes nach der andern öffnete sie und fand sie leer. In der allerletzten aber entdeckte sie die einzige Perle, die er auf dieser Reise gekauft hatte. Um dem Leichengeruch zu entgehen, kroch sie einige Schritte weiter und untersuchte dann die Perle. Es war die, die Mapuhi gefunden und Toriki diesem geraubt hatte. Sie wog sie in der Hand und rollte sie zärtlich hin und her. Aber sie sah nicht ihre innere Schönheit. Was sie sah, war das Haus, das Mapuhi, Tefara und sie so sorgsam in Gedanken erbaut hatten. Jedesmal, wenn sie die Perle betrachtete, sah sie das Haus in allen Einzelheiten, einschließlich der achteckigen Wanduhr. Das war doch etwas, wofür zu leben es schon wert war.

Sie riß einen Streifen von ihrem Ahu und band sich die Perle sorgfältig am Halse fest. Dann ging sie keuchend und stöhnend, aber entschlossen, den Strand entlang, um Kokosnüsse zu suchen. Bald fand sie eine, und als sie sich umsah, noch eine. Sie brach die eine auf, trank die Milch, die modrig schmeckte, und aß das Fleisch bis auf den letzten Rest. Ein wenig später fand sie ein zersplittertes Kanu. Der Ausleger fehlte, aber sie war guten Mutes, und ehe der Tag um war, hatte sie ihn gefunden. Jeder Fund war ein glückliches Vorzeichen. Die Perle war ein Talisman. Spät am Nachmittag sah sie eine Holzkiste tief im Wasser schwimmen. Als sie sie auf den Strand zog, rasselte der Inhalt, und sie fand Dosen mit eingemachtem Lachs darin. Durch Hämmern auf das Kanu öffnete sie eine davon. Sie machte mit Mühe ein Loch und trank den flüssigen Inhalt. Dann brauchte sie mehrere Stunden, um den Lachs herauszubekommen, indem sie hämmerte und jedes Stückchen einzeln herauspreßte.

Noch acht Tage wartete sie auf Hilfe. Unterdessen befestigte sie den Ausleger wieder am Kanu, indem sie ihn mit allen Kokosfasern, deren sie habhaft werden konnte, und den Überresten ihres Ahus festzurrte. Das Kanu war bös mitgenommen, und sie konnte es nicht wasserdicht machen, aber sie verstaute eine Kalebasse, die sie aus einer Kokosnuß machte, als Schöpfeimer an Bord. Schwere Mühe bereitete ihr das Ruder. Mit einem Stück Blech sägte sie sich alles Haar dicht an der Kopfhaut ab, flocht ein Seil daraus und band mit diesem Seil ein drei Fuß langes Stück von einem Besenstiel an ein Brett von der Lachskiste. Mit den Zähnen nagte sie Keile und keilte damit die Sorring fest.

Um Mitternacht des achtzehnten Tages schob sie das Kanu durch die Brandung und machte sich nach Hikueru auf. Sie war eine alte Frau. Die Mühen hatten sie ihr Fett verlieren lassen, so daß kaum mehr als Haut und Knochen und wenige zähe Muskeln übriggeblieben waren. Das Kanu war so groß, daß zum Rudern drei kräftige Männer gehört hätten. Aber sie schaffte es allein mit ihrem Notruder. Auch leckte das Boot schwer, so daß sie den dritten Teil der Zeit mit Schöpfen verbringen mußte. Bei Tagesanbruch blickte sie vergebens nach Hikueru aus. Hinter ihr war Takokota fast unter dem Rande des Meeres versunken. Die Sonne schien auf ihren nackten Körper und preßte alle Feuchtigkeit aus ihm. Sie hatte noch zwei Dosen Lachs, und im Laufe des Tages schlug sie Löcher hinein und trank die Flüssigkeit. Das Fleisch herauszuziehen und zu essen, hatte sie keine Zeit. Die Strömung führte sie nach Westen, und nach Westen fuhr sie, mochte sie auch noch so lange nach Süden steuern.

Früh am Nachmittag sichtete sie, aufrecht im Boote stehend, Hikueru. Sein Reichtum an Kokospalmen war verschwunden. Nur in weiten Zwischenräumen konnte sie hier und da die armseligen Überreste von Bäumen sehen. Dennoch belebte sie der Anblick. Sie war näher, als sie gedacht hatte. Die Strömung führte sie nach Westen. Sie ruderte und kämpfte dagegen an. Die Keile in der Sorring des Ruders lösten sich, und sie verlor viel Zeit mit dem Befestigen. Dazu kam das Schöpfen. Von drei Stunden mußte sie eine mit Schöpfen verbringen. Und immerfort trieb sie nach Westen.

Bei Sonnenuntergang lag Hikueru dreiviertel Meilen östlich. Es war Vollmond, und um acht Uhr befand sich die Insel genau östlich von ihr. Sie war mitten in der stärksten Strömung; das Kanu war zu groß, das Ruder zu mangelhaft, und sie mußte zuviel Zeit und Kraft mit Schöpfen verschwenden. Dazu war sie sehr schwach und wurde immer schwächer. Trotz ihrer Anstrengungen trieb das Kanu nach Westen. Sie sandte ein Gebet zu ihrem Haigott, glitt über Bord und begann zu schwimmen. Das Wasser erfrischte sie, und schnell ließ sie das Kanu hinter sich zurück. Nach Verlauf einer Stunde war sie dem Lande merklich näher gekommen. Da packte sie der Schrecken: gerade vor ihren Augen, keine zwanzig Fuß entfernt, durchschnitt eine große Flosse das Wasser. Sie schwamm standhaft darauf zu, und die Flosse glitt langsam fort, indem sie rechts abbog und sie umkreiste. Sie heftete ihre Augen auf die Flosse und schwamm weiter. Verschwand die Flosse, so senkte sie das Gesicht auf das Wasser und wartete. Erschien die Flosse wieder, so nahm sie das Schwimmen wieder auf. Das Ungeheuer war träge – das konnte sie sehen. Zweifellos hatte es seit dem Orkan genug zu fressen gehabt. Wäre es hungrig gewesen, hätte es keinen Augenblick gezögert, sich auf sie zu stürzen. Es war fünfzehn Fuß lang, und ein Biß hätte sie, wie sie wußte, in zwei Teile schneiden können.

Aber sie hatte keine Zeit, sich mit dem Hai aufzuhalten. Soviel sie auch schwamm, die Strömung trieb sie doch immer wieder ab. Eine halbe Stunde verging, und der Hai begann dreister zu werden.

Als er sah, daß er von ihr nichts Böses zu erwarten hatte, zog er in immer engeren Kreisen näher und blickte sie im Vorbeigleiten unverschämt und verschmitzt an. Sie wußte gut, daß er früher oder später genügend Mut aufbringen würde, um auf sie zu stoßen. Da beschloß sie, ihm zuvorzukommen. Es war eine Verzweiflungstat. Sie war eine alte Frau, allein im Meere und schwach von Entbehrungen und Mühsal, und doch mußte sie dem Angriff dieses Tigers der Meere zuvorkommen und ihn selber angreifen. Auf eine günstige Gelegenheit wartend, schwamm sie weiter. Da schwamm er träge in einer Entfernung von kaum acht Fuß vorbei. Sie tat, als ob sie ihn angreifen wollte, und stürzte sich plötzlich auf ihn. Er schlug wild mit dem Schwanze, während er floh, und seine sandpapierartige Haut traf sie und scheuerte ihr die Haut vom Ellbogen bis zur Schulter ab. In immer weiteren Kreisen schwamm er schleunigst fort und verschwand schließlich.

In der mit Blechstücken bedeckten Höhle lagen Mapuhi und Tefara und zankten sich.

»Hättest du getan, wie ich dir sagte«, beschuldigte Tefara ihn zum tausendsten Male, »die Perle versteckt und niemandem etwas davon gesagt, so hättest du sie noch.«

»Aber Huru-Huru war dabei, als ich die Muschel öffnete – habe ich dir das nicht wieder und wieder und immer wieder gesagt?«

»Und nun bekommen wir kein Haus. Raoul hat mir heute gesagt, wenn du die Perle nicht verkauft hättest, so –«

»Ich hab sie nicht verkauft. Toriki hat sie mir gestohlen.«

»– wenn du die Perle nicht verkauft hättest, so würde er dir fünftausend französische Dollar gegeben haben, und das sind zehntausend Chile.«

»Er hat mit seiner Mutter gesprochen«, brummte Mapuhi. »Sie versteht sich auf Perlen.«

»Und nun ist die Perle verloren«, klagte Tefara.

»Dafür bin ich Toriki nichts mehr schuldig. Das macht immerhin zwölfhundert, die ich bekommen habe.«

»Toriki ist tot!« rief sie. »Man hat nichts von seinem Schoner gehört. Er ist mit der ›Aorai‹ und der ›Hira‹ verlorengegangen. Bezahlt Toriki dir etwa die dreihundert, die er dir als Kredit versprochen hat? Nein, denn Toriki ist tot. Und würdest du Toriki heute die zwölfhundert schulden, wenn du die Perle nicht gefunden hättest? Nein, denn

Toriki ist tot, und einem toten Mann kannst du nichts bezahlen.«

»Aber Levy hat Toriki nichts bezahlt«, sagte Mapuhi. »Er hat ihm ein Stück Papier gegeben, das in Papeete für das Geld gut war; und jetzt ist Toriki tot und das Papier mit ihm verloren, und die Perle ist mit Levy verloren. Du hast recht, Tefara. Ich habe die Perle verloren und nichts dafür bekommen. Nun laß uns schlafen.«

Er hob plötzlich die Hand und lauschte. Von draußen kam ein Geräusch, wie wenn jemand schwer und mühsam atmete. Eine Hand tastete an der Matte, die als Eingangstür diente.

»Wer ist da?« rief Mapuhi.

»Nauri«, lautete die Antwort. »Kannst du mir sagen, wo mein Sohn Mapuhi ist?«

Tefara schrie und packte den Arm ihres Mannes. »Ein Gespenst!« keuchte sie. »Ein Gespenst!«

Mapuhis Gesicht war fahl wie der Tod. Er klammerte sich entsetzt an seine Frau.

»Gute Frau«, stammelte er und bemühte sich, seine Stimme zu verändern, »ich kenne deinen Sohn gut. Er lebt auf der Ostseite der Lagune.«

Von draußen kam ein Seufzer. Mapuhi fühlte sich erleichtert. Er hatte das Gespenst genarrt.

»Aber wo kommst du her, alte Frau?« fragte er.

»Aus dem Meere«, lautete die verzagte Antwort.

»Ich wußte es! Ich wußte es!« schrie Mapuhi und schüttelte sich.

»Seit wann hat denn Tefara ihr Lager in einem fremden Hause?« erklang Nauris Stimme durch die Matte.

Mapuhi blickte sein Weib furchtsam und vorwurfsvoll an. Ihre Stimme hatte sie verraten.

»Und seit wann verleugnet Mapuhi, mein Sohn, seine alte Mutter?« tönte die Stimme wieder.

»Nein, nein, ich habe – Mapuhi hat dich nicht verleugnet«, rief er. »Ich bin nicht Mapuhi. Er ist auf der Ostseite der Lagune, sage ich dir.«

Ngakura setzte sich im Bette auf und begann zu weinen. Die Matte zitterte.

»Was tust du?« fragte Mapuhi.

»Ich komme hinein«, sagte Nauris Stimme.

Ein Ende der Matte wurde gelüftet. Tefara versuchte, unter die Decke zu kriechen, aber Mapuhi klammerte sich an sie. Er mußte sich an etwas festhalten. Miteinander ringend, zitternd und mit hervorquellenden Augen blickten sie zusammen auf die Matte, die sich hob. Sie sahen Nauri, von Seewasser triefend, ohne Ahu hereinkriechen. Sie fielen nach hinten, rollten übereinander und kämpften um Ngakuras Decke, um sich darunter zu verstecken.

»Ihr könnt eurer alten Mutter einen Schluck Wasser geben«, sagte das Gespenst kläglich.

»Gib ihr einen Schluck Wasser«, befahl Tefara mit zitternder Stimme.

»Gib ihr einen Schluck Wasser«, gab Mapuhi den Befehl an Ngakura weiter.

Und gemeinsam holten sie Ngakura unter der Decke hervor. Als Mapuhi eine Minute darauf verstohlen aufblickte, sah er das Gespenst trinken. Als es dann gar die Hand ausstreckte und sie in die seine legte, fühlte er ihr Gewicht und überzeugte sich, daß es kein Geist war. Da tauchte er auf, zerrte Tefara hinter sich her, und nach einigen Minuten lauschten alle Nauris Erzählung. Und als sie von Levy sprach und die Perle in Tefaras Hand gleiten ließ, war auch sie mit der Wirklichkeit ihrer Schwiegermutter ausgesöhnt.

»Morgen früh«, sagte Tefara, »verkaufst du Raoul die Perle für fünftausend französische Dollar.«

»Und das Haus?« warf Nauri ein.

»Er wird das Haus bauen«, antwortete Tefara. »Er sagt, es kostet viertausend. Außerdem will er noch einen Kredit von tausend geben.«

»Und es wird sechs Faden lang sein?« zweifelte Nauri.

»Gewiß«, antwortete Mapuhi, »sechs Faden.«

»Und im Mittelzimmer wird die achteckige Wanduhr sein?«

»Gewiß, und der runde Tisch auch.«

»Dann gib mir etwas zu essen, denn ich bin hungrig«, sagte Nauri zufrieden. »Und dann wollen wir schlafen, denn ich bin müde. Und ehe wir die Perle morgen verkaufen, wollen wir weiter über das Haus sprechen. Es ist besser, wir fordern die tausend in bar. Geld ist immer besser als Kredit, wenn man von den Händlern kaufen soll.«

Chun Ah Chun

Es war nichts Auffallendes an dem Äußeren Chuns. Er war – wie Chinesen im allgemeinen – etwas untersetzt und hatte schmale Schultern und das spärliche Fleisch des Chinesen. Der Durchschnittstourist, der ihn zufällig in den Straßen Honolulus gesehen hätte, würde ihn für einen gutmütigen kleinen Chinesen, vermutlich für einen Besitzer einer gutgehenden Wäscherei oder eines Schneidergeschäfts gehalten haben. Was Gutmütigkeit und Wohlfahrt betraf, so würde das Urteil richtig, wenn auch nicht ganz zutreffend gewesen sein; denn Chun Ah Chun war ebenso gutmütig wie wohlhabend, aber wie wohlhabend, davon wußte kein Mensch auch nur den zehnten Teil. Es war bekannt, daß er ungeheuer reich war, aber in seinem Fall war das Wort ›ungeheuer‹ nur ein Ausdruck für das Unbekannte.

Ah Chun hatte kluge kleine Augen, wie schwarze Perlen und so winzig, daß sie Bohrlöchern glichen. Aber sie standen weit auseinander und wurden von einer Stirn beschirmt, die deutlich die eines Denkers war. Denn Ah Chun hatte seine Probleme und hatte sie sein ganzes Leben lang gehabt. Nur daß er sich nie damit gequält hatte. In erster Linie war er Philosoph, und ob er Kuli oder Multimillionär und Herrscher über viele Männer war, sein seelisches Gleichgewicht blieb doch dasselbe. Er lebte immer in einem erhabenen seelischen Gleichgewicht, das weder Glück noch Unglück erschüttern konnte. Aus allem zog er seinen Vorteil, ob es die Prügel des Aufsehers auf den Zuckerrohrfeldern waren oder ein Fallen der Zuckerpreise, als er selbst Besitzer der Felder war. Und so beherrschte er von dem Felsen seiner sicheren Zufriedenheit aus Probleme, über denen nur wenige Männer, geschweige denn ein chinesischer Bauer, zu grübeln hatten.

Denn das war er eben – ein chinesischer Bauer, dazu geboren, sein Leben lang wie ein Tier auf dem Felde zu arbeiten, aber entschlossen, dem Felde zu entkommen wie ein Prinz im Märchen. Ah Chun konnte sich seines Vaters, eines Kleinbauern in der Gegend von Kanton, nicht erinnern, auch seiner Mutter, die starb, als er sechs Jahre alt war, erinnerte er sich kaum. Aber er gedachte viel seines verehrten Onkels Ah Kow, denn ihm hatte er von seinem sechsten bis zu seinem vierundzwanzigsten Jahre als Sklave gedient. Davon befreite er sich dann, indem er sich als Kuli zu dreijähriger Arbeit auf den Zuckerplantagen von Hawaii zu fünfzig Cent täglich verdingte.

Ah Chun beobachtete scharf. Er hatte einen Blick für Kleinigkeiten, die nicht einer von tausend bemerkte. Drei Jahre arbeitete er auf den Feldern, dann verstand er mehr von Zuckerrohrbau als die Aufseher und selbst der Inspektor, und der Inspektor wäre erstaunt gewesen über die Kenntnisse, die der schmächtige kleine Kuli über den Verarbeitungsprozeß in der Mühle besaß. Aber Ah Chun studierte nicht nur den Gang der Zuckererzeugung: er versuchte herauszubekommen, wie man Besitzer von Zuckermühlen und Plantagen wurde. Eine Feststellung machte er bald, nämlich, daß man nicht durch die Arbeit seiner eigenen Hände reich wurde. Das wußte er, denn er hatte selbst zwanzig Jahre lang gearbeitet. Leute, die reich wurden, wurden es durch die Arbeit anderer Hände. Der

Mann war am reichsten, der die größte Zahl von Mitmenschen für sich arbeiten ließ.

Als sein Kontrakt abgelaufen war, steckte Ah Chun deshalb seinen Spargroschen in ein kleines Importgeschäft und tat sich mit einem gewissen Ah Yung zusammen. Diese Firma wurde schließlich die große ›Ah Chun & Ah Yung‹, die Geschäfte mit allem möglichen, von indischen Seidenstoffen und Gewürzen bis zu Guano-Inseln und Arbeiterwerbeschiffen, machte. Vorläufig nahm Ah Chun jedoch eine Stellung als Koch an. Er war ein guter Koch, und nach drei Jahren war er der bestbezahlte Küchenchef in Honolulu. Seine Zukunft war gesichert, und er war ein Esel, daß er die Stellung aufgab, wie sein Chef Dantin ihm sagte; aber Ah Chun wußte, was er wollte, wurde deshalb ein dreifacher Esel genannt und erhielt ein Geschenk von fünfzig Dollar außer dem Lohn, den man ihm schuldig war.

Die Firma Ah Chun & Ah Yung hatte Glück. Ah Chun brauchte nicht mehr als Koch zu arbeiten. Es waren gute Zeiten für Hawaii. Man pflanzte Zucker in großem Maßstabe und brauchte Arbeitskräfte. Ah Chun nahm die Gelegenheit wahr und verlegte sich auf den Import von Arbeitskräften. Er brachte Tausende von Kulis von Kanton nach Hawaii, und sein Reichtum begann zu wachsen. Er legte sein Geld an. Seine schwarzen Perlenaugen sahen gute Geschäfte, wo andere Leute die Pleite sahen. Er kaufte für ein Butterbrot einen Fischteich, der später fünfhundert Prozent ergab und die Quelle wurde, die ihm das Monopol auf den Fischhandel von Honolulu sicherte. Er hielt keine Reden, um bekannt zu werden, gab sich weder mit Politik noch mit revolutionären Spielereien ab, aber er sah den Gang der Ereignisse deutlicher und länger voraus als die

Männer, die sie ins Werk setzten. Mit den Augen seiner Seele sah er Honolulu als eine moderne, elektrisch erleuchtete Stadt zu einer Zeit, da sie sich, unordentlich und halb im Sande vergraben, über eine öde Sandbank und auftauchende Korallenriffe erstreckte. Also kaufte er Grundstücke. Er kaufte Grundstücke von Kaufleuten, die Bargeld brauchten, von armen Eingeborenen, von den verkommenen Söhnen von Händlern, von Witwen und Waisen und von den Aussätzigen, die nach Molokai deportiert wurden. Mit den Jahren zeigte es sich, daß man die Grundstücke, die er gekauft hatte, für Speicher, Warenhäuser oder Hotels brauchte. Er vermietete und verpachtete, verkaufte und kaufte und verkaufte wieder.

Aber es gab noch anderes. Er schenkte Parkinson, dem Renegaten und Schiffer, auf den niemand sich verlassen wollte, sein Vertrauen und gab ihm Geld. Und Parkinson unternahm mit der kleinen ›Vega‹ geheimnisvolle Reisen. Ah Chun sorgte für Parkinson, bis er starb, und viele Jahre später erlebte Honolulu eine Überraschung, als durchsickerte, daß die Guano-Inseln Drake und Acorn für dreiviertel Millionen an die Englische Phosphat-Gesellschaft verkauft worden waren. Es kamen die fetten, einträglichen Tage unter König Kalakaua, als Ah Chun dreihunderttausend Dollar für die Opiumkonzession bezahlte. Wenn er aber eine drittel Million für das Monopol auf das Gift bezahlte, war es doch eine gute Geldanlage, denn für den Gewinn kaufte er die Kalalau-Plantage, die ihm wieder siebzehn Jahre lang dreißig Prozent brachte und die er schließlich für anderthalb Millionen verkaufte.

Es war unter den Kamehamehas, lange ehe er seinem Vaterland als chinesischer Konsul diente – eine Stellung, die ihm nicht das geringste einbrachte –, und zwar unter

Kamehameha IV., daß er seine Staatsbürgerschaft wechselte und die von Hawaii annahm, um Stella Allendale heiraten zu können, die selbst Untertanin des braunhäutigen Königs war, obwohl mehr angelsächsisches als polynesisches Blut in ihren Adern floß. In ihr war die verschiedenartige Abstammung tatsächlich so verdünnt, daß man mit Achteln und Sechzehnteln rechnen mußte. Zu einem Sechzehntel hatte sie das Blut ihrer Urgroßmutter Paahao – der Prinzessin Paahao, denn sie gehörte der Königsfamilie an. Der Urgroßvater Stella Allendales war ein gewisser Kapitän Blunt gewesen, ein englischer Abenteurer, der in den Dienst Kamehamehas getreten und selbst Tabu-Häuptling geworden war. Ihr Großvater war ein Walfänger-Kapitän aus New Bedford gewesen, während sie durch ihren eigenen Vater eine entfernte Mischung von italienischem und portugiesischem Blut besaß, die seiner eigenen englischen Rasse eingeimpft worden war. Juristisch war Ah Chuns Ehegattin Hawaiianerin, in Wirklichkeit aber gehörte sie jeder anderen der drei genannten Nationen mehr an.

Und in diese Mischung von Rassen brachte Ah Chun die mongolische. So wurden denn die Kinder, die er mit Frau Ah Chun zeugte, zu einem Zweiunddreißigstel Polynesier, zu einem Sechzehntel Italiener, zu einem Sechzehntel Portugiesen, zur Hälfte Chinesen und zu elf Zweiunddreißigstel Engländer und Amerikaner. Es kann schon sein, daß Ah Chun nicht geheiratet haben würde, hätte er die seltsame Familie voraussehen können, die das wunderbare Ergebnis dieser Verbindung wurde. Sie war in mancher Beziehung wunderbar. Erstens durch ihre Größe. Er hatte fünfzehn Söhne und Töchter, größtenteils Töchter. Die Söhne kamen, drei an der Zahl, zuerst, und dann folgte in unabänderlicher Reihenfolge ein ganzes Dutzend Mädchen. Die Rassenmischung war ausgezeichnet. Sie erwies sich nicht nur als fruchtbar, die Nachkommenschaft war auch ausnahmslos gesund und tadellos. Aber das verblüffendste an der Familie war ihre Schönheit. Alle Mädchen waren schön – zart, ätherisch schön. Die runden Linien von Mama Ah Chun schienen die mageren Kanten Papa Ah Chuns abzuschleifen, die Töchter wurden schlank, ohne hager, rund, ohne fett zu sein. Jeder Zug eines jeden Gesichts erinnerte immer noch an Asien, aber alle diese Züge waren umgearbeitet und verdeckt von Alt-England, Amerika und Südeuropa. Keiner, der sie sah, hätte ohne näheres Wissen erraten können, wieviel chinesisches Blut in ihren Adern floß, aber andererseits konnte niemand, der sie sah und Bescheid wußte, die chinesischen Merkmale übersehen.

Als Schönheiten waren die Mädchen Ah Chuns etwas Neues. Man hatte nie ihresgleichen gesehen. Sie glichen niemand so sehr, wie sie einander glichen, und doch hatte jede von ihnen ihre besondere Persönlichkeit. Man konnte sie nicht miteinander verwechseln. Trotzdem erinnerte einen die blauäugige und blonde Maud gleich an Henrietta, eine olivenfarbene Brünette mit großen, schmachtenden dunklen Augen und blauschwarzem Haar. Diese Ähnlichkeit aller untereinander, die jeden Unterschied ausglich, war der Beitrag Ah Chuns. Er hatte den Grund gelegt, auf dem die gemischten Muster der Rasse sich gezeichnet hatten. Von ihm stammte der feingebaute chinesische Rahmen, innerhalb dessen die Feinheit und Eleganz des angelsächsischen, romanischen und polynesischen Fleisches sich aufgebaut hatten.

Frau Ah Chun hatte ihre eigenen Ideen, auf die Ah Chun sein Vertrauen setzte, die er jedoch nie zum Ausdruck kommen ließ, sobald sie in Widerspruch zu seiner eigenen philosophischen Ruhe gerieten. Sie war ihr ganzes Leben gewohnt gewesen, europäisch zu leben. Schön. Ah Chun schenkte ihr ein europäisches Haus. Später, als seine Söhne und Töchter groß genug waren, um ihre Meinung zu äußern, erbaute er eine Villa, ein geräumiges, weitläufiges Gebäude, ebenso bescheiden wie prachtvoll. Nach einiger Zeit erhob sich auch ein Haus auf dem Tantalusberge, wo die Familie hinziehen konnte, wenn der ›kranke Wind‹ von Süden wehte. Und bei Waikiki baute er sich eine Wohnung am Strande auf einem großen Grundstück, das so gut gewählt war, daß er eine riesige Summe daran verdiente, als die Regierung der Vereinigten Staaten es später zu Festungsanlagen enteignete. In allen Häusern gab es Billards und Fremdenzimmer in großer Zahl, denn die wunderbare Nachkommenschaft Ah Chuns legte Wert auf Geselligkeit. Die Möbel waren außerordentlich in all ihrer Einfachheit. Unsummen wurden ausgegeben, ohne daß es zur Schau gestellt wurde – dank dem gut entwickelten Geschmack der Nachkommenschaft.

Ah Chun hatte bei ihrer Erziehung nicht gespart. »Die Ausgaben spielen keine Rolle«, hatte er in alten Tagen zu Parkinson gesagt, als der gleichgültige Seemann keinen Grund finden konnte, die ›Vega‹ seetüchtig zu machen. »Führen Sie nur den Schoner, ich werde die Rechnungen schon bezahlen.« Ebenso hatte er es mit seinen Söhnen und Töchtern gemacht. Es war ihre Sache, sich eine gute Bildung anzueignen, die Ausgaben spielten keine Rolle. Harold, der älteste, hatte Harvard und Oxford besucht; Albert und Charles hatten in Yale studiert. Und die Töchter, von der ältesten bis zur jüngsten, waren in Mills Seminar in Kalifornien vorbereitet worden und dann nach

Vassar, Wellesley oder Bryn Mawr gekommen. Mehrere hatten auf ihren eigenen Wunsch ihre letzte Ausbildung in Europa genossen. Aus der ganzen Welt kehrten die Söhne und Töchter Ah Chuns zu ihm zurück mit Vorschlägen und Ratschlägen für die stilgerechte und prachtvolle Ausstattung seiner Wohnungen. Ah Chun selbst zog den wollüstigen Glanz orientalischer Pracht vor; aber er war Philosoph und sah ein, daß die Geschmacksrichtung seiner Kinder nach abendländischem Maßstab nicht schlecht war.

Natürlich behielten seine Kinder nicht den Namen Ah Chun. Wie er sich selbst vom Kuli und Arbeiter zum Millionär entwickelt hatte, so hatte sich auch sein Name entwickelt. Mama Ah Chun hatte ihn A'Chun buchstabiert, aber ihre kluge Nachkommenschaft hatte den Apostroph gestrichen und buchstabierte ihn Achun. Ah Chun widersprach nicht. Wie sein Name buchstabiert wurde, das störte in keiner Beziehung seine Bequemlichkeit oder seine philosophische Ruhe. Außerdem war er nicht stolz. Als seine Kinder sich aber bis zu einem gestärkten Hemd, einem gestärkten Kragen und einem Gehrock für ihn verstiegen, störten sie ihn in seiner Bequemlichkeit und Ruhe. Davon wollte Ah Chun nichts wissen. Er zog die losen, flatternden Kittel Chinas vor, und sie konnten ihn weder durch Zureden noch durch Schikanieren zu einer Veränderung in dieser Beziehung bringen. Sie versuchten beides, aber namentlich im Schikanieren hatten sie Pech. Nicht umsonst waren sie in Amerika gewesen. Sie hatten gelernt, welche Wirkung ein Boykott von seiten organisierter Arbeiter tun konnte, und sie boykottierten ihn, ihren Vater, Chun Ah Chun, in seinem eigenen Haus, mit Hilfe und Unterstützung von Mama Ah Chun. Ah Chun selbst kannte zwar die Bildung des Westens nicht, war aber in den Arbeitsverhältnissen des Westens gründlich zu Hause. Er war selbst ein großer Arbeitgeber und konnte es mit ihrer Taktik aufnehmen. Er erklärte sofort die ›Aussperrung‹ gegen seine aufrührerische Nachkommenschaft und seine irrgeleitete Ehegenossin. Er verabschiedete seine zahlreiche Dienerschaft, verschloß seine Ställe, verschloß seine Häuser und zog in das Königlich Hawaiische Hotel, dessen größter Aktionär er zufällig war. Die Familie irrte verzweifelt zu Besuch bei Freunden umher, während Ah Chun ruhig seine vielen Geschäfte verwaltete, seine lange Pfeife mit dem kleinen silbernen Kopf rauchte und über dem Problem seiner wundervollen Nachkommenschaft grübelte.

Dieses Problem störte seine Ruhe indessen nicht. Er wußte im voraus in seiner philosophischen Seele, daß er es, wenn es reif war, lösen würde. Unterdessen erteilte er seiner Familie die Lektion, daß er, so gut sich auch mit ihm auskommen ließ, doch die absolute Diktatur über ihr Schicksal ausübte. Die Familie hielt es eine Woche aus, kehrte dann aber, zugleich mit Ah Chun und der vielen Dienerschaft, zurück, um das Sommerhaus nicht wieder zu verlassen. In Zukunft fiel kein Wort mehr, wenn es Ah Chun einfiel, seinen prachtvollen Salon in blauseidenem Gewand mit wattierten Pantoffeln und schwarzer Seidenmütze mit rotem Knopf zu betreten, oder wenn er die dünnröhrige Pfeife mit dem silbernen Knopf unter den Zigaretten und Zigarren rauchenden Offizieren und Zivilisten auf einer der breiten Veranden oder im Rauchzimmer schmauchte.

Ah Chun nahm eine ganz besondere Stellung in Honolulu ein. Obwohl er sich nicht im gesellschaftlichen Leben zeigte, hatte er doch überall Zutritt. Die einzigen aber, die er besuchte, waren die chinesischen Kaufleute der Stadt; er hielt jedoch offenes Haus und war immer der Mittelpunkt in seinem Heim und an seinem Tisch. Obgleich als chinesischer Bauer geboren, herrschte er doch in einer Atmosphäre von Bildung und Verfeinerung, die keiner auf allen Inseln übertraf. Auf allen Inseln gab es keinen, der zu stolz war, seine Schwelle zu überschreiten und seine Gastfreundschaft anzunehmen. Vor allem war der Ton in der Villa Achun einwandfrei. Zudem war Ah Chun eine Macht. Und endlich war Ah Chun in moralischer Beziehung mustergültig und ein ehrlicher Geschäftsmann. Obgleich die Geschäftsmoral an sich schon höher stand als auf dem Festlande, übertraf Ah Chun doch alle andern Geschäftsleute Honolulus in der Strenge seiner Redlichkeit und Gewissenhaftigkeit. Sein Wort galt für ebenso gut wie seine Unterschrift. Man brauchte nichts Schriftliches von ihm, um ihn zu binden. Er brach nie sein Wort. Zwanzig Jahre nach dem Tode von Hotchkiss von der Hotchkiss-Morterson-Gesellschaft fand man auf verlegten Papieren eine Anleihe von dreißigtausend Dollar verzeichnet, die Ah Chun erhalten hatte. Er hatte das Geld erhalten, als er Geheimer Rat Kamehamehas II. war. In der Geschäftigkeit und Verwirrung der Tage des Geldscheffelns war die Sache Ah Chun aus dem Gedächtnis entschwunden. Es gab keinen Schuldschein, keine juristisch gültige Forderung an ihn, aber er machte die Sache mit den Erben von Hotchkiss ab und zahlte freiwillig an Zinsen und Zinseszinsen eine Summe, die das Kapital weit überstieg. Ähnlich ging es, als er mündlich für den unseligen Kakiku-Kanalisierungsplan die Bürgschaft zu einer Zeit übernahm, als selbst die Vorsichtigsten sich nicht träumen ließen, daß eine Bürgschaft je notwendig werden sollte. »Er unterschrieb einen Scheck auf zweihunderttausend, ohne daß ihm auch nur die Hand zitterte, meine Herren, ohne daß ihm auch nur die Hand zitterte«, berichtete der Sekretär dieses entschlafenen Unternehmens, als er hingeschickt wurde in der verzweifelten Hoffnung, bei Ah Chun etwas zu erreichen. Man wußte viele ähnliche Beispiele, wie er sein Wort gehalten hatte, und es gab kaum einen unter den bekannteren Leuten auf Hawaii, der nicht bei irgendeiner Gelegenheit von Ah Chun finanziell unterstützt worden war.

So kam es, daß Honolulu die wunderbare Familie Ah Chuns zu einem verwirrenden Problem heranwachsen sah und daß er den Leuten heimlich leid tat, denn sie vermochten sich nicht vorzustellen, was er mit dieser Familie machen wollte. Ah Chun selbst aber sah das Problem deutlicher als alle andern. Keiner wußte so gut wie er selber, in wie hohem Maße er seiner eigenen Familie fremd war. Seine eigene Familie ahnte es nicht. Er sah ein, daß es keinen Platz für ihn unter der wunderbaren Frucht seiner Lenden gab, und er blickte vorwärts auf sein Alter und wußte, daß er ihr immer fremder würde. Er verstand seine Kinder nicht. Ihre Gespräche handelten von Dingen, die ihn nicht interessierten und von denen er nichts wußte. Die Kultur des Westens war an ihm vorübergegangen. Er war durch und durch Asiate, was wiederum bedeutete, daß er Heide war. Ihr Christentum war für ihn der reine Unsinn. Aber alles das würde er als etwas Fernes und Gleichgültiges übersehen haben, hätte er nur die jungen Leute selbst verstanden. Sagte Maud ihm zum Beispiel, daß der Haushalt monatlich dreißigtausend kostete, so verstand er das, und er verstand es auch, wenn Albert ihn um fünftausend bat, um die Schonerjacht ›Muriel‹ zu kaufen und Mitglied des Hawaii-Jachtklubs zu werden. Aber ihre weiteren, verwickelteren Wünsche und Gedankengänge verwirrten ihn. Er entdeckte bald, daß das Denken jedes Sohnes und jeder Tochter ein geheimes Labyrinth war, in dem sich zurechtzufinden er nie hoffen durfte. Stets rannte er mit der Stirn gegen die Mauer an, die Osten von Westen scheidet. Ihre Seelen waren ihm unzugänglich, und daher wußte er auch, daß seine Seele ihnen unzugänglich war.

Außerdem ertappte er sich dabei, wie er mit den Jahren immer mehr in seine eigene Rasse zurückglitt. Die üblen Düfte des chinesischen Viertels waren würziger Wohlgeruch für ihn. Er sog sie mit Behagen ein, wenn er durch die Straße ging, denn in Gedanken führten sie ihn in die engen, winkeligen, von Leben und Bewegung wimmelnden Gassen Kantons zurück. Er bereute, daß er sich in der Verlobungszeit den Zopf abgeschnitten hatte, um Stella Allendale eine Freude zu machen, und erwog ernsthaft, ob es nicht ratsam wäre, sich den Scheitel zu rasieren und einen neuen Zopf wachsen zu lassen. Was sein hochbezahlter Küchenchef ihm vorsetzte, kitzelte seinen Gaumen nicht so wie die schauerlichen, undefinierbaren Gerichte in der schwülen Wirtschaft im Chinesenviertel. Eine halbe Stunde Rauch und Unterhaltung mit ein paar alten chinesischen Kameraden machte ihm viel mehr Freude als der Vorsitz bei den verschwenderischen, eleganten Diners, für die seine Villa berühmt war und bei denen die Blüte der europäischen und amerikanischen Gesellschaft, Herren und Damen nebeneinander, an den langen Tischen saßen. Die Damen mit ihren Juwelen, die in dem gedämpften Licht auf weißen Hälsen und Armen funkelten, die Herren im Frack, und alle schwatzend und lachend über Themen und Witze, die ihm zwar nicht direkt unverständlich waren, ihn aber weder interessierten noch unterhielten.

Aber nicht nur sein immer steigender Drang, sich abzusondern und zu seinen chinesischen Fleischtöpfen zurückzukehren, bildete das Problem. Da war auch sein Reichtum. Er hatte vorwärts geschaut auf ein ruhiges Alter. Er hatte schwer gearbeitet. Sein Los hätte Friede und Ruhe sein sollen. Aber er wußte, daß bei seinem riesigen Vermögen Friede und Ruhe unmöglich waren. Es gab bereits Anzeichen dafür. Er hatte ähnliche Kämpfe schon früher gesehen. Da war zum Beispiel sein früherer Chef Dantin, dessen Kinder ihm mit Hilfe des Gesetzes die Verfügung über sein Vermögen entrissen und das Recht erhalten hatten, Vormünder zu ernennen, um es zu verwalten. Ah Chun wußte, und er wußte es sehr gut, daß, wäre Dantin ein armer Mann gewesen, das Gericht dahin entschieden hätte, er habe Verstand genug, sein Vermögen selbst zu verwalten. Und der alte Dantin hatte nur drei Kinder und eine halbe Million besessen, wohingegen er, Chun Ah Chun, fünfzehn Kinder und ungezählte Millionen besaß.

»Unsere Töchter sind schön«, sagte er eines Abends zu seiner Frau. »Es gibt viele junge Männer. Das Haus ist immer voll von jungen Männern. Meine Zigarrenrechnungen sind sehr hoch. Warum gibt es keine Hochzeit?«

Mama Achun zuckte die Achseln und schwieg.

»Frauen sind Frauen, und Männer sind Männer – es ist merkwürdig, daß es keine Hochzeit gibt. Vielleicht gefallen unsere Töchter den jungen Männern nicht.«

»Doch, sie gefallen ihnen schon gut genug«, antwortete Mama Chun. »Aber sie können nicht vergessen, daß du der Vater deiner Töchter bist.«

»Aber du vergaßest doch, wer mein Vater war«, sagte Ah Chun ernst. »Alles, was du verlangtest, war, daß ich mir meinen Zopf abschnitt.«

»Die jungen Männer nehmen es vermutlich genauer als ich.«

»Was ist das Größte auf der Welt?« fragte Ah Chun plötzlich, als wollte er von etwas anderem reden.

Mama Achun bedachte sich einen Augenblick, dann antwortete sie: »Gott.«

Er nickte. »Es gibt verschiedene Götter. Einige aus Papier, einige aus Holz, einige aus Bronze. Im Kontor habe ich einen kleinen, den ich als Briefbeschwerer benutze. Im Museum sind eine Menge Götter aus Korallenblöcken und Lava.«

»Aber es gibt nur einen Gott«, erklärte sie bestimmt und reckte ihren vollen Körper, als wollte sie den Kampf mit ihm aufnehmen.

Ah Chun sah das Gefahrensignal und wich aus.

»Aber was ist größer als Gott?« fragte er. »Das will ich dir sagen: Geld. In meiner Zeit habe ich Geschäfte mit Juden und Christen, Mohammedanern und Buddhisten und mit kleinen schwarzen Männern von den Salomoninseln und Neu-Guinea gemacht, die ihren Gott in Ölpapier eingepackt bei sich trugen. Sie hatten verschiedene Götter, diese Männer, aber alle beteten sie das Geld an. Da ist zum Beispiel Kapitän Higginson. Henrietta scheint ihm zu gefallen.«

»Er wird sie nie heiraten«, antwortete Mama Achun. »Er wird Admiral, ehe er stirbt.«

»Konteradmiral«, warf Ah Chun ein. »Jawohl, das weiß ich. Das werden sie, wenn sie ihren Abschied nehmen.«

»Seine Familie ist in den Vereinigten Staaten hochangesehen. Sie würde sich nicht freuen, wenn er – wenn er ein nichtamerikanisches Mädchen heiratete.«

Ah Chun klopfte seine Pfeife aus und stopfte nachdenklich einen kleinen Klumpen Tabak in den Silberkopf. Er steckte sie an und rauchte sie aus, ehe er weitersprach.

»Henrietta ist das älteste der Mädchen. An dem Tage, an dem sie sich verheiratet, gebe ich ihr dreihunderttausend Dollar. Das wird diesem Kapitän Higginson und seiner vornehmen Familie den Mund stopfen. Laß ihm gegenüber ein Wort davon fallen. Das überlasse ich dir.«

Und Ah Chun rauchte weiter, und in den wogenden Rauchwolken sah er, wie das Gesicht und die Gestalt Toy Shueys sich bildete – Toy Shueys, des Mädchens im Hause seines Onkels im Dorfe bei Kanton, deren Arbeit nie fertig wurde und die für ein ganzes Jahr einen Dollar erhielt. Und er sah sein jugendliches Ich in dem wogenden Rauch aufsteigen, sein jugendliches Ich, das achtzehn Jahre lang auf dem Felde seines Onkels für nicht viel mehr gearbeitet hatte. Jetzt gab er, Ah Chun, der Bauer, seiner Tochter eine Mitgift von dreihunderttausend Jahren solcher Arbeit. Und sie war nur eine von einem Dutzend Töchter. Er fühlte sich nicht erhoben bei dem Gedanken. Er sah plötzlich, daß es eine komische, launische Welt war, und er kicherte laut und weckte Mama Achun aus einer Träumerei, die sie, wie er wußte, tief in die geheimen Kammern ihres Wesens führte, wohin er nie gedrungen war.

Aber das Wort Ah Chuns ging weiter in einem Flüstern. Kapitän Higginson vergaß seine Würde als Konteradmiral und seine feine Familie und heiratete die dreimalhunderttausend Dollar und ein verfeinertes, gebildetes Mädchen, das zu einem Zweiunddreißigstel Polynesierin, zu einem Sechzehntel Italienerin, zu einem Sechzehntel Portugiesin, zu elf Zweiunddreißigstel Engländerin und Amerikanerin und zur Hälfte Chinesin war.

Ah Chuns Freigebigkeit tat ihre Wirkung. Seine Töchter wurden plötzlich erstrebenswerte Partien. Klara war die nächste; als aber der Staatssekretär des Territoriums formell um ihre Hand anhielt, ließ Ah Chun ihn wissen, daß er warten müsse, bis er an die Reihe käme, denn Maud sei die ältere und solle zuerst heiraten. Das war kluge Politik. Die ganze Familie hatte ein lebhaftes Interesse daran, Maud an den Mann zu bringen, und das glückte denn auch im Laufe von drei Monaten mit Ned Humphreys, dem Einwanderungskommissar der Vereinigten Staaten. Er wie Maud beklagten sich, denn ihre Mitgift betrug nur zweihunderttausend. Ah Chun erklärte indessen, daß er anfangs so freigebig gewesen war, um das Eis zu brechen, und daß seine Töchter jetzt nur erwarten konnten, billiger wegzugehen.

Auf Maud folgte Klara, und dann gab es zwei Jahre lang eine ununterbrochene Reihe von Hochzeiten in der Villa.

Unterdessen hatte Ah Chun nicht müßig zugesehen. Eine nach der andern seiner Geldanlagen wurde gekündigt. Er verkaufte seine Anteile an einer Reihe von Unternehmungen, und Schritt für Schritt, so daß es keinen plötzlichen Preisfall verursachte, trennte er sich von seinem großen Grundbesitz. Zuletzt verursachte er indessen doch einen Preisfall und verkaufte mit Verlust. Der Grund zu dieser Eile waren die Wolken, die er schon am Horizont aufsteigen sah. Als Lucille verheiratet worden war, klang schon der erste Widerhall von Streit und Eifersucht in seinen Ohren. Die Luft war voll von Plänen und Gegenplänen, um seine Gunst zu gewinnen und ihn gegen den einen oder andern seiner Schwiegersöhne oder gegen sie alle bis auf einen einzunehmen. Und das alles trug nicht dazu bei, ihm den Frieden und die Ruhe zu sichern, die er sich für sein Alter gewünscht hatte.

Er beeilte sich. Seit langer Zeit stand er in Briefwechsel mit den größten Banken in Schanghai und Macao. Seit mehreren Jahren hatte jeder abgehende Dampfer Anweisungen eines gewissen Chun Ah Chun auf Depositen in diesen orientalischen Banken mitgenommen. Jetzt wurden die Anweisungen größer. Seine beiden jüngsten Töchter waren noch nicht verheiratet. Er wartete nicht, sondern gab jeder eine Mitgift von hunderttausend, die in der Hawaii-Bank angelegt wurden, Zinsen brachten und auf ihren Hochzeitstag warteten. Albert übernahm die Firma Ah Chun & Ah Yung, nachdem Harold, der älteste, es vorgezogen hatte, sich mit einer Viertelmillion in England niederzulassen. Charles, der jüngste, bekam hunderttausend, einen gesetzlichen Vormund und einen Kursus in einem Keeley-Institut. Mama Achun bekam die Villa, das Haus auf dem Tantalusberge und eine neue Wohnung an der See statt derer, die Ah Chun an die Regierung verkauft hatte. Außerdem bekam Mama Achun eine halbe Million in gutangelegten Werten.

Ah Chun war jetzt bereit, die Nuß des Problems zu knacken. Eines schönen Morgens, als die Familie beim Frühstück saß – er hatte dafür gesorgt, daß alle seine Schwiegersöhne und ihre Frauen zugegen waren –, teilte er ihnen mit, daß er im Begriff stände, in sein Vaterland zurückzukehren. In einer hübschen kleinen Predigt erklärte er ihnen, daß er reichlich für seine Familie gesorgt hätte, und entwickelte verschiedene Lehrsätze, die, wie er sagte, sie sicher instand setzen würden, in Frieden und Eintracht miteinander zu leben. Er gab seinen Schwiegersöhnen auch geschäftliche Ratschläge, predigte, wie vortrefflich es sei, mäßig zu leben und sein Geld sicher anzulegen, und bereicherte sie aus seiner umfassenden Kenntnis der industriellen und merkantilen Verhältnisse Hawaiis. Dann verlangte er seinen Wagen, fuhr in Begleitung der weinenden Mama Achun zum Postdampfer und ließ die Villa in voller Panik zurück. Kapitän Higginson trat eifrig dafür ein, ihn unter Kuratel zu stellen. Die Töchter vergossen reichliche Tränen. Einer ihrer Männer, ein früherer Richter, bezweifelte Ah Chuns Verstand und eilte zu den maßgebenden Behörden, um ihn untersuchen zu lassen. Er kam indessen zurück mit der Nachricht, daß Ah Chun tags zuvor bei der Gesundheitskommission erschienen, eine Untersuchung seines Geisteszustands verlangt und die Prüfung mit Glanz bestanden habe. Es war nichts zu machen, deshalb gingen sie hin und verabschiedeten sich von dem kleinen alten Mann, der ihnen vom Promenadendeck aus winkte, während der große Dampfer durch das Korallenriff hindurch auf das offene Meer hinaussteuerte.

Aber der kleine alte Mann fuhr nicht nach Kanton. Er kannte sein eigenes Land und die Erpressungen der Mandarine zu genau, um sich mit dem ansehnlichen Rest seines Reichtums, den er behalten hatte, dorthin zu wagen. Er reiste nach Macao. Nun hatte Ah Chun lange die Macht eines Königs ausgeübt, und er war so herrschsüchtig wie ein König. Als er in Macao an Land ging und sich in das Büro des größten europäischen Hotels begab, um seinen Namen in das Fremdenbuch einzuschreiben, klappte der Portier ihm das Buch vor der Nase zu. Chinesen wurden nicht aufgenommen. Ah Chun ließ den Direktor rufen und wurde mit Hohn behandelt. Er entfernte sich, kam aber zwei

Stunden später wieder. Er ließ den Portier und den Direktor rufen und gab ihnen ein Monatsgehalt und ihre Entlassung. Er hatte das Hotel gekauft und ließ sich in der schönsten Zimmerflucht für die vielen Monate nieder, während sein prachtvolles Palais am Rande der Stadt gebaut wurde. In der Zwischenzeit erhöhte er mit der unvermeidlichen Tüchtigkeit, die ihm eigen war, den Nettogewinn seines großen Hotels von drei Prozent auf dreißig.

Die Unannehmlichkeiten, vor denen Ah Chun geflüchtet war, begannen bald. Einige der Schwiegersöhne legten ihr Geld unvorsichtig an, andere brachten die Achunsche Mitgift durch. Als Ah Chun sich zurückgezogen hatte, richteten sie ihre Blicke auf Mama Ah Chun und ihre halbe Million; unterdessen wurden die gegenseitigen Gefühle nicht gerade liebevoller, und Rechtsanwälte wurden dick und fett, während sie den Wortlaut der Depositenscheine untersuchten. Klagen und Widerklagen erfüllten die Gerichte von Hawaii. Auch die Strafkammer ging nicht leer aus. Es gab zornige Zusammenstöße, bei denen harte Worte und noch härtere Schläge fielen. Es geschah, daß Blumentöpfe geworfen wurden, um beschwingten Worten Nachdruck zu verleihen. Außerdem entstanden Beleidigungsprozesse, die sich durch die Gerichte hinschleppten und ganz Honolulu in Aufregung und Spannung versetzten, was die Zeugen offenbaren würden.

In seinem Palast raucht Ah Chun, von allen köstlichen Herrlichkeiten des Orients umgeben, ruhig seine Pfeife, während er auf den Lärm jenseits des Meeres lauscht. Mit jedem Postdampfer geht ein Brief in fehlerfreiem Englisch, auf einer amerikanischen Schreibmaschine getippt, von Macao nach Honolulu, und darin gibt Ah Chun in bewundernswerten Worten und Vorschriften seiner Familie den

Rat, in Eintracht und Harmonie miteinander zu leben. Was ihn selbst betrifft, so hat er nichts mehr mit alledem zu tun. Er hat Frieden und Ruhe erlangt. Hin und wieder kichert er und reibt sich die Hände, und seine schiefen Äuglein blinzeln heiter bei dem Gedanken an diese komische Welt. Denn von seinem ganzen Leben und von seiner Philosophie ist ihm das eine geblieben – die Überzeugung, daß dies eine sehr komische Welt sei.

Koolau, der Aussätzige

»Weil wir krank sind, berauben sie uns der Freiheit. Wir haben dem Gesetz gehorcht. Wir haben nichts Böses getan. Und doch wollen sie uns ins Gefängnis werfen. Molokai ist ein Gefängnis. Das wissen wir. Niuli, hier – seine Schwester wurde vor sieben Jahren nach Molokai geschickt. Er hat sie nie wiedergesehen. Er wird sie nie wiedersehen. Sie muß dort bleiben bis zu ihrem Tode. Es ist nicht ihr Wille. Es ist der Wille der weißen Männer, die das Land beherrschen. Und wer sind sie, diese weißen Männer?

Wir wissen es. Wir haben es von unsern Vätern und von den Vätern unserer Väter gehört. Sie kamen wie die Lämmer und sprachen sanft. Wohl mochten sie sanft sprechen, denn wir waren viele und wir waren stark, und alle Inseln gehörten uns. Wie gesagt, sie sprachen sanft. Sie waren von zweierlei Art. Die einen baten uns um Erlaubnis, um unsere gnädige Erlaubnis, uns Gottes Wort zu predigen. Die andern baten uns um Erlaubnis, um unsere gnädige Erlaubnis, mit uns Handel zu treiben; das war der Anfang. Heute gehören alle Inseln ihnen, aller Boden, alles Vieh – alles gehört ihnen. Die, welche das Wort Gottes predigten, und die, welche das Wort des Rums predigten, haben sich zusammengetan und sind große Häuptlinge geworden. Sie wohnen wie Könige in Häusern mit vielen Zimmern und haben eine Unzahl von Dienern, die für sie sorgen. Die, welche nichts hatten, haben jetzt alles, und wenn ihr oder ich oder irgendein Kanake hungrig ist, so lachen sie höhnisch und sagen: ›Nun, warum arbeitet ihr nicht? Es gibt ja Plantagen.‹«

Koolau schwieg. Er hob die eine Hand und schob mit seinen verkrüppelten Fingern den roten Hibiskuskranz zurück, der sein schwarzes Haar krönte. Der Mondschein badete die Szene in Silber. Es war eine Nacht des Friedens, aber die um ihn her saßen und seinen Worten lauschten, sahen aus wie Kriegsinvalide. Ihre Gesichter waren löwenartig. Hier klaffte ein Loch in einem Gesicht, wo eine Nase hätte sein sollen, dort sah man einen Armstumpf, wo eine Hand abgefault war. Sie waren Männer und Frauen außerhalb der menschlichen Gesellschaft, alle dreißig, denn das Zeichen des Tieres war ihnen aufgeprägt worden.

Mit Blumenkränzen geschmückt, saßen sie in der duftenden, leuchtenden Nacht, von ihren Lippen ertönten seltsame Laute, und ihre Kehlen fauchten der Rede Koolaus Beifall. Sie waren Geschöpfe, die einst Männer und Frauen gewesen. Aber sie waren keine Männer und Frauen mehr. Sie waren Ungeheuer – in Angesicht und Gestalt groteske Zerrbilder alles Menschlichen. Sie waren furchtbar verstümmelt und sahen aus wie Geschöpfe, die Jahrtausende in der Hölle gefoltert worden waren. Ihre Hände – wenn sie Hände hatten – glichen den Krallen von Geiern. Ihre Gesichter waren mißgestaltete Abnormitäten, zerschmettert und zerquetscht von irgendeinem irrsinnigen Gott, der mit der Maschinerie des Lebens gespielt hatte. Hie und da sah man ein Gesicht, das der irrsinnige Gott halb ausgelöscht hatte, und eine Frau weinte brennende Tränen aus zwei entsetzlichen Höhlen, wo einst Augen gewesen. Einige hatten Schmerzen in der Brust und stöhnten. Andere husteten, daß es klang, als würde ein Stück Stoff zerrissen. Zwei waren schwachsinnig und glichen großen Mißgeburten, so daß selbst ein Affe im Vergleich mit ihnen ein Engel war. Sie schnitten Grimassen und schwatzten im Mondschein unter Kränzen goldener Blumen, die ihnen in die Stirne hingen. Einer, dessen geschwollenes Ohrläppchen wie ein Fächer auf seine Schulter herabhing, ergriff eine riesige orangefarbene und scharlachrote Blüte, und er schmückte damit sein schreckliches Ohr, das bei jeder Bewegung hin und her baumelte.

König dieser Geschöpfe war Koolau. Und dies war sein Königreich – eine von Blumen strotzende Schlucht mit Klippen und Felsblöcken, von denen das Gemecker wilder Ziegen erscholl. Auf drei Seiten erhoben sich die schroffen Wände, mit phantastischen Schleiern tropischen Pflanzenwuchses geschmückt und von Eingängen zu Höhlen – den Felswohnungen der Untertanen Koolaus – durchbohrt. Auf der vierten Seite sank der Boden in einen furchtbaren Schlund ab, und tief unten konnte man kleinere Zinnen und Blöcke sehen, um deren Fuß die Brandung des Stillen Ozeans schäumte und murrte. Bei gutem Wetter konnte ein Boot am Felsstrand landen, der den Zugang zum Kalalautal bildete, aber es mußte sehr gutes Wetter sein. Ein kaltblütiger Bergsteiger konnte vom Strande zum Kalalautal hinaufklettern, zu dieser Schlucht zwischen den Zinnen, wo Koolau herrschte; aber ein solcher Bergsteiger mußte sehr kaltblütig sein, und er mußte auch die Pfade der wilden Ziegen kennen. Ein Wunder war es also, daß die menschlichen Wracks, die das Volk Koolaus bildeten, imstande gewesen waren, ihr Elend auf den schwindelnden Ziegenpfaden bis zu diesem unzugänglichen Ort zu schleppen.

»Brüder«, begann Koolau.

Aber eines der mummelnden, affenartigen Wesen stieß

einen wilden Wahnsinnsschrei aus, und Koolau wartete, während das schrille Gelächter von den Felswänden hin und her geworfen wurde, um fern in der stillen Nacht zu verhallen.

»Brüder, ist es nicht seltsam? Unser war das Land, und seht, das Land ist nicht mehr unser. Was gaben uns diese Prediger vom Worte Gottes und vom Worte des Rums für das Land? Hat einer von euch einen Dollar, auch nur einen einzigen Dollar für das Land erhalten? Und doch gehört es ihnen, und zum Dank sagen sie uns, daß wir Arbeit im Lande, in ihrem Land erhalten können, und was wir durch unsere Mühe und Arbeit erzeugen, soll ihnen gehören. Aber in den alten Tagen brauchten wir nicht zu arbeiten. Und wenn wir krank sind, rauben sie uns die Freiheit.«

»Wer brachte uns die Krankheit, Koolau?« fragte Kiloliana, ein magerer, sehniger Mann, mit einem Gesicht, das dermaßen dem eines lachenden Fauns glich, daß man beinahe die gespaltenen Hufe an seinen Beinen zu sehen erwartete. Gespalten waren sie zweifellos, aber die Spalten waren große Wunden und bläuliche Fäulnis. Und doch war Kiloliana der kühnste Kletterer von ihnen allen, der Mann, der jeden Ziegenpfad kannte und Koolau und sein unglückliches Gefolge nach der Zuflucht von Kalalau geführt hatte.

»Ja, recht gefragt«, antwortete Koolau. »Weil wir nicht in den Zuckermühlen arbeiten wollten, wo früher unsere Pferde weideten, führten sie chinesische Sklaven von jenseits des Meeres ein. Und mit ihnen kam die chinesische Krankheit, an der wir leiden und wegen der sie uns auf Molokai einsperren möchten. Wir sind auf Kauai geboren. Wir haben auf den andern Inseln gewohnt, einige hier, einige dort, auf Oahu, auf Maui, auf Hawaii, in Honolulu.

Aber stets kehrten wir nach Kauai zurück. Warum kehrten wir zurück? Das muß einen Grund haben. Weil wir Kauai lieben. Wir sind hier geboren. Wir haben hier gelebt. Und hier wollen wir sterben – wenn nicht – wenn nicht – mutlose Herzen unter uns sind. Die können wir nicht brauchen. Die passen besser nach Molokai. Und sind welche unter uns, so sollen sie nicht hierbleiben. Morgen landen die Soldaten am Strande. Laßt die mutlosen Herzen zu ihnen gehen. Dann werden sie schnell nach Molokai geschickt. Wir andern jedoch wollen bleiben und kämpfen. Aber wißt, daß wir nicht sterben wollen. Wir haben Gewehre. Ihr kennt die schmalen Pfade, wo man einer hinter dem andern kriechen muß. Ich, Koolau, der einst Viehhirt auf Niihau war, kann einen solchen Pfad allein gegen tausend Mann halten. Hier sitzt Kapalei, der einst Richter über Männer und ein angesehener Mann war, jetzt aber eine gejagte Ratte ist wie ich und ihr. Hört, was er sagt. Er ist weise.«

Kapalei erhob sich. Einst war er Richter gewesen. Er hatte die Universität in Punahou besucht. Er hatte mit Lords und Häuptlingen und den hohen Vertretern fremder Mächte bei Tische gesessen, die die Interessen der Händler und Missionare behüteten. Das war Kapalei gewesen. Jetzt aber war er, wie Koolau gesagt hatte, eine gejagte Ratte, ein Geschöpf außerhalb des Gesetzes, so tief im Schlamm des menschlichen Schreckens versunken, daß er über dem Gesetze wie unter ihm stand. Sein Gesicht hatte keine Züge mehr außer den klaffenden Löchern und den lidlosen Augen, die unter haarlosen Brauen brannten.

»Wir wollen uns nicht erheben«, begann er. »Wir verlangen nur, in Frieden gelassen zu werden. Lassen sie uns aber nicht in Frieden, dann tragen sie die Schuld am Aufstand und werden bestraft werden. Meine Finger sind fort, wie ihr seht.« Er hielt die Stümpfe seiner Hände hoch, daß alle sie sehen konnten. »Aber ich habe noch ein Glied von einem Daumen, damit kann ich einen Drücker so sicher bedienen, wie seine verschwundenen Gefährten es früher konnten. Wir lieben Kauai. Laßt uns leben oder sterben, aber laßt uns nicht nach Molokai ins Gefängnis gehen. Es ist nicht unsere Krankheit. Wir haben nicht gesündigt. Die Männer, die das Wort Gottes und das Wort des Rums predigen, haben die Krankheit mit den Kulis gebracht, die auf dem gestohlenen Lande arbeiten. Ich bin Richter gewesen. Ich kenne das Gesetz und die Gerechtigkeit, und ich sage euch, daß es ungerecht ist, einem Manne sein Land zu stehlen, ihn mit der chinesischen Krankheit zu behaften und dann für Lebenszeit ins Gefängnis zu werfen.«

»Das Leben ist kurz und der Tag voller Schmerz«, sagte Koolau. »Laßt uns trinken und tanzen und so froh sein, wie wir können.«

Aus einer der Felshöhlen wurden Kalebassen gebracht und herumgereicht. Die Kalebassen waren mit der scharfen Flüssigkeit gefüllt, die aus der Wurzel der Tipflanze gewonnen wird. Als das flüssige Feuer ihre Körper durchdrang und in ihre Gehirne stieg, vergaßen sie, daß sie einst Männer und Frauen gewesen, denn sie waren wieder Männer und Frauen. Ihre Gesichter waren wild. Die Frau, die heiße Tränen aus ihren leeren Augenhöhlen weinte, war wirklich Weib, wie sie an den Saiten einer Ukulele zupfte und ihre Stimme zu einem barbarischen Liebesruf erhob, wie er in den dunklen Waldestiefen in der Urwelt erklungen sein mochte. Die Luft erzitterte von ihrem Ruf, der sanft und gebieterisch und verführerisch war. Auf einer

Matte tanzte Kiloliana nach dem Rhythmus dieses Gesanges. Es war unverkennbar: die Liebe tanzte in all seinen Bewegungen. Einen Augenblick darauf tanzte neben ihm auf der Matte eine Frau, deren schwere Hüften und voller Busen ihr von der Krankheit verheertes Gesicht Lügen straften. Es war ein Tanz lebender Leichname; denn in ihrem verwesenden Körper liebte und sehnte sich noch das Leben. Immer noch sang die Frau, deren blinde Augen heiße Tränen weinten, ihren Liebesruf, immer noch tanzten die Liebestänzer in der lauen Nacht, und immer noch gingen die Kalebassen herum, bis in alle Gehirne die Würmer des Verlangens und der Erinnerung krochen. Mit der Frau zusammen tanzte auf der Matte ein schlankes junges Mädchen, dessen Gesicht schön und unbeschädigt war, dessen verzerrte Arme aber, die sich hoben und senkten, das Werk der Krankheit zeigten. Und die beiden Idioten tanzten, seltsame Laute murmelnd, grotesk und phantastisch eine Parodie der Liebe, wie das Leben sie selbst zur Parodie gemacht hatte.

Plötzlich brach der Liebesruf der Frau ab, die Kalebassen sanken zu Boden, die Tänzer hielten inne, und alle starrten in die Schlucht über dem Meere, wo eine Rakete glühend wie ein blasses Phantom in der mondhellen Luft emporstieg.

»Das sind die Soldaten«, sagte Koolau. »Morgen gibt es Kampf. Es ist das klügste, zu schlafen und vorbereitet zu sein.«

Die Aussätzigen gehorchten. Sie krochen in ihre Felsenhöhlen. Nur Koolau blieb, die Büchse über dem Knie, unbeweglich im Mondschein sitzen und starrte hinab auf die Schiffe, die am Strande anlegten.

Der höchstgelegene Teil des Kalalautals war eine gutgewählte Zuflucht. Mit Ausnahme Kilolianas, der Schleichwege über die steilen Felswände kannte, konnte kein Mensch die Schlucht erreichen, ohne einen messerscharfen Kamm zu überschreiten. Dieser Übergang war hundertundfünfzig Schritt lang und höchsten zwölf Zoll breit. Zu beiden Seiten klaffte der Abgrund. Ein Ausgleiten, und jeder stürzte rechts oder links in den Tod. War man aber einmal hinübergelangt, so befand man sich in einem irdischen Paradies. Ein Meer von Pflanzen überschwemmte die Landschaft, strömte in grünen Wogen von Wand zu Wand, tropfte in großen Rankenmassen von den Felsen herab und schleuderte Myriaden von Farnen und Luftpflanzen in zahlreiche Spalten. In den vielen Monaten von Koolaus Regierung hatten er und seine Begleiter dieses Pflanzenmeer bekämpft. Der würgende Dschungel mit seinem Chaos von Blumen war von Bananen, Apfelsinen und wilden Mangos zurückgedrängt. Auf schmalen Rodungen wuchs wilder Salep; auf Steinterrassen, die mit mühsam herbeigeschaffter Erde gefüllt waren, gab es Tarofelder und Melonen; und auf jedem freien Plätzchen, wohin der Sonnenschein drang, standen mit goldenen Früchten beladene Papaiabäume.

Koolau war vom unteren Tal am Strande nach diesem Zufluchtsort vertrieben worden. Wurde er hier wieder vertrieben, so kannte er Schluchten in dem Gewirr von Zinnen im Innern des Landes, wohin er seine Untertanen führen und wo er sich niederlassen konnte. Jetzt lag er da, die Büchse neben sich, und spähte durch einen zerzausten Laubschirm auf die Soldaten am Ufer hinab. Er bemerkte, daß sie große Kanonen hatten, die wie Spiegel im Sonnenschein schimmerten. Der messerscharfe Kamm lag gerade vor ihm. Er konnte die Menschen wie Käfer auf dem

Pfade kriechen sehen, der heraufführte. Er wußte, daß es kein Militär war, sondern Polizei. Hatten sie keinen Erfolg, so würden sich die Soldaten in das Spiel mischen.

Er strich zärtlich mit der verstümmelten Hand über den Büchsenlauf und überzeugte sich, daß das Korn sauber war. Er hatte als Jäger auf Niihau schießen gelernt, dort war seine Fertigkeit in dieser Kunst noch unvergessen. Als die Menschenpunkte sich allmählich näherarbeiteten und größer wurden, berechnete er den Abtrieb, den der Wind verursachte, der im rechten Winkel zur Schußlinie sauste, und veranschlagte die Möglichkeit, zu hoch zu schießen nach einem Ziel, das so tief unter seinem eigenen Standort lag. Aber er schoß nicht. Erst als sie den Anfang des Pfades erreichten, verriet er seine Anwesenheit. Er zeigte sich nicht, sondern rief sie aus dem Gebüsch an.

»Was wollt ihr?« fragte er.

»Wir wollen Koolau, den Aussätzigen, holen«, antwortete der Anführer der Polizei, ein blauäugiger Amerikaner.

»Ihr müßt umkehren«, sagte Koolau.

Er kannte den Mann, einen Gendarmen, denn er war es, der ihn von Niihau quer über Kauai nach dem Kalalautal und vom Tal bis in die Schlucht verfolgt hatte.

»Wer bist du?« fragte der Gendarm.

»Ich bin Koolau, der Aussätzige«, lautete die Antwort.

»Dann komm herunter. Wir wollen dich holen. Tot oder lebendig – es ist ein Preis von tausend Dollar auf deinen Kopf gesetzt. Entkommen kannst du nicht.«

Koolau lachte laut in seinem Gebüsch.

»Komm herunter«, befahl der Gendarm, erhielt aber nur Schweigen zur Antwort.

Er beriet sich mit der Polizistenschar, und Koolau sah, daß sie Vorbereitungen zum Sturm trafen.

»Koolau!« rief der Gendarm. »Koolau, jetzt komme ich, um dich zu fangen.«

»Dann schau dir die Sonne und das Meer und den Himmel noch einmal gut an, denn es ist das letztemal, daß du sie siehst.«

»Schon recht, Koolau«, sagte der Gendarm beruhigend. »Ich weiß, daß du ein sicherer Schütze bist. Aber du wirst mich nicht erschießen, denn ich habe dir nie etwas zuleide getan.«

Koolau brummte etwas in seinem Gebüsch.

»Ich sage, du weißt wohl, daß ich dir nie etwas zuleide getan habe, nicht wahr?« beharrte der Gendarm.

»Du tust mir etwas zuleide, wenn du versuchst, mich ins Gefängnis zu werfen«, rief Koolau erbittert. »Und du tust mir etwas zuleide, wenn du versuchst, tausend Dollar zu gewinnen, die auf meinen Kopf gesetzt sind. Willst du dein Leben behalten, so bleib, wo du bist.«

»Ich muß dich holen. Es tut mir leid. Aber es ist meine Pflicht.«

»Du stirbst, ehe du herüberkommst.«

Der Gendarm war kein Feigling. Aber er konnte keinen Entschluß fassen. Er starrte in den Abgrund zu beiden Seiten und ließ den Blick den messerscharfen Kamm entlang schweifen, den er überschreiten sollte. Dann entschloß er sich.

»Koolau«, rief er.

Aber das Gebüsch blieb stumm.

»Koolau, schieß nicht! Jetzt komme ich.«

Der Gendarm drehte sich um, erteilte den Polizisten einige Befehle und begab sich dann auf seinen gefährlichen Weg. Langsam kam er näher. Es war, wie wenn er auf einem straffen Seil ginge. Er hatte keine andere Stütze als die Luft. Die Lava zerbröckelte unter seinen Füßen, auf beiden Seiten fielen die abgerissenen Brocken in die Tiefe. Die Sonne schien auf ihn herab, sein Gesicht war naß von Schweiß. Immer weiter rückte er vor, bis er die Mitte erreicht hatte.

»Halt!« kommandierte Koolau aus dem Gebüsch. »Noch einen Schritt weiter, und ich schieße!«

Der Gendarm blieb stehen und schwankte, um das Gleichgewicht zu bewahren, während er schwebend über der Leere stand. Sein Gesicht war blaß, aber seine Augen blickten entschlossen. Er leckte sich die trockenen Lippen, ehe er sprach:

»Koolau, du wirst mich nicht erschießen. Ich weiß, daß du es nicht tun wirst.«

Er ging weiter. Die Kugel wirbelte ihn halb herum. Sein Gesicht nahm einen Ausdruck verwirrter Überraschung an, als er vor dem Fall wankte. Er versuchte sich zu retten, indem er seinen Körper quer über den Felskamm warf; aber im selben Augenblick kam der Tod. Gleich darauf war der schmale Felskamm leer. Dann kam der Sturm, fünf Polizisten liefen im Gänsemarsch in prachtvoller Ruhe über den Kamm. Im selben Augenblick eröffneten die übrigen Polizisten das Feuer auf das Gebüsch. Es war Wahnsinn. Fünfmal drückte Koolau ab, so schnell, daß seine Schüsse wie ein Rattern klangen. Er wechselte die Lage, bückte sich unter den Kugeln, die durch das Gebüsch schnitten und sangen, und sah hinaus. Vier Schutzleute waren dem Gendarmen in die Tiefe gefolgt. Der fünfte lag quer über dem Kamm und lebte noch. Drüben standen die übrigen Polizisten, aber sie schossen nicht mehr.

Auf dem nackten Felsen gab es keine Hoffnung für sie.

Ehe sie hinüberkamen, würde Koolau sie bis auf den letzten Mann abschießen. Aber er schoß auch nicht, und nach einer Beratung zog einer von ihnen sein weißes Hemd aus und winkte damit wie mit einer Fahne. Von einem zweiten gefolgt, ging er auf dem scharfen Kamm hinaus zu seinem verwundeten Kameraden. Koolau gab kein Zeichen, sondern sah zu, wie sie sich langsam zurückzogen und zu Punkten wurden, während sie in das untere Tal hinabstiegen.

Zwei Stunden später beobachtete Koolau aus einem andern Gebüsch eine Abteilung Polizei, die den Aufstieg von der entgegengesetzten Seite des Tales aus versuchte. Er sah die wilden Ziegen vor ihnen flüchten, aber sie kletterten immer höher, bis er an seinem eigenen Urteil zweifelte und nach Kiloliana schickte, der zu ihm hinkroch.

»Nein, dort ist kein Weg«, sagte Kiloliana.

»Aber die Ziegen?« fragte Koolau.

»Die kommen vom Nachbartal, doch sie können nicht herüberkommen. Es gibt keinen Weg. Die Männer sind nicht klüger als die Ziegen. Sie werden sich vielleicht zu Tode stürzen. Laß uns sehen.«

»Es sind kühne Männer«, sagte Koolau. »Laß uns sehen.«

Seite an Seite lagen sie im Strahlenglanz des Morgens da, während die gelben Haublüten auf sie herabfielen, und sahen die kleinen Männer, die mühsam emporkletterten, bis das Erwartete geschah und drei von ihnen von einem Felskamm herabglitten, rollten, rutschten, stürzten und fast fünfhundert Fuß tief fielen.

Kiloliana kicherte.

»Jetzt kriegen wir nichts mehr zu tun«, sagte er.

»Sie haben Kanonen«, antwortete Koolau. »Die Soldaten haben noch nicht mitgesprochen.«

An dem schläfrigen Nachmittag lagen die meisten Aussätzigen in ihren Felshöhlen und schliefen. Koolau saß, die Büchse über dem Knie, frisch gewaschen und halb schlafend, aber bereit, im Eingang seiner eigenen Höhle. Das Mädchen mit den entstellten Armen lag tiefer im Gebüsch und bewachte den schmalen Zugang. Plötzlich wurde Koolau durch einen Knall am Strande aufgescheucht. Im nächsten Augenblick war es, als würde die Atmosphäre in unglaublicher Weise zersplittert. Das furchtbare Krachen erschreckte ihn. Es war, als hätten alle Götter den Himmel in ihre Hände genommen und ihn auseinandergezerrt, wie eine Frau ein Stück Baumwollstoff zerreißt. Es war ein ungeheures reißendes Geräusch, das schnell näher kam. Furchtsam sah Koolau empor, als erwartete er, etwas zu sehen. Im selben Augenblick explodierte die Granate hoch oben auf dem Felsen über seinem Kopfe in einer Wolke von schwachem Rauch. Der Fels wurde gesprengt, die Splitter fielen am Fuße des Riffs nieder.

Koolau wischte sich mit der Hand den Schweiß von der Stirn. Er war erschüttert. Noch nie hatte er Granatfeuer erlebt, dies war schrecklicher als alles, was er sich vorgestellt hatte.

»Eins«, sagte Kapalei, der plötzlich den Einfall hatte, zu zählen.

Eine zweite und eine dritte Granate flogen heulend über die Felswand hinweg und explodierten außer Sicht. Kapalei zählte sie alle. Die Aussätzigen versammelten sich auf dem freien Platz vor den Höhlen. Anfangs waren sie erschrocken, als die Granaten aber immer wieder über ihre Köpfe hinwegflogen, wurden sie ruhiger und begannen das Schauspiel zu bewundern. Die beiden Schwachsinnigen kreischten vor Entzücken und tanzten mit wilden Gebärden, wenn die Granate die Luft über ihnen spaltete. Koolau wurde wieder zuversichtlich. Es wurde kein Schaden angerichtet. Sie konnten offenbar mit großem Geschütz auf so weite Entfernung nicht so genau zielen wie mit einer Büchse.

Bald aber änderte sich die Situation. Die Granaten fielen näher. Eine von ihnen explodierte im Gebüsch bei der schmalen Passage. Koolau fiel das Mädchen ein, das dort Wache hielt. Er lief hinunter, um nach ihr zu sehen. Der Rauch stieg noch aus den Büschen auf, als er hineinkroch. Er war entsetzt. Die Zweige waren zersplittert und zerbrochen. Wo das Mädchen gelegen hatte, war jetzt ein Loch im Boden. Das Mädchen selbst war völlig zerfetzt. Die Granate war direkt auf ihr explodiert.

Nachdem er zuerst hinausgespäht hatte, um sich zu vergewissern, daß die Soldaten nicht versuchten, den Zugang zu erzwingen, lief er zu den Höhlen zurück. Ununterbrochen jammerten, kreischten, heulten die Granaten an ihm vorbei, das Tal widerhallte polternd von dem Krachen. Als er die Höhlen erblickte, sah er die zwei Schwachsinnigen herumtanzen, wobei sie sich mit den Stümpfen ihrer Finger an den Händen hielten. Noch während Koolau lief, sah er eine schwarze Rauchsäule dicht neben den Schwachsinnigen vom Boden aufsteigen. Sie wurden durch die Explosion auseinandergeschleudert. Der eine blieb unbeweglich liegen, während der andere sich auf den Händen nach der Höhle schleppte. Er zog hilflos die Beine nach, das Blut troff aus seinem Körper. Er schien in Blut gebadet, beim Kriechen winselte er wie ein kleiner Hund. Die übrigen Aussätzigen waren mit Ausnahme Kapaleis in die Höhlen geflüchtet.

»Siebzehn«, sagte Kapalei. »Achtzehn«, fügte er hinzu.

Die letzte Granate war in eine der Höhlen gegangen. Die Explosion hatte zur Folge, daß die Höhlen sich leerten, aber aus dieser einen kam niemand heraus. Koolau kroch durch den weißen scharfen Rauch hinein. Vier schrecklich verstümmelte Leichen lagen drinnen. Die eine war die der blinden Frau, deren Tränen erst jetzt versiegt waren.

Draußen fand Koolau seine Leute in wilder Panik und schon im Begriff, den Ziegenpfad hinaufzusteigen, der aus der Schlucht zu einem Gewirr von Höhen und Klippen führte. Der verwundete Schwachsinnige, der leise wimmerte und sich auf den Händen über den Boden schleppte, versuchte ihnen zu folgen. Aber bei der ersten Steigung überwältigte ihn seine Hilflosigkeit, und er blieb liegen.

»Es wäre das beste, ihn totzuschlagen«, sagte Koolau zu Kapalei, der immer noch auf derselben Stelle saß.

»Zweiundzwanzig«, antwortete Kapalei. »Ja, es wäre das beste, ihn totzuschlagen. Dreiundzwanzig – vierundzwanzig.«

Der Schwachsinnige kreischte laut auf, als er die Büchse auf sich gerichtet sah. Koolau zauderte, dann senkte er das Gewehr.

»Es ist hart, das tun zu müssen«, sagte er.

»Du bist ein Dummkopf; sechsundzwanzig, siebenundzwanzig«, sagte Kapalei. »Laß mich!«

Er stand auf und näherte sich dem verwundeten Geschöpf mit einem schweren Stein in der Hand. Als er den Arm hob, um zuzuschlagen, explodierte eine Granate gerade vor ihm und befreite ihn von der Notwendigkeit der Tat, während sie gleichzeitig seinem Zählen ein Ende machte.

Koolau war allein in der Schlucht. Er sah die letzten seiner Leute ihre verkrüppelten Leiber über den Rand der

Anhöhe schleppen und verschwinden. Dann wandte er sich um und ging in das Gebüsch hinab, wo das Mädchen getötet worden war. Das Granatfeuer hielt noch an, aber er blieb, wo er war; denn tief drunten konnte er die Soldaten emporklimmen sehen. Eine Granate explodierte zehn Schritt von ihm; während er sich flach auf den Boden drückte, hörte er die Sprengstücke über seinen Körper hinwegsausen. Ein Schauer von Haublüten regnete auf ihn herab. Er hob den Kopf, um den Pfad hinabzuspähen, und seufzte. Er fürchtete sich sehr. Die Gewehrkugeln hätten ihn nicht gestört, aber dieses Granatfeuer war grauenhaft. Jedesmal, wenn eine Granate heulend vorbeifuhr, schauderte ihn, und er duckte sich; aber jedesmal hob er wieder den Kopf, um den Pfad zu beobachten.

Schließlich hörte das Granatfeur auf. Das, dachte er, kam wohl daher, daß die Soldaten jetzt in der Nähe waren. Sie krochen im Gänsemarsch den Pfad entlang, er versuchte sie zu zählen, aber es waren ihrer zu viele. Mindestens hundert waren es – und alle hatten es auf Koolau, den Aussätzigen, abgesehen. Einen Augenblick durchfuhr ihn der Stolz. Mit Kanonen und Gewehren, Polizei und Soldaten jagten sie ihn, und er war nur ein einzelner Mann, und obendrein das verkrüppelte Wrack eines Mannes. Sie boten tausend Dollar für ihn, tot oder lebend. Sein ganzes Leben hatte er nicht so viel Geld besessen. Dieser Gedanke war bitter. Kapalei hatte recht gehabt. Er, Koolau, hatte keinem etwas getan. Aber weil sie Arbeiter brauchten, um das gestohlene Land zu bebauen, hatten sie die chinesischen Kulis hergebracht, und mit ihnen war die Krankheit gekommen. Und weil die Krankheit ihn angesteckt hatte, war er jetzt tausend Dollar wert – doch er hatte nichts davon. Es war sein wertloser, von der Krankheit verfaulter oder durch eine explodierende Granate getöteter Leichnam, der all das Geld wert war.

Als die Soldaten den messerscharfen Kamm erreichten, fühlte er sich versucht, sie zu warnen. Aber sein Blick fiel auf die Leiche des gemordeten Mädchens, und er schwieg. Als sechs sich auf den Kamm hinausgewagt hatten, eröffnete er das Feuer. Und als der Kamm gesäubert war, hielt er nicht inne. Er leerte sein Magazin, füllte und leerte es wieder. Er schoß immer weiter. All das ihm angetane Unrecht flammte in seinem Hirn, und er raste vor Rachgier. Den ganzen Ziegenpfad entlang feuerten die Soldaten, und obwohl sie der Länge nach ausgestreckt dalagen und sich hinter den kleinen Unebenheiten der Erdoberfläche zu dekken versuchten, boten sie sich ihm doch wie Scheiben dar. Die Kugeln pfiffen und schlugen gegen den Felsen um ihn her, und hin und wieder sang ein Prellschuß scharf durch die Luft. Eine Kugel pflügte eine Furche in seine Kopfhaut, und eine andere streifte brennend sein Schulterblatt, ohne ihn zu verwunden.

Es war ein Blutbad. Die Soldaten zogen sich zurück und nahmen ihre Verwundeten mit sich. Während Koolau sie abschoß, spürte er den Geruch verbrannten Fleisches. Er sah sich zuerst um und entdeckte dann, daß es seine eigenen Hände waren. Das Gewehr war heiß geworden. Der Aussatz hatte die meisten Nerven in seinen Händen zerstört. Obwohl sein Fleisch brannte, daß es roch, fühlte er doch nichts.

Er lag im Dickicht und lächelte, bis ihm die Kanonen einfielen. Zweifellos würden sie das Feuer wieder eröffnen und diesmal gerade auf das Gebüsch, wo er ihnen so gefährlich geworden war. Kaum hatte er sich hinter einen kleinen Vorsprung der Felsmauer geduckt, wohin, wie er bemerkt hatte, keine Granaten fielen, als das Bombardement auch schon wieder begann. Er zählte die Granaten. Noch sechzig wurden in die Schlucht geschleudert, ehe die Kanonen schwiegen. Das kleine Fleckchen Erde war von den Explosionen ganz zerrissen, es schien unmöglich, daß ein Geschöpf das überlebt haben könnte. Das meinten auch die Soldaten, denn sie begannen wieder in der glühenden Nachmittagssonne den Ziegensteig zu erklimmen. Und wieder wurde ihnen der schmale Zugang streitig gemacht, und wiederum mußten sie sich nach dem Strande zurückziehen.

Noch zwei Tage versperrte Koolau ihnen den Weg, und die Soldaten begnügten sich damit, seinen Zufluchtsort mit Granaten zu belegen. Dann erschien Pahau, ein aussätziger Knabe, auf der Felswand hinter der Schlucht und rief ihm zu, daß Kiloliana abgestürzt sei und den Tod gefunden habe, als er Ziegen jagte, damit sie etwas zu essen bekämen, und daß die Frauen sich fürchteten und nicht wüßten, was sie tun sollten. Koolau rief den Knaben zu sich und hieß ihn, den Zugang mit einem Gewehr, das er in Reserve hatte, bewachen.

Koolau fand seine Leute entmutigt. Der größte Teil war zu hilflos, um sich unter schwierigen Umständen selbst Nahrung zu verschaffen, und alle hungerten. Er wählte zwei Frauen und einen Mann, bei denen die Krankheit noch nicht zu weit vorgeschritten war, und schickte sie nach der Schlucht zurück, um Nahrungsmittel und Matten zu holen. Die übrigen ermutigte und tröstete er, bis selbst die Schwächsten halfen, einfache Hütten zu erbauen.

Aber die, welche er ausgeschickt hatte, um Nahrungsmittel zu holen, kamen nicht wieder, und so begab er sich wieder in die Schlucht. Als er auf den Rand der Felswand trat, knallten ein Dutzend Gewehre. Eine Kugel fuhr durch den fleischigen Teil seiner Schulter, und seine Wange wurde von einem Felssplitter verletzt, den eine andere Kugel aus der Wand lossprengte. Im selben Augenblick sprang er zurück, aber er hatte gesehen, daß die Schlucht voll von Soldaten war. Seine eigenen Leute hatten ihn verraten. Das Granatfeuer war zu furchtbar gewesen, und sie hatten das Gefängnis auf Molokai vorgezogen.

Koolau ging zurück und nahm einen seiner schweren Patronengürtel ab. Zwischen den Felsen liegend, wartete er, bis Kopf und Schulter des ersten Soldaten deutlich zum Vorschein kamen, ehe er abdrückte. Das geschah zweimal, und nach einer Pause wurde statt eines Kopfes und einer Schulter eine weiße Fahne über den Rand der Felswand gehoben.

»Was wollt ihr?« fragte er.

»Wenn du Koolau, der Aussätzige, bist, so will ich dich holen«, lautete die Antwort.

Koolau vergaß, wo er war, er vergaß alles, wie er dalag und sich über den seltsamen Eifer dieser Weißen wunderte, die ihren Willen durchsetzen wollten, und wenn der Himmel einstürzte. Ja, sie wollten ihren Willen bei allen Menschen und allen Dingen durchsetzen, und wenn sie darob sterben mußten! Unwillkürlich mußte er sie ihres Willens wegen bewundern, der stärker als das Leben war und alles zwang, ihrem Gebot zu gehorchen. Er war überzeugt, daß sein Kampf aussichtslos war. Es war unmöglich, gegen diesen furchtbaren Willen anzukämpfen. Und wenn er tausend tötete, so erhoben sie sich wie Sand am Meere und kamen über ihn, immer mehr und mehr. Sie wußten nie, wann sie besiegt waren. Das war ihr Fehler und ihre Tugend. Das war es, was seiner eigenen Rasse fehlte. Er begriff jetzt, wie es möglich war, daß diese Handvoll Prediger Gottes und des Rums das Land erobert hatten. Es war vorbei ...

»Nun, was hast du zu sagen? Willst du mitkommen?«

Es war die Stimme des unsichtbaren Mannes unter der weißen Fahne. Wie die andern Weißen ging auch er entschlossen direkt auf die Sache los.

»Laß uns miteinander reden«, sagte Koolau.

Kopf und Schulter des Mannes kamen zum Vorschein, darauf sein ganzer Körper. Es war ein blauäugiger junger Mann von fünfundzwanzig Jahren, mit einem blassen Gesicht, schlank und fein in seiner Hauptmannsuniform. Er trat vor, bis Koolau Halt gebot, und setzte sich in einer Entfernung von einigen Schritten nieder.

»Sie sind ein tapferer Mann«, sagte Koolau erstaunt. »Ich könnte Sie töten wie eine Fliege.«

»Nein, das könntest du nicht«, entgegnete der andere ruhig.

»Warum nicht?«

»Weil du ein Mann bist, Koolau, wenn auch ein schlechter. Ich kenne deine Geschichte. Du tötest nur ehrlich.«

Koolau grunzte, aber heimlich war er zufrieden.

»Was haben Sie mit meinen Leuten gemacht?« fragte er. »Mit dem Jungen, mit den zwei Frauen und dem Mann?«

»Sie haben sich ergeben, und ich fordere dich jetzt auf, dasselbe zu tun.«

Koolau lachte ungläubig.

»Ich bin ein freier Mann«, erklärte er. »Ich habe kein Unrecht getan. Alles, was ich verlange, ist, in Frieden gelassen zu werden. Ich habe frei gelebt, ich will frei sterben. Ich ergebe mich nie.«

»Dann sind deine Leute klüger als du«, antwortete der junge Hauptmann. »Sieh, dort kommen sie.«

Koolau wandte sich um und sah den Rest seiner Schar sich nähern. Stöhnend und jammernd schleppten sie ihr Elend in einem unheimlichen Zuge an ihm vorbei. Koolau bekam noch tiefere Bitternis zu schmecken, denn im Vorbeigehen überschütteten sie ihn mit Flüchen und Hohn; und die stöhnende alte Frau, die den Zug schloß, blieb stehen, und ihre mageren Harpyienkrallen ausstreckend und ihren Totenkopf schüttelnd, stieß sie einen Fluch gegen ihn aus. Einer nach dem andern ließ sich über den Kamm gleiten und ergab sich den Soldaten, die in den Verstecken lagen.

»Jetzt können Sie gehen«, sagte Koolau zum Hauptmann. »Ich ergebe mich nie. Dies ist mein letztes Wort. Leben Sie wohl.«

Der Hauptmann ließ sich über den Felsen zu seinen Soldaten gleiten. Im nächsten Augenblick hob er ohne Parlamentärflagge den Hut auf seiner Säbelscheide, und die Kugel Koolaus durchbohrte ihn.

Am selben Nachmittag bombardierten sie ihn vom Strande aus, und als er sich zu den hohen, unzugänglichen Schlupflöchern weiter oben zurückzog, folgten die Soldaten ihm.

Sechs Wochen lang jagten sie ihn von einem Versteck zum andern, auf den Ziegensteigen über die vulkanischen Zinnen. Als er sich in dem Latanadschungel versteckte, bildeten sie Reihen wie auf einer Treibjagd und jagten ihn wie ein Kaninchen durch den Dschungel und den Guavabusch. Aber immer wieder wand er sich hindurch und entkam ihnen. Sie konnten ihn nicht stellen. Kamen sie ihm zu nahe, so hielt seine sichere Büchse sie zurück, sie mußten ihre Verwundeten auf den Ziegensteigen zum

Strande hinabtragen. Zuweilen, wenn sein brauner Körper einen Augenblick zwischen dem Gebüsch zum Vorschein kam, schossen sie auch. Einmal begegneten ihm fünf von ihnen auf einem freien Ziegensteig zwischen den Verstecken. Sie verschossen ihre Gewehre, während er hinkend den schwindelnden Weg emporklomm. Später fanden sie Blutspuren und wußten, daß er verwundet war. Nach sechs Wochen gaben sie es auf. Soldaten und Polizei kehrten nach Honolulu zurück und überließen ihm das Kalalautal zu eigen. Nur Kopfjäger wagten sich von Zeit zu Zeit zu ihrem eigenen Mißgeschick in seine Nähe.

Zwei Jahre später kroch Koolau zum letztenmal in ein Gebüsch und legte sich zwischen die Tiblätter und die wilden Ingwerblüten. Frei hatte er gelebt, frei starb er. Ein leichter Staubregen begann zu fallen, und er zog eine zerlumpte Decke über das verstümmelte Wrack seiner Glieder. Sein Körper war von einem Regenmantel bedeckt. Über seine Brust legte er sein Mausergewehr, und zärtlich wischte er die Feuchtigkeit vom Laufe. Die Hand, mit der er das tat, hatte keine Finger mehr, um abzudrücken.

Er schloß die Augen, denn an der Schwäche in seinem Körper und an dem schläfrigen Durcheinander in seinem Gehirn erkannte er, daß sein Ende nahe war. Wie ein wildes Tier war er in ein Versteck gekrochen, um zu sterben. Nur halb bewußt, ziellos und unklar durchlebte er in Gedanken noch einmal seine Jugend auf Niihau. Während das Leben verrann und das Träufeln der Regentropfen in seinen Ohren undeutlich wurde, kam es ihm vor, als ritte er wieder Pferde zu, während die jungen Stuten stiegen und Kapriolen unter ihm machten, wobei er die Steigbügel unter dem Pferdebauch zusammengebunden hatte, oder die Tiere schossen wie wahnsinnig im Pferch herum, so daß seine

Helfer über die Einfriedung springen mußten. Im nächsten Augenblick war er – und es erschien ihm ganz natürlich – im Begriff, die wilden Stiere auf den Weiden des Hochlands zu verfolgen, sie zu zügeln und in die Täler zu ziehen. Wieder brannten der Schweiß und der Staub des Brandpferchs ihm in den Augen und bissen ihm in der Nase.

Seine ganze kräftige, gesunde Jugend war wieder sein, bis die Schmerzen der bevorstehenden Auflösung ihn in die Wirklichkeit zurückriefen. Er hob seine verstümmelten Hände und starrte sie verwundert an. Aber wie? Warum? Warum mußte die Gesundheit seiner wilden Jugend sich so verändern? Dann erinnerte er sich, und wieder war er für einen Augenblick Koolau, der Aussätzige. Seine Lider sanken müde herab; er hörte das Träufeln des Regens nicht mehr. Ein lang anhaltendes Zittern durchfuhr seinen Körper. Dann hörte auch das auf. Er hob den Kopf ein wenig, aber der fiel wieder zurück. Dann öffneten sich seine Augen und schlossen sich wieder. Sein letzter Gedanke galt seinem Mausergewehr: er preßte es mit den gefalteten, fingerlosen Händen an die Brust.

Westwärts

Was auch geschieht, halt westwärts! Halt westwärts! —
Segelanweisung für Kap Horn

Sieben Wochen lang hatte die ›Mary Rogers‹ zwischen dem 50. Grad südlicher Breite im Atlantischen Ozean und dem 50. Grad südlicher Breite im Stillen Ozean gelegen, was heißt, daß sie in diesen sieben Wochen gekämpft hatte, um Kap Horn zu runden. Sieben Wochen lang hatte sie, bis auf ein einziges Mal, ununterbrochen schlechtes Wetter gehabt, und dann, nach sechs Tagen besonders schlechten Wetters, das sie in Lee der furchtbaren Terra del Fuego-Küste abgeritten hatte, wäre sie beinahe in schwerer Dünung gestrandet, als plötzlich Totenstille eingetreten war. Sieben Wochen lang hatte sie mit den mächtigen Seen bei Kap Horn gekämpft und war von ihnen zerschlagen und umhergeworfen worden. Sie war ein Holzschiff, und durch den unaufhörlichen Druck waren die Planken leck gesprungen, so daß die Wache täglich zweimal an die Pumpen mußte.

Die ›Mary Rogers‹ war überanstrengt, die Besatzung war überanstrengt, und der Kapitän, der große Dan Cullen, war ebenfalls überanstrengt. Vielleicht war er am meisten überanstrengt, denn auf ihm ruhte die Verantwortung für diese Riesenarbeit. In der Regel schlief er angekleidet, aber er schlief nur selten. Die ganze Nacht spukte er auf dem Deck herum, ein großes, kräftiges, robustes Gespenst, dunkel und sonnenverbrannt in den dreißig Jahren, die er auf dem Meere verbracht hatte, und behaart wie ein Orang-Utan. Ihm wiederum spukte andauernd ein Gedanke im Kopf herum und diktierte ihm seine Handlungen, und das war eine Segelanweisung für Kap Horn: »*Was auch geschieht, halt westwärts! Halt westwärts!*« Das war bei ihm völlig zur fixen Idee geworden. Er dachte an nichts anderes, außer daß er zeitweise Gott lästerte, weil er ihm so schlechtes Wetter geschickt hatte.

Westwärts halten! Er klammerte sich an das Horn, und ein dutzendmal lag er beigedreht, das eiserne Kap Ost zu Nord oder Nordnordost, an zwanzig Meilen entfernt. Er kämpfte sich durch Orkan auf Orkan im Südseetreibeis auf dem 64. Grad südlicher Breite, und er gelobte den Mächten der Finsternis seine unsterbliche Seele, wenn sie ihm nur ein klein wenig Ostwind, einen kleinen Hauch senden wollten, so daß er das Horn runden könnte. Aber er kam immer wieder ostwärts. In seiner Verzweiflung hatte er versucht, durch die Le-Maire-Straße zu fahren. Als er halb hindurchgelangt war, schlug der Wind nach Nordwest um, das Barometer fiel auf 28,88, und er machte kehrt und segelte vor dem wütenden Orkan davon, daß er um ein Haar die ›Mary Rogers‹ auf die schwarzzähnigen Klippen gefahren hätte. Zweimal war er zu den Diego-Ramirez-Klippen gekommen, und das eine Mal hatte ihn zwischen zwei Schneeböen nur der Anblick vom Grabmal der Schiffe eine viertel Seemeile rechts voraus gerettet.

Wind! Kapitän Dan Cullen dachte an all die dreißig Jahre, die er die See befahren hatte, und konnte sich nicht entsinnen, daß es je so heftig geweht hatte. Die ›Mary Rogers‹ lag zu dem Zeitpunkt, als er dem Wetter dieses Zeugnis ausstellte, beigedreht, und um allem die Krone aufzusetzen, lag sie, ehe eine halbe Stunde vergangen war, mit dem Lukenrahmen im Wasser. Ihr neues Großtoppsegel und ihr nagelneues Gaffelsegel waren wie Packpapier zerfetzt, und fünf Segel, die mit doppelten Reffs beschlagen und festgemacht waren, wurden vom Sturm losgerissen und von den Rahen geweht. Und ehe es Morgen wurde, hatte die ›Mary Rogers‹ noch zweimal auf der Breitseite gelegen, und es waren Löcher in ihre Schanzverkleidung gehauen worden, um das Deck von der schweren Last zu befreien, die das Weltmeer über sie wälzte.

Durchschnittlich einmal die Woche sah Kapitän Dan Cullen einen Schimmer von der Sonne. Einmal schien die Sonne zehn Minuten lang gegen Mittag, zehn Minuten darauf wehte wieder ein neuer Sturm; beide Wachen mußten Segel bergen, und alles verschwand in einer heftigen Bö mit stiebendem Schnee. Einmal hatte Kapitän Dan Cullen ganze vierzehn Tage lang nicht eine einzige Meridian- oder Chronometerbeobachtung nehmen können. Er kannte seine Position selten genauer als um einen halben Grad, außer, wenn er Land in Sicht hatte, denn Sonne und Sterne hielten sich andauernd verborgen, und der Horizont taugte nicht viel zu genauen Beobachtungen. Eine graue Finsternis ruhte über dem Universum. Die Wolken waren grau; die großen, anstürmenden Seen waren bleigrau; die rauchenden Wellengipfel waren eine kochende, graue Masse; selbst die Albatrosse, die hin und wieder auftauchten, waren grau, und die Schneeflocken waren nicht weiß, sondern grau unter dem grauen Leichentuch des Himmels.

Das Leben an Bord der ›Mary Rogers‹ war grau – grau und trübselig. Die Gesichter der Seeleute waren graublau; sie waren voller Schrammen und Beulen, und die Leute litten furchtbar. Es waren die reinen Schatten von Männern. Seit sieben Wochen wußten sie nicht, was es heißt, trocken zu sein, ob sie sich in der Back befanden oder an Deck. Sie hatten vergessen, was es heißt, eine ganze Wache durchzuschlafen, denn in jeder Wache hieß es: »Alle Mann an Deck!« Hin und wieder verschafften sie sich einige Augenblicke qualvollen Schlafes, und dann schliefen sie in ihrem Ölzeug, bereit, dem ewigen Ruf zu gehorchen. So schwach und mitgenommen waren sie, daß beide Wachen sich zusammentun mußten, um die Arbeit einer Wache zu verrichten. Deshalb waren beide Wachen fast immer an Deck, und keiner, und wenn er der Schatten eines Mannes gewesen wäre, hätte sich von der Arbeit drücken können. Es hätte mindestens ein gebrochenes Bein dazu gehört, um die Arbeit niederlegen zu dürfen, und doch gab es zwei Mann, die von den über das Schiff hereinbrechenden Seen derart mißhandelt und zerschlagen waren, daß sie die ersehnte Freiheit erlangt hatten.

Noch ein Mann war ein Schatten seiner selbst, und dieser Mann war George Dorety. Er war der einzige Passagier an Bord, ein Freund des Reeders, und er hatte sich um seiner Gesundheit willen zu der Reise entschlossen. Aber die sieben Wochen bei Kap Horn hatten seiner Gesundheit nicht geholfen. In den langen Nächten, wenn das Schiff in den Seen stampfte und rollte, japste und stöhnte er; und wenn er sich an Deck zeigte, war er, um sich warm zu halten, so eingepackt, daß er einem wandernden Trödlerladen glich. Mittags, wenn er am Tisch in der Kajüte aß, wo es so finster war, daß die schwingenden Kajütenlampen beständig brannten, sah er grau und traurig aus wie der kränkste, melancholischste Mann in der Back. Es hatte auch keine ermunternde Wirkung auf ihn, daß er gegenüber am Tisch Kapitän Dan Cullen sah. Kapitän Dan Cullen kaute, blickte finster drein und verhielt sich im übrigen schweigend. Sein Finsterdreinblicken galt dem lieben Gott, und bei jedem Bissen, den er nahm, wiederholte er den einzigen Gedanken, der in seinem Dasein noch Raum hatte: westwärts – immer westwärts. Er war ein großer, behaarter, brutaler Bursche, und sein Anblick wirkte nicht appetitanregend auf den anderen. In seinen Augen war George Dorety ein Jonas, und das erzählte er ihm im Laufe jeder Mahlzeit, während er seine Wut vom lieben Gott auf den Passagier übertrug und umgekehrt.

Auch der Steuermann war nicht gerade appetitanregend. Joshua Higgins hieß er und war Seemann von Beruf und Ausbildung, aber Topfgucker von Natur, ein schlottriger, schnaufender Bursche ohne Seele und Herz, selbstsüchtig und feige, sterbensängstlich vor Dan Cullen und ein furchtbarer Tyrann den Leuten gegenüber, die wußten, daß hinter dem Steuermann Kapitän Cullen stand, Gesetzgeber und Bezwinger, Sklavenpeitscher und Vernichter, die Inkarnation von einem Dutzend Leuteschinder. In dem unheimlichen Wetter an der Südspitze der Erde hörte Joshua Higgins ganz auf, sich zu waschen, und sein schmutziges Gesicht raubte George Dorety in der Regel das bißchen Appetit, das er glücklich zu den Mahlzeiten zusammengekratzt hatte. Unter gewöhnlichen Verhältnissen würde diese Versäumnis gegen die Reinlichkeit Kapitän Cullens Aufmerksamkeit erregt und ihm Gelegenheit zur Anwendung seines trefflichen Wortschatzes gegeben haben, augenblicklich aber drehten sich alle seine Gedanken nur darum, westwärts zu halten, so daß alles, was nichts hiermit zu tun hatte, ihm völlig gleichgültig war. Ob das Gesicht des Steuermanns sauber oder schmutzig war, hatte keinen Einfluß auf den Kurs. Später, wenn sie den 50. Grad südlicher

Breite im Stillen Meer erreicht hätten, würde Joshua Higgins ganz plötzlich beginnen, sein Gesicht zu waschen. Bis dahin aber saß George Dorety am Tisch in der Kajüte, wo die graue Dämmerung das Lampenlicht ablöste, sooft die Lampen gefüllt werden sollten, saß dort zwischen den zwei Männern – einem Tiger und einer Hyäne – und grübelte, warum Gott sie erschaffen haben mochte. Der zweite Steuermann, Matthew Turner, war ein echter Seebär und ein Mann, aber George Dorety genoß nicht den Trost, mit ihm zusammen zu sein, denn er aß ganz allein für sich, wenn die anderen fertig waren.

Als George Dorety am Sonnabendmorgen, den 24. Juli, aufwachte, hatte er ein Gefühl von Leben und sich überstürzender Bewegung. Er kam an Deck und sah, daß die ›Mary Rogers‹ vor einem heulenden Südost dahinschoß. Außer Untermarssegel und Fock war kein Segel gesetzt. Das war alles, was das Schiff tragen konnte, und doch machte es vierzehn Knoten, wie der zweite Steuermann Dorety, als er an Deck erschien, ins Ohr brüllte. Und es ging westwärts. Sie sollten endlich Kap Horn runden..., wenn der Wind sich nur hielt. Der zweite Steuermann sah sehr froh aus, denn das Ende des Kampfes war in Sicht. Aber Kapitän Cullen sah nicht froh aus. Er warf einen gereizten Blick auf Dorety, als er vorbeiging. Kapitän Cullen wollte nicht, daß der liebe Gott ihm seine Freude über den Wind anmerkte. Er hatte die Vorstellung von einem übelgesinnten Gott und glaubte im Innersten, wenn Gott wüßte, daß es ein ersehnter Wind war, so würde er ihn sofort unterdrücken und einen Orkan aus Westen schicken. Und deshalb war er sehr vorsichtig mit dem lieben Gott, er verbarg sein Entzücken hinter der finsteren Miene und stieß leise Flüche aus, um auf diese Weise Gott anzuführen – Gott war nämlich das einzige zwischen Himmel und Erde, wovor Dan Cullen sich fürchtete.

Den ganzen Sonnabend und die darauffolgende Nacht schoß die ›Mary Rogers‹ weiter nach Westen. Sie machte anhaltend ihre vierzehn Knoten, am Sonntagmorgen hatte sie eine Strecke von dreihundertfünfzig Meilen zurückgelegt. Wenn der Wind sich hielt, kamen sie herum. Flaute er ab und kam der Sturm aus einer anderen Richtung zwischen Südwest und Nord, so wurde die ›Mary Rogers‹ zurückgetrieben und war nicht besser dran, als sie seit sieben Wochen gewesen. Und am Sonntagmorgen wollte der Wind wirklich abflauen. Die großen Seen legten und glätteten sich. Beide Wachen waren auf Deck und setzten Segel auf Segel, soviel das Schiff tragen konnte. Und jetzt ging Kapitän Cullen umher, war ein großer Mann vor dem lieben Gott, rauchte eine lange Zigarre und lächelte triumphierend, als ob der abnehmende Wind ihn freute, während er innerlich gegen den lieben Gott wütete, weil er dem gesegneten Wind das Lebenslicht ausblasen wollte. Westwärts halten! Ja, das wollte er, wenn der liebe Gott ihn nur in Frieden ließ. Im geheimen schloß er wieder einen Pakt mit den Mächten der Finsternis, wenn sie ihn nur weiter westwärts kommen lassen wollten. Diesen Pakt schloß er leichtten Herzens, weil er an die Mächte der Finsternis nicht glaubte. In Wirklichkeit glaubte er nur an Gott, obgleich er es selber nicht wußte. Und in seiner umgekehrten Theologie war Gott in Wirklichkeit der Fürst der Finsternis. Kapitän Cullen war Teufelsanbeter, aber er nannte den Teufel bei einem anderen Namen – das war alles.

Gegen Mittag, als es eben acht Glasen geschlagen hatte, gab Kapitän Cullen Befehl, die Oberbramsegel zu setzen. Die Männer gingen schneller nach oben, als sie seit Wochen getan. Das kam nicht nur daher, daß es jetzt westwärts ging, eine gnädige Sonne sandte auch ihre Strahlen auf sie herab und half ihnen, die steifen Glieder geschmeidiger zu machen. George Dorety stand achtern in der Nähe Kapitän Cullens, weniger eingepackt als gewöhnlich, und sein ganzer Körper sog die milde Wärme ein, während er das Schauspiel betrachtete, das sich an Deck entfaltete. Da plötzlich geschah es. Von der Voroberbramstenge scholl der Ruf: »Mann über Bord!« Ein Rettungsring wurde ins Wasser geworfen, und im selben Augenblick hörten die Leute achtern den klaren, gebieterischen Ruf des zweiten Steuermanns:

»Hart nieder das Ruder!«

Der Mann am Ruder rührte sich nicht von der Stelle. Er war klüger, denn Kapitän Dan Cullen stand neben ihm. Er hatte die größte Lust, das Ruder niederzulegen, hart nieder sogar um des Kameraden willen, der jetzt im Wasser lag und ertrinken wollte. Er warf einen Blick auf Kapitän Dan Cullen, und Kapitän Dan Cullen rührte sich nicht.

»Nieder! Hart nieder!« brüllte der zweite Steuermann und sprang nach achtern.

Aber er sprang nicht weiter, kommandierte nicht mehr und stand ganz still, als er Dan Cullen am Ruder sah. Und der große Dan Cullen paffte seine Zigarre und sagte nichts. Achteraus in einer Entfernung, die sich schnell vergrößerte, konnten sie den Matrosen sehen. Er hatte den Rettungsring ergriffen und hielt sich daran fest. Niemand rührte sich. Die Männer in der Takelung klammerten sich an die Marsstengen und sahen mit entsetzten Gesichtern zu. Und die ›Mary Rogers‹ schoß weiter, immer westwärts. Eine lange, schweigende Minute verging.

»Wer war es?« fragte Kapitän Cullen.

»Mops, Käptn!« sagte der Matrose am Ruder.

Mops kam auf dem Gipfel einer Welle achteraus zum Vorschein und verschwand für eine Weile im Wellental. Es war eine große Woge, aber kein Brecher. Ein kleines Boot konnte sich gut in dieser See halten, und in dieser See konnte die ›Mary Rogers‹ gut beidrehen. Aber sie konnte nicht gleichzeitig beidrehen und westwärts halten.

Zum erstenmal in seinem Leben sah George Dorety ein wirkliches Drama auf Leben und Tod, ein elendes Drama, bei dem ein unbekannter Seemann namens Mops gegen ein paar Meilen Länge in die Waagschale gelegt wurde. Anfangs hatte er den Mann achteraus beobachtet, jetzt aber beobachtete er den großen Dan Cullen, der eine Zigarre rauchte – behaart und finster –, Herr über Leben und Tod.

Kapitän Dan Cullen rauchte noch eine lange Minute in vollkommenem Schweigen. Dann nahm er die Zigarre aus dem Mund. Er warf einen Blick auf die Rundhölzer der ›Mary Rogers‹ und über das Schiff hinaus aufs Meer.

»Holt die Maststengen ein!« rief er.

Eine Viertelstunde später saßen sie in der Kajüte, das Essen vor sich auf dem Tische. An der einen Seite von George Dorety saß Dan Cullen, der Tiger, auf der anderen Seite Joshua Higgins, die Hyäne. Keiner von ihnen sagte etwas. An Deck setzte die Mannschaft Skysegel. George Dorety konnte ihre Rufe hören, während er in Gedanken immer noch einen Mann namens Mops vor sich sah, einen lebendigen, gesunden und tüchtigen Mann, der sich mehrere Meilen achteraus in dem einsamen Meer an einen Rettungsring klammerte. Er sah Kapitän Cullen an, und ein würgendes Gefühl überkam ihn, denn der Mann aß sein Essen mit Wohlbehagen, ja direkt mit Heißhunger.

»Kapitän Cullen«, sagte Dorety, »Sie sind der Schiffer

hier, und es kommt mir nicht zu, Bemerkungen über Ihr Benehmen zu machen. Aber ich will Ihnen eins sagen: Es gibt ein Leben nach diesem, und im anderen Leben wird Ihnen tüchtig eingeheizt werden.«

Kapitän Cullen blickte nicht einmal finster drein. Seine Stimme klang sogar bedauernd, als er sagte: »Es war ein Orkan. Es war unmöglich, den Mann zu retten.«

»Er fiel von der Oberbramstenge«, rief Dorety heftig.

»Sie setzten gerade die Oberbramsegel. Eine Viertelstunde später setzten sie die Skysegel.«

»Es war Orkan, nicht wahr, Steuermann?« wandte Kapitän Cullen sich an den Steuermann.

»Wenn Sie beigedreht hätten, wären die Masten über Bord gegangen«, lautete die Antwort des Steuermanns. »Sie haben sich ganz korrekt benommen, Käptn. Der Mann hatte nicht die geringste Möglichkeit.«

George Dorety antwortete nicht, und bis zum Ende der Mahlzeit wurde kein Wort mehr gesprochen. Von jetzt an nahm Dorety seine Mahlzeit in seiner eigenen Kajüte ein. Kapitän Cullen warf ihm keine finsteren Blicke mehr zu, obgleich sie kein Wort miteinander wechselten, während die ›Mary Rogers‹ westwärts nach wärmeren Breitengraden segelte. Gegen Schluß der Woche drängte Dan Cullen Dorety einmal in eine Ecke an Deck, so daß er ihm nicht entkommen konnte. »Was werden Sie tun, wenn wir nach Frisco kommen?« fragte er brutal.

»Ich werde Sie wegen Mordes anzeigen und dafür sorgen, daß Sie an den Galgen kommen«, antwortete Dorety ruhig.

»Sie haben einen schönen Glauben an sich«, spottete Kapitän Cullen, ihm den Rücken kehrend.

Noch eine Woche verging, und eines Morgens stand Dorety in der Kajütstür an der Vorderkante des langen

Hüttendecks und sah sich zum erstenmal auf Deck um. Die ›Mary Rogers‹ lag mit vollen Segeln in einer steifen Brise am Winde. Jedes Segel war gesetzt und prall. Kapitän Cullen schlenderte das Hüttendeck entlang, scheinbar völlig unbekümmert, aber hin und wieder warf er einen heimlichen Blick auf seinen Passagier. Dorety, dessen Kopf und Schultern zum Kajütsaufgang herausguckten, sah nach der anderen Seite, und nur sein Nacken war sichtbar. Kapitän Cullen ließ einen schnellen Blick von der großen Stagsegelschoot nach seinem Kopfe schweifen und maß die Entfernung. Er sah sich um. Niemand bemerkte ihn. Joshua Higgins, der achtern auf und ab ging, hatte ihm gerade den Rücken gekehrt und sah nach der anderen Seite. Kapitän Cullen beugte sich plötzlich vor und löste die Stagsegelschoot von ihrem Nagel. Der schwere Block sauste durch die Luft, zerschmetterte Doretys Kopf wie eine Eierschale und schlug hin und her, während das Stagsegel im Winde klapperte. Joshua Higgins wandte sich um, um zu sehen, was losgegangen war, und wurde mit einem Strom von Kapitän Cullens schlimmsten Flüchen begrüßt.

»Ich habe selbst die Schoot festgemacht«, jammerte der Steuermann, sobald er zu Worte kam, »und das sogar mit einem Extraturn, um ganz sicher zu sein. Das weiß ich genau.«

»Festgemacht?« knurrte der Kapitän zurück, damit die Wache ihn hörte, die sich abmühte, das klatschende Segel wieder festzumachen, ehe es ganz zerriß. »Sie könnten nicht mal Ihre Großmutter festmachen, Sie verfluchter Topfgucker! Wenn Sie die Schoot mit einem Extraturn festgemacht hatten, warum zum Teufel hielt sie dann nicht? Das möchte ich wohl wissen. Warum, zum Teufel, hielt sie nicht?«

Der Steuermann gab ein unartikuliertes Wimmern von sich.

»Ach, halt's Maul!« Hiermit schnitt Kapitän Cullen jede weitere Diskussion ab.

Eine halbe Stunde später war er am meisten von allen überrascht, als George Doretys Leiche am Fuß der Kajütstreppe gefunden wurde, und am Nachmittag, als er allein in seiner Kabine war, verarztete er das Journal:

»Matrose Karl Brun wurde von der Voroberbramsegelstenge in einem Orkan über Bord geschleudert. Wir machten zu dem Zeitpunkt starke Fahrt und wagten aus Rücksicht auf die Sicherheit des Schiffes nicht, zu ihm hinzulaufen. Die See war so schwer, daß kein Boot durchgekommen wäre.«

Auf eine andere Seite schrieb er:

»Ich hatte Herrn Dorety oft vor der Gefahr gewarnt, der er sich in seiner Unvorsichtigkeit an Deck aussetzte. Ich hatte ihm eines Tages gesagt, daß ihm noch der Kopf von einem Block zerschlagen würde. Eine Großstagsegelschoot, die nicht genügend festgemacht war, trug die Schuld an diesem Unglücksfall, der um so bedauerlicher war, als Herr Dorety bei uns allen sehr beliebt war.«

Kapitän Dan Cullen las mit Bewunderung sein literarisches Machwerk durch, trocknete es mit Löschpapier und schloß das Journal. Er fühlte, wie die ›Mary Rogers‹ sich hob, überkrängte und sich auf den Wogen wiegte, und er wußte, daß sie neun Knoten die Stunde machte. Sein finsteres, behaartes Gesicht verklärte sich zu einem zufriedenen Lächeln. Nun ja, er war doch jedenfalls westwärts gekommen und hatte den lieben Gott angeführt.

Der Mexikaner

Niemand kannte seine Geschichte – seine Mitverschworenen am allerwenigsten. Er war ihr ›kleines Geheimnis‹, ihr ›großer Patriot‹, und auf seine Weise arbeitete er ebensosehr an der kommenden mexikanischen Revolution wie sie. Es dauerte lange, bis sie das erkannten; denn nicht einer in der Junta konnte ihn leiden. An dem Tage, als er zum erstenmal ihre von geschäftigen Menschen überfüllten Räume betrat, hatten ihn alle im Verdacht, ein Spion, ein Spitzel im Geheimdienst des Diaz zu sein. Zu viele von seinen Kameraden saßen rings in den Vereinigten Staaten in Zivil- und Militärgefängnissen, und andere wieder waren gerade in dieser Zeit in Ketten über die Grenze geschafft und an die Wand gestellt worden.

Auf den ersten Blick machte der junge Bursche keinen guten Eindruck auf sie. Er war nicht mehr als achtzehn Jahre alt, nicht besonders groß und erklärte, Felipe Rivera zu heißen und für die Revolution arbeiten zu wollen. Das war alles – kein Wort mehr. Er blieb aber wartend stehen. Kein Lächeln war um seinen Mund, keine Liebenswürdigkeit in seinen Augen. Den großen schneidigen Paolino Vera schauderte es innerlich. Hier war etwas Abstoßendes, Furchtbares, Unergründliches. Etwas Giftiges, Schlangenartiges war in den schwarzen Augen des Knaben. Sie brannten wie kaltes Feuer und gleichsam in einer ungeheuren, geschliffenen Erbitterung. Von den Gesichtern der Verschworenen ließ er den Blick zu der Schreibmaschine schweifen, an der die kleine Frau Sethby, eifrig arbeitend, saß. Seine Augen suchten die ihren, aber nur für eine Sekunde – sie blickte zufällig auf –, und auch sie hatte ein unbestimmbares seltsames Gefühl, das sie ihre Arbeit unterbrechen ließ. Sie mußte das Geschriebene noch einmal durchlesen, um den Brief, an dem sie arbeitete, fertigtippen zu können.

Paolino Vera sah Arrellano und Ramos fragend an, und sie sahen sich gegenseitig ratlos an. In ihrem Blick war Unsicherheit und Zweifel. Dieser schmächtige Besucher war der Unbekannte, und alles drohende Unbehagen des Unbekannten umgab ihn. Man konnte aus ihm nicht klug werden, er war so ganz jenseits des Horizontes dieser ehrenwerten, schlichten Verschwörer. Ihr wilder Haß gegen Diaz und seine Tyrannei war der Haß ehrenwerter, schlichter Patrioten.

Hier aber war etwas anderes und Stärkeres, sie wußten freilich nicht recht, was. Aber Vera, der stets der Entschlossenste und Tatkräftigste war, packte den Stier bei den Hörnern.

»Schön«, sagte er kühl. »Sie sagen, daß Sie für die Revolution arbeiten wollen. Ziehen Sie sich den Rock aus! Hängen Sie ihn dorthin. Ich werde Ihnen zeigen – kommen Sie –, wo die Eimer und Scheuerlappen sind. Der Fußboden ist schmutzig. Sie können gleich anfangen, ihn hier und in den andern Zimmern aufzuwischen. Auch die Spucknäpfe müssen gereinigt werden. Und außerdem die Fenster.«

»Ist es für die Revolution?« fragte der Bursche.

»Für die Revolution!« antwortete Vera.

Rivera sah sie alle kalt und mißtrauisch an und zog sich dann den Rock aus.

»Es ist gut«, sagte er.

Weiter nichts. Tag für Tag kam er zu seiner Arbeit – fegte, schrubbte und machte rein. Er nahm die Asche aus dem Ofen, holte Kohlen und Holz und machte Feuer und war der erste im Büro.

»Kann ich hier schlafen?« fragte er einmal.

Aha! Das war es – die Hand des Diaz' kam zum Vorschein. Wenn er in den Räumen der Junta schlief, bedeutete das, daß er Zutritt zu ihren Geheimnissen, zu den Namenslisten, zu den Adressen der Kameraden in Mexiko erlangte. Die Bitte wurde abgeschlagen, und Rivera kam nie mehr darauf zu sprechen. Er schlief, sie wußten nicht wo, und aß, sie wußten nicht wo und was. Einmal bot Arrellano ihm ein paar Dollars an. Rivera lehnte das Geld jedoch ab. Als Vera dann hinzutrat und es ihm aufzunötigen versuchte, sagte er: »Ich arbeite für die Revolution.«

Eine Revolution vorzubereiten kostet Geld, und die Junta befand sich stets in Geldverlegenheit. Die Mitglieder hungerten und rackerten sich ab, der längste Arbeitstag war ihnen nicht lang genug, und doch sah es zuweilen so aus, als stünde und fiele alles mit der Frage, wie sie sich nur einige Dollars verschaffen könnten.

Einmal – es war das erste Mal, daß sie zwei Monate mit der Miete im Rückstand waren und der Wirt sie hinauszusetzen drohte – war es Felipe Rivera, der Reinemachejunge in der schäbigen, abgetragenen Kleidung, der sechzig Dollar in Gold auf May Sethbys Pult legte. Und ebenso bei anderen Gelegenheiten. Dreihundert auf den geschäftigen Schreibmaschinen geklapperte Briefe (Bitten um Unterstützung, um Anerkennung befreundeter Gruppen, Ersuchen an Schriftleiter um wohlwollende Erwähnung und so weiter) blieben liegen und warteten auf die Frankierung. Veras Uhr verschwand – die alte goldene Repetieruhr, die er von seinem Vater geerbt hatte. Der glatte goldene Ring an May Sethbys Ringfinger verschwand ebenfalls. Es war zum Verzweifeln. Ramos und Arrellano zerrten wütend an ihren langen Schnurrbärten. Die Briefe mußten abgehen, und auf der Post gab es keinen Kredit beim Kauf von Briefmarken. Da setzte Rivera den Hut auf und ging fort. Als er wiederkam, legte er tausend Briefmarken zu zwei Cent auf May Sethbys Pult.

»Ich möchte wissen, ob das verfluchte Geld von Diaz ist?« sagte Vera zu den Kameraden.

Sie zogen die Brauen hoch, wagten aber nicht, die Frage zu beantworten. Und immer war es Felipe Rivera, der, wenn es erforderlich war, der Junta Gold und Silber verschaffte.

Aber sie liebten ihn nicht, und sie kannten ihn nicht. Er ging seine eigenen Wege, schenkte ihnen kein Vertrauen und wies alle Annäherungsversuche zurück. Und trotz seiner Jugend brachte keiner den Mut auf, ihn auszufragen.

»Er ist überhaupt kein Mensch«, sagte Ramos.

»Seine Seele ist ausgedörrt«, sagte May Sethby. »Er kann nicht lachen. Er gleicht einem Toten und ist doch furchtbar lebendig.«

»Er ist durch die Hölle gegangen«, sagte Vera. »So sieht man nur aus, wenn man durch die Hölle gegangen ist – und dabei ist er noch so jung.«

Felipe sprach nie, fragte nie, schlug nie etwas vor. Er lauschte ausdruckslos wie ein toter Gegenstand, aber seine Augen leuchteten in kaltem Glanz, wenn die andern laut und leidenschaftlich von Mexiko sprachen. Dann glitten seine Augen von Gesicht zu Gesicht, von Redner zu Redner, bohrend und forschend und mit einem Schimmer wie funkelndes Eis, der sie störte und aus der Fassung brachte.

»Er ist kein Spion«, sagte Vera zu May Sethby. »Er ist Patriot – glaub mir, der größte Patriot von uns allen. Ich weiß es, ich fühle es, mit meinem Herzen und meinem Verstand fühle ich es. Aber von ihm selber weiß ich nicht das geringste.«

»Er hat ein gefährliches Temperament«, versetzte May Sethby.

»Ich weiß«, sagte Vera schaudernd. »Er hat mich mit diesen Augen angesehen. Die sprechen nicht von Liebe, sie drohen und sind wild wie die eines Tigers. Wenn ich unsere Sache im Stich ließe, dann würde er mich töten, das weiß ich. Er hat kein Herz. Er ist unbarmherzig wie Stahl, scharf und kalt wie Frost. Ich fürchte weder Diaz noch all seine Mörder, aber vor diesem Rivera habe ich Angst. Es ist wahr. Ich habe Angst.«

Dennoch war es Vera, der die andern überredete, Rivera die erste Vertrauen erheischende Aufgabe zu stellen. Die Verbindung zwischen Los Angeles und Niederkalifornien war unterbrochen. Drei von den Kameraden hatten ihre eigenen Gräber graben müssen und waren dann erschossen worden. Zwei weitere saßen als Gefangene der Vereinigten Staaten in Los Angeles. Juan Alvarado, der Bundesgeneral, durchkreuzte alle ihre Pläne. Sie konnten nicht mehr mit den aktiven Revolutionären und mit den erwachenden Kameraden in Niederkalifornien in Verbindung kommen.

Der junge Rivera erhielt seine Anweisungen und wurde nach dem Süden geschickt. Als er wiederkam, war die Verbindung wiederhergestellt und Juan Alvarado tot. Er war mit einem Dolch in der Brust in seinem Bett gefunden worden. Das ging über die Rivera erteilten Anweisungen hinaus, aber man fragte ihn nichts, und er sagte nichts. Sie sahen einander nur an und dachten sich ihr Teil.

»Ich habe es euch gesagt«, meinte Vera. »Diaz hat von diesem jungen Mann mehr zu fürchten als von irgendeinem sonst. Er ist unversöhnlich.«

Das gefährliche Temperament, von dem May Sethby gesprochen und das jeder von ihnen bemerkt hatte, offenbarte sich auch in anderer Beziehung. Bald erschien er mit zerrissener Lippe, bald mit einer blau und braun geschlagenen Backe, bald mit einem geschwollenen Ohr. Es war klar, daß er irgendwo in der Welt, wo er aß und schlief und sich Geld verschaffte und ein Leben führte, von dem sie nichts wußten, daß er in jener Welt oft Streit hatte. Nach einiger Zeit wurde er Setzer an dem revolutionären Wochenblättchen, das sie herausgaben. Gelegentlich war es ihm nicht möglich, zu setzen, weil seine Knöchel abgeschürft und zerschlagen, seine Daumen zerquetscht und hilflos waren oder weil seine Arme schlaff herabhingen, während sein Gesicht sich in stummem Schmerz verzerrte.

»Ein Straßenjunge«, sagte Arrellano.

»Ein Säufer und Raufbold«, sagte Ramos.

»Aber wo kriegt er das Geld her?« fragte Vera. »Ich habe gerade eben erfahren, daß er die Papierrechnung bezahlt hat – hundertundvierzig Dollar.«

»Er ist ja oft weg«, sagte May Sethby, »und gibt nie eine Erklärung dafür.«

»Wir sollten ihn beobachten«, schlug Ramos vor.

»Der Spion möchte ich nicht sein«, sagte Vera. »Ich fürchte, ihr würdet mich nie wiedersehen, außer bei meiner Beerdigung.«

»Ich komme mir ihm gegenüber immer wie ein Kind vor«, gestand Ramos.

»Für mich ist er eine Macht – der wilde Wolf – die zustoßende Klapperschlange«, sagte Arrellano.

»Er kennt niemand«, sagte May Sethby. »Er haßt alle. Er ist allein . . . einsam.«

Riveras Tun und Treiben war wirklich ein Geheimnis. Es gab Zeiten, in denen sie ihn eine ganze Woche lang nicht sahen. Einmal blieb er einen ganzen Monat verschwunden. Das war um so rätselhafter, als er bei seiner Heimkehr stets still und ohne ein Wort zu sagen Goldstücke auf May Sethbys Pult legte. Dann verbrachte er wieder Tage und Wochen seine ganze Zeit bei der Junta. Und dann konnte er wieder auf ungewisse Zeit vom frühen Morgen bis zum Abend verschwinden. In solchen Zeiten kam er spät und blieb lange. Arrellano hatte ihn um Mitternacht gesehen, wie er mit geschwollenen Knöcheln und einer zerrissenen, noch blutenden Lippe am Setzkasten stand.

Die Entscheidung näherte sich. Ob es zum Aufstand kommen sollte oder nicht, hing von der Junta ab, aber die Junta befand sich in großer Verlegenheit. Der Geldbedarf war größer als je, und dabei wurde es immer schwerer, Geld zu beschaffen. Die Patrioten hatten ihren letzten Cent hergegeben und besaßen nichts mehr. Die in der Verbannung lebenden Arbeiter gaben die Hälfte ihres kargen Lohnes ab. Aber man brauchte mehr. Die jahrelange, anstrengende Arbeit der Revolutionäre sollte bald Früchte tragen. Die Zeit war gekommen. Noch ein Stoß, noch eine letzte, heldenmütige Anstrengung, und der Sieg war sicher. Sie kannten ihr Mexiko. Einmal in Gang gebracht, nahm die Revolution von selber ihren Lauf. Die Grenzgebiete waren zum Aufstand bereit. Ein Amerikaner wartete mit hundert Mann auf ein Wort, um die Grenze zu überschreiten. Aber er brauchte Gewehre. Im ganzen Land bis zum Atlantischen Ozean unterhielt die Junta Verbindungen, und alle brauchten sie Gewehre: Abenteurer, Glücksritter, Banditen, enttäuschte amerikanische Unionisten und die vielen mexikanischen Verbannten, der Sklaverei entflohene Peonen, Minenarbeiter, die man in den Gefängnissen von Cœur d'Alene und Colorado ausgepeitscht hatte und die deshalb besonders rachgierig und kampflustig waren – Wracks und Strandgut wirrer Geister aus der toll gewordenen Welt. Gewehre und Munition! Gewehre und Munition! Danach riefen sie alle unaufhörlich.

Wurde diese bankrotte, rachgierige Bande über die Grenze geworfen, war die Revolution sofort im Gange. Die Zollämter, die nördlichen Einfuhrhäfen wurden erobert. Diaz mußte die Hauptmacht seines Heeres im Süden des Landes halten, denn auch im Süden würde der Aufruhr beginnen. Stadt auf Stadt mußte sich ergeben, Staat auf Staat wanken und zusammenstürzen. Und zuletzt kam der Marsch der siegreichen Revolution nach der Hauptstadt Mexiko. Aber das Geld! Die Männer hatten sie, und die warteten ungeduldig auf die Gewehre. Sie kannten die Händler, die ihnen die Gewehre verkaufen und liefern sollten. Aber die Junta hatte ihre Kräfte erschöpft. Der letzte Dollar war ausgegeben, die letzte Hilfsquelle, der letzte hungernde Patriot ausgesogen, und die große Sache schwebte immer noch zitternd auf der Waagschale der Entscheidung. Gewehre und Munition! Die zerlumpten Bataillone mußten bewaffnet werden. Aber wie? Ramos wehklagte über sein konfisziertes Eigentum. Arrellano bejammerte die Verschwendung, die er in seiner Jugend betrieben hatte. May Sethby grübelte, ob nicht alles besser gegangen wäre, wenn die Mitglieder der Junta früher sparsamer gewesen wären.

»Der Gedanke macht mich wahnsinnig, daß die Freiheit

Mexikos mit ein paar tausend elenden Dollars stehen und fallen soll!« sagte Paolino Vera.

Die Gesichter aller drückten Verzweiflung aus. José Amarillo, ihre letzte Hoffnung, ein erst jüngst Bekehrter, der ihnen Geld versprochen hatte, war auf seiner Hazienda in Chihuahua ergriffen und an seiner eigenen Stallmauer erschossen worden. Die Nachricht war gerade gekommen.

Rivera, der auf den Knien lag und den Fußboden scheuerte, blickte auf, den Scheuerlappen in der Hand und die bloßen, von schmutzigem Seifenwasser bespritzten Arme ausgestreckt.

»Würden fünftausend genügen?« fragte er.

Sie starrten ihn an. Vera nickte und schluckte. Er konnte kein Wort hervorbringen, aber eine neue Hoffnung belebte ihn.

»Bestellen Sie die Gewehre«, sagte Rivera, und dann leistete er sich die längste Rede, die sie je von ihm gehört hatten. »Es ist nicht viel Zeit. In drei Wochen bringe ich euch die fünftausend. Das ist früh genug. Dann ist es wärmer für die, welche kämpfen sollen. Und schneller kann ich es auch nicht machen.«

Vera kämpfte mit sich selbst. Allzu viele Hoffnungen waren schon zerschellt, seit er dabei war, aber er glaubte an diesen abgerissenen Scheuerjungen der Revolution und wagte es doch nicht, an ihn zu glauben.

»Du bist verrückt«, sagte er.

»In drei Wochen«, sagte Rivera. »Bestellt die Gewehre.«

Er stand auf, krempelte sich die Hemdsärmel herunter und zog sich die Jacke an.

»Bestellt die Gewehre«, sagte er. »Ich gehe jetzt.«

Nach vielem Hin und Her, zahllosen Telephongesprächen und unendlicher Schimpferei wurde eine Nachtsitzung in Kellys Kontor abgehalten. Kelly steckte bis über die Ohren in Geschäften, und überdies hatte er Pech. Er hatte sich Danny Ward aus New York verschrieben und einen Boxkampf zwischen ihm und Billy Carthey arrangiert, der in drei Wochen stattfinden sollte, und jetzt mußte Carthey seit zwei Tagen, sorgsam versteckt vor den Sportreportern, wegen einer argen Verletzung das Bett hüten. Es gab keinen anderen, der für ihn eintreten konnte. Kelly hatte wie verrückt nach jedem annehmbaren Boxer der Leichtgewichtsklasse im Osten telegraphiert, aber alle waren durch Vereinbarungen und Kontrakte gebunden. Doch jetzt hatte er eine Hoffnung, wenn auch nur eine schwache.

»Sie haben viel Mut!« sagte Kelly zu Rivera.

In Riveras Augen blitzte es boshaft auf, aber das Gesicht bewahrte seinen unerschütterlichen, kalten Ausdruck.

»Ich kann Ward erledigen« war alles, was er sagte.

»Wie können Sie das wissen? Haben Sie ihn je boxen sehen?«

Rivera schüttelte den Kopf.

»Mit einer Hand und mit geschlossenen Augen macht er Quetschkartoffeln aus Ihnen.«

Rivera zuckte die Achseln.

»Haben Sie nichts dazu zu sagen?« knurrte der Veranstalter.

»Ich kann ihn erledigen.«

»Haben Sie überhaupt je gekämpft?« fragte Michael Kelly. Michael war der Bruder des Veranstalters, betrieb das Yellowstone-Wettbüro und verdiente viel Geld an den Boxkämpfen.

Rivera knurrte ihn grimmig an.

Der Sekretär, ein junger Mann von ausgeprägtem Sportlertyp, räusperte sich höhnisch.

»Nun, Sie kennen ja Roberts«, brach Kelly das peinliche Schweigen. »Er hätte schon hier sein können. Aber setzen Sie sich und warten Sie, wenn Sie auch Ihrem Aussehen nach nicht viele Chancen haben. Ich kann dem Publikum keinen faulen Kampf bieten. Die Plätze vorn am Ring werden mit fünfzehn Dollar bezahlt, wie Sie vielleicht wissen.«

Als Roberts kam, war er offensichtlich angesäuselt. Er war ein großer, schlanker, schlottriger Mensch, und sein Gang war wie seine Rede, ruhig und schleppend.

Kelly ging gleich auf den Kern der Sache los.

»Sagen Sie mal, Roberts, Sie haben doch mit der Entdeckung dieses kleinen Mexikaners geprahlt. Wie Sie wissen, hat Carthey sich den Arm gebrochen. Und nun hat dieser kleine gelbe Bursche die Dreistigkeit, heut herzukommen und zu sagen, daß er für Carthey in den Ring steigen will. Was meinen Sie dazu?«

»Schon in Ordnung, Kelly«, lautete die schleppende Antwort. »Er kann boxen.«

»Sie wollen mir doch nicht einreden, daß er mit Ward fertigwerden kann«, sagte Kelly bissig.

Roberts dachte nach.

»Nein, das will ich nicht behaupten. Ward ist überhaupt nicht zu schlagen. Aber er wird auch nicht im Handumdrehen mit Rivera fertig. Ich kenne Rivera. Er gibt sich nie eine Blöße, ich hab's jedenfalls noch nicht gesehen. Und er boxt mit beiden Händen gleich gut. In jeder Stellung kann er betäubende Schläge austeilen.«

»Na schön. Aber welche Chance hat er? Sie haben Ihr ganzes Leben lang Boxer trainiert. Ich ziehe meinen Hut vor Ihrer Sachkenntnis. Kann er dem Publikum etwas fürs Geld geben?«

»Das kann er bestimmt, und dazu wird er Ward tüchtig zu schaffen machen. Sie kennen den Jungen nicht, aber ich kenne ihn. Ich habe ihn entdeckt. Er hat keine schwache Stelle. Er ist der reine Teufel. Wenn jemand Sie fragt, können Sie sagen, daß er ein Hexenmeister ist. Ward und euch allen werden die Augen übergehen. Ich will nicht behaupten, daß er Ward besiegt, aber auf alle Fälle wird er etwas leisten, daß ihr alle den neuen Mann in ihm seht.«

»Schön.« Kelly wandte sich an seinen Sekretär. »Rufen Sie Ward an. Ich hab es ihm versprochen, wenn ich es der Mühe wert hielte. Er ist gerade gegenüber im Yellowstone-Büro und setzt wie gewöhnlich.« Kelly wandte sich wieder an Roberts.

»Was trinken?«

Roberts nippte an seinem Glas und schüttete sein Herz aus. »Ich hab Ihnen noch gar nicht erzählt, wie ich den kleinen Burschen entdeckt habe. Vor ein paar Jahren tauchte er im Quartier auf. Ich trainierte gerade Prayne für seinen Kampf mit Delaney. Prayne ist ein schlechter Kerl. Es steckt nicht ein Funken Mitleid in ihm. Er hatte seinen Partner furchtbar zugerichtet, und ich konnte keinen finden, der Lust hatte, mit ihm zu trainieren. Da bemerkte ich diesen kleinen, ausgehungerten Mexikaner, der immer herumschlich und zusah. Ich war verzweifelt und wußte nicht, was ich tun sollte. Da holte ich ihn mir, zog ihm die Handschuhe an und puffte ihn hinein. Er war zäher als ungegerbtes Leder, aber schwach. Und dabei kannte er nicht einen Buchstaben vom Alphabet der Boxkunst. Prayne machte Apfelmus aus ihm. Aber er hielt doch zwei Runden durch, ehe er schlapp machte. Es war ausschließlich der Hunger. Ob er zerschlagen war? Sie hätten ihn nicht wiedererkannt. Ich gab ihm einen halben Dollar und was Ordentliches zu essen. Sie hätten seinen Wolfshunger sehen sollen, als er es verschlang. Er hatte seit Tagen keinen Bissen in den Leib gekriegt. ›Jetzt hat er genug davon‹, dachte ich. Aber am nächsten Tag kam er wieder, steif und wund, aber darauf versessen, sich wieder einen halben Dollar und ein gutes Mittagessen zu verdienen. Und mit der Zeit wurde er immer tüchtiger. Er ist der geborene Boxer und unglaublich zäh. Er hat kein Herz. Er ist der reine Eiszapfen. Und in der ganzen Zeit, die ich ihn jetzt kenne, hat er keine zehn zusammenhängenden Worte gesprochen. Er schwatzt nicht, aber er tut seine Arbeit.«

»Ich habe ihn gesehen«, sagte der Sekretär. »Er hat ziemlich viel für Sie gearbeitet.«

»All die großen Burschen haben es mit ihm versucht«, antwortete Roberts. »Und er hat von ihnen gelernt. Ich hab manches liebe Mal gesehen, wie er sie vertobakte. Aber er hat nie seine ganze Seele hineingelegt. Ich glaube, er hat das Spiel nie so recht geliebt. Es sieht jedenfalls so aus.«

»Er hat in den letzten Monaten ziemlich viel in den kleinen Klubs gekämpft.«

»Das stimmt. Ich weiß gar nicht, was in ihn gefahren ist. Plötzlich hat er sein Herz dafür entdeckt. Er ging mächtig drauflos und schlug sämtliche lokalen Größen. Schien Geld zu brauchen und gewann auch eine ganze Menge, wenn man es seiner Kleidung auch nicht ansehen kann. Ein merkwürdiger Mensch! Niemand weiß, wo er seine Zeit verbringt. Mitten in der Arbeit läuft er plötzlich weg und verschwindet für den Rest des Tages. Manchmal bleibt er wochenlang weg. Aber man kann sagen, was man will, er hört nicht darauf. Ein Vermögen wartet auf den Mann, der ihn richtig zurechtstutzt, aber er will sich nichts sagen lassen. Achten Sie mal besonders darauf, wie sehr er auf das Geld aus ist, wenn Sie die Bedingungen mit ihm abmachen.«

Soweit war die Unterhaltung gediehen, als Danny Ward eintrat. Jetzt war die Gesellschaft komplett. Sein Manager und sein Trainer waren mit ihm gekommen, und überströmend liebenswürdig, gutherzig und gewinnend, wie er war, brachte er einen frischen Hauch mit herein. Danny begrüßte alle, hatte für jeden einen Scherz, eine witzige Antwort, ein Lächeln oder ein Lachen. Das war nun einmal seine Art und Weise, aber sie war nicht ganz echt. Er war ein guter Schauspieler, und er hatte entdeckt, daß Liebenswürdigkeit nicht zu verachten ist, wenn man in dieser Welt weiterkommen will. Aber auf dem Grunde seiner Seele war er ein nüchterner, kaltblütiger Raufbruder und Geschäftsmann. Alles andere war Maske. Wer ihn kannte oder Geschäfte mit ihm gemacht hatte, sagte, daß Danny sich nichts vormachen ließe, wenn es darauf ankäme. Er war unweigerlich bei allen geschäftlichen Unterredungen dabei, und manche behaupteten, daß sein Manager nur ein Strohmann wäre, dessen Aufgabe es sei, als Sprachrohr zu dienen.

Rivera war ganz anders. In seinen Adern floß das Blut von Indianern und von Spaniern. Er saß stumm und unbeweglich in einer Ecke im Hintergrund, und nur seine Augen glitten von Gesicht zu Gesicht und beobachteten alles.

»Das ist also das Jüngelchen«, sagte Danny und ließ seinen Blick abschätzend über seinen künftigen Gegner schweifen. »Wie geht's, Alterchen?«

Riveras Augen funkelten boshaft, aber er rührte sich

nicht. Er konnte keinen Gringo leiden, aber diesen Gringo haßte er so unmittelbar, wie es selbst bei ihm ungewöhnlich war.

»Mein Gott!« protestierte Danny lustig, an Kelly gewandt. »Sie wollen mich doch nicht mit einem Taubstummen kämpfen lassen.« Als das Gelächter sich gelegt hatte, machte er einen neuen Ausfall. »Mit Los Angeles muß es schlecht stehen, wenn das das Beste ist, was ihr aufzuweisen habt. Aus was für einem Kindergarten habt ihr ihn aufgelesen?«

»Er ist ein braver kleiner Junge, Danny, verlaß dich drauf«, sagte Roberts. »Nicht so leicht mit ihm fertig zu werden, wie es aussieht.«

»Und das Haus ist schon halb ausverkauft«, sagte Kelly eindringlich. »Du wirst es mit ihm versuchen müssen, Danny. Wir können nicht mehr tun.«

Danny warf einen nachlässigen und nicht gerade schmeichelhaften Blick auf Rivera und seufzte. »Ich muß ein bißchen vorsichtig mit ihm umgehen, glaube ich. Wenn er nur nicht ganz kaputt geht dabei.«

Roberts lachte laut.

»Du mußt dich in acht nehmen«, warnte Dannys Manager. »Man kann bei so 'nem Neuling nie wissen, was er auf der Pfanne hat.«

»Oh, ich werde mich schon in acht nehmen«, lächelte Danny. »Ich werde mich seiner gleich richtig annehmen, daß das liebe Publikum was davon hat. Was meinst du zu fünfzehn Runden, Kelly – und ich will ihn schon tummeln.«

»Das genügt«, lautete die Antwort. »Du mußt es nur ein bißchen realistisch machen.«

»Also dann wollen wir das Geschäftliche besprechen.«

Danny hielt inne und rechnete nach. »Selbstverständlich fünfundsechzig Prozent wie gegen Carthey. Aber eine andere Verteilung. Achtzig Prozent für mich – so wird's in Ordnung sein.« Und zu seinem Manager gewandt: »Ist's nicht so?« – Der nickte.

»Sie da, haben Sie verstanden?« fragte Kelly Rivera.

Rivera schüttelte den Kopf.

»Also die Sache ist so«, erklärte Kelly. »Die Kampfbörse beträgt fünfundsechzig Prozent von der Bruttoeinnahme. Sie sind ein Neuling und ganz unbekannt. Sie und Danny teilen, zwanzig Prozent kriegen Sie und achtzig Danny. Das ist doch gerecht, nicht wahr, Roberts?«

»Das genügt«, lautete die Antwort. »Sie müssen es«, räumte Roberts ein. »Sie haben ja noch keinen Namen, wissen Sie.«

»Wieviel kommen bei fünfundsechzig Prozent von der Einnahme heraus?« fragte Rivera.

»Na, vielleicht fünftausend, vielleicht sogar acht«, warf Danny ein. »So ungefähr wohl. Ihr Anteil wird etwa tausend bis sechzehnhundert betragen. Ganz nette Bezahlung für eine Tracht Prügel von einem Mann wie mir. Was meinen Sie dazu?«

Riveras Antwort ließ die anderen nach Luft schnappen. »Der Sieger bekommt alles«, sagte er entschieden.

Es wurde totenstill.

»Das ist ja, wie wenn man einem Kind einen Bonbon wegnehmen wollte«, erklärte Dannys Manager.

Danny schüttelte den Kopf. »Ich bin zu lange beim Bau«, meinte er. »Ich will weder den Schiedsrichter noch die Anwesenden irgendwie verdächtigen. Ich will nicht von Buchmachern sprechen und von gewissen Dingen, die hin und wieder vorkommen. Aber ich darf wohl sagen, daß es ein schlechtes Geschäft für einen Boxer wie mich ist. Ich weiß, daß ich siege. Daran ist gar kein Zweifel. Aber ich kann mir den Arm brechen, nicht wahr? Oder irgendein Taugenichts läßt mich in Wagenschmiere ausgleiten.« Er schüttelte feierlich den Kopf. »Ob ich gewinne oder verliere — ich kriege achtzig Prozent. Wie steht's, Mexikaner?«

Rivera schüttelte den Kopf.

Danny explodierte — jetzt wurde es ihm zuviel.

»Was, du dreckiger kleiner Schmutzfink? Ich hätte Lust, dir gleich jetzt den Hintern zu verhauen.«

Roberts legte sich auf seine langsame, zögernde Art dazwischen, um Feindseligkeiten zu verhindern.

»Der Sieger bekommt alles«, wiederholte Rivera mürrisch.

»Warum willst du das durchaus?« fragte Danny.

»Ich kann dich schlagen«, lautete die offenherzige Antwort.

Danny sprang auf und machte Anstalten, den Rock abzuwerfen. Aber das war, wie sein Manager wußte, nur Bluff und Pose. Der Rock kam nicht herunter, und Danny ließ sich von den andern beruhigen. Alle sympathisierten mit ihm. Rivera stand allein da.

»Hören Sie mal, Sie kleiner Narr«, mischte sich jetzt Kelly ein. »Sie sind nichts. Wir wissen, was Sie in den letzten Monaten getrieben haben — Sie haben einige kleine Boxer besiegt. Aber Danny ist Klasse. Wenn man ihn das nächste Mal nach diesem Kampf wieder im Ring sieht, geht es um die Meisterschaft. Sie dagegen sind ganz unbekannt. Außerhalb von Los Angeles hat noch nie jemand etwas von Ihnen gehört.«

»Dann werden Sie es hören«, antwortete Rivera achselzuckend. »Nach diesem Kampf.«

»Du glaubst doch nicht einen Augenblick, daß du mich schlagen kannst?« brauste Danny auf.

Rivera nickte.

»Nun hören Sie doch, nehmen Sie Vernunft an«, sagte Kelly eindringlich. »Denken Sie an die Reklame!«

»Ich will das Geld«, antwortete Rivera.

»Du kannst mich nicht besiegen, und wenn du tausend Jahre alt würdest«, tobte Danny.

»Weshalb bist du dann so eigensinnig?« fragte Rivera. »Wenn das Geld so leicht zu gewinnen ist, warum willst du es dann nicht gewinnen?«

»Ich will, Gott helfe mir!« rief Danny plötzlich mit Überzeugung. »Ich werde dich totschlagen im Ring, mein Junge – wenn du solche Possen mit mir treibst. Setzen Sie den Kontrakt auf, Kelly, der Sieger bekommt alles. Machen Sie tüchtig Reklame in den Zeitungen. Erzählen Sie den Leuten, daß es ein Kampf zwischen zwei persönlichen Feinden ist. Ich will es diesem Gelbschnabel zeigen.«

Kellys Sekretär begann zu schreiben, aber Danny unterbrach ihn.

»Einen Augenblick!« Er wandte sich an Rivera. »Das Wiegen?«

»Im Ring«, lautete die Antwort.

»Nicht zu machen, Gelbschnabel. Wenn der Sieger alles kriegen soll, wird morgens um zehn gewogen.«

»Und der Sieger bekommt alles?« fragte Rivera.

Danny nickte. Das entschied die Sache. Er würde in seiner höchsten Form den Ring betreten.

»Sie sind ein Esel«, sagte Roberts zu Rivera. »Danny wird Sie ganz sicher schlagen. Sie haben gerade soviel Chance wie ein Tautropfen in der Hölle.«

Riveras Antwort war ein haßerfüllter Blick. Selbst diesen Gringo verachtete er, und dabei hatte er in Roberts doch den besten von allen Gringos gefunden.

Man beachtete Rivera kaum, als er in den Ring trat. Er wurde nur mit vereinzeltem, mattem Händeklatschen begrüßt. Die Zuschauer glaubten nicht an ihn. Er war das Lamm, das von dem mächtigen Danny zur Schlachtbank geführt wurde. Zudem waren die Zuschauer enttäuscht. Sie hatten einen stürmischen Kampf zwischen Danny Ward und Billy Carthey erwartet, und jetzt sollten sie sich mit diesem elenden kleinen Anfänger begnügen. Das Publikum hatte seine Mißbilligung über die Veranstaltung auch dadurch gezeigt, daß es zwei, ja sogar drei zu eins auf Danny setzte. Und das Herz eines wettenden Publikums ist immer auf der Seite seines Geldes.

Der junge Mexikaner saß in seiner Ecke und wartete. Die Minuten schlichen dahin. Danny ließ ihn warten. Das war ein alter Kniff, der aber auf Anfänger stets wirkte. Sie wurden aufgeregt, wenn sie so dasaßen und warteten, von bangen Ahnungen erfüllt und Angesicht zu Angesicht mit einem gefühllosen, rauchenden Publikum. Diesmal aber wirkte der Kniff nicht. Roberts hatte richtig gesehen: Rivera hatte keinen schwachen Punkt. Er, der zarter war und empfindlicher und feinere Nerven hatte als sie alle, war nicht nervös. Die Atmosphäre einer im voraus sicheren Niederlage, die seine Umgebung bedrückte, übte keinen Eindruck auf ihn aus. Seine Sekundanten waren Gringos und Fremde: Auswurf, schmutziger Abfall des Boxsports, ohne Ehrgefühl und Kraft. Und überdies lähmte sie das Gefühl, daß sie auf der Seite des Verlierenden standen.

»Sei nur vorsichtig«, warnte ihn Spider Hagerthy. Spider war sein erster Sekundant. »Zieh es nach Möglichkeit in die Länge – das hat Kelly mir eingeschärft. Wenn du das nicht tust, schreiben die Zeitungen von Humbug und machen den Sport in Los Angeles schlecht.«

All dies war nicht gerade ermutigend, aber Rivera machte sich nichts daraus. Er verachtete einen Kampf, der um Geld ging. Das war der verhaßte Sport der verhaßten Gringos. Er hatte ihn selbst oft genug betrieben, aber nur, weil er hungerte. Die Tatsache, daß er für diesen Sport wie geschaffen war, bedeutete ihm nichts. Er haßte ihn. Und er war nicht der erste unter den Menschensöhnen, der entdeckte, daß er in einer verächtlichen Beschäftigung Erfolg hatte.

Er untersuchte seine Gefühle nicht. Er wußte nur, daß er in diesem Kampf siegen mußte. Es war nicht anders möglich. Denn hinter ihm standen stärkere Kräfte, als irgend jemand im Publikum sich träumen ließ, und sie flößten ihm diese Überzeugung ein. Danny Ward kämpfte für Geld und für die Annehmlichkeiten, die das Geld ihm in diesem Leben verschaffen konnte. Aber alles, wofür Rivera kämpfte, brannte in seinem Hirn. Wie er jetzt mit weit aufgerissenen Augen ganz allein in seiner Ecke des Ringes saß und auf seinen schlauen Gegner wartete, hatte er leuchtende und schreckliche Visionen, und sie waren so klar und deutlich, als erlebte er sie.

Er sah die Wasserkraftfabriken von Rio Blanco mit ihren weißen Mauern. Er sah die sechstausend hungrigen, bleichen Arbeiter und die sieben- und achtjährigen Kinder, die sich für zehn Cents den Tag abrackerten. Er sah die wandernden Leichen, die gespensterhaften Totenköpfe der Färbereiarbeiter. Er erinnerte sich, daß sein Vater die Färberei die Selbstmörderhöhle genannt hatte, weil ein Jahr Arbeit dort den Tod bedeutete. Er sah das kleine Gut und seine Mutter, die kochte und von morgens bis abends mit der Hausarbeit zu tun hatte, aber doch Zeit fand, ihn zu streicheln und zu lieben. Und er sah seinen Vater, groß, mit dichtem Schnurrbart und breiter Brust, seinen Vater, der, freundlicher als alle andern, alle Menschen liebte, dessen Herz aber so groß war, daß noch reichlich viel Liebe für die Mutter und für den kleinen Muchacho übrigblieb, der in einer Ecke des Patios spielte. In jenen Tagen hatte er nicht Felipe Rivera geheißen. Er hatte Fernandez geheißen, wie sein Vater und seine Mutter. Ihn hatten sie Juan genannt. Später hatte er den Namen geändert, denn er hatte gemerkt, daß der Name Fernandez den Polizeipräfekten und den politischen Behörden verhaßt war.

Der große, warmherzige Joaquin Fernandez! Einen hervorragenden Platz nahm er in den Visionen Riveras ein. Damals hatte er es nicht verstanden, wenn er jetzt aber zurückblickte, begriff er. Er konnte ihn sehen, wie er in der kleinen Druckerei Typen setzte oder an dem von Papieren überfließenden Pult hastig und nervös endlose Zeilen hinkritzelte. Und er erinnerte sich der seltsamen Abende, wenn die Arbeiter heimlich in der Dunkelheit, wie Leute, die Böses im Sinne hatten, zu seinem Vater geschlichen kamen und stundenlang mit ihm redeten, während der Muchacho, oft ohne Schlaf zu finden, in seiner Ecke lag.

Wie aus weiter Ferne hörte er die Stimme Spider Hagerthys, der zu ihm sagte: »Also nicht gleich am Anfang aufgeben. Das wäre gegen die Instruktionen. Steck deine Prügel ein und leiste was fürs Geld.«

Zehn Minuten waren vergangen, und er saß immer noch in seiner Ecke. Man sah nichts von Danny, der seinen Kniff offenbar bis zum Äußersten trieb.

Aber vor Rivera stiegen nun Visionen auf. Der Streik von Rio Blanco, der Hunger, die Wanderungen in die

Berge nach Beeren, Wurzeln und Kräutern, die sie aßen und die ihnen Magenkrämpfe und Leibschmerzen verursachten. Und dann das Entsetzliche: die Soldaten von General Rosalio Martinez und Porfirio Diaz und die todbringenden Gewehre, die nie aufhören wollten, Tod und Verderben zu speien und die Sünden der Arbeiter in ihrem eigenen Blut zu ertränken. Und die Nacht! Er sah die flachen Wagen, auf denen die Leichen aufgehäuft waren, nach Vera Cruz zum Futter für die Haie in der Bucht bestimmt. Er sah sich wieder über die unheimlichen Leichenhaufen klettern und die halb entkleideten, mißhandelten Leichen seines Vaters und seiner Mutter suchen und finden. Besonders deutlich erinnerte er sich seiner Mutter – nur ihr Gesicht guckte hervor, ihr Leib war von der Last Dutzender von Toten verborgen. Wieder knallten die Gewehre des Porfirio Diaz, und er sah sich wie ein gejagter Bergkojote davonrasen.

Ein lautes Gebrüll wie vom Meer klang an sein Ohr, er sah Danny Ward an der Spitze seines Gefolges von Trainern und Sekundanten durch den Gang in der Mitte kommen. Das Publikum tobte vor Begeisterung. Alle jubelten ihm zu. Alle waren für ihn. Sogar Riveras eigene Sekundanten atmeten erleichtert auf, und ihre Laune besserte sich, als Danny sich gewandt unter den Seilen duckte und in den Ring trat. Sein Gesicht zeigte ein Lächeln nach dem andern, und wenn Danny lächelte, lächelte jeder Zoll seines Gesichtes bis zu den Fältchen in den Augenwinkeln und bis in die Tiefe der Augen selbst. Nie hatte man einen so liebenswürdigen Boxer gesehen. Sein Gesicht war eine Verkörperung von Gutmütigkeit und Kameradschaft. Er kannte alle Welt. Er scherzte und lachte und tauschte über die Seile hinweg Grüße mit seinen Freunden aus. Die andern, die ihre Bewunderung nicht bändigen konnten, riefen laut: »Danny!« Die Stimmung stieg und raste sich in Beifallsstürmen aus, die Minuten dauerten.

Rivera blieb unbeachtet. Spider Hagerthy beugte sich mit aufgedunsenem Gesicht über ihn.

»Krieg nur keine Angst«, warnte er ihn. »Und vergiß die Instruktionen nicht. Du mußt aushalten. Nicht aufgeben! Wenn du aufgibst, sollen wir dich nachher vertobaken. Verstanden? Du hast zu kämpfen.«

Das Publikum begann zu klatschen. Danny durchschritt den Ring, trat auf ihn zu und beugte sich zu ihm nieder. Er nahm Riveras Hand zwischen seine beiden und drückte sie mit überströmender Herzlichkeit. Das Publikum jubelte Beifall. Danny begrüßte seinen Gegner mit der Zärtlichkeit eines Bruders. Seine Lippen bewegten sich, und das Publikum, das die Worte, die er sprach, nicht hören konnte, sie aber als freundlich, liebenswürdig und sportsmäßig auffaßte, schrie wieder. Nur Rivera hörte die leise gesprochenen Worte.

»Du kleine mexikanische Ratte«, drang es zischend zwischen den lächelnden Lippen hervor, »ich will dir die Eingeweide zum Leibe herausprügeln.«

Rivera rührte sich nicht. Er stand nicht auf. Er sah den andern nur voller Haß an.

»Steh auf, du Hund«, heulte jemand im Hintergrund des Zuschauerraums. Die Menge begann ihn wegen seines wenig sportgerechten Benehmens auszuzischen und auszupfeifen, aber er blieb sitzen.

Ein neuer Beifallssturm begrüßte Danny, als er sich durch den Ring auf seinen Platz zurückbegab.

Als Danny sich entkleidete, wurde begeistert »Ah!« und »Oh!« gerufen. Sein Körper war vollkommen und strotzte von Geschmeidigkeit, Kraft und Gesundheit. Die Haut war weiß und glatt wie die einer Frau. Und unter ihrer Oberfläche spielten Anmut, Gewandtheit und Stärke. Das hatte er in Dutzenden von Kämpfen bewiesen. Sein Bild war durch die gesamte Sportpresse gegangen.

Als Spider Hagerthy Rivera das wollene Hemd über den Kopf zog, wurde gezischt. Sein Körper erschien wegen der dunklen Hautfarbe schmächtiger, als er in Wirklichkeit war. Er hatte Muskeln, aber sie traten nicht so in Erscheinung wie die seines Gegners. Was das Publikum dagegen übersah, war seine tiefe Brust. Und es hatte auch keine Ahnung – und konnte sie auch nicht haben – von der Zähigkeit seiner Muskelbänder und von der Explosivkraft seiner Fäuste. Das einzige, was das Publikum sah, war ein braunhäutiger, achtzehnjähriger Bursche mit einem Körper, der wie der eines Knaben wirkte. Da war Danny doch ganz etwas anderes. Das war ein Mann von vierundzwanzig Jahren, und sein Körper war der eines Mannes. Der Gegensatz war noch auffälliger, als sie nebeneinander im Ring standen und die letzten Weisungen des Schiedsrichters empfingen.

Rivera bemerkte, daß Roberts direkt hinter den Reportern saß. Er war noch mehr berauscht als gewöhnlich und seine Rede entsprechend schleppender.

»Nur immer ruhig, Rivera«, sagte Roberts. »Totschlagen kann er dich nicht, das vergiß nicht. Er wird gleich im Anfang mächtig auf dich losgehen, aber laß dich nicht dadurch verblüffen. Deck dich nur gut, steh fest und geh in Clinch. Dann kann er dir nichts weiter tun. Stell dir einfach vor, daß er im Trainingssaal auf dich losschlüge.«

Rivera gab kein Zeichen, daß er es gehört hätte.

»Ein mürrischer kleiner Teufel«, murmelte Roberts seinem Nebenmann zu. »So ist er immer gewesen.«

Aber Rivera vergaß, ihm seinen üblichen gehässigen Blick zuzuwerfen. Eine Vision zeigte sich ihm in Gestalt zahlreicher Gewehre. Jedes Gesicht im Zuschauerraum von den teuersten Plätzen bis ganz hinten, so weit er sehen konnte, hatte sich in ein Gewehr verwandelt. Und er sah die mexikanische Grenze vor sich – ausgedörrt, von der Sonne versengt und trostlos, und an ihr die zerlumpten Scharen, die auf die Gewehre hoffen.

Er wartete, aufrecht ganz hinten in seiner Ecke stehend. Seine Sekundanten waren unter den Seilen hinausgekrochen und hatten ihre Klappstühle mitgenommen. Danny stand ihm gegenüber in der entgegengesetzten Ecke des viereckigen Ringes. Der Gong ertönte, und der Kampf begann. Das Publikum brüllte vor Freude. Noch nie hatte es einem Kampf beigewohnt, der überzeugender begann. Die Zeitungen hatten recht gehabt. Es war ein Kampf zwischen erbitterten Feinden. Drei Viertel der Entfernung legte Danny in einem Sprung zurück, um seinem Gegner auf den Leib zu kommen, ein Vorstoß, der deutlich verriet, daß es seine Absicht war, den kleinen Mexikaner mit Haut und Haaren zu fressen. Er griff nicht mit einem Schlage, nicht mit zweien, nicht mit einem Dutzend Schlägen an. Es war ein Wirbelwind von Schlägen, ein vernichtender Sturm. Rivera verschwand gleichsam. Er wurde überschüttet, begraben unter Lawinen von Schlägen, die ein Meister von überallher austeilte. Er wurde über den Haufen gerannt, gegen die Seile gefegt, vom Schiedsrichter losgebracht und abermals gegen die Seile geschleudert.

Es war kein Kampf. Es war ein Gemetzel, ein Blutbad. Jedem andern Publikum als den Zuschauern eines Boxkampfes wäre einfach in dieser ersten Minute die Luft ausgegangen. Wahrhaftig: Danny wußte, was er konnte – es war eine fabelhafte Leistung. Das Publikum war seiner Sache so sicher und dabei so aufgeregt und voreingenommen, daß es ganz übersah, daß der Mexikaner sich noch auf den Beinen hielt. Es hatte Rivera ganz vergessen. Es sah ihn kaum, derart verschwand er unter der mörderischen Attacke Dannys. Eine Minute verging auf diese Weise, und noch eine. Dann sah das Publikum in einem Augenblick, als die Kämpfenden getrennt waren, deutlich den Mexikaner. Eine Lippe war gespalten, seine Nase blutete. Als er sich umdrehte und wankend in Clinch ging, sah man dort, wo er die Seile berührte, rote Streifen auf seinem Rücken, aus denen das Blut hervorquoll. Was das Publikum aber nicht bemerkte, war, daß seine Brust nicht schwer arbeitete und daß seine Augen kalt und ruhig wie je waren. Allzu viele angehende Meister hatten es bei dem alles eher als weichlichen Training mit ähnlichen mörderischen Angriffen auf ihn versucht. Gegen eine Vergütung von einem halben Dollar bis zu fünfzehn Dollar wöchentlich hatte er durchzuhalten gelernt – eine harte Schule, die er durchgemacht hatte.

Da geschah etwas Erstaunliches. Das verwirrende Handgemenge, dessen Einzelheiten man kaum zu folgen vermochte, hörte plötzlich auf. Rivera stand allein da. Danny, der furchtbare Danny, lag auf dem Rücken. Sein Körper zitterte, während er langsam das Bewußtsein wiedergewann. Er hatte weder gewankt noch war er niedergesunken oder langsam zu Boden gefallen. Riveras Rechte hatte ihn, als er in der Luft schwebte, wie ein Blitz aus heiterem Himmel getroffen. Der Schiedsrichter wies Rivera mit einer Handbewegung zurück und beugte sich, die Sekunden zählend, über den gefallenen Helden. Das Publikum eines Boxkampfes pflegt den fällenden Schlag mit Beifall zu begrüßen. Aber dies Publikum jubelte nicht. Es war alles zu unerwartet gekommen. Die Sekunden wurden von einer gespannten Stille begleitet, die durch die triumphierende Stimme Roberts' zerrissen wurde.

»Ich hab es Ihnen ja gesagt, daß er mit beiden Händen gleich gut boxt.«

In der fünften Sekunde wälzte Danny sich auf das Gesicht herum, und als sieben gezählt wurde, stützte er sich auf das eine Knie, bereit, aufzustehen, sobald ›neun‹ und bevor ›zehn‹ gezählt wurde. Berührte sein Knie bei ›zehn‹ noch den Boden, so wurde er ausgezählt und hatte verloren. In dem Augenblick, wenn sein Knie sich vom Boden hob, wurde er als stehend angesehen, und im selben Augenblick hatte Rivera das Recht, wieder zu versuchen, ihn zu Boden zu schlagen. Rivera gedachte nicht, sich diese Gelegenheit entgehen zu lassen. Er umkreiste seinen Gegner, aber der Schiedsrichter kreiste vor ihm, und Rivera merkte, daß die Sekunden, die er zählte, sehr lange dauerten. Alle Gringos waren gegen ihn, sogar der Schiedsrichter.

Bei ›neun‹ gab der Schiedsrichter Rivera einen Stoß, daß er zurückflog. Das war unfair, aber dadurch wurde es Danny möglich, lächelnd wieder aufzustehen. Halb gekrümmt und mit den Armen Gesicht und Unterleib schützend, wankte er vorwärts und ging gewandt in Clinch. Nach den Regeln des Boxsports hätte der Schiedsrichter seinen Griff lösen müssen, aber er tat es nicht, und Danny klammerte sich an wie eine Muschel im Wogenprall der Brandung und kam allmählich wieder zu Kräften. Die letzte Minute der Runde war angebrochen. Wenn er bis zu ihrem Ende durchhielt, konnte er sich eine ganze Minute lang in seiner Ecke erholen. Und er hielt durch und lächelte trotz aller Verzweiflung und Kläglichkeit.

»Seht, Danny lächelt!« schrie einer, und das Publikum lachte laut und erleichtert.

»Eine verfluchte Stoßkraft hat der Lausebengel«, sagte Danny ächzend in seiner Ecke zu dem Trainer, während seine Adjutanten ihn wie toll bearbeiteten. Die zweite und die dritte Runde waren matt. Danny, der ein kalter, gerissener Boxer war, stellte sich und blockte, um sich von dem betäubenden Schlag, den er in der ersten Runde bekommen hatte, zu erholen. In der vierten Runde war er wieder ganz der alte. Obwohl er zerschlagen und verwirrt war, setzte seine gute Form ihn instand, seine Kraft wiederzugewinnen. Aber er versuchte es nicht wieder mit seiner mörderischen Taktik. Der Mexikaner hatte ihm gezeigt, daß sie bei ihm versagte. Statt dessen tischte er jetzt seine besten Boxerkünste auf. In allen Tricks sowohl wie in Erfahrung und Ausbildung war er ein Meister; wenn er auch nichts Entscheidendes ausrichten konnte, so schlug er doch weiter auf seinen Gegner los und zermürbte ihn nach allen Regeln der Kunst. Er schlug dreimal, wenn Rivera einmal schlug, aber es waren nicht entscheidende Schläge. Die Summe vieler Schläge sollte den Ausschlag geben. Er bewunderte diesen mit beiden Händen gleich gut boxenden Neuling, dessen Fäuste mit erstaunlicher Wucht stießen.

In der Verteidigung zeigte Rivera sich im Besitz einer erstaunlichen Technik der Linken. Immer wieder, in einem Angriff nach dem andern, schoß sie vor und richtete Dannys Mund und Nase übel zu. Aber Danny paßte sich an. Das war es, was ihn später zum Weltmeister machen sollte. Er konnte nach Belieben eine Kampfart mit der andern vertauschen. Jetzt rückte er seinem Gegner nahe auf den Leib. Durch diese Technik, die ihm besonders lag, wurde es ihm möglich, der Linken des andern zu entgehen. Jetzt brachte er das Publikum mehrmals dazu, vor Begeisterung zu toben, und den Vogel schoß er ab, indem er durch einen mächtigen Schlag den Mexikaner in die Luft hob und auf die Matte fallen ließ. Rivera ruhte auf dem einen Knie und nutzte die Sekunden nach Möglichkeit aus, aber er war innerlich überzeugt, daß der Schiedsrichter die Sekunden für ihn sehr abkürzte.

In der siebenten Runde glückte es Danny wieder, den teuflischen Schlag zu landen. Er brachte Rivera nur zum Wanken, aber im nächsten Augenblick, als er hilf- und wehrlos dastand, ließ er ihn durch einen neuen Schlag zwischen den Seilen hindurchfliegen. Rivera fiel mitten zwischen die Presseleute, die ihn aufhoben und außerhalb der Seile in seine Ecke beförderten. Hier ruhte er auf einem Knie, während der Schiedsrichter eilig die Sekunden zählte. Innerhalb der Seile, unter denen er sich ducken mußte, um wieder auf den Kampfplatz zu gelangen, wartete Danny auf ihn. Der Schiedsrichter legte sich weder dazwischen, noch stieß er Danny zurück.

Die Zuschauer waren außer sich vor Begeisterung. »Schlag ihn tot, Danny, schlag ihn tot!« wurde gebrüllt.

Dutzende von Stimmen griffen den Schrei auf, und es klang wie das Kriegsgeheul eines Wolfsrudels.

Danny tat sein Bestes, als aber nicht ›neun‹, sondern erst ›acht‹ gezählt wurde, schlüpfte Rivera unerwartet durch die Seile hinein und rettete sich durch Clinchen. Jetzt war der Schiedsrichter gleich da, riß ihn los, so daß er getroffen werden konnte, und half Danny so viel, wie ein unfairer Schiedsrichter helfen kann.

Aber Rivera überstand den Angriff, und der Schwindel verzog sich aus seinem Hirn. Sie waren alle gleich. Sie waren die verhaßten Gringos, und sie waren alle unehrlich. Aber selbst in den schlimmsten Augenblicken leuchteten und funkelten die Visionen in seinem Hirn – lange Eisenbahnzüge, die durch die Wüste ratterten, Gefängnisse und Kerker, Vagabunden an Wasserstellen –, das ganze qualvolle, schmutzige Panorama, das er auf seinem Umherirren nach den Tagen von Rio Blanco und dem Streik gesehen hatte. Und in einer herrlichen, strahlenden Vision sah er die große Revolution über das Land hinbrausen. Die Gewehre waren da, gerade vor ihm. Jedes einzelne der verhaßten Gesichter war ein Gewehr. Für die Gewehre kämpfte er. Er und die Gewehre waren eins. Er und die Revolution waren eins. Er kämpfte hier für ganz Mexiko.

Das Publikum begann ärgerlich auf Rivera zu werden. Warum steckte er die Prügel nicht ein, die ihm zugedacht waren? Natürlich wurde er besiegt, aber warum machte er da so viele Geschichten? Nur sehr wenige interessierten sich für ihn, und das war der bestimmte, begrenzte Prozentsatz von Spielern, die ein hohes Spiel spielten. Obwohl sie an Dannys Sieg glaubten, hatten sie doch vier zu zehn oder eins zu drei auf den Mexikaner gesetzt. Ziemlich erheblich waren die Wetten, wie viele Runden Rivera durchhalten würde. Manche hatten sogar leichtsinnigerweise darauf gesetzt, daß er keine sieben, ja keine sechs Runden durchhalten würde. Die, welche dagegen gehalten, also gewonnen und die Frage bezüglich des gewagten Geldes glücklich gelöst hatten, schlossen sich jetzt den andern an und jubelten dem Mexikaner zu.

Rivera wollte sich nicht schlagen lassen. In der achten Runde versuchte sein Gegner vergebens, den Uppercut zu wiederholen. Die neunte Runde verblüffte wieder das Publikum. Mitten in einem Clinch machte sich Rivera mit einer schnellen, geschmeidigen Bewegung frei, und in dem engen Zwischenraum zwischen ihren Leibern fuhr seine Rechte von unten hoch. Danny ging auf den Boden und nutzte das Zählen aus. Die Zuschauer waren erschrocken. Er war auf seinem eigenen Gebiet geschlagen. Sein berühmter rechter Uppercut war gegen ihn selbst angewandt worden. Als er bei ›neun‹ aufstand, versuchte Rivera nicht, ihn zu treffen. Der Schiedsrichter hätte es ja doch verhindert, obwohl er im umgekehrten Falle, wenn es Rivera war, der aufstehen sollte, beiseite trat.

In der zehnten Runde führte Rivera den rechten Uppercut vom Gürtel gegen das Kinn seines Gegners aus. Danny geriet vor Wut außer sich. Das Lächeln verließ zwar nicht einen Augenblick sein Gesicht, aber er ging wieder zu seinen mörderischen Angriffen über. Aber so sehr er auch herumtanzte, konnte er Rivera doch nichts anhaben, Rivera aber schlug ihn in der Verwirrung und dem Tumult dreimal hintereinander nieder. Danny gewann seine Kräfte nicht mehr so schnell wieder, und in der elften Runde sah es ernst für ihn aus. Aber von jetzt an bis zur vierzehnten Runde leistete er das Beste, was er je in seiner Laufbahn gezeigt hatte. Er stand und placierte die Schläge, schonte seine Kräfte im Kampf und versuchte die, welche er schon zugesetzt hatte, zurückzugewinnen. Dazu kämpfte er so regelwidrig, wie es nur ein erfolgreicher Boxer kann. Jeden Kniff und Trick wandte er an, ging in Clinch, tat aber, als wäre es zufällig, preßte Riveras Handschuhe zwischen Arm und Leib und legte seinen eigenen Handschuh Rivera auf den Mund, um ihm den Atem zu nehmen. Wenn sie einander dicht auf dem Leibe waren, zischte er zwischen den aufgeschlagenen, aber lächelnden Lippen Rivera abscheuliche, unaussprechliche Schimpfworte ins Ohr.

Alle, vom Schiedsrichter bis zum Publikum, hielten zu Danny und halfen Danny. Und sie wußten, was er im Sinne hatte. Überwältigt durch diesen überraschenden Unbekannten, setzte er all seine Hoffnung in einen einzigen entscheidenden Schlag. Er gab sich Blößen und steckte die Schläge ein, reizte seinen Gegner, machte Scheinangriffe und versuchte Rivera dahin zu bringen, daß er sich die Blöße gab, die es ihm erlaubte, aus aller Kraft zuzuschlagen und zu siegen. Wie ein anderer, größerer Boxer vor ihm getan, konnte er seinen Gegner vielleicht mit einem Rechten und einem Linken auf den Solarplexus und über das Kinn treffen. Er konnte es, denn er war bekannt für die Stoßkraft, die in seinen Armen war, solange er sich nur auf den Beinen halten konnte.

Riveras Sekundanten sorgten in den Pausen zwischen den Runden nur wenig für ihn. Sie trockneten ihn ein bißchen mit den Handtüchern ab, verschafften aber seiner keuchenden Lunge nicht viel Luft. Spider Hagerthy gab ihm Ratschläge, aber er wußte, daß es schlechte Ratschläge waren. Alle waren gegen ihn. Er war von Verrätern umgeben. In der vierzehnten Runde brachte er Danny wieder auf den Boden und ruhte sich aus, während der Schiedsrichter die Sekunden zählte. Aus der anderen Ecke hatte Rivera ein verdächtiges Flüstern gehört. Er sah, wie Michael Kelly zu Roberts ging, sich über ihn beugte und ihm etwas zuflüsterte. Riveras Ohren waren wie die einer Katze, in der Wüste geübt, und er hörte Bruchstücke von dem, was Michael sagte. Er wollte gern mehr hören, und als sein Gegner sich erhob, glückte es ihm, so zu manövrieren, daß er Gelegenheit zu einem Clinch an den Seilen bekam.

»Er muß«, hörte er Michael sagen, und Roberts nickte. »Danny muß gewinnen – ich verliere ein Vermögen – ich habe eine Unsumme gewettet – mein eigenes Geld – wenn er die fünfzehnte Runde durchhält, bin ich ruiniert – der Junge wird sich danach richten, was du sagst. Steck es ihm.«

Und jetzt hatte Rivera keine Visionen mehr. Sie versuchten ihn zu narren. Noch einmal schlug er Danny zu Boden und ruhte sich, die Hände in die Seiten gestützt, aus. Roberts stand auf.

»Jetzt ist er fertig«, sagte er. »Geh in deine Ecke.«

Er sprach gebieterisch, wie er oft beim Training mit Rivera gesprochen hatte. Aber Rivera sah ihn erbittert an und wartete, daß Danny aufstehen sollte.

Als er in der minutenlangen Pause wieder in seiner Ecke saß, kam Kelly, der Unternehmer, zu Rivera und sprach mit ihm. »Gib auf, verdammter Kerl!« fauchte er leise. »Du mußt dich schmeißen lassen, Rivera. Tue, wie ich dir sage, und ich sichere dir deine Zukunft. Nächstes Mal lasse ich dich über Danny siegen. Aber diesmal mußt du dich besiegen lassen.« Rivera ließ ihn durch einen Blick verstehen, daß er seine Worte gehört hatte, gab aber durch kein Zeichen zu erkennen, ob er einwilligte oder nicht.

»Warum sagst du nichts?« fragte Kelly zornig.

»Du verlierst unter allen Umständen«, fügte Spider Hagerthy hinzu. »Der Schiedsrichter läßt dich nicht siegen. Höre auf Kelly, laß dich schmeißen!«

»Ja, laß dich schmeißen, Junge!« drang Kelly in ihn. »Dann verhelfe ich dir zur Meisterschaft.«

Rivera antwortete nicht.

»Ich tue es, so wahr mir Gott helfe, mein Junge.«

Als der Gong ertönte, hatte Rivera das Gefühl, daß

irgendeine Gefahr ihm drohe. Das Publikum merkte nichts. Was es auch sein mochte – jedenfalls war es innerhalb des Ringes und ganz in seiner Nähe. Danny schien seine frühere Sicherheit wiedergewonnen zu haben. Die Zuversichtlichkeit, mit der er ankam, erschreckte Rivera. Offenbar waren sie im Begriff, ihm irgendeinen Streich zu spielen. Danny sprang auf ihn los, aber Rivera wich ihm aus. Er brachte sich in Sicherheit, indem er einen Schritt zurücktrat. Der andere hatte erwartet, daß er in Clinch gehen würde. Das war bis zu einem gewissen Grade nötig, wenn der Streich gelingen sollte. Rivera zog sich zurück und umkreiste den Gegner, fühlte aber doch, daß bei dem Zusammenstoß, der früher oder später erfolgen mußte, der Kniff versucht werden würde. Als Danny wieder vorstürmte, tat Rivera, als wolle er in Clinch gehen. Aber im letzten Augenblick sprang er, gerade als ihre Leiber zusammenstoßen wollten, rasch zurück. Und im selben Augenblick ertönte aus Dannys Ecke der Ruf: »Foul!« Rivera hatte sie angeführt. Der Schiedsrichter zögerte. Die Entscheidung, die ihm auf den Lippen lag, fiel nie, denn eine Knabenstimme auf der Galerie schrillte: »Schiebung!«

Danny schimpfte laut auf Rivera und stürmte auf ihn los, aber Rivera wich ihm tänzelnd aus. Rivera beschloß jetzt, nicht mehr nach dem Körper des andern zu zielen. Damit setzte er seine halbe Chance zu gewinnen aufs Spiel, aber er wußte, daß er, wenn er überhaupt siegen wollte, den Nahkampf vermeiden mußte. Beim geringsten Anlaß würden sie ihn eines ›Fouls‹ beschuldigen. Danny ließ alle Vorsicht beiseite. In zwei Runden stürmte er auf den Jungen los, der ihm nicht im Nahkampf zu begegnen wagte. Immer wieder wurde Rivera getroffen; er steckte die Schläge zu Dutzenden ein, um dem gefährlichen Nahkampf zu entgehen. Bei dieser einzig dastehenden Schlußszene Dannys erhob das Publikum sich und wurde wahnsinnig. Es verstand nichts von dem, was vorging. Das einzige, was es sehen konnte, war, daß sein Favorit doch siegte.

»Warum kämpfst du nicht?« schrien sie Rivera zornig zu. »Jammerlappen! Jammerlappen! Los, du Hund! Schlag ihn tot, Danny! Du hast ihn ja schon! Hau ihn!«

Von allen im ganzen Hause war Rivera der einzige, der seine Kaltblütigkeit bewahrte. Nach Temperament und Rasse war er der leidenschaftlichste von allen, aber er war so weit größeren Aufregungen ausgesetzt gewesen, daß diese gemeinsame, aus zehntausend Kehlen schreiende Leidenschaft, die sich Woge auf Woge erhob, ihm nicht mehr als die sammetartige Kühle eines Sommerabends war.

In der siebzehnten Runde setzte Danny seine Angriffe fort. Unter einem heftigen Schlag wankte Rivera. Seine Hände sanken hilflos herab, während er widerstrebend zurücktaumelte. Jetzt dachte Danny, daß seine Chance gekommen wäre. Der Junge war in seiner Gewalt. Durch diese Komödie überrumpelte Rivera ihn und traf ihn mit der geraden Rechten auf den Mund. Danny fiel. Als er aufstand, fällte Rivera ihn durch einen rechten Haken auf Hals und Kinn. Das wiederholte sich dreimal. Kein Schiedsrichter der Welt hätte von einem Foul sprechen können.

»Oh, Bill! Bill!« flehte Kelly den Schiedsrichter an.

»Ich kann nichts machen«, sagte der Schiedsrichter bedauernd. »Er gibt mir keine Gelegenheit dazu.«

Danny stand immer wieder auf, zerschlagen, aber heldenmütig. Kelly und andere in der Nähe des Ringes begannen nach der Polizei zu rufen, daß sie einschreiten sollte, obwohl Dannys Ecke sich weigerte, das Handtuch hinein zu werfen. Rivera sah den dicken Wachtmeister einen ungeschickten Versuch machen, unter den Seilen hereinzuklettern, und wußte nicht recht, was das bedeutete. Diese Gringos wußten auf so vielerlei Weise bei einem Boxkampf zu betrügen. Danny, der wieder auf die Beine gekommen war, taumelte unsicher und hilflos vor ihm hin und her. Der Schiedsrichter und der Polizist streckten beide die Hände nach Rivera aus, als er den letzten Schlag führte. Es gab keinen Grund zum Einschreiten, denn Danny blieb liegen.

»Zähl!« rief Rivera dem Schiedsrichter heiser zu.

Und als das Zählen beendet war, hoben die Sekundanten Danny auf und trugen ihn in seine Ecke.

»Wer ist der Sieger?« fragte Rivera.

Widerwillig ergriff der Schiedsrichter seine behandschuhte Hand und hielt sie hoch.

Rivera erhielt keine Glückwünsche. Ohne Begleitung ging er in seine Ecke, wo seine Sekundanten noch nicht den Feldstuhl für ihn hingesetzt hatten. Er lehnte sich gegen die Seile, sah sie erbittert an, ließ den Blick auf ihnen ruhen und ließ ihn dann über die Zehntausende von Gringos schweifen. Die Knie zitterten ihm, und er stöhnte vor Erschöpfung. Vor seinen Augen wogten die verhaßten Gesichter hin und her in schwindelnder Übelkeit. Dann aber entsann er sich, daß sie Gewehre bedeuteten. Die Gewehre waren sein. Die Revolution konnte beginnen.

Wie vor alters zog die Argo...

Es war im Sommer 1897, als Unruhe in der Familie Tarwater entstand. Großvater Tarwater war nach einem Jahrzehnt der Unterjochung und Unterdrückung wieder einmal ausgebrochen. Diesmal war es das Klondikefieber. Das erste und einzige Symptom solcher Anfälle war Gesang. Er sang nur ein Lied, und auch von dem konnte er nicht mehr als vier Verse der ersten Strophe. Und die Familie wußte, daß ihn die Füße juckten und daß ihm die alte Tollheit im Hirn krabbelte, wenn er sein heiseres, brüchiges Falsett erhob und sang:

> *Wie vor alters zog die Argo,*
> *Kann uns keiner heut' verwehren*
> *Auszuziehen, tum-tum-tum,*
> *Um das Goldne Vlies zu scheren.*

Zehn Jahre zuvor hatte er das Lied nach der Melodie des kirchlichen Lobgesangs gesungen, als ihn das Fieber gepackt hatte, nach Patagonien zu ziehen und Gold zu graben. Die ganze zahlreiche Familie hatte sich ihm widersetzt, aber sie hatte eine schwere Zeit mit ihm gehabt. Als nichts seinen Entschluß erschüttern konnte, hatten sie ihm Rechtsanwälte geschickt mit der Drohung, ihn zu entmündigen und in der staatlichen Irrenanstalt einzusperren – eine vernünftige Maßregel einem Mann gegenüber, der vor einem Vierteljahrhundert alles bis auf zehn

Morgen mageren Bodens eines Gutes in Kalifornien verspekuliert und seitdem auch nicht viel mehr Scharfsinn in Geschäften bewiesen hatte.

Die Anwendung von Rechtsanwälten bei John Tarwater glich der Anwendung eines Senfpflasters, denn seiner Meinung nach waren es von allen Menschen gerade diese, die ihm seinen ausgedehnten Besitz entrissen hatten. Zu der Zeit, als er das Patagonienfieber hatte, genügte der Gedanke an ein so drastisches Mittel allein schon, um ihn zu kurieren. Er bewies schnell, daß er nicht verrückt war, indem er das Fieber abschüttelte und darauf einging, nicht nach Patagonien zu ziehen.

Hierauf bewies er, wie verrückt er in Wirklichkeit war, indem er unaufgefordert seiner Familie die zehn Morgen zu Tarwater Flat, einschließlich Haus, Scheuer, Wirtschaftsgebäude und Wasserrechte, überschrieb. Ebenfalls übertrug er ihnen die achtzehnhundert Dollar, die er auf der Bank hatte, das lange gesparte Wrackgut seines vernichteten Vermögens. Hierin sah die Familie jedoch keinen Grund, ihn in die Irrenanstalt zu schicken, was ja unweigerlich seine löblichen Absichten durchkreuzt hätte.

»Großvater ist sicher schlechter Laune«, sagte Mary, seine älteste Tochter, selbst schon Großmutter, als ihr Vater das Rauchen aufgab.

Alles, was er für sich behalten hatte, war ein Gespann alter Pferde und ein einziges Zimmer in dem überfüllten Haus. Da er versicherte, niemand Dank schulden zu wollen, übertrug man ihm ferner die Aufgabe, zweimal wöchentlich die Post der Vereinigten Staaten von Kelterville über die Tarwater-Berge nach Old Almaden zu bringen – einer sporadisch bearbeiteten Quecksilbermine im Viehland in den Bergen. Mit seinen beiden alten Pferden beanspruchten die beiden wöchentlichen Fahrten seine ganze Zeit. Und in den zehn Jahren hatte er, ob Regen oder Sonnenschein, nie eine Fahrt versäumt. Und ebensowenig hatte er es auch nur ein einziges Mal unterlassen, allwöchentlich die Bezahlung für seine Beköstigung in Marys Hand zu legen. Diese Beköstigung hatte er während der Erholung von seinem Patagonienfieber verlangt und genau bezahlt, obwohl er seinen Tabak hatte aufgeben müssen, um dazu imstande zu sein.

»Hu!« vertraute er dem zerbrochenen Wasserrad der alten Tarwater-Wassermühle an, die er selbst aus Stämmen aus dem Walde erbaut und die Weizen für die ersten Ansiedler gemahlen hatte. »Hu! Solange ich mich selbst erhalte, werden sie mich nicht ins Armenhaus schicken, und wenn ich nicht einen roten Heller habe, so ist es nicht wahrscheinlich, daß so ein Rechtsverdreher kommt und mich beschnüffelt.«

Und doch waren gerade diese in hohem Maße vernünftigen Handlungen der Grund, daß man John Tarwater für leicht verrückt hielt.

Das erste Mal hatte er das Lied ›Wie vor alters zog die Argo‹ im Jahre 1849 gesungen, als er, zweiundzwanzig Jahre alt und heftig vom Kalifornienfieber ergriffen, in Michigan zweihundertvierzig Morgen, davon vierzig gerodet, für vier Ochsengespanne und einen Wagen verkauft hatte und quer über die Steppe gezogen war.

»Und bei Fort Hall, wo die Oregon-Auswanderer nach Norden gingen, bogen wir südwärts nach Kalifornien ab«, pflegte er seinen Bericht von dieser beschwerlichen Reise zu schließen. »Und Bill Ping und ich fingen Grislybären mit dem Lasso im Unterholz von Cache Slough im Sacramento-Tal.«

Dann waren Jahre mit Frachtfahrten und Minenarbeit gefolgt. Mit einem in den Mercedes-Goldwäschereien gesammelten Gewinn befriedigte er schließlich den Landhunger seiner Rasse und seiner Zeit und ließ sich im Sonoma-Land nieder.

Die zehn Jahre, die er die Post in der Tarwater-Gemeinde, durch das Tarwater-Tal und über den Tarwater-Berg – das meiste davon hatte ihm einmal gehört – fuhr, verbrachte er damit, daß er davon träumte, das Land wiederzugewinnen, ehe er starb.

Und jetzt, da seine riesige, magere Gestalt aufrechter war, als sie seit Jahren gewesen, und blaue Flammen in seinen kleinen, engstehenden Augen glimmten, stimmte er wieder sein altes Lied an.

»Da geht er nun – hört nur!« sagte William Tarwater.

»Niemand zu Hause«, lachte Harris Topping, Tagelöhner, mit Annie Tarwater verheiratet und Vater ihrer neun Kinder.

Die Küchentür öffnete sich, um den alten Mann einzulassen, der soeben seine Pferde gefüttert hatte. Der Gesang war auf seinen Lippen verstummt, aber Mary war gereizt, weil sie sich die Hand verbrannt hatte und weil der Magen eines Enkelkindes sich weigerte, die gewässerte Kuhmilch ordentlich zu verdauen.

»Es hat keinen Zweck, so anzufangen«, wandte sie sich streitsüchtig an ihn. »Die Zeiten sind vorbei, als du nach einer Gegend wie Klondike durchbrennen konntest, und dein Singen kann sie dir nicht wiederkaufen.«

»Einerlei«, antwortete er ruhig. »Ich wette, daß ich nach diesem Klondike gehen und Gold genug sammeln könnte, um den Tarwater-Besitz zurückzukaufen.«

»Alter Narr!« bemerkte Annie.

»Um ihn zurückzukaufen, brauchst du mindestens dreihunderttausend, wenn nicht mehr«, versuchte William ihn zum Schweigen zu bringen.

»Dann könnte ich dreihunderttausend und noch mehr sammeln, wenn ich nur dort wäre«, sagte der alte Mann ruhig.

»Danke Gott, daß du nicht hineinspazieren kannst, sonst brächest du heute schon auf!« rief Mary. »Seereisen kosten Geld.«

»Ich hatte Geld«, sagte ihr Vater demütig.

»Aber jetzt hast du keines – daher denk nicht mehr dran«, riet William. »Die Zeiten sind vorbei, da du mit Bill Ping Bären fingst. Es gibt keine Bären mehr.«

»Einerlei...«

Aber Mary schnitt ihm das Wort ab. Sie nahm die Zeitung vom Küchentisch und schwang sie ihrem betagten Vater heftig vor der Nase hin und her.

»Was sagen diese Klondiker? Hier steht es schwarz auf weiß. Nur die Jungen und Starken können Klondike aushalten. Es ist schlimmer als der Nordpol. Und selbst die haben dort massenhaft Tote zurückgelassen. Sieh nur die Bilder. Du bist vierzig Jahre älter als die ältesten von ihnen.«

John Tarwater sah wirklich hin, aber seine Augen schweiften zu anderen Fotografien auf dem im höchsten Maße effektvollen Umschlag.

»Und sieh hier die Fotografien von den Goldklumpen, die sie mitgebracht haben«, sagte er. »Ich kenne Gold. Habe ich nicht zwanzigtausend aus der Mercedes-Grube geholt? Und wären es nicht hunderttausend geworden, wenn der Wolkenbruch nicht meinen Damm gesprengt hätte? Wenn ich jetzt nur in Klondike wäre...«

»Total verrückt!« knurrte William beiseite, aber hörbar für die andern.

»Eine hübsche Art, mit seinem alten Vater zu reden«, tadelte der alte Tarwater ihn mild. »Mein Vater würde mir das Fell mit einem Knüppel gegerbt haben, wenn ich so zu ihm gesprochen hätte.«

»Aber du bist wirklich verrückt, Vater«, begann William.

»Du wirst schon recht haben, mein Sohn. Aber in dem Punkt war mein Vater nicht verrückt. Er hätte es getan.«

»Der alte Mann hat ein paar Artikel von Männern gelesen, die noch nach den Vierzigern Glück gehabt haben«, höhnte Annie.

»Und warum nicht, mein Kind?« fragte er. »Warum kann ein Mann nicht Glück haben, wenn er siebzig ist? Ich bin dies Jahr erst siebzig geworden. Und vielleicht hätte ich Glück, wenn ich nur nach Klondike kommen könnte.«

»Was du eben nicht kannst«, beschied ihn Mary.

»Na ja«, seufzte er, »wenn nicht, dann kann ich ja ebensogut gleich zu Bett gehen.«

Er stand auf, lang, mager, knochig und knorrig, die prächtige Ruine eines Mannes. Sein zottiges Haar und sein Backenbart waren nicht grau, sondern schneeweiß, ebenso die Haarbüschel, die auf dem Rücken seiner knochigen Finger standen. Er bewegte sich zur Tür, öffnete sie, seufzte, blieb stehen und sandte einen Blick zurück.

»Und doch«, murmelte er klagend, »jucken mich die Fußsohlen ganz schrecklich.«

Lange ehe die Familie am nächsten Morgen aufstand, hatte der alte Tarwater seine Pferde beim Laternenschein gefüttert und angespannt, sich das Frühstück bei Lampenlicht bereitet und gegessen und war durch das Tarwater-Tal nach Kelterville aufgebrochen. Zweierlei Ungewöhnliches war an dieser gewöhnlichen Fahrt, die er seit Abschluß des Postkontraktes tausendundvierzigmal gemacht hatte. Er fuhr nicht nach Kelterville, sondern bog südwärts auf die Landstraße nach Santa Rosa ab. Noch merkwürdiger als dies war das in Papier gewickelte Paket zwischen seinen Füßen. Es enthielt seinen einzigen anständigen schwarzen Anzug, den Mary ihn lange nicht mehr hatte tragen lassen wollen, nicht weil er abgetragen war, sondern weil er, wie sie seiner Vermutung nach im Innersten dachte, anständig genug war, um ihn darin zu begraben.

Und in Santa Rosa verkaufte er den Anzug sofort in einem Trödlerladen für zweieinhalb Dollar. Von demselben willfährigen Geschäftsmann empfing er vier Dollar für den Trauring seiner längst verstorbenen Frau. Sein Gespann und den Wagen verkaufte er für fünfundsiebzig Dollar, wenn er auch nur fünfundzwanzig in bar erhielt. Als er zufällig auf der Straße Alton Granger traf, demgegenüber er noch nie ein Wort von den zehn Dollar erwähnt hatte, die er ihm im Jahre vierundsiebzig geliehen, erinnerte er ihn an die kleine Angelegenheit und erhielt augenblicklich sein Geld. Und von all den Menschen, die vermutlich nicht bei Kasse waren, hatte er allein Glück bei dem Trunkenbold der Stadt, dem er in seinen alten guten Tagen manches Glas spendiert hatte: er lieh sich von ihm einen Dollar. Schließlich fuhr er mit dem Nachmittagszug nach San Franzisko.

Zwölf Tage später landete er, einen Leinensack mit wollenen Decken und altem Zeug schleppend, an der Küste von Dyea, mitten in dem großen Klondikestrom. Der Strand war ein brüllendes Tollhaus. Zehntausend

Tonnen Ausrüstung lagen aufgehäuft und verstreut da, zweimal zehntausend Mann ruderten darin herum und riefen durcheinander. Die Fracht auf Indianerrücken über den Chilcoot nach dem Lindermann-See war von sechzehn auf dreißig Cent das Pfund gesprungen, was einem Preis von sechshundert Dollar für eine Tonne entsprach. Und der subarktische Winter mit seiner Finsternis stand vor der Tür. Alle wußten es, und alle wußten auch, daß von den zwanzigtausend nur wenige über die Pässe kommen würden, während die übrigen hier überwintern und auf das späte Frühlingstauwetter warten mußten.

So war der Strand, den der alte John Tarwater betrat, und er steuerte direkt über den Strand auf den Chilcoot los, sein altes Lied gackernd, selbst ein richtiger alter Argonaute, den keine Ausrüstung beschwerte. Denn er besaß keine Ausrüstung. In der Nacht schlief er auf der flachen Strecke fünf Meilen oberhalb Dyeas, an der Stelle, wo die Schiffahrt in Booten begann. Hier wurde der Dyea-Fluß ein stürmischer Gebirgsstrom, der in einer engen Schlucht aus den Gletschern stürzte, die ihm ihr Wasser von weither sandten.

Und hier sah er früh am nächsten Morgen einen kleinen Mann, der nicht mehr als hundert Pfund wog, über einen Baumstamm wandern, mit gut hundert Pfund Mehl auf dem Rücken. Er sah ferner, wie der kleine Mann von dem Baumstamm stolperte, kopfüber in eine ruhige, zwei Fuß tiefe Pfütze fiel und sich ganz ruhig anschickte, zu ertrinken. Er wünschte sicher nicht, so leicht zu sterben, aber das Mehl auf seinem Rücken wog ebensoviel wie er selber und erlaubte ihm nicht aufzustehen.

»Schönen Dank, Alter«, sagte er zu Tarwater, als dieser ihn aufs Trockene gezogen hatte.

Während er sich die Schuhe aufschnürte und das Wasser ausgoß, setzten sie die Unterhaltung fort. Dann zog er ein Zehndollarstück aus der Tasche und bot es seinem Retter an.

Der alte Tarwater schüttelte den Kopf und zitterte vor Kälte, denn das Eiswasser hatte ihn bis zu den Knien durchnäßt.

»Aber ich denke, ich hätte nichts dagegen, mich zu einer freundschaftlichen Mahlzeit mit Ihnen zusammenzusetzen.«

»Haben Sie noch nicht gefrühstückt?« fragte der kleine Mann, der über Vierzig war und gesagt hatte, daß er Anson hieß, mit einem offenbar interessierten Blick.

»Nicht einen Bissen«, antwortete John Tarwater.

»Wo ist Ihre Ausrüstung? Voraus?«

»Hab keine Ausrüstung.«

»Wollen Sie im Lande kaufen?«

»Hab nicht einen Dollar, um was zu kaufen, Freundchen. Was im Augenblick nicht so wichtig ist wie ein bißchen warmes Frühstück.«

In Ansons Lager, eine Viertelmeile weiter, fand Tarwater einen schlanken jungen Mann von dreißig mit rotem Backenbart, der über einem Feuer aus nassem Weidenholz fluchte. Nachdem er als Charles vorgestellt worden war, übertrug er seine finsteren Blicke und seine Wut auf Tarwater, der tat, als ob er nichts merkte, und sich seinerseits mit dem Feuer zu schaffen machte. Er benutzte den kühlen Morgenwind, um Zug zu erhalten, den die andern dummerweise durch Steine ferngehalten hatten, und erzeugte bald weniger Rauch und mehr Feuer. Das dritte Mitglied der Gesellschaft, Bill Wilson, oder der Große Bill, wie sie ihn nannten, kam mit einem hundertvierzig Pfund schweren Packen; und Charles servierte etwas, das Tarwater für ein sehr schlechtes Frühstück ansah. Die Grütze war halbgar und zum größten Teil verbrannt, der Speck verkohlt und der Kaffee unbeschreiblich.

Sobald das Essen verschlungen war, nahmen die drei Teilhaber ihre Packgurte und machten sich auf den Weg nach der Stelle, wo in ihrem letzten Lager, eine Meile zurück, der Rest ihrer Ausrüstung lag. Und der alte Tarwater bekam zu tun. Er wusch die Schüsseln, holte trockenes Holz, setzte einen zerrissenen Packgurt instand, schliff Schlachtermesser und Lageraxt und packte Hacken und Schaufeln um, so daß sie besser zu tragen waren.

Was während des kurzen Frühstücks Eindruck auf ihn gemacht hatte, war der Respekt, den Anson und der Große Bill vor Charles hatten. Als Anson am Morgen einmal, nachdem er einen neuen Hundertpfundpacken hereingebracht hatte, verschnaufte, machte Tarwater eine feine Anspielung hierauf.

»Sehen Sie, die Sache ist die«, sagte Anson. »Wir haben die Führerschaft geteilt. Jeder hat seine besondere Aufgabe. Ich bin Zimmermann. Wenn wir zum Linderman-See kommen und die Bäume gefällt und zu Planken zersägt sind, habe ich den Bootsbau zu leiten. Der Große Bill ist Flößer und Grubenarbeiter. Er hat für das Holz und für alle Minenunternehmen zu sorgen. Das meiste von unserer Ausrüstung ist vorausgeschickt. Wir mußten den Indianern so viel für den Transport nach dem Chilcoot bezahlen, daß wir ruiniert sind. Unser letzter Teilhaber ist oben bei den Sachen und schafft sie selbst nach der anderen Seite hinüber. Er heißt Liverpool und ist Seemann. Wenn die Boote gebaut sind, ist er es, der ihre Ausrüstung zu leiten hat, damit wir die Seen und Stromwirbel bis Klondike hinabfahren können.«

»Und Charles – dieser Herr Crayton –, was ist seine Spezialität?« fragte Tarwater.

»Er ist Geschäftsmann. Er leitet die Organisation und etwaige Geschäfte.«

»Hm«, überlegte Tarwater. »Es ist ein Glück, eine solche Schar von Sonderkenntnissen für eine Expedition zu bekommen.«

»Mehr als Glück«, meinte Anson. »Es war auch alles Zufall. Jeder von uns zog allein los. Wir trafen uns auf dem San-Franziskoer Dampfer und gründeten die Gesellschaft. – Na, ich muß fort. Sonst gibt Charles mir noch einen Tritt, weil ich nicht meinen Teil trage. Eigentlich kann man doch nicht verlangen, daß ein Mann von hundert Pfund ebensoviel trägt wie einer von hundertsechzig.«

»Los, mach uns was zu essen«, sagte Charles zu Tarwater, als er das nächste Mal mit einer Last hereinkam und sah, wie geschickt der alte Mann war.

Und Tarwater bereitete ein Mittagessen, das wirklich ein Mittagessen war, wusch die Schüsseln, hatte wirkliches Schweinefleisch und Bohnen zum Abendessen und dazu in einer Bratpfanne gebackenes Brot, das so delikat war, daß die drei Teilhaber sich daran fast zuschanden aßen. Als das Aufwaschen nach dem Abendessen besorgt war, hieb er Späne, um am Morgen schnell und sicher Feuer anmachen zu können, zeigte Anson einen Kniff mit dem Schuhzeug, unentbehrlich für einen Mann, der etwas schleppen sollte, sang sein ›Wie vor alters zog die Argo‹ und erzählte ihnen von der großen Auswanderung über die Steppe im Jahre neunundvierzig.

»Wahrhaftig, das erste anständige und angenehme Lager, seit wir von der See aufbrachen«, bemerkte der Große Bill, als er seine Pfeife ausklopfte und sich die Schuhe aufschnürte, um zu Bett zu gehen.

»Hab ich's euch ein bißchen erleichtert, Jungens, was?« forschte Tarwater freundlich.

Alle nickten.

»Na, dann will ich euch einen Vorschlag machen, Jungens. Ihr könnt ihn annehmen oder nicht, aber hört ihn bitte an. Ihr habt Eile, weiterzukommen, ehe alles zufriert. Die halbe Zeit, die ihr zum Tragen verwenden könntet, vergeudet einer von euch auf das Kochen. Wenn ich das für euch besorge, werdet ihr alle schneller weiterkommen. Das Essen wird auch besser sein und euch befähigen, besser zu tragen. Und ich selbst kann hin und wieder auch ein bißchen tragen, ein ganz klein bißchen, ja, ein ganz klein bißchen.«

Der Große Bill und Anson wollten gerade zum Zeichen ihres Einverständnisses nicken, als Charles sich dazwischenlegte.

»Was wollen Sie von uns dafür?« fragte er den alten Mann.

»Ach, das überlasse ich Ihnen.«

»Das ist kein Geschäft«, verwies Charles ihn scharf. »Sie haben den Vorschlag gemacht. Nun machen Sie ihn auch ganz.«

»Nun, die Sache ist so...«

»Sie denken, daß wir Sie den ganzen Winter durchfüttern sollen, wie?« unterbrach ihn Charles.

»Nein, mein Herr, das tue ich nicht. Alles, womit ich rechne, ist, daß eine Reise nach Klondike in Ihrem Boot hochanständig von Ihnen wäre.«

»Sie haben nicht eine Unze Proviant, Alter, Sie würden verhungern, wenn Sie hinkämen.«

»Ich habe lange Zeit hindurch ziemlich viel Glück mit meiner Ernährung gehabt«, antwortete der alte Tarwater mit einem belustigten Funkeln in den Augen. »Ich bin siebzig und bis jetzt noch nie verhungert.«

»Wollen Sie eine Erklärung unterschreiben, daß Sie selbst für sich sorgen werden, sobald Sie nach Dawson kommen?« fragte der Geschäftsmann.

»Gewiß«, lautete die Antwort.

Und wieder brachte Charles seine beiden Kompagnons zum Schweigen, die ihre Zufriedenheit mit dem Arrangement äußern wollten.

»Noch eines, Alter: wir sind vier Teilhaber, die alle in einer solchen Frage Stimmrecht haben. Der junge Liverpool ist mit der Hauptausrüstung vorausgezogen, hat aber auch ein Wörtchen mitzureden und kann es nicht, weil er nicht hier ist.«

»Was für eine Art Teilhaber ist er denn?« fragte Tarwater.

»Er ist ein grobkörniger Seemann und hat ein rasches, bösartiges Temperament.«

»Ein bißchen ungestüm«, fügte Anson hinzu.

»Und fluchen kann er, einfach fürchterlich«, bezeugte der Große Bill.

»Aber er ist ehrlich«, fügte er hinzu.

Anson nickte herzhaft zu dieser Einschätzung.

»Na, Jungens«, meinte Tarwater, »ich bin von Kalifornien hierhergekommen, und jetzt bin ich unterwegs nach Klondike. Nichts kann mich aufhalten. Ich muß dreihunderttausend aus der Erde holen. Nichts kann mich aufhalten, weil ich das Geld eben brauche. Daß der Junge bösartig ist, stört mich nicht, wenn er nur ehrlich ist. Ich will auf gut Glück mit euch gehen, bis wir ihn einholen. Wenn er dann nicht auf den Vorschlag eingehen will, gebe ich's auf. Aber ich kann mir eigentlich nicht vorstellen, daß er nein sagen wird, denn das hieße, daß wir der Zeit, wenn alles zufriert, zu nahe kommen würden und daß es zu spät für mich wäre, eine andere Möglichkeit zu finden. Und da ich sicher bin, nach Klondike zu kommen, ist es einfach unmöglich, daß er nein sagen wird.«

Der alte John Tarwater wurde eine auffallende Gestalt auf einem Wege, der von auffallenden Gestalten wimmelte. Tausende von Männern, die jeder für sich für jede halbe Tonne Ausrüstung zurücktrotteten und jede Meile Weges zwanzigmal zurücklegten, lernten ihn kennen und begrüßten ihn als ›Vater Weihnacht‹. Und immer, wenn er arbeitete, stimmte er mit der Fistelstimme des alten Mannes sein Lied an. Keiner der drei Männer, denen er sich angeschlossen hatte, konnte sich über seine Arbeit beklagen. Allerdings waren seine Glieder steif, und er litt ein wenig an Rheumatismus. Er bewegte sich langsam und schien zu knirschen und zu knacken, wenn er sich regte. Aber er hielt sich immer in Bewegung. Er war der letzte, der abends in die Wolldecken kroch, und der erste, der morgens herauskam, so daß die andern warmen Kaffee erhielten, ehe sie ihren einen Packen vor dem Frühstück holten. Und zwischen Frühstück und Mittag und zwischen Mittag und Abendbrot ging er stets selber zurück und holte verschiedene Packen. Mehr als sechzig Pfund konnte er indessen nicht tragen. Er konnte es zwar auf fünfundsiebzig bringen, aber nicht für die Dauer. Einmal versuchte er es mit neunzig, fiel aber unterwegs um und war einige Tage ganz schwach.

Arbeit! Auf einem Wege, wo schwer arbeitende Männer zum erstenmal lernten, was Arbeit war, arbeitete keiner im Verhältnis zu seiner Kraft schwerer als Tarwater. Verzweifelt von der Nähe des Winters angetrieben und wahnsinnig von dem Traum vom Gold angelockt, arbeiteten sie bis aufs äußerste und sanken neben dem Wege nieder. Andere schossen sich eine Kugel vor den Kopf, wenn sie sich von der Hoffnungslosigkeit ihres Unternehmens überzeugt hatten. Einige verloren den Verstand, und unter der Qual dieser für Menschen so vernichtenden Anspannung brachen andere die Kameradschaft und beendeten lebenslängliche Freundschaft mit Burschen, die ebenso gut wie sie selbst und ebenso überanstrengt und wahnsinnig waren.

Arbeit! Der alte Tarwater beschämte sie alle trotz seinem Knirschen und Knacken und dem schlimmen trockenen Husten, den er sich angeschafft hatte. Früh und spät, unterwegs oder im Lager neben dem Wege, konnte man ihn stets irgendwie beschäftigt sehen, und immer antwortete er auf den Ruf ›Vater Weihnacht‹. Müde Menschen, die zurückgingen, pflegten ihre Packen auf einen Baumstamm oder einen Stein zu stützen, wenn sie zu ihm kamen, und zu sagen: »Sing uns dein Lied von neunundvierzig, Vater.« Und wenn er stöhnend ihren Wunsch erfüllt hatte, nahmen sie ihre Lasten wieder auf, bemerkten, daß es wirklich herzergreifend wäre, und gingen weiter.

»Wenn sich je ein Mann seine Reise erarbeitet und verdient hat«, vertraute der Große Bill seinen beiden Kompagnons an, »dann ist es unser alter Schelm.«

»Darauf kannst du wetten«, bestätigte Anson. »Er ist ein wertvoller Zuwachs unserer Gesellschaft, und ich meinerseits hätte nicht das geringste dagegen, ihn zum regelrechten Teilhaber zu machen.«

»Nichts davon!« fuhr Charles Clayton dazwischen. »Wenn wir nach Dawson kommen, sind wir fertig mit ihm – so lautet das Abkommen. Wenn wir ihn bei uns behielten, müßten wir ihn nur begraben. Außerdem gibt es Hungersnot, und da ist jede Unze Proviant von Bedeutung. Denkt daran, daß wir ihn den ganzen Weg von unserem eigenen Vorrat füttern, und wenn uns nächstes Jahr der Proviant ausgeht, dann wißt ihr den Grund. Dampfschiffe können erst Mitte Juni Proviant nach Dawson bringen, und bis dahin sind es noch neun Monate.«

»Nun ja, du hast ebensoviel an Geld und Ausrüstung eingeschossen wie wir andern«, gab der Große Bill zu, »und selbstverständlich hast du ein Wörtchen mitzureden.«

»Und das will ich auch«, betonte Charles mit wachsender Gereiztheit. »Es ist ein Glück für euch, daß ihr mit eurer blöden Gefühlsduselei einen habt, der für euch an die Zukunft denkt, sonst würdet ihr alle verhungern. Ich sage euch, die Hungersnot steht vor der Tür. Ich bin mir über die Situation klar. Mehl wird zwei Dollar das Pfund kosten oder auch zehn, und niemand wird zu verkaufen haben. Denkt an meine Worte.«

Über die mit losem Geröll bedeckte Ebene, durch die dunkle Schlucht nach dem Scheidekamm, vorbei an überhängenden, stets drohenden Gletschern, nach den Scales und von den Scales die steilen, vom Eis polierten Hänge der Felsen hinauf, wo die Träger mit Händen und Füßen klettern mußten, sorgte der alte Tarwater für das Essen, schleppte und sang. Der erste Herbststurm wehte ihn über den Chilcoot-Paß, jenseits der Waldgrenze. Leute ohne Brennholz am schneidend kalten Rande des Kratersees unter ihm hörten aus dem dichten Schneegestöber oben eine gespensterhafte Stimme singen:

Wie vor alters zog die Argo,
Kann uns keiner heut' verwehren
Auszuziehen, tum-tum-tum,
Um das Goldne Vlies zu scheren.

Und aus dem Schneetreiben sahen sie eine hohe, magere Gestalt auftauchen, mit einem Backenbart aus fliegendem Weiß, das sich mit dem Schneesturm mischte, während die Gestalt sich unter einem sechzigpfündigen Packen mit Lagerutensilien beugte.

»Vater Weihnacht!« ertönte es, und dann: »Drei donnernde Hurras für Vater Weihnacht!«

Zwei Meilen hinter dem Kratersee lag das Glückslager – so genannt, weil hier die Waldgrenze war und die Menschen sich wieder am Feuer erwärmen konnten. Der Wald verdiente seinen Namen kaum, denn er bestand nur aus zwergenhaften Bergkiefern, deren Wipfel sich nie höher als einen Fuß über das Moos erhoben, und die sich schlängelten und krochen wie die Pflanzen, die von Schweinen aufgewühlt werden. Hier, auf dem Wege, der nach dem Glückslager führte, beim ersten Sonnenschein seit mehr als einer Woche, stützte der alte Tarwater seine Last auf einen großen Findlingsstein und schöpfte Luft. Um diesen großen Stein herum ging der Weg, auf dem beladene Männer sich langsam vorwärts arbeiteten und Männer mit leeren Tragriemen schnell nach neuen Lasten zurückhumpelten. Zweimal versuchte der alte Tarwater sich zu erheben und weiterzugehen, und jedesmal ließ er sich, von seinem Zittern gewarnt, wieder sinken, um mehr Kraft zu gewinnen. Vom Wege hinter dem Stein hörte er, wie zwei Männer sich begrüßten; er erkannte die Stimme Charles Claytons und war sich darüber klar, daß sie jetzt Jung-Liverpool getroffen hatten. Sofort stürzte Charles sich in Geschäfte, und Tarwater hörte mit großer Deutlichkeit jedes Wort von der wenig schmeichelhaften Beschreibung, die Charles von ihm gab, sowie von dem Vorschlag, ihm freie Reise bis Dawson zu gewähren.

»Ein verflucht blöder Vorschlag«, lautete Liverpools Meinung, als Charles ausgesprochen hatte. »Ein alter Großvater von siebzig! Wenn er aus dem letzten Loch pfeift, warum, zum Donnerwetter, habt ihr euch dann so an ihm festgehakt? Wenn es Hungersnot gibt, und es sieht danach aus, brauchen wir jede Unze Proviant für uns selbst. Wir haben uns nur für vier versorgt und nicht für fünf.«

»Es ist alles in Ordnung«, hörte Tarwater den andern versichern. »Reg dich nicht auf. Das alte Wrack ist darauf eingegangen, die endgültige Entscheidung dir zu überlassen, sobald wir dich einholen. Du brauchst nichts zu tun, als deinen Willen geltend zu machen und nein zu sagen.«

»Du meinst, ich soll den Alten an die Luft setzen, nachdem ihr ihn ermutigt habt und seine Arbeit von Dyea bis hierher gebraucht habt?«

»Die Reise ist hart, Liverpool, und nur Männer, die hart sind, kommen durch«, bemühte Charles sich, die Sache zu beschönigen.

»Und da soll ich es sein, der die dreckige Arbeit tut?« beschwerte sich Liverpool, während Tarwater das Herz im Leibe sank.

»Da hast du nicht ganz unrecht«, sagte Charles, »die Entscheidung liegt bei dir.«

Dann stieg das Herz wieder im alten Tarwater, als die Luft von einem Orkan lästerlicher Rede durchschnitten wurde, aus der Sätze brachen wie: »Dreckiges Stinktier. –

Erst will ich euch in der Hölle sehen! – Mein Entschluß ist gefaßt. Brand und Verderbnis der Hölle. – Das alte Wrack zieht mit uns den Yukon hinauf, darauf kannst du dich verlassen, mein Junge! – Hart? Du weißt nicht, was hart ist, aber ich will es dir zeigen! – Ich lasse die ganze Ausrüstung zum Teufel gehen, wenn einer von euch versucht, ihn beiseite zu schieben! – Versucht es nur, und ihr werdet denken, der Jüngste Tag und alle Plagen Gottes hätten euch auf einmal getroffen!« So sehr stärkte Liverpools Redestrom den alten Mann, daß er sich, ganz ohne sich der Anstrengung bewußt zu sein, unter der Last erhob und nach dem Glückslager schritt.

Vom Glückslager nach dem Langen See, vom Langen See nach dem Tiefen See und über den ungeheuren Schweinerücken bis zum Linderman-See ging der menschentötende Wettlauf mit dem Winter. Männern brachen die Herzen und sprangen die Rücken, und sie weinten neben dem Wege vor Ermattung. Aber der Winter gab nicht nach. Die Herbststürme wehten, und unter bitterkalten, durchweichenden Regenschauern und immer zunehmenden Schneegestöbern schafften Tarwater und die Gesellschaft, an die er geknüpft war, das letzte von ihrer Ausrüstung an den Strand.

Es gab keine Ruhe. Jenseits des Sees, eine Meile hinter einem brüllenden Bergstrom, stachen sie ein Stück Tannenwald ab und bauten ihre Sägegrube. Hier sägten sie mit Handkraft, mit einer unzweckmäßigen Langsäge, Baumstämme zu Brettern. Sie arbeiteten Tag und Nacht. Dreimal wurde der alte Tarwater bei der Nachtarbeit in der Sägegrube ohnmächtig. Am Tage bereitete er wie gewöhnlich das Essen, und in den Abendpausen half er Anson am Ufer des Bergstromes aus den frischen Planken das Boot bauen.

Die Tage wurden kürzer. Der Wind schlug nach Norden um und wurde zu unendlichem Sturm. Morgens krochen die müden Männer aus ihren Wolldecken, setzten sich in Socken an das Feuer, das Tarwater für sie angezündet hatte, und trockneten und tauten ihre gefrorenen Schuhe auf. Immer mehr wurde von der Hungersnot im Lande erzählt. Die letzten Dampfer, die Proviant von der Beringsee brachten, wurden durch den niedrigen Wasserstand an der Grenze des Yukonlandes, Hunderte von Meilen nördlich von Dawson, aufgehalten. Sie lagen bei der Station der alten Hudsonbuchtkompanie am Fort Yukon innerhalb des Polarkreises. Mehl kostete in Dawson zwei Dollar das Pfund, aber niemand wollte Mehl verkaufen, Bonanza- und Doradokönige mit ungeheurem Geld verließen das Land, weil sie keinen Proviant kaufen konnten. Komitees von Minenarbeitern konfiszierten alle Nahrungsmittel und setzten die Bevölkerung auf knappe Rationen. Ein Mann, der auch nur eine Unze Proviant zurückhielt, wurde wie ein Hund niedergeschossen. Zwei Dutzend waren schon hingerichtet worden.

Und unter einer Anstrengung, die so viele Jüngere geknickt hatte, begann auch der alte Tarwater zusammenzubrechen. Sein Husten war schrecklich geworden, und hätten seine ermatteten Kameraden nicht wie die Toten geschlafen, so würde er sie die Nächte hindurch wach gehalten haben. Er begann auch an Kälteschauern zu leiden, so daß er sich mit allen Kleidungsstücken, die er hatte, ins Bett legte und sein Kleidersack nicht einen Fetzen mehr enthielt. Alles, was er besaß, war um seine magere, alte Gestalt gewickelt.

»Wenn er jetzt schon, wo das Thermometer nicht niedriger als zwanzig Grad Fahrenheit über dem Nullpunkt steht, alles anzieht, was er hat«, sagte der Große Bill, »was will er dann erst tun, wenn es auf fünfzig oder sechzig unter Null fällt?«

Sie zogen das roh gearbeitete Boot an einer Leine den Bergstrom hinab, wobei sie es ein dutzendmal fast verloren hätten, und ruderten es über das Südende des Linderman-Sees direkt in einen Herbststurm hinein. Am nächsten Morgen gedachten sie das Boot zu beladen und geradewegs nach Norden ihre gefährliche Fahrt von fünfhundert Meilen über Seen, Stromschnellen und tief eingeschnittene Flußbetten anzutreten. Ehe jedoch der junge Liverpool an diesem Abend zu Bett ging, verließ er das Lager. Er kehrte wieder und fand die ganze Gesellschaft im Schlaf. Er weckte Tarwater und sprach leise mit ihm.

»Hören Sie, Vater«, sagte er, »Sie haben freie Fahrt in unserm Boot. Und wenn sich je ein Mann freie Fahrt verdient hat, so sind Sie es. Aber Sie wissen selbst, daß Sie schon ziemlich bei Jahren sind und daß Sie augenblicklich nicht mit Ihrer Gesundheit prahlen können. Wenn Sie mit uns weiterziehen, setzen Sie, so sicher wie die Hölle, Ihren Pelz zu. – Lassen Sie mich ausreden, Vater. Die Bezahlung für eine Reise ist jetzt auf fünfhundert Dollar gestiegen. Ich habe meinen Willen durchgesetzt und einen Passagier abgelehnt. Er ist Beamter der Alaska-Handelsgesellschaft, muß unbedingt ins Land und hat sechshundert geboten, um in unserm Boot mitzufahren. Die Fahrt gehört Ihnen. Verkaufen Sie sie ihm, stecken Sie die sechshundert in die Tasche und ziehen Sie wieder heim, solange der Weg gut ist. Sie können in zwei Tagen in Dyea und eine Woche später in Kalifornien sein. Was meinen Sie dazu?«

Tarwater hustete und zitterte eine Weile, ehe er Luft bekam, um zu reden.

»Mein Sohn«, sagte er, »ich möchte Ihnen nur eines sagen. Ich fuhr neunundvierzig mit einem Viergespann von Ochsen über die Steppe, ohne einen einzigen zu verlieren. Ich fuhr mit ihnen direkt nach Kalifornien, und später arbeitete ich als Fuhrmann mit ihnen von Sutter Fort nach American Bar. Und jetzt bin ich nach Klondike unterwegs. Nichts kann mich halten. Nichts. Ich muß mit Ihnen am Steuer im Boot bis nach Klondike reisen und dreihunderttausend aus den Graswurzeln schütteln. Da es so steht, wäre es gegen alle Vernunft, wenn ich meine Reise verkaufte. Aber ich danke Ihnen herzlich, mein Sohn, ich danke Ihnen herzlich.«

Einer plötzlichen Eingebung folgend, streckte der junge Seemann die Hand aus und ergriff die des alten Mannes.

»Bei Gott, Vater!« rief er. »Sie werden sicher hinkommen. Sie sind aus dem richtigen Stoff gemacht.«

Er ließ einen Blick unverstellter Verachtung über die Schlafenden zu der Stelle schweifen, wo Charles Crayton in seinen roten Bart schnarchte. »Es scheint heute nicht mehr viele Ihres Schlags zu geben, Vater.«

Nordwärts kämpften sie sich, obwohl Veteranen, die zurückkehrten, den Kopf schüttelten und prophezeiten, daß sie auf den Seen einfrieren würden. Daß das Wasser jeden Tag zufrieren konnte, war klar und hieß ohne Zögern aufbrechen. Deshalb entschloß Liverpool sich, mit dem vollbelasteten Boot über den reißenden Strom zu fahren, der den Linderman-See mit dem Bennett-See verbindet. Man pflegte die leeren Boote abwärts zu ziehen und die Fracht hinüberzutragen, und selbst dabei hatten viele leere Boote Schiffbruch erlitten. Jetzt aber war keine Zeit zu solcher Vorsicht.

»Steigen Sie aus, Vater«, kommandierte Liverpool, als

er sich anschickte, vom Ufer abzustoßen und sich in die Stromschnellen zu stürzen.

Der alte Tarwater schüttelte sein weißes Haupt.

»Ich bleibe bei der Ausrüstung«, erklärte er. »Das ist die einzige Möglichkeit, durchzukommen. Sehen Sie, mein Sohn, ich muß nach Klondike. Wenn ich im Boot bleibe, ist es eben selbstverständlich, daß das Boot nach Klondike kommt. Steige ich aus, so ist es höchstwahrscheinlich, daß ihr das Boot verliert.«

»Na, es hat keinen Zweck, das Boot zu überlasten«, erklärte Charles und sprang plötzlich ans Ufer, als das Boot loswarf.

»Das nächste Mal wartest du meinen Befehl ab!« rief Liverpool ihm zu, während die Strömung das Boot packte. »Und dann gibt es kein Herumspazieren um die Stromschnellen und keine Zeitvergeudung mehr, um auf dich zu warten und dich wieder aufzulesen.«

Für jedes Stück, das sie auf dem Strom in zehn Minuten schafften, brauchte Charles fast eine halbe Stunde, und die Zeit, die sie am Ende des Bennett-Sees auf ihn warteten, verbrachten sie mit mehreren arg mitgenommenen zurückkehrenden Veteranen. Die Nachrichten von der Hungersnot waren ernster als je. Die berittene Nordwest-Polizei, die am unteren Ende des Marsh-Sees stationiert war, wo die Goldgräber auf kanadisches Gebiet gelangten, ließ keinen durch, der nicht mindestens siebenhundert Pfund Proviant mitbrachte. In Dawson warteten tausend Mann mit Hunden auf das Zufrieren des Sees, um über das Eis zu kommen. Die Handelsgesellschaften konnten ihre Verträge bezüglich der Lieferung von Nahrungsmitteln nicht erfüllen, und Teilhaber losten unter sich, wer weiterziehen und wer zurückbleiben und die Claims bearbeiten sollte.

»Das entscheidet«, sagte Charles, als er von dem Auftreten der berittenen Polizei hörte. »Alter Mann, Sie können ebensogut gleich umkehren.«

»Klettern Sie an Bord«, kommandierte Liverpool, »wir gehen nach Klondike, und der alte Vater geht mit.«

Ein Umschlagen des Sturmes nach Süden schaffte ihnen günstigen Wind auf dem Bennett-See, auf dem sie vor dem Winde unter einem großen, von Liverpool verfertigten Segel liefen. Das schwere Gewicht der Ausrüstung wirkte als Ballast, so daß er drauflosfuhr, wie ein kühner Seemann muß, wenn jede Minute von Wichtigkeit ist. Eine Drehung des Windes von vier Strich nach Südwest, die gerade rechtzeitig kam, als sie den Caribou Crossing erreichten, trieb sie durch dieses Bindeglied von Tagish- und Marsh-See. Während eines stürmischen Sonnenunterganges und der darauffolgenden Dämmerung unternahmen sie die gefährliche Kreuzung über den Großen Windarm, wo sie zwei andere Boote mit Goldgräbern kentern und die Insassen ertrinken sahen.

Charles war dafür, daß sie nachts an Land gehen sollten, aber Liverpool blieb unerbittlich und steuerte nach dem Tagish-See, wobei er sich nach dem Geräusch der Brandung auf den Klippen und nach den gelegentlichen Feuern an der Küste richtete, die von schiffbrüchigen oder furchtsamen Argonauten erzählten. Um vier Uhr morgens weckte er Charles. Der alte Tarwater, der wach lag und zitterte, hörte, wie Liverpool Charles nach achtern neben sich an die Ruderpinne rief, und hörte auch die einseitige Unterhaltung.

»Hör gut zu, Freund Charles, und halt selber den Mund«, begann Liverpool. »Ich wünsche, daß du dir eins merkst. Der alte Vater reist weg auf Order der Polizei. Verstanden? Er reist weg. Wenn sie unsere Ausrüstung untersuchen, gehört dem alten Vater ein Fünftel davon. Verstanden? Dadurch kommen wir alle unter das Gewicht, das wir haben sollten, aber wir werden sie schon irgendwie bluffen. Also merk dir das und vergiß es nicht! Es bleibt dabei!«

»Wenn du glaubst, ich würde das alte Wrack verraten...«, begann Charles gekränkt.

»Das ist dein Gedanke, ich habe nicht ein Wort davon gesagt«, unterbrach ihn Liverpool. »Versteh mich recht: mir ist es einerlei, was du gedacht hast. Es kommt darauf an, was du denken wirst. Wir kommen heute im Laufe des Nachmittags an der Polizeistation vorbei und müssen uns bereithalten, die Geschichte ohne Blinzeln durchzuführen, und es ist am besten, so wenig wie möglich davon zu reden.«

»Wenn du glaubst, ich wollte...«, begann Charles wieder.

»Hör mal«, unterbrach ihn Liverpool. »Ich weiß nicht, was du willst. Ich will es auch nicht wissen. Ich wünsche, daß du weißt, was ich will. Wenn wir Pech haben, wenn der alte Vater von der Polizei zurückgeschickt wird, dann suche ich mir den ersten ruhigen Platz aus und setze dich an Land. Und dann gebe ich dir eine gehörige Tracht Hiebe. Versteh mich recht. Das wird keine halbe Sache, sondern eine richtige zweibeinige und zweihändige Tracht Hiebe. Ich gedenke dich nicht totzuschlagen, aber viel wird nicht daran fehlen.«

»Aber was kann ich denn dabei machen?« meinte Charles kläglich.

»Nur eines«, waren Liverpools Schlußworte. »Bete nur kräftig, daß der alte Vater an der Polizei vorbeikommt, daß er wirklich vorbeikommt – das ist alles. Und nun mach, daß du wieder in deine Decken kommst.«

Ehe sie den Le-Barge-See erreichten, war das Land mit Schnee bedeckt, der das nächste halbe Jahr nicht schmelzen sollte. Sie konnten auch nicht nach Belieben am Ufer anlegen, denn dort bildete sich schon eine Eiskante. Gerade vor der Mündung des Flusses in den Le-Barge-See fanden sie Hunderte von Argonauten, deren Boote der Sturm aufgehalten hatte. Von Norden wehte quer über den großen See herüber ein unendlicher Schneesturm. Drei Morgen hintereinander stießen sie ab und kämpften mit dem Sturm und den Wellen, deren Spritzer zu Eis wurden, wenn sie ins Boot fielen. Während die anderen sich an den Riemen zuschanden arbeiteten, sorgte der alte Tarwater dafür, sein Blut genügend in Zirkulation zu halten, indem er das Eis zerhieb und über Bord warf.

Als sie drei Tage nacheinander geschlagen waren und hilflos dalagen, machten sie kehrt und liefen wieder in den schirmenden Fluß ein. Am vierten Tage waren die Boote auf dreihundert angewachsen, und die zweitausend Argonauten an Bord wußten, daß der große Sturm das Zufrieren des Le-Barge-Sees verkündete. Eine Strecke weiter strömten die reißenden Flüsse noch tagelang. Wenn sie aber nicht gleich aufbrachen, waren sie dazu verurteilt, für die nächsten sechs Monate einzufrieren.

»Heute müssen wir durchkommen«, erklärte Liverpool. »Heute gibt es kein Umkehren. Und wer von uns an den Riemen stirbt, wird wieder aufleben und weiterrudern.«

Und sie kamen durch; sie legten bis Anbruch der Nacht die Hälfte von der Länge des Sees zurück und ruderten weiter die ganze Nacht, während der Wind sich legte. Sie schliefen an den Riemen ein, wurden von Liverpool aufgerüttelt und arbeiteten sich durch einen bösen Traum, lang wie ein Leben, hindurch, während die Sterne zum Vorschein kamen, die Oberfläche des Sees glatt wie ein Stück Papier wurde und zu dünnem Eis gefror, das wie zerbrochenes Glas klirrte, wenn die Ruderblätter es zerschlugen.

Als der Tag klar und kalt anbrach, fuhren sie in die Flußmündung ein und ließen einen zugefrorenen See hinter sich. Liverpool sah sich nach seinem betagten Passagier um und fand ihn hilflos und fast bewußtlos. Als er das Boot an die Eiskante schwang, um ein Feuer zu machen und Tarwater von innen und außen zu erwärmen, protestierte Charles gegen einen solchen Zeitverlust.

»Dies ist nicht Geschäft, misch dich also nicht ein«, unterrichtete Liverpool ihn. »Ich bin es, der für die Bootsfahrt einsteht. Klettere also nur heraus und hack Holz, und zwar eine Menge. Ich werde für Vater sorgen. Du, Anson, machst ein Feuer, und du, Bill, stellst den Yukonofen im Boot auf. Der alte Vater ist nicht so jung wie wir andern, und für den Rest dieser Reise soll er am Feuer sitzen.« Alles geschah, wie er sagte, und das Boot, dessen zwei Ofenröhren der Rauch wie einem Flußdampfer entstieg, wurde vom Strom gepackt, stieß auf Klippen, blieb hängen, wo der Strom sich teilte, ging auf Stromschnellen und tiefe Schluchten los und trieb immer tiefer in den Winter des Nordlandes hinein. Der Große und der Kleine Lachsfluß warfen Grützeis in den Hauptstrom, als sie vorbeifuhren, und unterhalb der Schnellen löste sich Grundeis vom Flußbett und bedeckte die Oberfläche mit kristallklarem Schaum. Tag und Nacht wuchs das Randeis, bis es an ruhigen Stellen hundert Meter weit von der Küste in den Strom ragte. Und der alte Tarwater saß mit all seinen Kleidungsstücken am Ofen und schürte das Feuer. Da sie aus Furcht vor dem drohenden Zufrieren nicht anzuhalten wagten, fuhren sie

Tag und Nacht weiter, inmitten einer immer wachsenden Menge Grützeis.

»Hallo, wie steht's, Alter?« rief Liverpool von Zeit zu Zeit.

»Glänzend«, hatte der alte Tarwater zu antworten gelernt.

»Mein Sohn, was kann ich je zum Dank für Sie tun?« fragte Tarwater, der für das Feuer sorgte, zuweilen Liverpool, der, um die Blutzirkulation rege zu halten, bald die eine, bald die andere Hand auf den Bootsrand schlug, während er auf dem eiskalten Achtersitz saß und steuerte.

»Sing nur dein Lied, alter Neunundvierziger«, lautete die merkwürdige Antwort.

Und Tarwater erhob seine Stimme zu einem gackernden Singen, das er laut erklingen ließ, als das Boot schließlich durch das treibende Grützeis ans Ufer schwang, am Ufer von Dawson vertäut wurde und die ganze Flußstraße in Dawson die Ohren spitzte, um den Triumphgesang zu hören:

> *Wie vor alters zog die Argo,*
> *Kann uns keiner heut' verwehren*
> *Auszuziehen, tum-tum-tum,*
> *Um das Goldne Vlies zu scheren.*

Charles tat es, aber er tat es so vorsichtig, daß keiner von seiner Gesellschaft, am wenigsten der Seemann, etwas davon erfuhr. Er sah, daß zwei große, offene Boote sich mit Männern füllten. Auf seine Frage erfuhr er, daß es Leute ohne Proviant waren, die vom Sicherheitsausschuß eingefangen waren und den Yukon hinabgeschickt wurden. Die Boote sollten von dem letzten kleinen Dampfer, der sich in Dawson befand, geschleppt werden, und man hoffte, daß sie, ehe der Fluß zufror, Fort Yukon erreichten, wo die gestrandeten Dampfer lagen. Auf jeden Fall sollte Dawson von ihrer Anwesenheit und ihrem Hunger befreit werden, einerlei, wie es ihnen erging. Deshalb begab sich Charles zum Sicherheitsausschuß, um ihm heimlich einen Floh bezüglich Tarwaters ins Ohr zu setzen, der weder Proviant noch Geld hatte und alt war. Tarwater wurde als einer der letzten aufgelesen, und als der junge Liverpool ans Ufer zurückkehrte, sah er gerade noch die Boote in einer Pressung von Grützeis um die Biegung hinter den Moosehide-Bergen verschwinden.

Die Boote fuhren den ganzen Tag im Grützeis und entgingen mehrmals Baumstämmen, die an seichten Stellen im Grunde des Yukon saßen. Sie legten ihre Hunderte von Meilen nordwärts zurück und froren dicht neben der Proviantflotte ein. Hier, innerhalb des Polarkreises, ließ der alte Tarwater sich für den langen Winter nieder. Er arbeitete täglich einige Stunden, indem er Holz für die Dampfschiffgesellschaft hackte, und das genügte, ihn zu ernähren. Die übrige Zeit hatte er nichts zu tun, als in seiner aus Baumstämmen erbauten Hütte den Winterschlaf zu halten.

Wärme, Ruhe und genügend Nahrung heilten seinen schlimmen Husten und brachten ihn in einen so guten Gesundheitszustand, wie es für seine vorgeschrittenen Jahre möglich war. Aber kurz vor Weihnachten verursachte der Mangel an frischem Gemüse eine Skorbutepidemie, und einer der enttäuschten Abenteurer nach dem anderen ergab sich auf diesem Höhepunkt des Unglücks kläglich und legte sich in seine Koje. Das tat Tarwater nicht. Als sich die ersten Symptome bei ihm zeigten, brachte er sein einziges Heilmittel, nämlich Bewegung, in Anwendung. In der

der alten Handelsstation gehörigen Niederlage suchte er eine Anzahl alter Fallen hervor, und von einem Dampferkapitän lieh er sich eine Büchse.

So ausgerüstet, ließ er das Holzhacken und begann mehr als sein bloßes Auskommen zu verdienen. Auch als der Skorbut in seinem Körper ausbrach, verlor er den Mut nicht. Immer noch versorgte er seine Fallen und sang sein altes Lied. Kein Pessimist konnte seine Sicherheit bezüglich der dreihunderttausend erschüttern, die er in einem Strom von Klondikegold aus den Graswurzeln schütteln wollte.

»Aber dies ist kein Goldland«, sagten sie zu ihm.

»Gold ist, wo man es findet, mein Sohn. Ich muß es doch wissen, denn ich habe in Minen gearbeitet, lange bevor du geboren wurdest, im Jahre neunundvierzig«, lautete die Antwort. »Was war Bonanza Creek anderes als eine Elchweide? Kein Goldsucher wollte ihn ansehen; und doch wuschen sie Pfannen zu fünfhundert Dollar aus und gewannen fünfzig Millionen Dollar. Dorado war ebenso schlecht. Nach allem, was man weiß, liegen gerade unter dieser Hütte oder eben jenseits des nächsten Hügels Millionen und warten darauf, daß ein Glücklicher wie ich kommt und sie ans Tageslicht bringt.«

Ende Januar kam sein Unglück. Irgendein kräftiges Tier, seiner festen Meinung nach ein Luchs, verfing sich in einer seiner Fallen und schleppte sie fort. Ein starker Schneefall hielt seine Verfolgung auf halbem Wege auf, verlöschte die Fährte und ließ ihn sich verirren. Es war nur wenige Stunden täglich zwischen den zwanzig Stunden Finsternis hell, und seine Bemühungen in der Dämmerung und dem beständigen Schneefall hatten zur Folge, daß er sich noch gründlicher verirrte. Glücklicherweise steigt das Thermometer stets, wenn Winterschnee im Nordland fällt; statt der gewöhnlichen vierzig, fünfzig oder sogar sechzig Grad Fahrenheit unter Null blieb die Temperatur auf fünfzehn Grad stehen. Er war auch warm gekleidet und hatte eine volle Streichholzschachtel bei sich. Ferner trug zur Linderung seiner Unannehmlichkeit bei, daß er am fünften Tage einen verwundeten Elch tötete, der mehr als eine halbe Tonne wog. Er schlug sein Lager neben dem toten Elch in einem tannenbewachsenen Gelände auf und bereitete sich darauf vor, hier den Winter durchzuhalten, falls er nicht von einer Abteilung, die nach ihm suchte, gefunden wurde oder sein Skorbut sich verschlimmern sollte.

Nach zwei Wochen aber hatte sich noch kein Mensch gezeigt, sein Skorbut sich indessen unbestreitbar verschlimmert. Dicht an seinem Feuer, gegen die äußere Kälte durch eine Mauer aus Tannenzweigen geschützt, lag er lange Stunden zusammengekauert schlafend und lange Stunden wach da. Aber die wachen Stunden wurden weniger, wurden sehr bald zu halbwachen und halbträumenden Stunden. Und langsam sank der letzte Funke von Bewußtsein, der John Tarwater ausmachte, immer tiefer hinab in die Tiefe seines Wesens, die zusammengesetzt war, ehe der Mensch Mensch war oder während er Mensch wurde, als er zuerst von allen Tieren sich selbst mit nach innen gewandten Augen betrachtete und den Grundstein zur Moral in einem Aberglauben gelegt hatte, der die Welt mit den Ungeheuern bevölkert, die seinen eigenen, jeder Ethik baren Wünschen entsprungen waren.

Wie ein Mensch im Fieber mit langen Zwischenräumen zum Bewußtsein erwacht, so erwachte der alte Tarwater, bereitete sich sein Elchfleisch und legte Holz aufs Feuer. Aber immer längere Zeit verbrachte er in seiner Schlaffheit, ohne zu wissen, was Traum im Wachen und was

Traum im Schlafen während seiner Bewußtlosigkeit war. Und hier, in den unvergeßlichen Verstecken der ungeschriebenen Geschichte der Menschheit, die undenkbar und nicht zu erfahren ist, wie die Begebenheiten in einem Alptraum oder unmögliche Erlebnisse in der Verrücktheit, begegnete er den Ungeheuern, die das erste Moralgefühl des Menschen geschaffen und die ihn seither stets geplagt haben, so daß er phantastische Erzählungen ersinnen mußte, um sie zu täuschen oder zu bekämpfen.

Kurz, unter der Last seiner siebzig Jahre, in der ungeheuren schweigenden Einsamkeit des Nordens fand der alte Tarwater wie in einem durch einen Schlaftrunk oder ein Betäubungsmittel hervorgerufenen Delirium das kindliche Gemüt des Kindmenschen einer früheren Zeit wieder. In der Dämmerung der flatternden Schwingen des Todes kauerte Tarwater nieder und begann wie sein ferner Vorgänger, der Kindmensch, Mythen zu schaffen, die Sonne zu einem Halbgott zu machen und selbst der Halbgott zu werden, der nach dem Schatz aus undenkbaren Zeiten suchte, nach dem Schatz, der so schwer zu erringen ist.

Entweder mußte er den Schatz gewinnen – denn so lautete die unerbittliche Logik im Schattenland des Unbewußten –, oder er mußte in dem alles verschlingenden Meer, dem schwarzen Verzehrer des Lichts, versinken, der allnächtlich die Sonne verschlang, so daß sie erlosch – die Sonne, die immer wieder neu geboren am nächsten Morgen im Osten aufging und die für den Menschen das erste Symbol der Unsterblichkeit durch Wiedergeburt geworden ist. Alles das war in den Tiefen seines Bewußtseins (dem dunklen Westen des sinkenden Lichts) die nahe Dämmerung des Todes, in der er langsam versank.

Wie aber sollte er diesen finsteren Ungeheuern entgehen, die ihn von innen heraus langsam verschlangen? Allzu tief versunken war er, um von Befreiung zu träumen oder einen Fluchtgedanken zu hegen. Für ihn hatte die Wirklichkeit aufgehört zu sein. Nicht einmal aus der verfinsterten Kammer seines eigenen Ichs konnte die Wirklichkeit wieder aufflammen. Seine Jahre lasteten zu schwer auf ihm, und die Schwäche, die Folge der Krankheit, und die Schlaffheit und Gefühllosigkeit, die Folgen der Stille und Kälte, waren zu mächtig. Nur von außen konnte die Wirklichkeit auf ihn wirken und in ihm die Aufmerksamkeit für die Wirklichkeit wieder erwecken. Sonst mußte er durch das Schattenreich des Unbewußten in die völlige Finsternis der Auslöschung sinken.

Doch er kam, dieser Anstoß der Wirklichkeit von außen, in einem lauten, explosiven Schnauben krachte er gegen seine Trommelfelle. Zwei Tage lang, bei einer Temperatur, die sich nie über fünfzig Grad unter Null erhob, hatte sich nicht ein Windhauch geregt, hatte nicht der geringste Laut die Stille durchbrochen. Wie der Opiumraucher auf seiner Ruhebank seine Augen wieder von den weiten Räumen des Traumes auf die Enge der elenden Kammer einstellt, so starrte der alte Tarwater mit unsicherem Blick vor sich hin, über das sterbende Feuer, auf einen großen Elch, der ihn, ein verwundetes Bein nachschleppend, mit allen Anzeichen äußerster Ermattung erschrocken anstarrte; auch der war blind im Schattenland umhergeschweift und gerade, als er an Tarwaters Feuer trat, zur Wirklichkeit erwacht.

Matt zog der alte Tarwater sich den großen Fäustling aus Fell mit dem dicken Wollrand von seiner rechten Hand. Er versuchte den Zeigefinger zu bewegen, fand aber, daß er zu steif war. Vorsichtig, langsam, in langen Minuten, wühlte er die bloße Hand unter seine Wolljacke und seine Fellparks, durch die Brustöffnung seiner Hemden in seine linke Armhöhle, die nur wenig warm war. Lange Minuten vergingen, ehe der Finger beweglich wurde, und dann hob er mit ebenso vorsichtiger Langsamkeit die Büchse an die Schulter und zielte über das Feuer hinweg auf das große Tier.

Bei dem Schuß wankte der eine der beiden schattenhaften Wanderer in die Finsternis hinab, und der andere wirbelte aufwärts zum Licht, wie ein Betrunkener auf seinen vom Skorbut geschwächten Beinen taumelnd, vor Nervosität und Kälte bebend. Er rieb sich mit zitternden Fingern die rinnenden Augen und starrte auf die wirkliche Welt um sich her, die mit einer so überwältigenden Plötzlichkeit zu ihm zurückgekehrt war. Er nahm sich zusammen und erkannte, daß er lange Zeit, wie lange, wußte er nicht, in den Armen des Todes gebettet gewesen. Er spie aus, lauschte auf das Geräusch und schloß daraus, daß es weit unter sechzig Grad sein mußte. Tatsächlich zeigte das Spiritusthermometer in Fort Yukon an diesem Tage fünfundsiebzig Grad Fahrenheit unter Null, was, da der Gefrierpunkt zweiunddreißig Grad über Null liegt, hundertundsieben Grad Frost entspricht.

Langsam schmiedete Tarwaters Hirn einen vernünftigen Plan zur Tat. Hier in der unendlichen Einsamkeit wohnte der Tod. Zwei verwundete Elche waren hierhergekommen. Als sich der Himmel nach Eintritt der großen Kälte geklärt hatte, war ihm die Lage seiner Zufluchtsstätte klargeworden. Er wußte, daß die beiden verwundeten Elchtiere sich von Osten zu ihm geschleppt hatten. Deshalb mußte es Menschen im Osten geben – ob Weiße oder Indianer, konnte er nicht sagen –, aber jedenfalls Menschen, die ihm in seiner Not beistehen und ihm helfen konnten, sich jenseits des Meeres der Finsternis in der Wirklichkeit zu verankern.

Er bewegte sich langsam, aber er bewegte sich, umgürtete sich mit Büchse und Munition, nahm Streichhölzer und einen Packen von zwanzig Pfund Elchfleisch. Ein verjüngter Argonaute, wenn auch auf beiden Beinen lahm und wankend, kehrte er dem gefährlichen Westen den Rücken und hinkte nun nach Osten, wo die Sonne aufgeht und wiedergeboren wird.

Mehrere Tage später – wie viele, sollte er nie erfahren – gelangte er, unter Träumen und Gesichten und sein altes Goldlied von neunundvierzig gackernd, wie einer, der am Ertrinken ist und matt schwimmt, um sein Bewußtsein über der verschlingenden Finsternis zu halten, auf einen Schneehang über einer tiefen Bergschlucht und sah von unten Rauch aufsteigen und Männer, die mit der Arbeit aufhörten, um ihn anzustarren. Immer singend, stolperte er zu ihnen hinab, und als er vor Atemlosigkeit aufhörte, riefen sie ihn mit verschiedenen Namen: Heiliger Nikolaus, Alter Weihnacht, Vollbart, Letzter Mohikaner und Vater Weihnacht. Und als er bei ihnen war, stand er ganz still, ohne zu reden, während große Tränen aus seinen Augen rannen. Er weinte lange schweigend, bis er sich, als besänne er sich plötzlich, mit krachenden und knirschenden Gliedern in den Schnee setzte, in dieser vorteilhaften Stellung seitwärts umsank und in eine ruhige und leichte Ohnmacht fiel.

In weniger als einer Woche war der alte Tarwater wieder auf den Beinen und hinkte bei der Hausarbeit in der Hütte umher, bereitete Essen und wusch für die fünf Mann am Bache. Es waren echte Pioniere, zäh und schwer zu narren, die so tief in der Polarwelt begraben gewesen waren, daß sie nichts von dem Sturm auf Klondike wußten. Die Nachrichten, die er ihnen brachte, waren das erste, was sie davon hörten. Sie lebten fast ausschließlich von Elch- und Renfleisch und geräuchertem Lachs, dazu wilden Beeren und einigen saftigen wilden Wurzeln, von denen sie im Sommer einen Vorrat gesammelt hatten. Sie hatten vergessen, wie Kaffee schmeckte, machten Feuer mit einem Brennglas, führten, wohin sie reisten, natürliche Feuerhölzer mit sich und rauchten getrocknete Blätter, die die Zunge bissen und in der Nase brannten.

Vor drei Jahren hatten sie von den Hauptstrecken von Koyokuk nordwärts bis zur Mündung des Mackenzie in das Nördliche Eismeer nach Gold gesucht. Dort hatten sie auf den Walfängerschiffen die letzten weißen Männer gesehen und sich mit dem letzten Proviant für weiße Männer versehen, der hauptsächlich aus Salz und Rauchtabak bestand. Auf dem Wege nach Süden und Westen, auf dem weiten Zuge bis zur Vereinigung von Yukon und Porcupine bei Fort Yukon, fanden sie in diesem Bache Gold und blieben hier, um den Boden zu bearbeiten.

Sie begrüßten Tarwaters Ankunft mit Freuden, wurden nie müde, seinen Erzählungen von neunundvierzig zu lauschen, und tauften ihn um zu ›alter Held‹. Mit Tee aus Tannennadeln, mit einem Gebräu aus Weidenrinde, mit sauren und bitteren Wurzeln und Zwiebeln aus der Erde trieben sie den Skorbut aus ihm heraus, so daß er nicht mehr hinkte und seine knochige Gestalt sich mit Fleisch zu bedecken begann. Er sah immer noch nicht ein, weshalb er nicht einen reichen Goldschatz aus der Erde gewinnen sollte.

»Wir wissen nichts von diesen dreihunderttausend«, sagten sie eines Morgens beim Frühstück, ehe sie zu ihrer

Arbeit gingen, zu ihm. »Aber würden hunderttausend nicht genügen, alter Held? Das ist ein Claim unserer Berechnung nach wert; der Boden ist schlecht abgegrenzt, und wir haben schon ein Stück für dich abgesteckt.«

»Na ja, Jungens«, antwortete der alte Tarwater. »Ich danke euch herzlich, und alles, was ich sagen kann, ist, daß hunderttausend hübsch und für einen Anfänger sogar sehr hübsch sein würden. Aber natürlich höre ich nicht auf, ehe ich die dreihunderttausend voll habe. Deshalb bin ich ins Land gekommen.«

Sie lachten, priesen seinen Ehrgeiz und meinten, daß sie dann einen reicheren Bach für ihn ausfindig machen müßten. Und der alte Held meinte, daß er sich selbst, wenn das Frühjahr käme und er sich kräftiger fühle, ein bißchen umschauen müsse.

»Denn nach allem, was man weiß«, sagte er, indem er auf einen Bergeshang auf der anderen Seite des Tales wies, »kann das Gold vielleicht in Klumpen an den Mooswurzeln dort unter dem Schnee hängen.«

Er sagte nichts mehr, als aber die Sonne stieg und die Tage wärmer und länger wurden, starrte er oft nach dem Bach und nach der deutlichen Terrassenformation in halber Höhe des Berges hinüber. Und eines Tages, als die Schneeschmelze schon in vollem Gange war, setzte er über den Fluß und erklomm die Terrasse. Wo der Boden der Sonne ausgesetzt war, war er schon einen Zoll tief geschmolzen. An einer solchen Stelle legte er sich nieder, nahm eine Handvoll Moos in seine großen, knorrigen Hände und zerrte die Wurzeln auseinander. Die Sonne schien auf mattschimmerndes Gold. Er schüttelte das Moos, und derbe Klumpen wie Kies fielen auf die Erde. Es war das Goldne Vlies, zum Scheren bereit.

Nicht vergessen in den Annalen Alaskas ist der Sommer 1898, in dem die Goldgräber von Fort Yukon nach den Minen bei den Terrassen von Tarwater Hill strömten. Und als Tarwater seinen Besitz für rund eine halbe Million an die Bowdie-Gesellschaft verkaufte und die Nase nach Kalifornien kehrte, ritt er auf einem Maultier auf einem neu angelegten Wege mit behaglichen Häusern bis zur Dampferanlegestelle von Fort Yukon.

Bei der ersten Mahlzeit auf dem Ozeandampfer von St. Michaels wurde er von einem grauhaarigen Steward bedient, dessen Gesicht von Sorgen verheert und dessen Körper vom Skorbut verrenkt war. Der alte Tarwater mußte ihn zweimal in Augenschein nehmen, um sich zu vergewissern, daß es Charles Crayton war.

»Schlecht gegangen, mein Sohn, was?« fragte Tarwater.

»So viel Glück habe ich gehabt«, klagte der andere, als er ihn erkannt und begrüßt hatte. »Nur einer von der Gesellschaft wurde vom Skorbut gepackt. Ich habe Höllenqualen erduldet. Die anderen drei arbeiten alle, sind gesund und bekommen Proviant und Ausrüstung, um im Winter am Weißen Fluß nach Gold zu suchen. Anson verdient fünfundzwanzig täglich als Zimmermann. Liverpool schlägt Holz für die Sägemühle und kriegt zwanzig, und der Große Bill hat vierzig täglich als Vorarbeiter der Sägemühle. Ich tat mein Bestes, und wenn der Skorbut nicht gewesen wäre...«

»Sicher, mein Sohn, hast du dein Bestes getan, was viel sein muß, da du von Natur aus reizbar und durch zu viele Geschäfte hart geworden bist. Aber ich will dir etwas sagen. Jetzt bist du so verschandelt, daß du dich nicht mehr zur Arbeit eignest. Ich werde deine Überfahrt beim Kapitän bezahlen, in freundlicher Erinnerung an die Unterstützung, die du mir gewährt hast, und du kannst dich den Rest der Reise ausruhen. Wie steht es mit dir, wenn du in San Franzisko an Land gehst?«

Charles Crayton zuckte die Achseln.

»Ich will dir etwas sagen«, fuhr Tarwater fort. »Es gibt Arbeit für dich auf meinem Gut, bis du wieder mit Geschäften anfangen kannst.«

»Ich könnte Ihr Geschäft verwalten«, begann Charles eifrig.

»Nein, mein Herr«, erklärte Tarwater mit Nachdruck. »Aber es gibt immer Löcher für Pfosten zu graben und Brennholz zu hacken, und das Klima ist ausgezeichnet...«

Tarwater kam heim als der wahre verlorene Großvater, für den das fette Kalb bereitstand und geschlachtet wurde. Aber ehe er sich zu Tisch setzte, mußte er erst ein wenig umherschweifen. Und Söhne und Töchter sowie Schwiegersöhne und Schwiegertöchter mußten ihn unbedingt begleiten, so widerwärtig es ihnen auch war, aus der knorrigen alten Hand zu essen, die eine halbe Million auszubezahlen hatte. Er schritt an der Spitze, und keine Ansicht, die er heiter aussprach, war so falsch oder unmöglich, daß sie Widerspruch bei seinem Gefolge erregt hätte. Als er bei dem verfallenen Wasserrad stehenblieb, zu dem er das Holz im Hochwald geschlagen hatte, strahlte sein Gesicht, während er den Blick über das Tarwater-Tal und weiter über die fernen Höhen bis zu den Zinnen der Tarwater-Berge schweifen ließ – jetzt wieder alles sein.

Da kam ihm der Einfall, der ihn sich abwenden und die Nase putzen ließ, um das Blinzeln in seinen Augen zu verbergen. Immer noch von der ganzen Familie gefolgt, begab er sich zu der baufälligen Scheuer. Er hob einen alten Knüppel vom Boden auf.

»William«, sagte er, »erinnerst du dich der kleinen Unterhaltung, die wir hatten, ehe ich nach Klondike ging? Du erinnerst dich sicher noch, William. Du erzähltest mir, daß ich verrückt sei. Und ich sagte, mein Vater würde mir das Fell mit einem Knüppel gegerbt haben, wenn ich so mit ihm geredet hätte.«

»Ach, das war ja nur Unsinn«, versuchte William sich zu entschuldigen.

William war ein grauhaariger Mann von fünfundvierzig, und seine Frau und seine erwachsenen Söhne standen dabei und sahen neugierig zu, wie Großvater Tarwater seinen Rock auszog und ihn Mary zu halten gab.

»William, komm her!« befahl er gebieterisch.

William kam, wenn auch äußerst widerstrebend.

»Nur eine Kostprobe, mein Sohn William, von dem, was mein Vater mir oft genug gegeben hat«, brüllte der alte Tarwater, indem er auf Rücken und Schultern seines Sohnes mit dem Knüppel losprügelte. »Ich mache dich darauf aufmerksam, daß ich dich nicht auf den Kopf schlage. Mein Vater war sehr heftig und fragte nicht danach, wenn er prügelte. – Stoß nicht die Ellbogen zurück! Sonst bekommst du noch zufällig einen Schlag darauf. Und nun sag mir nur eines, mein Sohn William: Denkst du noch, daß ich verrückt bin?«

»Nein«, heulte William, vor Schmerzen herumtanzend, »du bist nicht verrückt, Vater! Natürlich bist du nicht verrückt.«

»Gesagt hast du es«, bemerkte der alte Tarwater bündig, indem er den Knüppel wegwarf und sich wieder in den Rock hineinarbeitete. »Und jetzt laßt uns hineingehen und essen.«

Das Gesetz des Lebens

Der alte Koskoosh lauschte begierig. Obwohl er längst das Augenlicht verloren hatte, waren seine Ohren doch noch scharf, und selbst das schwächste Geräusch drang zu der Intelligenz, die noch hinter seiner welken Stirn glimmte, aber nicht mehr auf die Dinge dieser Welt blickte. Aha! Das war Sit-cum-to-ha, die mit schriller Stimme die Hunde ausschalt, während sie sie puffte und schlug, damit sie sich einspannen ließen. Sit-cum-to-ha war die Tochter seiner Tochter, aber sie war zu sehr in Anspruch genommen, um einen Gedanken an ihren altersschwachen Großvater zu verschwenden, der allein, einsam und hilflos dort im Schnee saß. Das Lager mußte abgebrochen werden. Der weite Weg wartete, und der kurze Tag zögerte nicht. Das Leben rief sie, das Leben und die Pflichten des Lebens, nicht der Tod. Und er war dem Tode jetzt sehr nahe.

Der Gedanke flößte dem alten Manne einen Augenblick Schrecken ein, und er streckte die gichtige Hand aus und strich zitternd über den kleinen Haufen trockenen Holzes neben ihm hin und her. Als er sich vergewissert hatte, daß er wirklich da war, kehrte seine Hand in den Schutz seines räudigen Pelzes zurück, und er lauschte wieder. Das widrige Knarren halbgefrorener Felle sagte ihm, daß die Elchhäute, vom Zelt des Häuptlings heruntergeholt, in tragbare Form geknetet und gepreßt wurden. Der Häuptling war sein Sohn, stark und kraftvoll, der beste Mann des Stammes und ein mächtiger Jäger. Während die Weiber sich mit dem Lagergepäck abplagten, erscholl seine Stimme und schalt sie ihrer Langsamkeit wegen aus. Der alte Koskoosh spitzte die Ohren. Es war das letztemal, daß er die Stimme hören sollte. Jetzt fiel Geehows Zelt! Und nun Tuskens! Sieben, acht, neun; jetzt konnte nur noch das des Schamanen stehen. So! Jetzt arbeiteten sie daran. Er konnte den Schamanen brummen hören, während er es auf dem Schlitten aufstapelte. Ein Kind wimmerte, und eine Frau beruhigte es mit sanften, klagenden Kehllauten. ›Die kleine Kootee‹, dachte der alte Mann, ›ein unruhiges Kind und nicht sehr kräftig.‹ Es starb vielleicht bald, und dann brannten sie ein Loch in die gefrorene Tundra und häuften Steine darüber, um den Vielfraß abzuhalten. Nun ja, was machte das aus? Wenige Jahre bestenfalls, und ebensooft ein leerer Magen wie ein voller. Und zuletzt wartete der Tod, der immer Hungrige, der Hungrigste von allen.

Was war das? Oh, die Männer schirrten die Schlitten an und zogen die Leinen fest. Er lauschte, er, der nie mehr lauschen sollte. Die Peitschenhiebe sausten und schnitten in die Hunde. Horch, wie sie heulten! Wie sie die Arbeit und die Reise haßten! Jetzt zogen sie an! Schlitten auf Schlitten schwankte langsam in das Schweigen hinaus. Sie waren fort. Waren aus seinem Leben geglitten, und er sah allein der letzten bitteren Stunde ins Angesicht. Nein. Der Schnee knirschte unter einem Mokassin. Ein Mann stand neben ihm, und eine Hand legte sich weich auf sein Haupt. Sein Sohn war gut, daß er dies tat. Er erinnerte sich anderer alter Männer, deren Söhne nicht geblieben waren, als der Stamm fortzog. Aber sein Sohn war geblieben. Seine Gedanken verloren sich in der Vergangenheit, bis die Stimme des jungen Mannes ihn zurückrief.

»Geht es dir gut?« fragte er.

Und der alte Mann antwortete: »Es geht mir gut.«

»Es liegt Holz neben dir«, fuhr der Jüngere fort, »und das Feuer brennt hell. Der Morgen ist trübe, und die Kälte hat nachgelassen. Es wird gleich schneien. Gerade jetzt fängt es an.«

»Ja, es schneit schon.«

»Der Stamm hat Eile. Die Lasten sind schwer und ihre Leiber flach aus Mangel an Nahrung. Der Weg ist weit, und sie reisen schnell. Ich gehe jetzt. Ist es gut?«

»Ja, es ist gut. Ich bin wie das letzte Blatt des Jahres, das noch lose am Stamme hängt. Der erste Windhauch, und ich falle. Meine Stimme ist wie die eines alten Weibes geworden. Meine Augen zeigen den Füßen nicht mehr den Weg, und meine Füße sind schwer, und ich bin müde. Es ist gut.«

Er neigte ergeben das Haupt, bis der letzte Laut des knirschenden Schnees erstorben war und er wußte, daß er seinen Sohn nicht mehr zurückrufen konnte. Dann tastete seine Hand schnell nach dem Holze. Das war das einzige, das noch zwischen ihm und der Ewigkeit stand, die über ihn hereinbrach. Zu guter Letzt war sein Leben nach einer Handvoll Scheite zu messen. Eines nach dem andern würde schwinden, um das Feuer zu nähren, und Schritt für Schritt würde sich der Tod an ihn heranschleichen. Wenn das letzte Scheit seine Wärme abgegeben hatte, würde die Kälte ihre Kräfte sammeln. Zuerst würden die Füße nachgeben, dann die Hände, und langsam würde die Starre der Glieder den Leib ergreifen. Sein Haupt würde auf die Knie fallen, und er würde Ruhe haben. Das war ganz leicht. Alle Menschen mußten sterben.

Er beklagte sich nicht. Das war das Gesetz des Lebens, und es war recht so. Dicht an der Erde war er geboren, dicht an der Erde hatte er gelebt, und ihr Gesetz war ihm daher nicht neu. Es war das Gesetz allen Fleisches. Die Natur war nicht gütig gegen das Fleisch. Es galt ihr nichts, das greifbare Ding, das man Mensch nannte, ihre Sorge galt nur der Art, der Rasse.

Dies war die tiefste Abstraktion, deren der barbarische Geist des alten Koskoosh fähig war, aber sie hatte er auch mit festem Griff gepackt.

In allem Lebendigen sah er Beispiele dafür. Das Steigen des Pflanzensaftes, die aufbrechende Grüne der Weidenknospe, der Fall des gelben Laubes – schon darin lag alles. Aber eine Aufgabe stellte die Natur dem Individuum. Löste es sie nicht, so starb es. Löste es sie – gleichviel, es starb dennoch. Der Natur war es gleichgültig: Es waren unzählige, die gehorchten, und nur der Gehorsam, nicht der Gehorchende, lebte und lebte ewig.

Koskooshs Stamm war sehr alt. Die alten Männer, die er als Knabe gekannt, hatten alte Männer vor ihnen gekannt. So war es also wahr, daß der Stamm lebte, daß er für den Gehorsam all seiner Glieder, deren Gräber unbekannt waren, bis in die vergessene Vorzeit einstand. Sie zählten nicht, sie waren Episoden. Sie waren entschwunden wie die Wolken an einem Sommerhimmel. Auch er war eine Episode und würde verschwinden. Die Natur kümmerte sich nicht darum. Sie stellte dem Leben nur eine Aufgabe, gab nur ein Gesetz. Sich fortzupflanzen war die Aufgabe des Lebens, sein Gesetz der Tod. Eine Jungfrau war schön anzusehen, stark und mit vollen Brüsten, den Frühling in ihrem Gange und Licht in ihren Augen. Aber ihre Aufgabe lag noch vor ihr. Das Licht in ihren Augen wurde noch heller, ihr Schritt schneller, sie war den jungen Männern gegenüber bald keck, bald furchtsam und teilte ihnen ihre eigene Unruhe mit. Und immer schöner und schöner wurde sie, bis irgendein Jäger sie in sein Zelt nahm, wo sie ihm sein Essen bereitete, für ihn arbeitete und die Mutter seiner Kinder wurde. Und wenn ihre Nachkommenschaft kam, verfiel ihre Schönheit. Ihre Glieder wurden langsam und träge, ihre Augen stumpf und trübe, und nur die Kinder freuten sich noch an der runzligen Wange der alten Squaw am Lagerfeuer. Ihre Aufgabe war gelöst. Nur eine kurze Weile, und bei der ersten Hungersnot, beim ersten langen Marsch wurde sie zurückgelassen, wie es ihm geschehen war, mit einem Häufchen Reisig im Schnee. So war das Gesetz.

Er legte behutsam ein Scheit in das Feuer und gab sich wieder seinen Betrachtungen hin.

Überall und mit allen Wesen war es dasselbe. Die Moskitos verschwanden beim ersten Frost. Das kleine Eichhörnchen verkroch sich, um zu sterben. Wenn das Kaninchen alterte, wurde es langsam und dick und konnte seinen Feinden nicht mehr entkommen. Selbst der große Hirsch wurde schwerfällig und blind und zänkisch und konnte zuletzt von einer Handvoll kläffender junger Hunde gefällt werden.

Er dachte daran, wie er seinen eigenen Vater eines Winters am Oberlaufe des Klondike verlassen hatte, den Winter, bevor der Missionar mit seinen Büchern voll von Geschwätz und seiner Kiste voll von Medizin gekommen war. Oft hatte Koskoosh in der Erinnerung an die Kiste mit der Zunge geschnalzt, aber jetzt wollte ihm das Wasser im Munde nicht mehr zusammenlaufen. Der ›Schmerzstiller‹ war besonders gut gewesen. Aber der Missionar war schließlich doch eine Plage, denn er brachte kein Fleisch ins Lager, aß aber für drei, und die Jäger murrten. Doch an der Wasserscheide von Mayo bekam er Lungenentzündung, und nachher stießen die Hunde die Steine weg und balgten sich um seine Knochen.

Koskoosh legte noch ein Scheit aufs Feuer und ließ seine Gedanken weiter zurück in die Vergangenheit schweifen. Da war die Zeit der großen Hungersnot, als die Männer sich mit leerem Magen ums Feuer kauerten und düstere Sagen von den alten Zeiten erzählten, als der Yukon drei Winter lang breit und offen dahinströmte, dafür aber in drei Sommern zu Eis erstarrte. Er hatte seine Mutter bei der Hungersnot verloren. Im Sommer hatte die Laichzeit der Lachse einen Fehlschlag ergeben, und der Stamm hatte sich mit der Hoffnung auf den Winter und das Erscheinen der Rentiere getröstet. Und dann kam der Winter, aber kein Ren. Nie war so etwas geschehen, selbst die ältesten Männer hatten es nicht erlebt. Aber das Ren kam nicht, und es war das siebente Jahr, und die Kaninchen hatten sich nicht vermehrt, und die Hunde bestanden nur noch aus Haut und Knochen. Und in der langen Finsternis weinten und starben Kinder und Frauen und alte Männer, und nicht einer von zehn im Stamme lebte noch, um die Sonne willkommen zu heißen, als sie im Frühling wiederkehrte. Das war eine Hungersnot!

Aber er hatte auch Zeiten der Fülle erlebt, da das Fleisch verfaulte und die Hunde vor Übersättigung faul und untauglich waren – Zeiten, da sie das Wild laufen ließen, ohne es zu erlegen, da die Frauen fruchtbar und die Zelte überfüllt waren von krabbelnden Knaben und Mädchen.

Da geschah es, daß die Männer übermütig wurden, alte Streitigkeiten wiederaufnahmen, über die Wasserscheide nach Süden gingen, um die Pellys zu töten, und nach Westen, um an den ausgebrannten Feuern der Tananas zu sitzen.

Er erinnerte sich, als Knabe in einer guten Zeit gesehen

zu haben, wie ein Elch von Wölfen getötet wurde. Zing-ha lag neben ihm im Schnee und sah zu – Zing-ha, der später der listigste Jäger wurde und der schließlich durch eine Wake in den Yukon fiel. Sie fanden ihn einen Monat später. Er war halb herausgekrochen und zu Eis gefroren.

Aber der Elch. Er war an dem Tage mit Zing-ha fortgegangen, um Jäger zu spielen. Am Bache hatten sie die frische Fährte eines Elchs und gleichzeitig eine Menge Wolfsfährten gefunden.

»Ein alter Bursche«, sagte Zing-ha, der die Zeichen schneller lesen konnte, »ein alter Bursche, der dem Rudel nicht mehr folgen kann. Die Wölfe haben ihn von seinen Brüdern getrennt, und jetzt lassen sie nicht mehr von ihm ab.«

Und so war es. Das war nun einmal ihre Art. Tag und Nacht, ohne Rast und Ruhe, knurrten sie dicht hinter ihm, schnappten nach seiner Schnauze, wollten ihn verfolgen bis zum Ende. Wie in Zing-ha und ihm der Blutdurst erwachte! Das Ende mußte sehenswert sein!

Schnellfüßig folgten sie der Fährte, und selbst er, Koskoosh, dessen Auge nicht so scharf und der ein ungeübter Späher war, hätte ihr blind folgen können, so breit war sie. Sie waren dicht hinter der Beute her und konnten mit jedem Schritt die furchtbare, soeben geschriebene Tragödie lesen.

Jetzt kamen sie an eine Stelle, wo der Elch haltgemacht hatte. Auf die dreifache Länge eines erwachsenen Mannes war der Schnee nach allen Richtungen zerstampft und fortgeschleudert. In der Mitte waren die tiefen Eindrücke von den breiten Hufen des Wildes und ringsherum die leichteren Fußspuren der Wölfe. Einige hatten sich, während ihre Brüder die Beute umsprangen, seitwärts niedergelegt und ausgeruht. Die Eindrücke ihrer ausgestreckten Körper waren so deutlich im Schnee, als wären sie soeben erst entstanden. Ein Wolf war bei dem wilden Ansprung von dem wütenden Opfer abgefangen und zu Tode gestampft worden. Einige wenige reingenagte Knochen zeugten davon.

Wieder hielten sie ihre Schneeschuhe an. Hier hatte das große Tier verzweifelt gekämpft. Zweimal war es, wie der Schnee zeigte, zu Boden gerissen worden, und zweimal hatte es seine Angreifer abgeschüttelt und war wieder auf die Beine gekommen. Seine Aufgabe hatte es längst gelöst, aber dennoch war ihm das Leben noch lieb gewesen. Zingha sagte, es wäre etwas Seltenes, daß ein Elch, der einmal niedergerissen war, wieder freikäme, aber hier war es unleugbar geschehen. Der Schamane würde Zeichen und Wunder darin gesehen haben, wenn sie es ihm erzählt hätten.

Und nun hatten sie die Stelle erreicht, wo der Elch versucht hatte, den Hang hinaufzusteigen und den Wald zu gewinnen. Aber seine Feinde hatten ihn von hinten angegriffen, so daß er sich gebäumt, sich überschlagen und zwei von ihnen zermalmt und tief in den Schnee gepreßt hatte. Es war klar, daß das Ende bevorstand, denn die Wölfe hatten ihre gefallenen Brüder nicht angerührt.

Sie eilten weiter, an zwei Stellen vorbei, wo das Tier wieder haltgemacht hatte, wenn auch nur ganz kurz. Jetzt war die Fährte rot, und die weiten Schritte des großen Tieres waren kürzer und wankend geworden. Und dann hörten sie das erste Geräusch des Kampfes – nicht den vollen Jagdchor, sondern das kurze, knurrende Kläffen, das von Nahkampf und von im Fleisch vergrabenen Zähnen erzählte.

Auf dem Bauche kroch Zing-ha gegen den Wind durch den Schnee, und zusammen mit ihm kroch er, Koskoosh, der im nächsten Jahr Häuptling des Stammes werden sollte. Sie schoben sich zusammen unter die Zweige einer jungen Fichte und spähten vorwärts. Es war das Ende, das sie sahen.

Dies Bild stand, wie alle Jugendeindrücke, noch klar vor ihm, und seine stumpfen Augen sahen das Ende ebenso lebendig, wie es sich in jener fernen Zeit abgespielt hatte. Koskoosh wunderte sich darüber, denn in den folgenden Tagen, als er der Führer von Männern und das Haupt der Berater gewesen, hatte er große Taten ausgeführt und seinen Namen zum Fluch im Munde der Pellys gemacht, gar nicht zu reden von den fremden weißen Männern, die er, Messer gegen Messer, in offenem Kampf getötet hatte. Lange grübelte er über die Tage seiner Jugend, bis das Feuer zusammensank und der Frost zu schneiden begann.

Diesmal legte er zwei Scheite auf und maß sein Leben an dem Holz, das noch übrig war. Hätte Sit-cum-to-ha an ihren Großvater gedacht und einen größeren Armvoll gesammelt, hätten seine Stunden länger gedauert. Das wäre leicht gewesen. Aber sie war stets ein gleichgültiges Kind gewesen und hatte nichts für die Alten übrig gehabt seit der Stunde, da Biber, der Sohn von Zing-has Sohn, sein Auge auf sie geworfen hatte.

Nun, was tat es? Hatte er nicht in seiner eigenen unbedachtsamen Jugend ebenso gehandelt?

Eine Weile lauschte er auf die Stille. Vielleicht wurde das Herz seines Sohnes weich und er kehrte mit den Hunden zurück, um seinen alten Vater mit dem Stamme weiterzubringen bis zu einer Stelle, wo die Rentiere zahlreich waren und ihnen die Bäuche schwer von Fett hingen. Er strengte sein Ohr an, sein ruheloses Gehirn wurde einen Augenblick still. Nichts regte sich, nichts. Er allein atmete mitten in der großen Stille. Es war sehr einsam.

Horch, was war das?

Ein kalter Schauer rann über seinen Körper.

Das wohlbekannte langgezogene Geheul durchbrach die Stille, ganz nahe. Und dann sahen seine trüben Augen das Bild des Elches – des alten Elchbullen –, der mit zerrissenen Flanken und blutigen Seiten, wirrer Mähne und das große verzweigte Geweih auf den Boden gesenkt, bis zum letzten kämpfte. Er sah die blitzschnellen grauen Gestalten, die schimmernden Augen, die lechzenden Zungen, die triefenden Fangzähne. Und er sah, wie der unerbittliche Kreis sich schloß, bis er zu einem dunklen Punkte mitten in dem zerstampften Schnee wurde.

Eine kalte Schnauze stieß gegen seine Wange, und bei dieser Berührung sprang seine Seele wieder in die Gegenwart. Seine Hand fuhr ins Feuer und zog ein brennendes Scheit heraus. Einen Augenblick, von seiner ererbten Furcht vor dem Menschen überwältigt, zog das Tier sich zurück und schickte seinen Brüdern einen langgezogenen Ruf, und die antworteten gierig, bis sich ein Kreis zusammengekrochener, geifernder grauer Tiere um ihn schloß. Der alte Mann spürte, wie dieser Kreis enger wurde. Er schwang wild seinen Brand, und das Schnaufen wurde zum Knurren, aber die keuchenden Bestien wollten nicht weichen. Jetzt schlängelte sich eine, den Hinterleib nachziehend, vorwärts, jetzt eine zweite, jetzt eine dritte, aber keine einzige wich zurück.

›Warum sich ans Leben klammern?‹ fragte er sich und ließ das flammende Scheit in den Schnee fallen. Es zischte und erlosch. Der Kreis knurrte unruhig, blieb aber liegen.

Wieder sah Koskoosh den letzten Kampf des alten Elchbullen vor sich und ließ das Haupt müde auf die Knie sinken. Was tat es schließlich? War es nicht das Gesetz des Lebens?

Die Goldschlucht

Es war mitten in der grünen Schlucht, wo die Felswände zurückweichen und die starren, harten Linien der Schlucht durch ein stilles, warmes und weichgepolstertes Winkelchen unterbrochen wurden. Hier ruhte alles. Selbst der kleine Bergbach hielt einen Augenblick in seinem eiligen Fall inne und bildete einen ruhigen Teich. Knietief im Wasser stand mit gesenktem Haupt und geschlossenen Augen ein roter, vielendiger Hirsch.

Auf der einen Seite stieß eine kleine Wiese an den Teich, ein kühler, federnder, grüner Teppich, der sich bis an den Fuß der düsteren Felswand erstreckte. Auf der anderen Seite des Teiches zog sich ein Sandhang bis zum Felsen empor. Der Hang war mit feinem Gras bewachsen – Gras, das mit Blumen vermischt war, die hier und dort orangefarbene, purpurne und goldene Flecken bildeten. Abwärts schloß sich die Schlucht und versperrte die Aussicht. Die schroffen Felswände lehnten sich aneinander, die Schlucht endete in einem Chaos bemooster Felsblöcke und wurde von einem grünen Vorhang von Weinranken, Schlinggewächsen und Zweigen verborgen. Fern am oberen Ende der Schlucht erhoben sich ferne Gipfel und Zinnen: die hohen, mit Kiefern bestandenen Randberge. Und weit hinter ihnen ragten wie Wolken weiße Minarette in den Himmel: dort funkelte der ewige Schnee der Sierra in der flammenden Sonne.

Nicht ein Stäubchen war in der Schlucht zu sehen. Das

Laub und die Blumen waren rein und jungfräulich. Das Gras war wie frischer Samt. Drei Pappeln ließen ihre schneeweißen Daunen durch die stille Luft auf den Teich herabregnen. Auf den freien Stellen des Hanges, wohin selbst die längsten Schatten der Manzanitaranken nicht reichten, erhoben sich die Mariposalilien wie ein Schwarm juwelengeschmückter Nachtfalter, die plötzlich festgehalten werden, sich aber im nächsten Augenblick wieder in die Luft schwingen wollen. Hier und da erfüllte der Harlekin der Wälder, die Madrona, deren erbsengrüne Stämme gerade eine krapprote Farbe annahmen, die Luft mit süßem Wohlgeruch aus den wachsbleichen Glocken ihrer großen Blütendolden. Sahnenartig waren diese Glocken, sie glichen in der Form Narzissen, und ihr Duft enthielt die ganze Süße des Frühlings.

Nicht ein Hauch regte sich. Die Luft war schläfrig und von Duft geschwängert. Dieser süße Duft würde drückend gewesen sein, wäre die Luft schwer und feucht gewesen. Aber sie war dünn und scharf wie Sternenlicht, das in Atmosphäre verwandelt und von Sonnenlicht und süßem Blumenatem durchdrungen und durchwärmt ist.

Hin und wieder flatterte ein Schmetterling durch die Licht- und Schattenflecken. Und von allen Seiten hörte man das leise, einschläfernde Summen der Bergbienen – feiernder Sybariten, die sich gutmütig stießen, aber keine Zeit hatten, grob und unhöflich zu sein. So ruhig quoll und rieselte der kleine Bach durch die Schlucht, daß man ihn nur hin und wieder leise murmeln hörte. Die Stimme des Baches erklang wie ein schläfriges Wispern, das durch träumerisches Schweigen unterbrochen wurde, aber immer wieder von neuem erwachte.

Hier im Herzen der Schlucht ging alles seinen stillen

Gang. Sonnenschein und Schmetterlinge glitten ein und aus zwischen den Bäumen. Das Summen der Bienen und das Flüstern des Baches bildeten ein anhaltendes gleitendes Geräusch, und die gleitenden Farben verwoben sich zu einem zarten unfaßbaren Gespinst, das der Geist der Stätte war. Dieser Geist war vom Frieden geprägt, nicht vom Frieden des Todes, sondern von dem Frieden, den das Leben schenkt, wenn es leicht und sorglos dahingleitet; er war von einer Ruhe geprägt, die aber nicht Schweigen, von einer Bewegung, die nicht Handlung war, von einer Ruhe, die von Leben überströmte, aber fern von der gewaltsamen Unruhe des Kampfes und der Arbeit war. Der Geist der Stätte war vom Frieden des Lebens geprägt, leicht schläfrig in seinem zufriedenen, sorglosen Wohlbefinden und ganz ungestört von allen Gerüchten von fernem Streit.

Der rote, vielendige Hirsch unterwarf sich willig dem Geist der Stätte und stand schläfrig bis zu den Knien in dem kühlen, schattigen Teich. Es gab offenbar keine Fliegen, die ihn störten, und er war in tiefe Ruhe versunken. Zuweilen, wenn der Bach erwachte und flüsterte, bewegten sich seine Ohren, aber sie taten es träge, weil er gut wußte, daß es nur der Bach war, der gemerkt hatte, daß er eingeschlafen war, und jetzt plötzlich redselig wurde. Aber es kam ein Augenblick, da der Hirsch gespannt und eifrig lauschend die Ohren spitzte. Er wandte den Kopf und sah die Schlucht hinab. Seine empfindsamen, zitternden Nüstern witterten. Seine Augen vermochten nicht den grünen Vorhang zu durchdringen, unter dem der Bach rieselnd verschwand, aber seine Ohren fingen den Laut einer Menschenstimme auf. Es war eine eintönige, ununterbrochen singende Stimme. Einmal hörte der Hirsch das harte Klingen von Metall, das gegen den Felsen schlug. Als er den Laut hörte, schnaufte er und sprang mit einem Satz aus dem Teich auf die Wiese; seine Füße versanken in dem weichen, samtenen Grase, er spitzte die Ohren und sicherte wieder. Dann schritt er über die kleine Wiese, blieb hin und wieder stehen, um zu lauschen, und verschwand leichtfüßig und geräuschlos wie ein Schatten aus der Schlucht.

Der harte Klang von eisenbeschlagenen Stiefelsohlen gegen den Felsen wurde allmählich stärker und die Männerstimme lauter und deutlicher. Es war eine Art Singen und wurde beim Näherkommen allmählich so deutlich, daß man die Worte unterscheiden konnte:

> *Lasse deine Augen sehen*
> *Lieblich waldbedeckte Höhen*
> *(Achte nicht der Sünde Macht).*
> *Schau dich um die Kreuz und Quere,*
> *Deinen Sündensack entleere*
> *(Triffst du doch den Herrn bei Nacht).*

Ein rasselndes Geräusch begleitete den Gesang, und der Geist der Stätte floh auf der Fährte des Hirsches. Der grüne Vorhang wurde beiseite gerissen, und ein Mann spähte über Wiese, Teich und Bergeshang. Es war ein vorsichtiger, ruhiger Mann. Er warf einen schnellen Blick durch die Schlucht und ließ dann seine Augen forschend auf allen Einzelheiten weilen, wie um seinen ersten Eindruck zu vervollständigen. Dann, aber auch nicht eher, öffnete er den Mund und sagte zugleich lebhaft und mit feierlicher Anerkennung:

»Weiß Gott! Das ist ein Anblick! Wald und Wasser und Gras und ein Bergeshang! Eine Freude für jedes Goldgräberauge und ein Paradies für ein Präriepony! Kühles Grün, eine Erquickung für müde, wehe Augen! Eine einsame Weide für Goldgräber und eine Erholungsstätte für erschöpfte Viecher, der Teufel soll mich holen!«

Er hatte einen sandfarbenen Teint, und sein Gesicht, das sehr beweglich und von wechselndem Ausdruck war, zeigte als hervorstechende Eigenschaften Lebhaftigkeit und Humor. Wenn er nachdachte, konnte man es ihm direkt ansehen. Die Gedanken fuhren sozusagen über sein Gesicht wie Windstöße über einen Wasserspiegel. Sein dünnes, ungekämmtes Haar hatte dieselbe unbestimmbare Farblosigkeit wie sein Teint. Es sah aus, als hätte sich aller Farbstoff in ihm in seinen Augen gesammelt, die erstaunlich blau waren. Es waren zudem lachende, frohe Augen, die sich nicht wenig von dem verwunderten, naiven Ausdruck des Kindes bewahrt hatten, dabei aber gleichzeitig seltsam unbewußt in ruhigem Selbstvertrauen und einer Festigkeit leuchteten, die, wie man ahnte, in persönlichen Erfahrungen und in der Erkenntnis von Welt und Leben wurzelten.

Aus dem dichten Gewirr von Ranken und Schlingpflanzen holte er eine Hacke, eine Schaufel und eine Goldgräberpfanne heraus und warf die Sachen vor sich auf den Boden. Dann kroch er selbst aus seinem Versteck heraus und trat ins Freie. Er trug verblichene Überziehhosen, ein schwarzes Baumwollhemd, an den Füßen nägelbeschlagene Transtiefel und auf dem Kopf einen Hut, der mit seinen vielen Beulen und Flecken davon zeugte, daß er lange Zeit Wind und Wetter, Regen und Sonne und dem Rauch der Lagerfeuer ausgesetzt gewesen war. Er blieb stehen, betrachtete mit offenen Augen die ruhige Stätte und sog mit friedlich zitternden Nasenflügeln den süßen Blütenhauch der Vegetation ein. Er kniff die Augen zu, so daß sie zu zwei lachenden blauen Schlitzen wurden, sein Gesicht verzog sich vor Freude, und seine Lippen kräuselten sich in einem Lächeln, während er laut rief:

»Donnerwetter, der Duft ist was für mich! Laß die andern ihre Parfüm- und Eau-de-Cologne-Fabriken behalten! Hier können sie nicht mit!«

Er hatte die Gewohnheit, laute Selbstgespräche zu halten. Zwar verrieten seine beweglichen Züge alle seine Gedanken und Stimmungen, aber seine Zunge kam gleich hinterher und sprach die Gedanken aus.

Der Mann legte sich am Rande des Teiches nieder und trank tief und lange vom Wasser. »Das schmeckt«, murmelte er, hob den Kopf und blickte über den Teich auf den Bergeshang, während er sich den Mund mit dem Handrücken abwischte. Der Hang hatte seine Aufmerksamkeit erregt. Immer noch auf dem Bauche liegend, studierte er die Gebirgsformation lange und sorgsam. Es war ein geübtes Auge, das den Hang bis zu der verwitterten Felswand hinauf und wieder herab zum Ufer des Teiches durchforschte. Dann erhob er sich und untersuchte den Hang noch einmal.

»Sieht gut aus«, sagte er schließlich und hob Hacke, Schaufel und Pfanne auf.

Er überschritt den Bach unterhalb des Teiches, indem er gewandt von Stein zu Stein sprang. An einer Stelle, wo der Hang direkt bis ans Wasser reichte, hob er eine Schaufel voll Erde aus und schüttete sie in die Pfanne. Er hockte mit der Pfanne nieder und tauchte sie halb in den Bach. Dann setzte er die Pfanne in schnell kreisende Bewegung, die das Wasser über Erde und Kies ein- und ausströmen ließ. Die größeren und leichteren Teile kamen an die Oberfläche, und durch gewandte schaukelnde Bewegungen mit der

Pfanne ließ er sie über den Rand gleiten. Hin und wieder hielt er in der Bewegung inne und suchte, um das Auswaschen zu beschleunigen, die größeren Steine und Felsklumpen mit den Fingern heraus.

Der Inhalt der Pfanne verringerte sich schnell, und zuletzt waren nur noch Sand und die allerkleinsten Kiesteilchen übrig. Jetzt begann er sehr vorsichtig und sorgsam zu waschen, und er wusch immer vorsichtiger, sah genau nach und drehte die Pfanne mit ganz kleinen, behutsamen Bewegungen. Zuletzt schien die Pfanne nur noch Wasser zu enthalten, aber mit einer schnellen, halbkreisförmigen Bewegung schleuderte er das Wasser über den Rand der Pfanne hinweg, und jetzt zeigte sich eine Schicht schwarzen Sandes auf dem Boden der Pfanne. Die Schicht war so dünn, daß sie wie ein feiner Anstrich wirkte. Er untersuchte sie genau. Mitten darin war ein winziger goldener Punkt. Er ließ ein wenig Wasser über den abwärts gehaltenen Rand der Pfanne laufen. Mit einer schnellen Bewegung ließ er das Wasser über den Boden spülen und die schwarzen Sandkörner umkehren. Ein neuer goldener Punkt war das Ergebnis seiner Mühe. Das Waschen wurde jetzt sehr sorgfältig – viel sorgfältiger, als Goldwaschen im allgemeinen zu sein braucht. Er arbeitete mit dem schwarzen Sand, nahm immer ein wenig auf einmal davon und untersuchte ihn auf dem gebogenen Rand der Pfanne. Jedesmal durchforschte er ihn so scharf, daß er jedes Körnchen gesehen hätte, ehe er es über den Rand gleiten ließ. Körnchen für Körnchen ließ er, genau aufpassend, den schwarzen Sand fortgleiten. Ein Goldkorn, nicht größer als eine Stecknadelspitze, zeigte sich auf dem Rande, aber durch eine kleine Bewegung mit dem Wasser spülte er es wieder in die Pfanne. Und auf diese Weise entdeckte er ein neues Goldkörnchen und wieder eines. Er achtete genau auf sie. Wie ein Hirt hütete er seine Herde von Goldkörnchen, daß keines von ihnen verlorenging. Zuletzt war nichts mehr in der Pfanne als seine goldene Herde. Er zählte sie und schleuderte sie dann mit dem letzten Wasser aus der Pfanne, trotz aller Arbeit, die er darauf verwandt hatte.

Aber seine blauen Augen schimmerten vor Verlangen, als er sich erhob. »Sieben«, murmelte er laut und meinte damit die Goldkörnchen, für die er so schwer gearbeitet und die er soeben so nachlässig fortgeworfen hatte. »Sieben«, wiederholte er mit einem Nachdruck, als wollte er die Zahl seinem Gedächtnis unverlöschlich einprägen. Er stand eine Weile still und betrachtete den Bergeshang. Ein Ausdruck brennender Neugier lag in seinen Augen. Seine ganze Haltung drückte Frohlocken aus, dabei aber eine Wachsamkeit, die an ein jagendes Tier erinnerte, das soeben die Beute gewittert hat.

Er ging ein paar Schritte am Bach entlang und füllte seine Pfanne wieder mit Erde.

Wieder wusch er die Erde sorgfältig aus, wachte eifersüchtig über seine goldenen Körnchen und schleuderte sie, als er sie gezählt hatte, wieder ohne weiteres in den Bach.

»Fünf«, murmelte er und wiederholte: »Fünf!«

Noch einmal mußte er den Berghang studieren, ehe er seine Pfanne ein wenig weiter abwärts am Bache füllte. Seine goldene Herde nahm ab. »Vier, drei, zwei, zwei, eins«, wiederholte er bei sich, während er den Bach abwärts kam. Als sich nach einer Wäsche nur noch ein einziges Körnchen vorfand, hielt er inne und zündete ein kleines Feuer an. Er warf die Pfanne auf das Feuer und ließ sie in den Flammen liegen, daß sie ganz blauschwarz wurde, dann holte er sie heraus und untersuchte sie kritisch. Er nickte beifällig. Bei dieser Farbe konnte auch nicht das kleinste Goldkörnchen seiner Aufmerksamkeit entgehen.

Er ging das Bachbett weiter hinab und wusch wieder eine Pfanne aus. Das Ergebnis war ein einziges Goldkörnchen. Die dritte Pfanne enthielt gar kein Gold. Er begnügte sich jedoch nicht damit, sondern wusch noch drei Pfannen aus, und zwar waren die Stellen, denen er die Erde mit der Schaufel entnahm, nicht mehr als je einen Fuß voneinander entfernt. Kein einziges Mal war Gold in der Pfanne, aber diese Tatsache schien ihn nicht zu entmutigen, sondern eher zu befriedigen. Sein Siegesstolz wuchs jedesmal, wenn die Wäsche ein niedrigeres Ergebnis brachte, und zuletzt erhob er sich und rief freudestrahlend:

»Wenn das nicht das richtige ist, dann mag der liebe Gott mir den Kopf mit sauren Äpfeln zerschlagen!«

Er kehrte zu seinem Ausgangspunkt zurück und begann am oberen Lauf des Baches Probepfannen auszuwaschen. Anfangs wuchs seine goldene Ernte an Zahl – wuchs erstaunlich. »Vierzehn, achtzehn, einundzwanzig, sechsundzwanzig«, wiederholte er bei sich. Am Oberlauf des Baches wusch er seine reichste Pfanne aus – fünfunddreißig Körner. Die Sonne stand jetzt hoch am Himmel. Der Mann arbeitete weiter. Er ging das Bachbett hinauf und wusch eine Pfanne nach der andern aus, und die Ergebnisse wurden immer geringer.

»Direkt großartig, mit welcher Gleichmäßigkeit es abnimmt!« rief er triumphierend, als seine Pfanne schließlich nicht mehr als ein einziges Goldkörnchen enthielt. Und als sich zuletzt in mehreren Pfannen keine Goldkörnchen mehr gefunden hatten, richtete er sich auf und warf einen zuversichtlichen Blick auf den Bergeshang.

»Aha, eine Tasche!« rief er, als wandte er sich an einen

Zuhörer, der irgendwo unter der Oberfläche des Hanges versteckt lag. »Aha, eine Tasche! Ich komme, ich komme, und ich werde sie erwischen, so wahr ich hier stehe!«

Er wandte sich um und warf einen forschenden Blick auf die Sonne, die gerade über ihm an dem azurblauen Himmel stand. Dann schritt er durch die Schlucht, an der Reihe von Löchern entlang, die er jedesmal beim Füllen der Pfanne mit der Schaufel gegraben hatte. Unterhalb des Baches überschritt er den Teich und verschwand hinter dem grünen Vorhang.

Der Geist der Stätte konnte noch nicht mit seiner Ruhe wiederkehren, denn die Stimme des Mannes ertönte mit ihrem trällernden Singen immer noch durch die Schlucht.

Nach einer kleinen Weile kehrte er zurück, und man hörte ein stärkeres Trampeln eisenbeschlagener Füße gegen den Felsen als zuvor. Der grüne Vorhang geriet in heftige Bewegung. Er wogte hin und her wie in einem qualvollen Kampfe. Man hörte den laut klirrenden Klang von Metall. Die Stimme des Mannes schrillte noch heftiger und nahm einen scharfen, gebieterischen Klang an. Ein schwerer Körper fiel, und man hörte Schnaufen und Stöhnen. Aus dem Gebüsch kam ein Schnappen, Zerren und Reißen, und unter einer Woge fallender Blätter brach ganz plötzlich ein Pferd durch den Vorhang.

Es trug ein Bündel auf dem Rücken und schleppte abgerissene Ranken und Schlingpflanzen hinter sich her. Das Tier starrte äußerst erstaunt die Umgebung an, in die es hineingestürzt war, senkte aber einen Augenblick darauf den Kopf ins Gras und begann zufrieden zu weiden.

Ein zweites Pferd stolperte plötzlich aus dem Gebüsch heraus, glitt auf den moosigen Felsblöcken aus, kam aber wieder auf die Füße, als seine Hufe in die weiche Oberfläche der Wiese einsanken. Es trug keinen Reiter, hatte aber auf dem Rücken einen hohen mexikanischen Sattel, der von langem Gebrauch abgenutzt und mitgenommen war.

Zuletzt kam der Mann. Er schnallte Bündel und Sattel ab, sah sich nach einem passenden Lagerplatz um und ließ die Tiere frei weiden. Dann packte er Proviant sowie eine Bratpfanne und eine Kaffeekanne aus. Hierauf sammelte er einen Armvoll trockenen Reisigs und errichtete mit einem Armvoll Steinen eine Feuerstatt.

»Lieber Gott«, sagte er, »wie hungrig ich bin! Ich könnte Eisenspäne und Hufeisennägel fressen und sogar mehrere Portionen, wenn es sein müßte.«

Er richtete sich auf, und während er in der Hosentasche nach einer Schachtel Streichhölzer suchte, ließ er seinen Blick über den Teich und den Hang schweifen. Seine Finger hatten schon nach den Streichhölzern gefaßt, ließen sie aber wieder los, und als er die Hand aus der Tasche zog, war sie leer.

Der Mann zögerte unentschlossen. Sein Blick schweifte von den Vorbereitungen zum Mittagessen nach den Bergen.

»Ich glaube, ich will noch einen Versuch machen«, sagte er schließlich und ging über den Bach.

»Es hat nicht viel Sinn, das weiß ich«, murmelte er, sich gleichsam entschuldigend. »Aber ich glaube nicht, daß es mir jemand übelnehmen wird, wenn ich das Mittagessen um eine Stunde verschiebe.«

Wenige Fuß hinter der Lochreihe, wo er seine Probepfannen gefüllt hatte, begann er eine neue Reihe zu graben. Die Sonne sank im Westen, und die Schatten wurden immer länger, aber der Mann arbeitete weiter. Er begann eine dritte Reihe von Probelöchern. Allmählich zum Berg hinaufsteigend, legte er eine Reihe von Probelöchern quer über den Hang. Das mittelste Loch in jeder Reihe ergab die reichste Ausbeute, während die Löcher zu beiden Enden der Reihe nicht das geringste Goldkörnchen in der Pfanne ergaben. Und je höher er stieg, desto kürzer wurden die Reihen. Die Regelmäßigkeit, mit der sie sich abkürzten, zeigte deutlich, daß die letzte Reihe irgendwo oben auf dem Hang so kurz wurde, daß man überhaupt nicht mehr von einer Länge sprechen konnte und daß sie schließlich in einem Punkt enden mußte. Die Zeichnung nahm die Form eines umgekehrten V an. Die zusammenlaufenden Linien dieses V bildeten die Grenzen des Gebietes, innerhalb dessen sich die goldhaltige Erde befand.

Die Spitze dieses V war offenbar das Ziel des Mannes. Er ließ seinen Blick oft die konvergierenden Linien entlang und weiter den Hang hinauf schweifen, um zu erraten, wo die Spitze des umgekehrten V, der Punkt, wo der goldhaltige Boden aufhörte, sein würde. Dort war die ›Tasche‹, und der Mann rief:

»Komm her, Tasche! Sei brav und komm herunter!«

»Also schön!« sagte er kurz darauf in resigniertem, aber festem Ton. »Also schön, Tasche, ich merke schon, daß ich ganz hinaufkommen und dich an den Ohren zupfen muß. Aber dazu bin ich auch der Rechte. Verlaß dich drauf«, fügte er nach einer kurzen Pause hinzu.

Jede Pfanne brachte er ans Wasser hinunter und wusch sie aus, und je höher er den Hang hinaufkam, desto reicher wurde der Inhalt der Pfannen, so daß er schließlich begann, das Gold in eine leere Backpulverdose zu schütten, die er nachlässig in die Hosentasche steckte. Er war so von seiner Arbeit in Anspruch genommen, daß er die Dämmerung nicht bemerkte, die den Eintritt des Abends verkündete.

Erst als er die Goldkörner auf dem Boden der Pfanne nicht mehr erkennen konnte, merkte er, daß es spät geworden war. Er richtete sich plötzlich auf und sagte zögernd, mit einem komisch verwunderten und erschrockenen Gesichtsausdruck:

»Gottverdammich! Vor lauter Arbeit hab ich ganz das Mittagessen vergessen!«

Er stolperte in der Dunkelheit über den Bach und zündete das Reisig an, das er lange zuvor gesammelt und zurechtgelegt hatte. Das Abendessen bestand aus Pfannkuchen, Speck und aufgewärmten Bohnen. Hinterher rauchte er an dem ausgehenden Feuer eine Pfeife, lauschte auf die Laute der Nacht und freute sich über den Mondschein, der die Schlucht erleuchtete. Schließlich packte er das Bettzeug aus, zog sich die schweren Stiefel von den Füßen und wickelte sich gut in die Decke ein. Sein Gesicht leuchtete weiß im Mondlicht und erinnerte an das einer Leiche. Aber es war eine Leiche, die nach Wunsch aufstehen konnte, denn plötzlich stützte sich der Mann auf den einen Ellbogen und starrte nach dem Hang hinüber.

»Gute Nacht, Tasche«, murmelte er schläfrig. »Gute Nacht!«

Er verschlief die ganze Nacht und die ersten grauen Morgenstunden. Erst als die fast senkrechten Strahlen der Morgensonne auf seine geschlossenen Lider fielen, erwachte er mit einem Ruck und sah sich um, bis ihm klar war, wer und wo er war.

Seine Toilette bestand hauptsächlich darin, daß er sich die Stiefel anzog. Er ließ den Blick von der Feuerstätte nach der Bergwand streifen, schwankte unschlüssig einen Augenblick, überwand aber die Versuchung und machte sich daran, das Feuer anzuzünden.

»Immer ruhig, Bill, immer ruhig«, ermahnte er sich. »Wozu die Eile? Es hat ja keinen Zweck, sich zu erhitzen und zu schwitzen. Die Tasche wartet schon noch auf dich. Die läuft nicht weg, ehe du dein Frühstück gegessen hast. Nein, Bill, was du brauchst, ist ein bißchen Abwechslung auf der Speisekarte. Da mußt du wohl sehen, daß du etwas zu fassen kriegst.«

Am Ufer des Teiches schnitt er sich einen kurzen Stock ab und zog eine Schnur sowie eine ramponierte Fliege, die einst bessere Tage gesehen hatte, aus einer seiner Taschen.

»Früh am Morgen beißen sie vielleicht an«, murmelte er, indem er die Schnur auswarf. Und einen Augenblick später rief er freudestrahlend: »Hab ich's nicht gesagt? Hab ich's nicht gesagt?« Er hatte keine Rolle an der Schnur, und um nicht mehr Zeit als notwendig zu vergeuden, zog er schnell mit den bloßen Händen eine schimmernde, zehn Zoll lange Forelle aus dem Wasser. Sie und noch drei, die er schnell hintereinander fing, machten sein Frühstück aus. Als er auf dem Wege nach dem Hang zu den Steinen am Bach kam, hatte er einen Einfall, der ihn plötzlich stillstehen ließ.

»Es wäre gut, ein Stückchen den Bach hinunterzugehen«, sagte er. »Man kann nie wissen, ob nicht irgendein Kerl in der Nähe herumschleicht.«

Aber er ging weiter über die Steine, und mit einem »Eigentlich müßte ich ja die kleine Untersuchungsexpedition unternehmen«, schlug er die Anwandlung in den Wind und machte sich an seine Arbeit. Bei Eintritt der Dunkelheit richtete er sich auf. Seine Lenden waren steif, weil er so lange gebückt gearbeitet hatte, und indem er die Hand auf den Rücken legte, um die schmerzenden Muskeln zu beschwichtigen, sagte er:

»So was hab ich doch, Gottverdammich, noch nicht erlebt! Jetzt hab ich das Mittagessen rein vergessen! Wenn ich nicht aufpasse, endet es noch damit, daß ich wie diese durchgedrehten Kerle werde, die nur zweimal täglich essen.«

»Taschen haben eine verfluchte Art, einen abzulenken«, sagte er bei sich am Abend, als er sich in seine Decken wickelte. Und er vergaß auch nicht, zum Hang hinaufzurufen:

»Gute Nacht, Tasche! Gute Nacht!«

Mit der Sonne stand er auf, verzehrte eilig sein Frühstück und machte sich an die Arbeit. Er war wie von einem Fieber ergriffen, und die Tatsache, daß die Probepfannen immer reicher ausfielen, war nicht dazu angetan, sein Fieber zu beschwichtigen. Die Röte seiner Wangen kam nicht allein von der Hitze der Sonne, und er vergaß Müdigkeit und Zeit. Wenn er eine Pfanne mit Erde gefüllt hatte, lief er den Hang hinab, um sie auszuwaschen; und er konnte sich nicht halten, sondern lief schnaufend und stolpernd den Hang hinauf, um die Pfanne von neuem zu füllen. Er war jetzt etwa hundert Meter vom Wasser entfernt, und das umgekehrte V begann endgültige Form anzunehmen. Das Terrain, das den hinreichend goldhaltigen Kies enthielt, wurde immer schmaler, und der Mann verlängerte im Geist die Seiten des umgekehrten V bis zu ihrem Schnittpunkt, hoch oben auf dem Hange. Die Spitze dieses V war sein Ziel, und er wusch viele Probepfannen aus, um sie festzustellen.

»Genau zwei Meter oberhalb des Manzanitastrauchs und einen Meter rechts«, sagte er schließlich.

Dann packte ihn die Versuchung. »Es ist ja sonnenklar«, sagte er, gab sein mühseliges Graben quer über den Hang auf und kletterte zu der Stelle, wo er die Spitze des umgekehrten V annahm. Er füllte seine Pfanne und trug sie den Hang hinunter, um sie auszuwaschen. Sie enthielt nicht ein einziges Goldkörnchen. Er grub tiefer, und er grub an der Oberfläche, füllte und wusch ein Dutzend Pfannen aus, erhielt aber nicht ein einziges Goldkörnchen für all seine Mühe. Er ärgerte sich, daß er der Versuchung erlegen war, wütete und verfluchte sich auf die gotteslästerlichste Art. Schließlich schritt er den Hang hinab und nahm seine Arbeit wieder nach dem ursprünglichen Plan auf.

»Langsam aber sicher, Bill, langsam aber sicher«, murmelte er. »Für dich gibt es keinen Richtweg zum Glück, das solltest du doch bald wissen. Sei vernünftig, Bill, sei vernünftig. Die langsame, sichere Methode ist die einzige, auf die du dich verstehst. Halt dich an sie.«

Je kürzer die Querlinien wurden und je mehr sich die Seitenlinien ihrem Schnittpunkt näherten, um so mehr vertiefte sich das V. Die Goldkörner lagen in immer größerer Tiefe. Dreißig Zoll unter der Oberfläche erhielt er kleine Goldkörnchen in die Pfanne. Der Kies, den er aus fünfundzwanzig und fünfunddreißig Zoll Tiefe holte, enthielt nicht die geringste Andeutung von Gold. An der Basis des umgekehrten V, unten am Wasser, hatte er die Goldkörner zwischen den Graswurzeln gefunden. Je höher er den Hang hinaufkam, desto tiefer sank das Gold. Es war eine recht mühselige Arbeit, ein drei Fuß tiefes Loch zu graben, nur um eine Probepfanne zu füllen, und bis zur Spitze des V mußten noch unzählige derartige Löcher gegraben werden. »Und kein Mensch kann wissen, wie tief es später noch geht«, seufzte er, als er einen Augenblick innehielt, um sich seinen schmerzenden Rücken zu reiben.

Mit fieberhafter Gier, wehem Rücken und steifen Muskeln arbeitete sich der Mann mit Hacke und Schaufel in dem weichen braunen Boden langsam aufwärts. Vor ihm lag der ebenmäßige Hang, mit Blumen bestreut, die mit ihrem süßen Duft die Luft erfüllten. Hinter ihm war Vernichtung. Es sah aus, als sei die glatte Oberfläche des Hanges einem furchtbaren vulkanischen Ausbruch zum Opfer gefallen. Seine langsam vorschreitende Arbeit erinnerte an die Schnecke, die die Schönheit mit ihren abscheulichen Spuren besudelt.

Die immer tiefere Lage der Goldader vermehrte die Arbeit des Mannes, doch er tröstete sich mit dem immer reicheren Goldinhalt der Pfannen. Der Wert des Goldes in den Pfannen wechselte zwischen zwanzig, dreißig und fünfzig Cent, und als er bei Anbruch der Dunkelheit seine letzte Pfanne auswusch, gab sie ihm in einer einzigen Schaufel Erde für einen Dollar Goldstaub.

»Ich möchte wetten, daß irgendein zudringlicher Bursche auf meine kleine Weide angestiegen kommt«, murmelte er schläfrig, als er sich am Abend in die Decke wickelte.

Plötzlich setzte er sich auf. »Bill!« rief er scharf. »Hör jetzt, was ich sage, Bill, verstehst du? Du wirst morgen zeitig aufstehen müssen und dich ein wenig umgucken, ob du jemand entdecken kannst. Verstanden? Zeitig morgen früh, vergiß es nicht!« Er gähnte und warf einen Blick nach seinem Bergeshang. »Gute Nacht, Tasche«, rief er.

Am Morgen kam er der Sonne zuvor, denn als ihre ersten Strahlen auf ihn fielen, hatte er längst gefrühstückt und war im Begriff, die Felswand an einer Stelle zu erklimmen, wo ihm das verwitterte Gestein ermöglichte, Fuß zu fassen. Als er den Gipfel erreicht hatte und umherspähte, sah er sich von allen Seiten von Öde und Einsamkeit umgeben. Eine Bergeskette erhob sich hinter der anderen, so weit er sehen konnte. Im Osten wurde sein Blick, der so leicht und schnell über die zahlreichen, meilenweit auseinanderliegenden Bergesketten hinwegglitt, doch zuletzt von den weißen, himmelan ragenden Zinnen der Sierra – des Hauptgebirges, dem Rückgrat des Westlandes – aufgehalten. Im Norden und Süden sah er deutlich die Ketten, die quer durch dieses endlose Meer von Bergen liefen. Im Westen wurden die Berge immer kleiner und niedriger und gingen schließlich in die weichgeschwungenen Randhügel über, die sich ihrerseits wiederum zu dem großen Tal hinabsenkten, das er nicht sehen konnte.

Und in diesem ganzen mächtigen Gebiet sah er keine Spur von Menschen oder von der Arbeit von Menschen – mit Ausnahme des aufgewühlten Hanges zu seinen Füßen. Lange durchforschte der Mann spähend die Landschaft. Einmal kam es ihm vor, als sähe er eine schwache Andeutung von Rauch weit unten in seiner eigenen Schlucht. Er blickte mit geschärfter Aufmerksamkeit nach diesem Phänomen und kam zu dem Ergebnis, daß es der violette Bergnebel sei, den die dahinterliegende Felswand der Schlucht dunkel und wogend wie eine Rauchspirale erscheinen ließ.

»Heda, Tasche!« rief er in die Schlucht hinab. »Heraus mit dir! Jetzt komme ich, Tasche! Jetzt komme ich!«

Die schweren Transtiefel, die der Mann trug, behinderten ihn anscheinend, aber dennoch schwang er sich leicht und gewandt wie eine Bergziege von der schwindelnden Höhe hinab. Ein Felsblock, der am Rande des Abgrundes unter seinen Füßen fortglitt, brachte ihn nicht aus der Fassung. Er schien genau zu wissen, wann der kritische Augenblick eintreffen würde, und benutzte unterdessen den trügerischen Boden als Stützpunkt, um sich in Sicherheit zu bringen. Dort, wo die Wand so steil abfiel, daß er nicht eine Sekunde aufrecht stehen konnte, zögerte er keinen

Augenblick. Nur einen Bruchteil der verhängnisvollen Sekunde berührte sein Fuß die gefährliche Oberfläche, aber gerade lange genug, um ihm den Sprung, der ihn weiterbrachte, zu ermöglichen. Dort, wo er selbst diesen Bruchteil einer Sekunde nicht Fuß fassen konnte, schwang er seinen Körper vorbei, indem er blitzschnell nach einem Felsvorsprung, einem Spalt oder einem nicht sehr festsitzenden Strauch griff. Zuletzt ließ er die Wand fahren, sprang tollkühn ab, rutschte mit einem lauten Geheul abwärts und endete seine Niederfahrt inmitten mehrerer Tonnen gleitender Erde.

Heute ergab seine erste Probepfanne für über zwei Dollar grobkörniges Gold. Die Erde war genau aus der Mitte des Winkels des umgekehrten V entnommen. Nach beiden Seiten von dieser Stelle nahm der Goldinhalt der Pfannen schnell ab. Die Löcherreihen, die er grub, waren allmählich sehr kurz geworden. Die Seiten des umgekehrten V waren jetzt nur noch wenige Meter voneinander entfernt. Der Schnittpunkt befand sich wenige Schritte über ihm. Aber das goldhaltige Material mußte er aus immer größeren Tiefen schürfen. Früh am Nachmittag mußte er die Probelöcher fünf Fuß tief machen, ehe die Pfannen auch nur das geringste Gold aufwiesen.

Im übrigen waren es nicht mehr Goldkörner; der Boden bestand fast aus reinem Golde, und der Mann beschloß, hierher zurückzukehren und den Boden zu bearbeiten, sobald er die Tasche gefunden hatte. Aber der steigende Goldgehalt der Pfannen begann ihn zu ärgern. Spät am Nachmittag war der Goldinhalt der Pfannen auf drei bis vier Dollar gestiegen. Der Mann kratzte sich nachdenklich den Kopf und ließ seinen Blick über die Felswand nach dem Manzanitastrauch schweifen, der ungefähr angab, wo die Spitze des umgekehrten V war. Er nickte und sagte in tiefsinnigem Orakelton:

»Es gibt zwei Möglichkeiten, Bill. Zwei Möglichkeiten. Entweder hat die Tasche sich selbst über den ganzen Bergeshang verstreut, oder sie ist so verdammt reich, daß du vielleicht nicht imstande bist, sie auf einmal mit nach Haus zu nehmen. Und das wäre doch eine verfluchte Geschichte, nicht wahr?« Er lachte und belustigte sich bei dem Gedanken, möglicherweise vor einem so unangenehmen Dilemma zu stehen.

Als die Dunkelheit hereinbrach, saß er am Ufer des Baches und starrte sich in der schnell zunehmenden Dämmerung fast die Augen aus dem Kopfe bei dem Versuch, eine Probepfanne auszuwaschen, die für fünf Dollar Gold enthielt.

»Wenn ich nur elektrisches Licht hätte, um weiterarbeiten zu können«, brummte er.

In dieser Nacht wurde es ihm schwer, zu schlafen. Immer wieder veränderte er seine Lage und schloß die Augen, um einzuschlafen, aber sein Blut klopfte wild und fieberhaft, und immer wieder öffnete er seine Augen und murmelte müde: »Wenn die Sonne doch bald aufginge!«

Schließlich schlief er doch ein, als aber die ersten Sterne zu verblassen begannen, schlug er die Augen auf, und als die graue Morgendämmerung eintrat, hatte er schon gefrühstückt und war im Begriff, den Bergeshang zu erklimmen, um das Versteck der Tasche zu finden.

In der ersten Querreihe, die der Mann grub, war nur Raum für drei Löcher, so schmal war das goldhaltige Gebiet geworden, und so nahe war er der Quelle des goldenen Stromes gekommen, die er seit vier Tagen suchte.

»Ruhig, Bill, nur ruhig«, ermahnte er sich, als er das

letzte Loch dort grub, wo die Seiten des umgekehrten V schließlich in ihrem Schnittpunkt zusammenliefen.

»Jetzt hab ich dich zu fassen gekriegt, Tasche, und du entkommst mir nicht«, sagte er immer wieder, während er tiefer und tiefer grub.

Vier, fünf, sechs Fuß grub er in den Boden. Das Graben wurde immer schwieriger. Zuletzt klirrte seine Hacke auf den reinen Felsgrund. Er untersuchte den Felsen. »Verrotteter Quarz«, erklärte er, während er mit der Schaufel den Boden des Loches von losem Kies reinigte. Er bearbeitete den zermürbten Quarz mit der Hacke und schlug mit jedem Schlage etwas von dem verwitterten Felsgrund ab. Er setzte die Schaufel in die lose Masse. Seine Augen sahen einen goldenen Schimmer. Plötzlich warf er die Schaufel fort und hockte nieder. Und wie ein Bauer von ausgegrabenen Kartoffeln begann er von einem verwitterten Quarzstück, das er in beiden Händen hielt, die Erde zu reiben.

»Heiliger Himmel!« rief er. »Hier sind ja ganze Klumpen!«

Nur die Hälfte dessen, was er in der Hand hielt, war Quarz. Das andere war reines Gold. Er ließ es in die Pfanne fallen und untersuchte ein anderes Stück. Von außen schien es nur wenig gelb, aber mit seinen starken Fingern zerrieb er den verwitterten Quarz, bis seine beiden Hände voll von schimmerndem Golde waren. Ein Stück nach dem anderen rieb er von Erde rein und warf es in die Goldpfanne. Das Loch war die reine Schatzkammer. Der Quarz war so verwittert, daß es weniger Quarz als Gold war. Hin und wieder fand er ein Stück, das ganz frei von Quarz – ein Stück, das durch und durch Gold war. Ein großer Klumpen, den die Hacke zerbrochen hatte, leuchtete wie eine Handvoll gelber Edelsteine. Mit schiefem

Kopf betrachtete er ihn und drehte ihn langsam, um das strahlende Spiel des Lichtes darin zu beobachten.

»Die Leute reden so oft von reichen Goldfunden«, sagte er höhnisch. »Mit dem da verglichen, sind die meisten derartigen Funde nur armselige Dreißig-Cent-Funde. Dies hier ist ja durch und durch Gold! Daher taufe ich denn auch auf der Stelle und in diesem heiligen Augenblick diese Schlucht auf den Namen ›Goldschlucht‹, weiß Gott, das tue ich!«

Immer noch hockend, untersuchte er weiter die Quarzstücke und warf sie in die Pfanne. Plötzlich hatte er das Gefühl, daß ihm irgendeine Gefahr drohe. Es war, als fiele ein Schatten auf ihn. Aber es war kein Schatten. Es war, als hätte er einen Klumpen in den Hals bekommen und wollte ersticken. Im nächsten Augenblick gefror ihm das Blut in den Adern, und er fühlte, wie sein verschwitztes Hemd ihm kalt auf dem Körper klebte. Er sprang nicht auf und sah sich auch nicht um. Er rührte sich nicht. Er überlegte, was für eine Warnung es wohl sein mochte, die er empfangen hatte, versuchte herauszufinden, von wo die mystische Kraft, die ihn gewarnt, ausgegangen, und bemühte sich, die Anwesenheit des unsichtbaren Wesens, das ihn bedrohte, zu spüren. Feindliche Mächte strahlen eine Aura aus, die sich in so ätherischer Form offenbart, daß die gewöhnlichen Sinne sie nicht zu unterscheiden vermögen; er hatte das Gefühl, daß eine solche Aura sich in seiner Nähe befand, war sich aber nicht klar darüber, auf welche Weise er sie eigentlich fühlte und spürte. Er hatte ein Gefühl, wie man es etwa bekommt, wenn eine Wolke die Sonne verdunkelt. Es war von derselben verstimmenden und drohenden Art; es war, als ob etwas Finsteres sich zwischen ihn und das Dasein geschoben hätte, das Leben mit seinem Würgegriff bedrohte und den Tod – seinen Tod – verkündete. Jede Fiber, jeder Nerv in ihm war gespannt und bereit für den Fall, daß er sich entschloß, aufzuspringen und Angesicht zu Angesicht der unsichtbaren Gefahr zu begegnen; aber seine Seelenstärke bezwang den panischen Schrecken, und er blieb, einen Goldklumpen in den Händen, sitzen. Er wagte nicht, sich umzusehen, aber er wußte jetzt, daß etwas hinter und über ihm war. Er tat, als wäre er ganz von dem Golde in seiner Hand in Anspruch genommen. Er untersuchte es kritisch, wendete und drehte es und reinigte es von der Erde. Aber die ganze Zeit fühlte er, daß ein Wesen hinter ihm stand, ihm über die Schulter blickte und das Gold betrachtete.

Er lauschte angespannt und tat dabei weiter, als wäre er ganz mit dem Golde in seiner Hand beschäftigt, und jetzt hörte er ein Wesen hinter sich atmen. Sein Blick glitt suchend über den Boden vor ihm, um eine Waffe zu entdecken, aber er sah nur das ausgegrabene Gold, das in seiner jetzigen Lage wertlos für ihn war. Er hatte allerdings seine Hacke, die bei gewissen Gelegenheiten eine ganz brauchbare Waffe gewesen wäre, nicht aber jetzt. Der Mann erkannte plötzlich, wie gefährlich seine Lage war. Er befand sich in einem engen, sieben Fuß tiefen Loch. Mit seinem Kopf reichte er nicht bis zur Erdoberfläche. Er saß in einer Falle.

Er blieb sitzen. Er war ganz ruhig und gefaßt; aber sein Verstand, der alle Möglichkeiten überdachte, sagte ihm, daß seine Lage hoffnungslos sei. Er rieb weiter die Erde von den Quarzstücken und warf das Gold in die Pfanne. Es war nichts anderes zu tun. Und doch wußte er, daß er früher oder später gezwungen war, sich zu erheben und von Angesicht zu Angesicht der Gefahr zu begegnen, die ihm hinter seinem Rücken drohte. Die Minuten vergingen, und er wußte, daß er sich mit jeder Minute, die schwand, mehr dem Zeitpunkt näherte, da er sich erheben mußte, wenn er nicht – sein nasses Hemd klebte bei dem Gedanken an seinem Körper – den Tod, über seinen Schatz gebeugt, hinnehmen wollte. Immer noch saß er da, rieb die Erde vom Golde und überlegte gleichzeitig, wie er es machen sollte, um sich zu erheben. Er konnte es plötzlich tun, aus dem Loch springen und dem, was ihm drohte, auf gleichem Fuße draußen begegnen. Oder er konnte sich langsam aufrichten und tun, als entdeckte er zufällig das Wesen, das hinter seinem Rücken atmete. Sein Instinkt und jede kampflustige Fiber in seinem Körper sagten ihm, daß er die erste, desperate Lösung wählen und sich mit Händen und Füßen so schnell wie möglich aus dem Loch herausarbeiten sollte. Sein Verstand hingegen riet ihm, sich langsam und vorsichtig dem Wesen zu nähern, das ihn bedrohte und das er nicht sehen konnte. Während er aber alles das überdachte, ertönte plötzlich ein lauter Knall an seinem Ohr. Im selben Augenblick erhielt er einen lähmenden Schlag auf die linke Seite des Rückens, und von der Stelle, wo er getroffen war, verbreitete sich ein brennender Schmerz durch seinen Körper. Er sprang hoch, brach aber zusammen, ehe er halb auf den Füßen war. Sein Körper krümmte sich wie ein Blatt, das in plötzlicher heftiger Hitze welkt. Er fiel mit der Brust gegen die Pfanne und bohrte das Gesicht in Kies und Quarzstücke, während sich seine Beine wegen des beschränkten Raumes auf dem Boden des Loches verrenkten. Seine Glieder zitterten mehrmals krampfhaft, seinen Körper durchfuhr es wie ein heftiger Kälteschauer. Die Lungen weiteten sich langsam, und man hörte einen tiefen Seufzer. Dann ließ er langsam, ganz langsam wieder die

Luft ausströmen, und ebenso langsam fiel sein Körper schlaff zusammen.

Von oben guckte ein Mann, der einen Revolver in der Hand hielt, über den Rand des Loches hinweg. Er starrte lange auf den bäuchlings ausgestreckten, unbeweglichen Körper unter ihm. Nach einer Weile setzte der Fremde sich auf den Rand des Loches, so daß er hinabsehen konnte, und legte gleichzeitig den Revolver auf seine Knie. Er steckte die Hand in die Tasche und zog einen Streifen braunes Papier heraus. Er streute ein bißchen Tabak auf das Papier, und das Ergebnis wurde eine kurze braune Zigarette mit eingeschlagenen Enden. Unaufhörlich starrte er dabei den ausgestreckten Körper auf dem Boden des Loches an. Er zündete sich die Zigarette an und sog in stillem Genuß den Rauch in die Lungen. Er rauchte langsam. Einmal ging die Zigarette aus, aber er zündete sie wieder an. Und die ganze Zeit saß er da und starrte auf den unbeweglichen Körper.

Zuletzt warf er den Zigarettenstummel fort und erhob sich. Er trat an den Rand des Loches. Die Hände auf den Rand gestützt, den Revolver noch in der Rechten, spannte er seinen Körper und arbeitete sich in das Loch hinunter. Als seine Füße noch einen halben Meter vom Boden entfernt waren, ließ er sich hinabfallen.

Im selben Augenblick, als seine Füße den Boden berührten, sah er den Arm des Goldgräbers hervorschießen und fühlte einen festen Griff an seinem Bein; dann wurde er umgerissen. Die Hand, in der er den Revolver hielt, befand sich infolge der Stellung, die er beim Herabspringen eingenommen hatte, über seinem Kopfe. Aber er senkte sie blitzschnell, sobald er den Griff an seinem Bein fühlte. Er hatte den Boden noch nicht erreicht, als er auch schon schoß. Der Knall ertönte ohrenbetäubend in dem engen Loch, und der Rauch füllte es, so daß man nicht sehen konnte. Er fiel rücklings auf den Boden, und wie eine Katze sprang der Goldgräber über ihn. Der Fremde beugte den rechten Arm, um zu schießen, aber in derselben Sekunde stieß der Goldgräber mit einem schnellen Ellbogenstoß sein Handgelenk beiseite. Der Revolver fuhr hoch, und die Kugel schlug in die Erdwand des Loches.

Im selben Augenblick fühlte der Fremde, wie die Hand des Goldgräbers sein Handgelenk packte. Jetzt galt der Kampf dem Revolver. Jeder wollte ihn gegen den andern benutzen. Der Rauch im Loche begann sich zu verziehen, und der Fremde, der auf dem Rücken lag, konnte allmählich wieder etwas sehen. Plötzlich aber wurde er von einer Handvoll Erde geblendet, die sein Gegner ihm kaltblütig in die Augen warf. Bei dem Schreck darüber löste sich sein Griff um den Revolver. Im nächsten Augenblick spürte er, daß eine überwältigende Finsternis sein Hirn verschleierte, und mitten in der Finsternis hörte die Finsternis selbst auf.

Aber der Goldgräber feuerte immer wieder, bis der Revolver leer war. Dann schleuderte er ihn weit fort und setzte sich schwer atmend auf die Beine des Toten.

Der Goldgräber stöhnte und schnappte nach Luft. »Elender Schuft!« keuchte er. »Schleicht mir nach, läßt mich die Arbeit tun und schießt mich dann in den Rücken!«

Er weinte fast vor Wut und Erschöpfung. Forschend starrte er dem Toten ins Gesicht. Das war halb von Erde und Kies bedeckt, und er konnte die Züge nur schwer erkennen.

»Hab ihn noch nie gesehen«, sagte der Goldgräber, als er ihn ein wenig betrachtet hatte, »ein ganz gewöhnlicher Dieb, der Teufel soll ihn holen! Mich in den Rücken zu schießen! In den Rücken!«

Er öffnete sein Hemd und befühlte seine linke Seite vorn und hinten.

»Ist glatt hindurchgegangen, hat aber nichts getan!« rief er triumphierend. »Ich möchte wetten, daß er gut zielte, hat nur beim Abdrücken den Revolver bewegt – der elende Bursche! Aber ich hab's ihm gegeben!«

Er befühlte das Loch, das die Kugel ihm in der linken Seite geschlagen hatte, und ein Schatten von Kummer glitt über sein Gesicht. »Das wird mich verdammt steif machen«, sagte er. »Und es ist wohl am besten, daß ich einen Verband kriege und sehe, daß ich schnell von hier fortkomme.«

Er kroch aus dem Loch hinaus und ging den Hang hinab nach seinem Lagerplatz. Eine halbe Stunde später kam er mit seinem Packpferd zurück. Unter seinem offenen Hemd sah man den primitiven Verband, den er sich angelegt hatte. Die Bewegungen seiner linken Hand waren langsam und unbeholfen, aber das hinderte ihn nicht, den Arm zu gebrauchen. Mit Hilfe eines Stricks, den er dem Toten unter den Armen hindurchzog, glückte es ihm, die Leiche aus dem Loch zu ziehen. Dann machte er sich daran, sein Gold aufzusammeln. Er arbeitete mehrere Stunden, mußte aber oft innehalten, um seine steife Schulter ausruhen zu lassen, wobei er murmelte:

»Mich in den Rücken zu schießen, der elende Kerl! Mich in den Rücken zu schießen!«

Als er seinen ganzen Schatz in seine Decken und eine Menge Bündel gepackt hatte, überschlug er, wieviel er wohl wert sein mochte. »Vierhundert Pfund – oder ich will mich hängen lassen«, erklärte er. »Sagen wir, daß zweihundert Pfund Quarz und Erde sind – dann bleiben mir noch zweihundert Pfund Gold übrig. Bill, wach auf! Zweihundert Pfund Gold! Vierzigtausend Dollar! Und das ist dein – alles dein!«

Er kratzte sich vergnügt den Kopf, und seine Finger gerieten plötzlich in eine Furche, die er nicht kannte. Forschend betastete er sie mehrere Zoll weit. Es war eine Furche, die die zweite Kugel in seine Kopfhaut gepflügt hatte.

Ärgerlich trat er zu dem Toten.

»Du hättest mich gern um die Ecke gebracht, was?« sagte er triumphierend. »Das hättest du gern getan, nicht wahr? Aber ich hab dir dein Teil gegeben, und obendrein sollst du ein hübsches Begräbnis haben. Das ist mehr, als du für mich getan hättest.« Er schleppte die Leiche an den Rand des Loches und ließ sie hinunterfallen. Mit einem dumpfen Krach schlug sie unten auf und fiel auf die Seite, so daß sie das Gesicht zum Licht wandte. Der Goldgräber guckte hinunter.

»Mich in den Rücken zu schießen!« sagte er vorwurfsvoll.

Mit Hacke und Schaufel füllte er das Loch. Dann belud er sein Pferd mit dem Golde. Die Last war zu schwer für das Tier, und als er sein Lager erreichte, lud er einen Teil davon auf sein Reitpferd. Aber selbst dann noch war er gezwungen, einen Teil seiner Ausrüstung, Hacke, Schaufel und Pfanne, seine eiserne Ration, Kochgeschirre und verschiedene Kleinigkeiten zurückzulassen. Die Sonne stand im Zenit, als der Mann die Pferde durch den Ranken- und Schlingpflanzenvorhang trieb. Um über die großen Felsblöcke und Steine zu klettern, mußten die Tiere sich auf die Hinterbeine stellen und sich ihren Weg blind durch das Gewirr von Pflanzen bahnen. Einmal stürzte das Reitpferd schwer zu Boden, und der Mann mußte es von seiner Last befreien, um es wieder auf die Füße zu bringen. Als es sich wieder in Gang setzte, steckte der Mann den Kopf durch das Laub und blickte nach dem Bergeshang zurück.

»Der elende Kerl!« sagte er und verschwand.

Man hörte ein Brechen und Reißen in den Ranken und Schlingpflanzen. Die Bewegungen der Tiere ließen die Bäume hin und her schwanken. Die eisenbeschlagenen Hufe klangen auf dem Felsboden, und hin und wieder hörte man einen Fluch oder einen scharfen, kommandierenden Ruf. Zuletzt erhob der Mann seine Stimme und sang:

> *Lasse deine Augen sehen*
> *Lieblich waldbedeckte Höhen*
> *(Achte nicht der Sünde Macht).*
> *Schau dich um die Kreuz und Quere,*
> *Deinen Sündensack entleere*
> *(Triffst du doch den Herrn bei Nacht).*

Der Gesang wurde immer schwächer, und der Geist der Stätte schlich sich durch die Stille zurück. Der Bach flüsterte wieder schläfrig. Das einschläfernde Summen der Bergbienen ertönte wieder, und die schneeweißen Daunen der Pappeln sanken durch die duftende Luft herab. Die Schmetterlinge glitten zwischen den Bäumen ein und aus, und über dem Ganzen flammte der ruhige Sonnenschein. Nur die Spuren von den Pferdehufen auf der Wiese und der aufgewühlte Bergeshang erinnerten noch daran, daß heftige Wogen des Lebens den Frieden der Stätte gebrochen hatten und jetzt anderswohin wanderten.

Das Feuer im Schnee

Der Tag war kalt und grau angebrochen, ungewöhnlich kalt und grau, als der Mann die Hauptschlittenbahn am Yukon verließ und den hohen Hang erkletterte, wo eine undeutliche und sehr wenig benutzte Schlittenbahn ostwärts durch das Land mit den dichten Kiefernwäldern führte. Es war ein sehr steiler Hang, und als er die Kuppe erreichte, blieb er stehen, um Atem zu schöpfen, was er vor sich selber damit entschuldigte, daß er auf die Uhr sah. Es war neun. Es gab weder eine Sonne noch die Andeutung einer Sonne, obwohl nicht eine Wolke am Himmel war. Es war ein klarer Tag, und doch schien ein dunkles Leichentuch über allen Dingen zu liegen, eine Dunkelheit, so unbestimmbar, daß man sie kaum fühlte, die aber doch den Tag dunkel und grau machte. Das kam, weil die Sonne fehlte, aber es störte den Mann nicht. Er war es gewohnt, daß es keine Sonne gab. Viele Tage waren vergangen, seit er die Sonne gesehen, und er wußte, daß noch mehr Tage vergehen würden, ehe der leuchtende Himmelskörper über den südlichen Horizont gucken würde, um gleich wieder seinem Blick zu entschwinden.

Der Mann warf einen hastigen Blick auf den Weg, den er gekommen war. Drunten lag, eine Meile breit, der Yukon, von einer drei Fuß dicken Eisrinde bedeckt. Diese Eisdecke wurde von einer ebenso dicken Schneeschicht bedeckt. Alles war rein und weiß und hob sich in weichen Wellenlinien an den Stellen, wo sich beim Zufrieren des

Flusses das Eis gestaut hatte. Nach Norden und Süden, so weit das Auge reichte, erstreckte sich diese ununterbrochene weiße Fläche, nur eine haarscharfe dunkle Linie wand und schlängelte sich weiter im Norden, bis sie hinter einer mit Kiefern bestandenen Insel verschwand. Diese dunkle, haarscharfe Linie war die Schlittenbahn – die Hauptbahn –, die fünfhundert Meilen südwärts bis zum Chilcootpaß, nach Dyea und dem Salzwasser, und siebzig Meilen nordwärts nach Dawson und weiter tausend Meilen nordwärts nach Nulato und schließlich noch fünfzehnhundert Meilen bis St. Michael an der Beringsee lief.

Aber alles das – die mystische, haarscharfe, weitreichende Schlittenbahn, der Umstand, daß keine Sonne am Himmel stand, die entsetzliche Kälte und das Wundersame und Unwirkliche, das über allem lag –, alles das machte keinen Eindruck auf den Mann. Nicht die Gewohnheit vieler Jahre bewirkte das. Er war erst seit kurzem im Lande, ein Chechaquo, und es war sein erster Winter hier. Ihm fehlte es lediglich an Phantasie. Er hatte eine schnelle und sichere Auffassungsgabe für die Realitäten des Lebens, aber auch nur für eben die Realitäten und nicht für ihre Bedeutung. Fünfzig Grad unter Null bedeuteten für ihn einige achtzig Grad Frost. Es war für ihn gleichbedeutend mit Kälte und Unbehaglichkeit, aber das war auch alles. Es ließ ihn nicht über seine eigene Schwäche als die eines von Temperaturen abhängigen Geschöpfes oder über die Schwäche der Menschen im allgemeinen nachdenken, die ihnen nur erlaubte, innerhalb gewisser Wärme- und Kältegrade zu leben. Und ebensowenig ließ es ihn über die eventuelle Unsterblichkeit und den Platz des Menschen im Universum grübeln. Fünfzig Grad unter Null bedeuteten Frostschäden, gegen die man sich durch die Verwendung von Fäustlingen, Ohrenklappen, warmen Mokassins und dicken Socken schützen mußte. Fünfzig Grad unter Null waren für ihn eben fünfzig Grad unter Null. Daß es etwas mehr bedeuten könnte –, der Gedanke war ihm nie gekommen.

Als er sich anschickte weiterzugehen, spuckte er nachdenklich aus. Ein knisterndes Geräusch wie von einer kleinen Explosion ertönte, daß er erschrak. Er spuckte nochmals. Und wieder knisterte der Speichel in der Luft, ehe er den Boden erreichte.

Er wußte, daß Speichel auf dem Schnee bei einer Temperatur von fünfzig Grad unter Null knisterte. Aber dieser Speichel hatte in der Luft geknistert. Es war also sicher kälter als fünfzig Grad unter Null – um wieviel kälter, konnte er nicht sagen. Aber die Temperatur war gleichgültig. Er mußte den alten Claim am linken Ufer des Henderson Creek erreichen, wo die Kameraden versammelt waren. Sie waren von jenseits der Wasserscheide aus dem Lande am Indian Creek gekommen, während er diesen Umweg gemacht hatte, um zu sehen, welche Möglichkeiten für einen Transport von Baumstämmen von den Inseln im Yukon im Frühling beständen. Er sollte das Lager gegen sechs erreichen, allerdings erst nach Einbruch der Dunkelheit, aber die andern waren schon dort und empfingen ihn mit einem guten Feuer und warmem Abendbrot. Und was sein Frühstück betraf, so preßte er die Hand gegen den Packen, den er unter der Jacke, ja unter dem Hemd in ein Taschentuch eingepackt und direkt am bloßen Körper trug. Das war die einzige Möglichkeit, zu verhindern, daß die Keks gefroren. Er lächelte behaglich bei dem Gedanken an diese Keks, die in Fett getaucht und mit einer dicken Scheibe gebratenen Specks belegt waren.

Er lenkte seine Schritte unter die großen Kiefern. Der

Pfad war sehr undeutlich. Es war ein ganzer Fuß Schnee gefallen, seit der letzte Schlitten darübergefahren war, und er freute sich, daß er keinen Schlitten hatte und nur mit leichtem Gepäck reiste. Tatsächlich hatte er nichts zu tragen als das in das Taschentuch eingepackte Frühstück. Aber er war erstaunt über die starke Kälte. Es war grimmig kalt, sagte er sich, als er sich die Hand im Fäustling rieb. Er hatte einen dicken, warmen Backenbart, aber der schützte nicht die vorstehenden Backenknochen und die energische Nase, die sich draufgängerisch in die eiskalte Luft streckte.

Dem Manne dicht auf den Fersen trottete ein großer Eskimohund, ein richtiger grauer Wolfshund, der sich weder dem Äußeren noch dem Wesen nach von seinem Bruder, dem wilden Wolf, unterschied. Der Hund war ganz niedergeschlagen von der entsetzlichen Kälte. Er wußte, daß jetzt nicht die richtige Jahreszeit zum Reisen war. Was sein Instinkt ihm sagte, war zuverlässiger als das, was der Verstand des Mannes diesem sagte. Tatsächlich war es nicht nur kälter als fünfzig Grad unter Null, es war kälter als sechzig Grad unter Null, kälter als siebzig Grad unter Null. Es waren fünfundsiebzig Grad unter Null, und da der Gefrierpunkt zweiunddreißig Grad über Null liegt, so bedeutete das hundertundsieben Grad Kälte. Der Hund wußte nichts vom Thermometer. Es war möglich, daß in seinem Gehirn kein klares Bewußtsein von sehr starker Kälte wie in dem des Mannes bestand. Aber der Hund hatte seinen Instinkt. Er fühlte eine unbestimmte, nagende Furcht, die ihn unterjochte und zwang, auf den Fersen des Mannes zu schleichen und jeder ungewohnten Bewegung, die der Mann machte, mit großem Interesse zu folgen, als erwarte er, daß er irgendwo Lager oder Schutz suchen oder auch nur Feuer machen sollte. Der Hund hatte gelernt, was Feuer war, und er wollte Feuer haben oder sich unter dem Schnee vergraben und die eigene Körperwärme bewahren dürfen.

Die gefrorene Feuchtigkeit seines Atems hatte sich als feiner Reif auf seinen Pelz gelegt, und namentlich Fang, Schnauze und Augenbrauen waren ganz weiß von seinem kristallisierten Atem. Der rote Schnurrbart und der Backenbart des Mannes waren gleichfalls mit Reif bedeckt, aber hier hatte die Ablagerung die Form einer ganzen Eisschicht angenommen, die jedesmal, wenn der warme, feuchte Atem der kalten Luft begegnete, schwerer wurde. Der Mann kaute einen Priem, und so dicht waren seine Lippen von dem Maulkorb aus Eis zusammengepreßt, daß er nicht imstande war, das Kinn sauberzuhalten, wenn er den Tabaksaft ausspie. Die Folge war, daß sich auf seinem Kinn ein durchsichtiger Bart von der Farbe und beinahe der Festigkeit von Bernstein gebildet hatte, der immer länger wurde. Wenn er fiel, mußte er wie Glas zersplittern. Aber dem Mann war dieser Zuwachs gleichgültig. Es war die Buße, die alle, welche Tabak kauten, in diesem Land bezahlen mußten, und er hatte schon zweimal richtige Kälte erlebt. Es war zwar nicht so kalt gewesen wie jetzt, das wußte er gut, aber er hatte das Alkoholthermometer in Sixty Mile gesehen und wußte, daß es fünfzig und fünfundfünfzig Grad unter Null gezeigt hatte.

Ein paar Meilen wanderte er weiter durch das flache Waldland. Dann schritt er über eine breite Ebene mit Grashügeln, und von hier aus ließ er sich einen Hang hinab bis auf den gefrorenen Wasserlauf gleiten. Es war der Henderson Creek, und er wußte, daß er zehn Meilen von der Stelle entfernt war, wo er sich verzweigte. Er sah auf die Uhr. Es war zehn. Er konnte vier Meilen die Stunde gehen, und er berechnete, daß er die Stelle, wo der Bach sich verzweigte, um halb eins erreichen würde. Er beschloß, das Ereignis zu feiern, indem er dort frühstückte.

Als der Mann dem gefrorenen Bach zu folgen begann, trabte der Hund wieder dicht hinter ihm her, und seine hängende Rute zeigte deutlich, wie verzagt er war. Die alte Schlittenbahn war sichtbar, aber über den Fährten der letzten Schlittenkufen lagen mehrere Zoll Schnee. Einen ganzen Monat lang war keiner diesen stillen, bis auf den Grund gefrorenen Wasserlauf hinauf- oder herabgereist. Der Mann ging weiter. Er war keine nachdenkliche Natur, und im Augenblick gab es für ihn nichts zu denken, als daß er dort, wo der Bach sich verzweigte, frühstücken, und daß er um sechs Uhr bei den Kameraden im Lager sein wollte. Es gab niemand, mit dem er hätte reden können, und selbst wenn es einen solchen Menschen gegeben hätte, wäre es unmöglich gewesen wegen des eisigen Maulkorbs, der sich um seinen Mund gebildet hatte. Und deshalb fuhr er ganz ruhig in seiner einförmigen Beschäftigung fort: Tabak zu kauen und seinen bernsteinfarbenen Bart immer mehr zu verlängern.

Jeden Augenblick meldete der Gedanke sich wieder, daß es kalt und er nie in einer solchen Kälte draußen gewesen war. Im Gehen rieb er sich die Backenknochen und die Nase mit der Rückseite seiner im Fäustling steckenden Hand. Er tat es ganz mechanisch, bald mit der einen Hand, bald mit der andern. Aber so sehr er auch rieb, wurden seine Backenknochen doch im selben Augenblick, wenn er mit Reiben aufhörte, gefühllos, und im nächsten Augenblick wurde auch die Nasenspitze gefühllos. Er konnte ein Erfrieren der Backen nicht vermeiden und bedauerte, daß er sich nicht einen Nasenriemen angeschafft hatte, wie Bud ihn bei richtig kaltem Wetter trug. Ein solcher Riemen schützte und bedeckte auch die Backen. Im übrigen hatte das jedoch nichts zu sagen. Was machte es, wenn er Frost in die Backen bekam? Es war ein bißchen unangenehm, das war alles. Aber es war nichts Ernstes.

So gedankenlos das Hirn des Mannes auch war, so war er doch ein scharfer Beobachter, und er bemerkte alle Veränderungen des Baches, seine Krümmungen und Biegungen und die Stellen, wo die Baumstämme sich aufgehäuft hatten, und besonders achtete er darauf, wo er seine Füße hinsetzte.

Als er einmal um eine Ecke bog, blieb er plötzlich wie ein erschrockenes Pferd stehen, sprang hastig zurück und machte ein paar Schritte auf der Schlittenbahn rückwärts. Er wußte, daß der Bach bis zum Grunde gefroren war – kein Bach enthielt im arktischen Winter Wasser, aber er wußte auch, daß es Quellen gab, die am Hange emporquollen und unter dem Schnee über das Eis in den Bach liefen. Er wußte, daß diese Quellen selbst im kältesten Winter nie zufroren, und er wußte auch, wie gefährlich sie waren. Sie waren Fallen. Unter ihnen waren große Wasserpfützen im Schnee, die drei Zoll bis drei Fuß tief sein konnten. Zuweilen waren sie von einer halbzölligen Eisrinde bedeckt, die wiederum unter dem Schnee lag. Zuweilen waren es abwechselnd Schichten von Wasser und Eis, so daß man, wenn man einbrach, immer tiefer sackte und zuweilen bis zum Gürtel naß wurde.

Deshalb war er in großem Schrecken zurückgesprungen. Er hatte gefühlt, daß das Eis unter seinen Füßen nachgab, und hatte das knisternde Geräusch einer mit Schnee bedeckten Eisrinde gehört. Und bei einer solchen Temperatur nasse Füße bekommen, hieß Mühe und Gefahr. Auf jeden

Fall bedeutete es eine Verspätung, denn dann mußte er ein Feuer machen und mit bloßen Füßen daran sitzen, während Socken und Mokassins trockneten. Er studierte den Lauf des Baches und der Hänge an seinen Seiten und gelangte zu dem Ergebnis, daß das Wasser von rechts kam. Er dachte eine Zeitlang nach, rieb sich Nase und Backen und umging dann die Stelle nach rechts. Er trat sehr vorsichtig auf und tastete sich mit dem Fuß auf dem Eise vorwärts, und erst als er außer Gefahr war, nahm er sich einen neuen Priem und wanderte weiter mit seiner früheren Viermeilengeschwindigkeit.

Im Lauf der nächsten zwei Stunden stieß er auf mehrere ähnliche Fallen. In der Regel war der Schnee über den verborgenen Pfützen kristallisiert und zusammengesunken, so daß er die Gefahr leicht erkennen konnte. Einmal aber wäre er doch beinahe durchgebrochen, und einmal, als er eine Gefahr fürchtete, zwang er den Hund, voranzugehen. Der Hund wollte nicht. Er sträubte sich, bis der Mann ihn schob, und dann lief er hastig über die weiße, ungebrochene Fläche. Plötzlich brach er ein, warf sich nach der einen Seite hinüber und hatte bald wieder festen Boden unter den Füßen. Er hatte sich die Vorderbeine naß gemacht, und fast augenblicklich wurde das Wasser, das von ihm herabtroff, zu Eis. Er bemühte sich aus allen Kräften, das Eis von den Beinen zu lecken, warf sich dann in den Schnee und begann, das Eis wegzubeißen, das sich zwischen den Zehen gebildet hatte. Er tat das rein instinktiv. Wenn er das Eis ließ, wo es war, war das gleichbedeutend mit wunden Füßen. Das wußte er nicht, er folgte nur der geheimnisvollen Stimme, die aus der tiefsten Tiefe seines Wesens zu ihm sprach. Aber der Mann wußte es, dank seinem Verstand, und er zog sich den Fäustling von der rechten Hand und half, die Eisstücke abzureißen. Seine Finger waren nur eine Minute lang entblößt, und er war erstaunt, wie schnell er das Gefühl darin verlor. Ja, es war wirklich sehr kalt. Hastig zog er den Fäustling wieder an und schlug die Hand kräftig gegen die Brust.

Um zwölf war das Wetter so klar, wie es werden konnte, aber die Sonne befand sich jetzt auf ihrer Winterreise zu weit südlich, um den Horizont erreichen zu können. Die Krümmung der Erde lag zwischen ihr und dem Henderson Creek, wo der Mann unter einem wolkenlosen Mittagshimmel ging und doch keinen Schatten warf. Genau um halb eins erreichte er die Stelle, wo der Bach sich verzweigte. Er war zufrieden mit der eingehaltenen Schnelligkeit. Wenn er so weiterging, war er sicher um sechs bei den Kameraden. Er knöpfte sich Mantel und Rock auf und zog sein Frühstück heraus. Das dauerte nur eine Viertelminute, aber in diesem kurzen Augenblick waren seine entblößten Finger ganz gefühllos geworden. Er zog sich nicht die Fäustlinge an, sondern schlug statt dessen die Finger ein dutzendmal hart gegen die Beine. Dann setzte er sich auf einen verschneiten Baumstamm, um zu essen. Der brennende Schmerz, den er, als er die Finger gegen das Bein geschlagen, gefühlt hatte, verzog sich so schnell, daß er erschrak. Er ließ sich nicht einmal Zeit, einen Bissen zu essen, sondern schlug die Finger ein über das andere Mal gegen das Bein und zog sich dann wieder den Fäustling an, während er die andere Hand entblößte, um mit ihr zu essen. Er versuchte, von dem Keks abzubeißen, aber sein eisiger Maulkorb hinderte ihn daran. Er hatte es versäumt, ein Feuer zu machen und sich selber aufzutauen. Er lachte über seine eigene Torheit, und während er lachte, bemerkte er, wie die Gefühllosigkeit sich seiner entblößten Finger bemächtigte. Er merkte auch, daß der stechende Schmerz in den Zehen, den er beim Niedersetzen gefühlt hatte, sich schon verzog. Er dachte nach, ob die Zehen warm oder gefühllos waren. Er bewegte sie in den Mokassins und kam zu dem Ergebnis, daß sie gefühllos waren.

Da zog er sich schnell den Fäustling an und stand auf. Er war ein wenig erschrocken. Stampfend ging er auf und nieder, bis er das alte Stechen in den Füßen wieder fühlte. ›Es ist wirklich sehr kalt‹, dachte er. Der Mann vom Sulphur Creek hatte also doch die Wahrheit gesprochen, als er erzählte, wie kalt es zuweilen hier im Lande werden könnte. Und damals hatte er ihn ausgelacht. Das zeigte, daß man keiner Sache zu sicher sein durfte. Ein Irrtum war unmöglich – es war kalt. Er wanderte auf und ab, stampfte mit den Füßen auf und schlug die Arme zusammen, bis er zu seiner Beruhigung merkte, daß seine Glieder wieder warm wurden. Dann nahm er die Streichhölzer heraus und begann Feuer zu machen. Er holte Brennholz aus dem Busch, wo sich beim Hochwasser des letzten Frühlings eine Menge trockener Zweige aufgehäuft hatte. Er begann ganz vorsichtig, und bald hatte er ein mächtiges Feuer, an dem er sein Gesicht auftaute und seine Keks aß. Er hatte die Kälte gefoppt – so lange es dauerte. Der Hund genoß das Feuer, legte sich der Länge nach so nahe an die Flammen, daß er Wärme von ihnen bekam, und doch so weit entfernt, daß sie ihm den Pelz nicht versengten.

Als der Mann fertig war, stopfte er sich die Pfeife und ließ sich Zeit, sie zu rauchen. Dann zog er sich die Fäustlinge an, befestigte die Ohrenklappen gut um die Ohren und begann dem linken Arm des Baches zu folgen. Der Hund war enttäuscht; er sehnte sich nach dem Feuer zurück. Dieser Mann kannte die Kälte nicht. Vielleicht hatten alle die Generationen, die hinter ihm lagen, nichts von Kälte, von wirklicher Kälte, von hundertundsieben Grad unter dem Gefrierpunkt gewußt. Aber der Hund wußte es. Alle seine Vorfahren hatten es gewußt und ihm dieses Wissen vererbt. Und er wußte, daß es nicht gesund war, in so schrecklicher Kälte draußen zu sein. Dann mußte man warm und geborgen in einem Schneeloch liegen und darauf warten, daß eine Wolkendecke den großen leeren Raum, aus dem die Kälte kam, überzog. Andererseits herrschte kein wirkliches Vertrauen zwischen dem Hund und dem Mann. Der eine war der Sklave des andern, er mußte sich für ihn abrackern, und die einzigen Liebkosungen, die ihm je zuteil wurden, waren die mit der Peitschenschnur und die harten Kehllaute, die die Peitschenschnur androhten. Und deshalb gab der Hund sich keine Mühe, seine Sorge dem Manne mitzuteilen. Die Wohlfahrt des Mannes interessierte ihn nicht. Um seiner selbst willen sehnte er sich nach dem Feuer zurück. Aber der Mann pfiff und sprach zu dem Hunde mit dem Laut, der an die Peitschenschnur gemahnte, und er lief ihm nach und trabte weiter dicht hinter ihm her.

Der Mann nahm einen Priemen und hatte bald wieder einen neuen bernsteinfarbenen Bart, während sein feuchter Atem weißen Reif auf Schnurrbart, Augenbrauen und Wimpern legte. Es schienen nicht so viele Quellen am linken Arm des Henderson zu sein, und eine halbe Stunde lang sah der Mann keine Spur von ihnen. Dann aber geschah es. An einer Stelle, wo nichts eine Gefahr andeutete, wo es war, als gäbe die weiße, ungebrochene Schneefläche volle Sicherheit für festen Boden unter den Füßen, brach der Mann ein. Es war nicht tief, aber er war bis an die Waden durchnäßt, ehe er wieder das feste Eis erreichte.

Er war zornig und fluchte laut über sein Pech. Er hatte

gehofft, Lager und Kameraden bis sechs Uhr zu erreichen, und das verspätete ihn jetzt um eine ganze Stunde, denn er war gezwungen, ein Feuer zu machen, um sein Fußzeug zu trocknen. Das war durchaus notwendig bei der niedrigen Temperatur – so viel wußte er, und er ging ans Ufer und begann, den Hang hinaufzuklettern. Auf der Kuppe hatte sich in dem niedrigen Busch um ein paar kleine Kiefern viel trockenes Brennmaterial abgelagert, namentlich Zweige und Äste, aber auch trockener Rasen vom vorigen Jahr. Er warf ein paar große Rasenstücke auf den Schnee. Das war eine gute Unterlage und hinderte die zarte Flamme, im Schnee, der sonst schmelzen würde, zu ertrinken. Die Flamme erzeugte er, indem er ein Streichholz an ein graues Stück Birkenrinde hielt, das er aus der Tasche zog und das schneller als Papier brannte. Er legte es auf die Unterlage und nährte die zarte Flamme mit trockenen Grasbüscheln und winzigen, trockenen Zweigen.

Er arbeitete langsam und vorsichtig, mit einem lebhaften Gefühl für die Gefahr, in der er schwebte. Als die Flamme allmählich stärker wurde, warf er immer größere Zweige hinein. Er hockte im Schnee, riß die Zweige aus dem Busch, in den sie verfilzt waren, und warf sie auf das Feuer. Er wußte, daß es nicht mißglücken durfte. Wenn die Temperatur fünfundsiebzig Grad unter Null beträgt, darf der erste Versuch, ein Feuer zu machen, nicht mißglücken – das heißt, wenn man nasse Füße hat. Hat man trockene Füße, und es mißglückt, so kann man ein Stückchen laufen, um den Blutumlauf auf diese Weise in Gang zu bringen. Aber der Blutumlauf in nassen steifen Füßen kann nicht durch Laufen in Gang kommen, wenn die Temperatur fünfundsiebzig Grad unter Null beträgt. So rasch man auch läuft, werden die nassen Füße doch noch rascher erfrieren.

Alles das wußte der Mann. Der alte Goldgräber am Sulphur Creek hatte es ihm im Herbst erzählt, und jetzt merkte er, daß es ein guter Rat gewesen war. Er hatte schon jedes Gefühl in den Füßen verloren. Um das Feuer anzuzünden, war er gezwungen, die Fäustlinge auszuziehen, und die Finger waren schnell gefühllos geworden. Solange er vier Meilen die Stunde hatte gehen können, hatte sein Herz das Blut an die Oberfläche seines Körpers und in alle Poren gepumpt. In dem Augenblick aber, als er stillstand, hörte diese Pumptätigkeit zum Teil auf. Die Kälte im Weltraum traf die unbeschützte äußerste Spitze des Planeten, und er, der sich auf der äußersten Spitze befand, wurde in vollem Maße von dem Schlage getroffen. Das Blut in seinem Körper floh davor zurück. Das Blut war lebendig wie der Hund, und wie der Hund wünschte es sich zu verbergen und Schutz vor der fürchterlichen Kälte zu suchen. Solange er vier Meilen die Stunde ging, pumpte er es ganz automatisch an die Oberfläche, jetzt aber verebbte es und zog sich in die fernsten Winkel des Körpers zurück. Die Außenpunkte waren es, die den Verlust zuerst fühlten. Seine nassen Füße erfroren schneller, und seine Finger, die der Kälte ausgesetzt waren, verloren schneller das Gefühl, wenn sie auch noch nicht zu erfrieren begonnen hatten. Nase und Backen wollten schon erfrieren, die Haut war an seinem ganzen Körper so kalt, als hätte alles Blut ihn verlassen.

Aber es war keine Gefahr, Zehen, Nase und Backen wurden nur eben vom Frost berührt, denn das Feuer hatte jetzt begonnen, richtig zu brennen. Er warf Zweige darauf, die doppelt so groß wie sein Finger waren. In einer Minute konnte er Zweige von der Dicke seines Handgelenks darauf werfen, und dann konnte er sich das nasse Fußzeug ausziehen und sich, während es trocknete, die nassen Füße am Feuer wärmen – selbstverständlich erst, nachdem er sie mit Schnee gerieben hatte. Es war ein gutes Feuer, und er fühlte sich ganz sicher. Er erinnerte sich des Rates, den der alte Goldgräber am Sulphur Creek ihm erteilt hatte, und lächelte. Der alte Goldgräber hatte allen Ernstes behauptet, daß in Klondike niemand allein reisen dürfte, wenn die Temperatur niedriger als fünfzig Grad unter Null wäre. Nun ja, hier saß er nun. Er hatte einen Unfall gehabt, er war allein, und er hatte sich selbst gerettet. Die alten Goldgräber waren im Grunde oft alte Weiber, dachte er. Alles, was man zu tun hatte, war, dafür zu sorgen, daß man nicht den Kopf verlor. Dann ging alles übrige von selber. Man konnte gut allein reisen – wenigstens, wenn man ein Mann war. Aber es war erstaunlich, wie schnell Backen und Nase einem erfroren. Er hatte sich auch nicht gedacht, daß seine Finger in so kurzer Zeit leblos werden könnten. Leblos waren sie, denn er konnte sie kaum dazu bringen, sich auf einmal zu bewegen, um einen Zweig zu greifen, und es war, als hätten sie jede Verbindung mit seinem Körper und ihm selber verloren. Wenn er einen Zweig berührte, mußte er nachsehen, ob er ihn gefaßt hatte oder nicht. Die telegraphische Verbindung zwischen ihm und seinen Fingerspitzen war wie abgebrochen.

Alles das bedeutete nun tatsächlich nichts. Hier war das Feuer, das prasselte und knisterte und mit jeder hüpfenden Flamme Leben verhieß. Er begann die Mokassins aufzuschnüren. Sie waren mit einer Eisrinde überzogen; die dicken Wollsocken waren bis zu den Knien so steif wie eine Platte, und die Mokassinschnüre waren wie verbogene Eisenstangen, die im Feuer gewesen waren. Er riß und zerrte mit seinen gefühllosen Fingern an ihnen, bis ihm aufging, wie töricht das war, und er seinen Dolch zog.

Ehe er aber die Schnüre zerschnitten hatte, geschah es. Es war sein eigener Fehler. Er hätte das Feuer nicht unter der Kiefer machen sollen. Er hätte es im Freien machen sollen. Aber es war leichter gewesen, die Zweige aus dem Unterholz zu ziehen und sie direkt auf das Feuer zu werfen. Der Baum, unter dem er das Feuer gemacht hatte, trug indessen eine gewisse Schneelast auf seinen Ästen. Seit Monaten hatte kein Wind geweht, und jeder Zweig war voller Schnee. Jedesmal, wenn er einen Zweig losgerissen, hatte er den Baum ein klein wenig in Bewegung gesetzt – eine Bewegung, die er selber nicht merkte, die aber genügte, um das Unglück zu bewirken. Hoch oben am Baum befand sich ein Zweig, der seine Schneelast abwippte. Die fiel auf die Zweige darunter und ließ auch sie den Schnee abwippen. Die Bewegung setzte sich fort, und bald machte der ganze Baum sie mit. Es war wie eine Lawine, und sie stürzte ohne Warnung auf Mann und Feuer herab, und das Feuer erlosch. Wo es zuvor gebrannt hatte, lag jetzt eine unebene Schicht neuen Schnees.

Der Mann erschrak. Es war, als hätte er soeben sein eigenes Todesurteil gehört. Einen Augenblick starrte er auf die Stelle, wo das Feuer gewesen war, und dann wurde er sehr ruhig. Der alte Goldgräber am Sulphur Creek hatte also doch recht gehabt. Hätte er nur einen Gefährten gehabt, so wäre keine Gefahr gewesen. Der andere hätte das Feuer gemacht. Nun ja, jetzt mußte er also das Feuer noch einmal machen, und diesmal durfte es nicht mißglücken. Selbst wenn es glückte, verlor er, aller Wahrscheinlichkeit nach, ein paar Zehen. Seine Füße mußten schon halb erfroren sein, und es würde eine Weile dauern, ehe das neue Feuer brannte.

Dies waren seine Gedanken, aber er blieb nicht sitzen,

während er dachte. Er war die ganze Zeit beschäftigt, während die Gedanken ihm durch den Kopf flogen. Er machte eine neue Unterlage für ein Feuer, diesmal im Freien, wo kein verräterischer Baum es verlöschen konnte. Dann sammelte er wieder trockenes Gras und winzige Zweige, die vom Hochwasser angespült worden waren. Er konnte die Finger nicht zusammenbringen, um die Zweige herauszuziehen, so fegte er sie mit der ganzen Hand zusammen. Auf diese Weise kamen auch viele verfaulte Zweige und Büschel grünen Mooses mit, was ihm nicht lieb war, aber er konnte es nicht hindern. Er arbeitete ganz systematisch und sammelte sogar einen Armvoll von den großen Zweigen, die er später gebrauchen wollte, wenn das Feuer etwas stärker wurde. Und unterdessen saß der Hund dabei und sah ihn erwartungsvoll an, denn der Mann war für ihn der, welcher das Feuer schaffen sollte, und es dauerte etwas lange, bis das Feuer kam.

Als alles bereit war, steckte der Mann die Hand in die Tasche, um ein neues Stück Birkenrinde herauszuholen. Er wußte, daß die Rinde da war, und wenn er sie auch nicht mit seinen Fingern fühlen konnte, so hörte er sie doch knistern, während er nach ihr suchte; so sehr er sich aber auch anstrengte, konnte er sie doch nicht fassen. Und in all der Zeit hatte er das klare Bewußtsein, daß seine Füße mit jedem Augenblick mehr erfroren. Dieser Gedanke erfüllte ihn mit Schrecken. Er zog sich die Fäustlinge mit den Zähnen an und schwang die Arme hin und her, während er die Hände mit aller Macht gegen die Seiten schlug. Er hatte gesessen und stand jetzt auf, um es zu tun; unterdessen saß der Hund im Schnee, hatte sich den buschigen Wolfsschwanz um die Vorderfüße geschlungen, spitzte aufmerksam die Wolfsohren und beobachtete den Mann. Und während der Mann Arme und Hände schlug und schwang, erwachte in ihm ein heftiger Neid beim Anblick dieses Geschöpfes, das warm und sicher in seiner natürlichen Kleidung neben ihm saß.

Nach einiger Zeit merkte er, wie das zitternde Gefühl von Leben in seine Finger kam. Das schwache Zittern nahm zu, bis es zu einem stechenden, fast unerträglichen Schmerz wurde, den der Mann jedoch mit Befriedigung begrüßte. Er riß sich den Fäustling von der rechten Hand und zog die Birkenrinde heraus. Die entblößten Finger wurden sehr schnell wieder gefühllos. Dann zog er ein Streichholzpäckchen heraus, aber die entsetzliche Kälte hatte seine Finger schon wieder ganz leblos gemacht. Bei der Anstrengung, ein Streichholz von den andern zu trennen, fiel das ganze Päckchen in den Schnee. Er versuchte es aufzulesen, aber es mißglückte. Die toten Finger konnten weder fühlen noch greifen. Er war sehr vorsichtig. Er verscheuchte den Gedanken an die unvermeidlichen Erfrierungen in Füßen, Nase und Backen und legte seine ganze Seele in die Arbeit mit den Streichhölzern. Er paßte auf, verwendete den Gesichtssinn statt des Gefühls, und als er seine Finger auf beiden Seiten des Päckchens sah, schloß er sie – das heißt, er hatte den Willen, sie zu schließen, aber die telegraphische Leitung war zerschnitten, und die Finger wollten nicht gehorchen. Er zog sich den Fäustling auf die rechte Hand und schlug sie wie ein Rasender gegen sein Knie. Dann legte er mit beiden Händen, die in den Fäustlingen steckten, die Streichhölzer zusammen mit einem ganzen Haufen Schnee auf seinen Schoß. Aber damit hatte er noch nichts gewonnen.

Mit großer Mühe glückte es ihm, das Päckchen in das gebeugte Handgelenk zu klemmen und es dann zum Munde zu führen. Das Eis knirschte und krachte, als er mit gewaltiger Kraftanstrengung den Mund öffnete. Er zog die Unterlippe ein, hob die Oberlippe, daß sie nicht im Wege stand, und ließ die Schneidezähne über das Päckchen gleiten, um ein Streichholz von den andern zu trennen. Es glückte ihm, eines zu fassen, das er in den Schoß fallen ließ. Aber das machte es um nichts besser, denn er konnte es nicht aufheben. Da fand er einen Ausweg. Er nahm das Streichholz mit den Zähnen auf und strich es gegen seine Beine. Zwanzigmal mußte er streichen, ehe es ihm glückte, es anzuzünden. Als es schließlich brannte, hielt er es mit den Zähnen an die Birkenrinde. Aber der brennende Schwefel biß ihn in die Nase und drang ihm in die Lungen, so daß er krampfhaft husten mußte, das Streichholz fiel in den Schnee und erlosch.

›Der alte Goldgräber vom Sulphur Creek hat recht gehabt‹, dachte er in dem Augenblick beherrschter Verzweiflung, der diesem mißglückten Versuch folgte; ›bei mehr als sechzig Grad unter dem Gefrierpunkt muß man mit einem Kameraden reisen.‹ Er schlug die Hände gegeneinander, konnte das Gefühl aber nicht wieder in ihnen erwecken. Plötzlich riß er sich mit den Zähnen die Fäustlinge von den Händen. Dann nahm er das ganze Streichholzpäckchen zwischen sein gebeugtes Handgelenk, und da seine Armmuskeln nicht von der Kälte erstarrt waren, glückte es ihm, das Handgelenk hart um die Streichhölzer zusammenzupressen. Dann strich er das ganze Päckchen gegen das Bein. Es gab ein ganzes Feuer – siebzig Streichhölzer auf einmal! Und kein Wind wehte sie aus. Er beugte den Kopf seitwärts, um dem erstickenden Rauch zu entgehen, und hielt das flammende Bündel gegen die Birkenrinde. Während er das tat, merkte er, daß plötzlich Gefühl in seine Hand kam. Sein Fleisch brannte. Er konnte es riechen. Tief unter der

Oberfläche konnte er es fühlen. Das Gefühl wurde zu einer Qual. Und doch hielt er unbeholfen die brennenden Streichhölzer an die Rinde, die nicht Feuer fangen wollte, weil seine eigenen verbrannten Hände im Wege standen und den größten Teil der Flamme fortnahmen.

Als er es schließlich nicht mehr aushalten konnte, riß er die Hände auseinander. Die brennenden Streichhölzer fielen mit einem zischenden Geräusch in den Schnee, aber die Birkenrinde brannte. Er begann, die Flamme mit trockenem Gras und den winzigsten Zweigen zu nähren. Er konnte nicht wählen, denn er war gezwungen, das Brennholz zwischen seinen gebeugten Handgelenken zu heben. Kleine Stücke fauler Zweige und grünen Mooses kamen mit, und er biß sie, so gut er konnte, mit den Zähnen ab. Schrecklich unbeholfen, aber zugleich mit ungeheurer Sorgfalt nährte er die Flamme. Sie bedeutete für ihn das Leben selbst, sie durfte nicht sterben. Er hatte angefangen, Kälteschauer zu bekommen, weil das Blut sich von der Oberfläche seines Körpers zurückgezogen hatte, und seine Bewegungen wurden immer unbeholfener. Ein großes Stück Moos fiel mitten in das kleine Feuer. Er versuchte es mit den Fingern herauszuholen, zitterte aber so stark, daß er es auseinanderriß und den Kern des Feuers zersplitterte. Das brennende Gras und die winzigen Zweige wurden nach allen Seiten verstreut, er versuchte sie wieder zu sammeln, aber trotz äußerster Anspannung aller seiner Kräfte war es ihm unmöglich, seine zitternden Glieder zu beherrschen, und die Zweige waren und blieben verstreut. Jeder Zweig sandte eine graue Rauchwolke aus und erlosch dann. Er sah sich schlaff und gleichgültig um, und zufällig fiel sein Blick auf den Hund, der ihm gerade gegenüber auf der anderen Seite des verunglückten Feuers saß, unruhig im Schnee hin und her rückte und bald das eine, bald das andere Vorderbein ein klein wenig hob, während er ihn erwartungsvoll ansah.

Beim Anblick des Hundes tauchte eine wilde Idee in seinem Kopfe auf. Er erinnerte sich der Geschichte von dem Mann, der von einem Schneesturm überrascht worden war und einen Stier totgeschlagen hatte, in den Kadaver gekrochen und auf diese Weise gerettet worden war. Er wollte den Hund erschlagen und seine Hände in den warmen Körper tauchen, bis die Gefühllosigkeit verschwand. Dann wollte er ein neues Feuer machen. Er sprach mit dem Hunde und rief ihn zu sich. Aber es war ein seltsamer Klang in seiner Stimme, der den Hund, welcher den Mann noch nie so hatte reden hören, ängstlich machte, etwas stimmte nicht, seine mißtrauische Natur ahnte die Gefahr – er wußte nicht, welche Gefahr, aber irgendwo in seinem Hirn erwachte Furcht vor dem Manne. Beim Geräusch der Stimme des Mannes legte er die Ohren flach an den Kopf, hob und bewegte die Vorderbeine immer unruhiger, wollte sich aber dem Manne nicht nähern. Der erhob sich halb und kroch auf Händen und Knien zu dem Hunde hin. Diese ungewöhnliche Stellung erregte dessen Mißtrauen aufs neue, und er zog sich mit eingezogener Rute seitwärts zurück.

Der Mann setzte sich einen Augenblick in den Schnee und rang um Ruhe. Dann zog er sich mit Hilfe der Zähne die Fäustlinge an und kam auf die Beine. Zuerst sah er an sich hinab, um sich zu überzeugen, daß er wirklich aufrecht stand, daß kein Gefühl in seinen Füßen war, machte, daß er gleichsam keine Verbindung mit der Erde hatte. Seine aufrechte Stellung verscheuchte gleich etwas von dem Mißtrauen des Hundes, und als er jetzt gebieterisch, mit einer Stimme, die wieder an die Peitschenschnur gemahnte, sprach, zeigte der Hund seinen gewöhnlichen Gehorsam und näherte sich. Als der Mann den Hund so nahe sah, daß er ihn erreichen konnte, verlor er ganz jede Selbstbeherrschung. Seine Arme streckten sich nach dem Hunde aus, und er war aufrichtig erstaunt, als er merkte, daß seine Hände nicht greifen konnten und daß die Finger weder Biegsamkeit noch Gefühl besaßen. Er hatte im Augenblick vergessen, daß sie steifgefroren waren und daß sie mit jedem Augenblick gefühlloser wurden. Alles das dauerte nur einen Augenblick, und ehe der Hund entschlüpfen konnte, hatte er die Arme um ihn geschlungen. Er setzte sich in den Schnee und hielt den Hund fest, der kämpfte und sich winselnd wehrte.

Aber das war auch alles, was er tun konnte: den Hund mit seinen Armen zu umschließen und sitzen zu bleiben. Es war ihm klar, daß er das Tier nicht töten konnte. Er sah keine Möglichkeit, es zu tun. Mit seinen hilflosen Händen konnte er weder seinen Dolch ziehen und halten, noch das Tier an der Kehle packen und erwürgen. Er ließ den Hund los, der in wilder Flucht, die Rute zwischen den Beinen und immer noch knurrend, davonschoß. In einer Entfernung von vierzig Fuß blieb er stehen und sah ihn mit gespitzten Ohren neugierig an.

Der Mann betrachtete seine Hände, um sich darüber klarzuwerden, wo sie waren, und er sah, daß sie immer noch an den Armen hingen. Es kam ihm höchst sonderbar vor, daß man gezwungen sein konnte, seine Augen zu gebrauchen, um festzustellen, wo die Hände waren. Er begann die Arme hin und her zu schwingen, während er gleichzeitig die Hände gegen die Seiten schlug. Er tat das fünf Minuten lang mit großer Kraft, und sein Herz pumpte genügend Blut an die Oberfläche seines Körpers, um die heftigen Kälteschauer zum Stillstand zu bringen. Aber es kam kein

Gefühl in die Hände, und er hatte den Eindruck, daß sie wie ein totes Gewicht am Ende der Arme hingen; als er aber versuchte, diesen Eindruck bis zu seinem Ursprung zu verfolgen, konnte er ihn nicht finden.

Ein sicheres Gefühl, daß dies der Tod war, überkam ihn, ein überwältigendes, angstvolles Gefühl, das immer nagender wurde, je mehr ihm aufging, daß es sich nicht nur um das Erfrieren von Händen und Füßen, sondern um Tod und Leben handelte und daß er keine Chance mehr hatte. Ein wahnsinniger Schrecken packte ihn, und er kehrte um und lief den Bach entlang auf der alten undeutlichen Schlittenbahn zurück. Der Hund lief dicht hinter ihm her. Er lief blind weiter, ziellos, so ängstlich, wie er nie im Leben gewesen war. Und wie er so durch den Schnee taumelte, begann er allmählich die Dinge wieder zu erblicken, die ihn umgaben – die Hänge zu beiden Seiten des Baches, die Stellen, wo die Baumstämme sich aufgehäuft hatten, die blattlosen Eschen und den Himmel. Ihm war schon wohler nach dem Laufen. Die Kälteschauer hatten sich verzogen; wenn er weiterlief, tauten seine Füße vielleicht auf, und wenn er nur lange genug lief, erreichte er jedenfalls das Lager und die Kameraden. Er verlor wohl ein paar Finger und Zehen und etwas vom Gesicht, aber die Kameraden würden schon für ihn sorgen und retten, was von ihm übrig war, wenn er hinkam. Gleichzeitig aber sagte ihm etwas anderes in seinem Hirn, daß er den Zeltplatz und die Kameraden nie erreichen werde, daß es viele Meilen bis dorthin sei. Und daß er bald steif und tot sein werde. Diesen Gedanken hielt er indessen zurück und weigerte sich, mit ihm zu rechnen. Zuweilen drängte der Gedanke sich vor und forderte Gehör, aber er verdrängte ihn immer wieder und bemühte sich, an andere Dinge zu denken.

Ihm erschien es selber merkwürdig, daß er laufen konnte, obwohl seine Füße so steif gefroren waren, daß er nicht fühlte, wie sie den Boden berührten und das Gewicht seines Körpers trugen. Es war ihm, als flöge er über die Oberfläche der Erde dahin und hätte keine Verbindung mit ihr. Irgendwo hatte er einmal einen geflügelten Merkur gesehen. Er überlegte, ob Merkur wohl dasselbe Gefühl hatte, wenn er über die Erde flog.

Seine Theorie vom Weiterlaufen, bis er Zeltplatz und Kameraden erreichte, hatte einen argen Fehler – ihm fehlte es an der nötigen Ausdauer. Ein paarmal stolperte er, und zuletzt wankte er, brach zusammen und fiel. Als er sich zu erheben versuchte, mißglückte es. ›Ich muß ein wenig sitzen bleiben und mich ausruhen‹, sagte er sich, ›das nächste Mal gehe ich einfach.‹ Und während er dasaß und Luft schöpfte, merkte er, daß er sich ganz warm und wohl fühlte. Er zitterte nicht mehr, und es war gleichsam, als hätte er ein angenehmes Gefühl von Wärme in Brust und Körper. Und dennoch, als er an Nase und Backen faßte, war kein Gefühl darin. Die konnte er durch das Laufen nicht auftauen, und seine Hände und Füße auch nicht. Da kam ihm der Gedanke, daß die Erfrierung in seinem Körper sich ausbreiten würde. Er versuchte den Gedanken zu unterdrücken, ihn zu vergessen, an etwas anderes zu denken, denn er war sich darüber klar, daß er ihn mit panischem Schrecken erfüllte. Aber der Gedanke tauchte immer wieder auf und wurde immer unabweisbarer, bis er zuletzt seinen eigenen Körper ganz steif gefroren vor sich sah. Das war zu viel, und wieder lief er in wilder Flucht die Schlittenbahn entlang. Einmal verlangsamte er den Lauf und begann zu gehen, aber der Gedanke daran, daß die Erfrierung sich ausbreitete, ließ ihn wieder laufen.

Und unterdessen lief der Hund immer dicht hinter ihm her. Als der Mann zum zweitenmal stürzte, schlang der Hund die Rute um die Vorderpfoten und sah ihn mit einem merkwürdig forschenden, aufmerksamen Blick an. Es machte ihn rasend, zu sehen, wie warm das Tier sich fühlte, wie sicher es war, und er verfluchte es, bis es die Ohren dicht an den Kopf legte, um sich bei ihm einzuschmeicheln. Diesmal wurde der Mann schneller von Kälteschauern gepackt. Er mußte bald seinen Kampf mit der Kälte aufgeben. Sie überfiel ihn von allen Seiten. Der Gedanke an sie trieb ihn vorwärts, aber er war nicht mehr als hundert Fuß gelaufen, als er auch schon taumelte und der Länge nach hinfiel. Es war das letztemal, daß der Schrecken Macht über ihn gewann. Als er Luft geschöpft und die Herrschaft über sich wiedergewonnen hatte, setzte er sich auf und begann zu denken, daß er dem Tod würdig begegnen wollte. In dieser Form kam ihm der Gedanke jedoch nicht. Er sagte sich, daß er sich hier lächerlich gemacht hätte, daß er wie ein Huhn mit abgeschlagenem Kopf herumgelaufen wäre – das war das Gleichnis, das ihm einfiel. Nun ja, er sollte also erfrieren, und da konnte er sich ebensogut ordentlich benehmen. Und die Folge dieses neuen Seelenfriedens war ein neues Gefühl von Schläfrigkeit. Eine gute Idee, fand er, in den Tod hinüberzuschlafen. Das war, wie betäubt zu werden. Erfrieren war nicht so schlimm, wie die Leute glaubten. Es gab schlimmere Todesarten.

Er sah im Geiste, wie die Kameraden am nächsten Tage seine Leiche fanden. Plötzlich befand er sich unter ihnen und ging die Schlittenbahn entlang, um sich selbst zu suchen. Und immer in ihrer Gesellschaft, erreichte er die Stelle, wo die Schlittenbahn abschwenkte, und fand sich im Schnee liegen.

Er gehörte sich nicht mehr selber, denn in eben diesem Augenblick war er außerhalb seiner selbst, stand mit den Kameraden da und betrachtete sich, wie er im Schnee lag. ›Es ist wirklich kalt‹, dachte er. Wenn er wieder nach den Staaten kam, konnte er den Leuten erzählen, was wirkliche Kälte hieß. Dann verschwand die Vision, und er meinte, den alten Goldgräber am Sulphur Creek zu sehen. Er konnte ihn ganz deutlich sehen, wie er warm und behaglich dasaß und seine Pfeife rauchte.

»Du hattest recht, Alter; du hattest recht«, sagte der Mann murmelnd zu dem alten Goldgräber.

Und dann schlief er ein, und es war der herrlichste, angenehmste Schlaf, den er je gehabt. Der Hund saß da, sah ihn an und wartete. Der kurze Tag wollte einer langen Dämmerung weichen. Nichts deutete darauf hin, daß ein Feuer gemacht werden sollte, und außerdem hatte der Hund nie erlebt, daß ein Mann so im Schnee saß, ohne Feuer zu machen. Und als die Dämmerung allmählich immer tiefer wurde, überwältigte ihn fast die Sehnsucht nach dem Feuer, und während er eifrig seine Vorderpfoten hob, winselte er still und legte die Ohren ganz zurück in der Erwartung, daß der Mann ihn ausschelten sollte. Aber der Mann saß immer noch schweigend da, und der Hund heulte laut. Etwas später kroch er zu dem Manne hin und spürte den Leichengeruch, die Haare sträubten sich ihm, und er kroch rückwärts fort. Eine kurze Weile noch zögerte er. Er saß da und heulte die Sterne an, die an dem kalten Himmel hüpften und tanzten und hell schienen. Dann wandte er sich um und trottete die Schlittenbahn entlang in der Richtung des Zeltplatzes, den er kannte und wo andere waren, die ihm Nahrung und Wärme verschaffen konnten.

Jan, der Unverbesserliche

*Denn weder Gottes noch Menschen Gesetz
reicht über den Dreiundfünfzigsten nordwärts.*

Kratzend und um sich tretend wälzte Jan sich auf dem Boden. Er kämpfte jetzt mit Händen und Füßen, und er kämpfte grimmig und schweigend. Zwei von den drei Männern, die sich an ihn hingen, riefen einander zu, was sie tun sollten, und bemühten sich, den untersetzten haarigen Teufel zu bändigen, der sich nicht bändigen lassen wollte. Der dritte Mann heulte. Sein Finger stak zwischen Jans Zähnen.

»Laß jetzt den Unsinn, Jan, und sei vernünftig«, stöhnte der Rote Bill, indem er Jan die Arme um den Hals schlang, daß er fast erstickte. »Warum kannst du dich nicht ruhig und friedlich hängen lassen, zum Donnerwetter?«

Aber Jan ließ den Finger des dritten Mannes nicht los und wand sich auf dem Zeltboden zwischen Töpfen und Pfannen.

»Du bist kein Gentleman«, schalt Taylor, dessen Körper dem Finger folgte und sich jedem Ruck von Jans Kopf anzupassen versuchte. »Du hast Herrn Gordon umgebracht, einen so tapferen und rechtschaffenen Kavalier, wie je einer auf einer Schlittenbahn hinter den Hunden gefahren ist. Du bist ein Mörder und hast keine Ehre im Leibe.«

»Und du bist kein guter Kamerad«, fiel der Rote Bill ihm ins Wort, »sonst würdest du dich ohne Lärm und Spektakel hängen lassen. So, Jan, benimm dich jetzt! Mach uns nicht so viel Mühe. Nur ruhig – wir wollen dich hübsch ordentlich hängen, damit die Sache ein Ende hat.«

»Stütz alle Mann!« brüllte Lawson, der Seemann. »Stopft seinen Kopf in den Bohnentopf und setzt den Deckel drauf!«

»Aber mein Finger«, protestierte Taylor.

»Dann laß den Finger zum Teufel gehen! Der ist ja doch nur im Wege.«

»Aber ich kann nicht, Herr Lawson. Das Biest hat ihn schon ganz im Hals, und er ist schon fast aufgefressen.«

»Klar zum Wenden!«

Als Lawson diese Warnung rief, kam Jan hoch, und die vier Kämpfenden taumelten gegen die andere Seite des Zeltes in ein Gewirr von Fellen und Decken. Sie wichen eben noch der Leiche eines Mannes aus, die unbeweglich dalag und aus einem Schuß am Halse blutete.

Alles dies kam von der Tollheit, die Jan gepackt hatte, von der Tollheit, die einen Mann packt, der die harte Rinde der Erde zerschürft, lange unter harten und primitiven Verhältnissen gelebt hat und wie ein primitiver Urmensch herumgekrochen ist, während sich vor seinem Blick die fetten Täler der Heimat zeigen und seine Nase den Duft von Heu und Gras, Blumen und frischgepflügter Erde wittert. Fünf eisige Jahre hatte Jan gearbeitet – am Stuart River, in Forty Mile, Circle City, Koyokuk, Kotzebue, überall hatte er unter traurigen, harten Verhältnissen seine Saat ausgestreut, und jetzt erntete er die Frucht in Nome – nicht dem Nome mit den goldenen Ufern und den roten Sandstrecken, sondern dem Nome von 1897, als Anvil City noch nicht erbaut und der Eldorado-Distrikt noch nicht entdeckt war. John Gordon war Yankee und hätte klüger sein sollen. Aber er knurrte Jan in einem Augenblick an, als seine blutunterlaufenen Augen flammten und er vor Pein mit den Zähnen knirschte. Und deshalb roch es im Zelt nach Salpeter, und deshalb lag der eine ganz still da, und deshalb kämpfte der andere wie eine in die Ecke gedrängte Ratte und wollte sich nicht auf die anständige und friedliche Art hängen lassen, die seine Kameraden ihm vorschlugen.

»Wenn Sie gestatten, Herr Lawson, so möchte ich, ehe wir mit dem Radau hier fortfahren, doch bemerken, daß es eine gute Idee wäre, diesem netten Bürschlein die Zähne auseinanderzubringen. Er will weder zubeißen noch loslassen. Er ist so klug wie eine Schlange, so klug wie eine Schlange.«

»Laßt mich mit dem Beil versuchen!« rief der Seemann. »Laßt mich mit dem Beil versuchen!« Er schob ihm die Schneide dicht neben Taylors Finger in den Mund, wobei er die Zähne des Mannes als Unterlage benutzte. Jan hielt fest und atmete schnaufend wie ein Butzkopf durch die Nase. »Stütz alle Mann! Jetzt geht es.«

»Puh! Danke – das hat geholfen!« Und Taylor versuchte, dem Opfer seinen Arm um das wild um sich tretende Bein zu schlingen.

Aber Jan kam in seiner Berserkerwut hoch; blutend, schäumend, fluchend; fünf Jahre Frost schmolzen plötzlich im Höllenfeuer. Sie schwankten hin und zurück, stöhnend und schwitzend wie ein zyklopisches, vielbeiniges Ungeheuer, das sich aus der Tiefe hob. Die Lampe stürzte um, die Flamme erstickte in ihrem eigenen Fett, und das schwache Mittagslicht vermochte kaum durch das schmutzige Zeltleinen hereinzudringen.

»Um Gottes willen, Jan, komm doch zu dir«, bat der Rote Bill. »Wir wollen dir ja nichts tun. Wir wollen dich ja nur hängen, und du machst eine solche Unordnung und einen solchen Spektakel, daß es ganz schrecklich ist. Daß man all die Zeit mit einem Mann zusammen gereist ist und dann so von ihm behandelt wird! Das hätte ich nicht von dir geglaubt, Jan!«

»Er hat zuviel Fahrt. Versuch seine Beine zu packen, Taylor, und hiev ihn herüber.«

»Ja, Herr Lawson. Und sobald ich es sage, legst du dich mit deinem ganzen Gewicht auf ihn.« Der Kentuckier tastete in der Dunkelheit herum. »So, schieb los!«

Wie eine Sturzsee wankte und taumelte eine Vierteltonne Menschenfleisch gegen die Zeltwand. Pflöcke und Zeltleinen wurden ausgerissen, und das Zelt stürzte zusammen und hüllte die Kämpfenden in seine schmutzigen Falten ein.

»Du machst dir nur unnütze Mühe«, fuhr der Rote Bill fort, indem er gleichzeitig beide Daumen auf eine behaarte Kehle preßte, deren Besitzer er unter sich festhielt. »Du hast uns schon genug Mühe gemacht, und wenn wir dich aufgehängt haben, dauert es mindestens einen halben Tag, um alles wieder in Ordnung zu bringen.«

»Ich wäre dir sehr verbunden, wenn du mich losließest«, fauchte Taylor.

Der Rote Bill grunzte und löste seinen Griff, und die beiden krochen ins Freie hinaus. Gleichzeitig versetzte Jan dem Seemann einen Tritt, so daß er beiseite kullerte, und schoß über den Schnee davon.

»He, ihr Faulpelze! Buk! Bright! Ihm nach! Werft ihn nieder!« rief Lawson, indem er dem Fliehenden durch den Schnee nachtaumelte. Buk und Bright liefen, von den andern Hunden gefolgt, an ihm vorbei und holten den Mörder schnell ein.

Es gab keinen vernünftigen Grund für die beiden Männer, dies zu tun, keinen vernünftigen Grund für Jan, fortzulaufen, keinen vernünftigen Grund für sie, ihn daran zu hindern. Nach der einen Seite dehnten sich die öden Schneefelder aus; nach der andern erstreckte sich das zugefrorene Meer. Ohne Nahrung und Unterschlupf konnte er nicht weit kommen. Sie brauchten nur zu warten, bis er zum Zelt zurückkam, was er notgedrungen tun mußte, wenn Kälte und Hunger ihn übermannten. Aber diese Männer ließen sich nicht die Zeit, nachzudenken. Sie waren alle ein bißchen übergeschnappt. Außerdem war Blut vergossen worden, und der Blutdurst hatte sie heftig und brennend erfaßt. »Die Rache ist mein«, sagt der Herr, aber er sagt es unter einem milderen Himmel, wo die warme Sonne den Menschen die Energie stiehlt. Im Nordlande haben sie die Entdeckung gemacht, daß das Gebet nur hilft, wenn man Muskeln hat, um es zu unterstützen, und man ist gewohnt, sich selbst zu helfen. Gott ist allgegenwärtig, heißt es, aber ein halbes Jahr lang wirft er einen Schatten über das Land, so daß man ihn nicht finden kann, und deshalb tasten die Menschen im Finstern herum, und man darf sich nicht wundern, wenn sie oft zweifeln und meinen, daß etwas an den zehn Geboten nicht stimmt.

Jan lief blindlings drauflos, ohne zu sehen, wo er seine Füße hinsetzte, denn er war nur von dem Wort ›leben‹ besessen. Leben! Weiterleben! Buk flog wie ein graues Flimmern durch die Luft, bekam ihn aber nicht zu fassen. Der Mann trat wie rasend nach ihm und stolperte. Da schlossen sich Brights weiße Zähne über seiner Mackinaw-Jacke, und er stürzte kopfüber in den Schnee. Leben! Weiterleben! Er kämpfte toller als je in einem wogenden Wirrwarr von Männern und Hunden. Mit seiner Linken packte er einen Wolfshund im Nacken, während er den Arm Lawson um den Hals schlang. Jedesmal, wenn der Hund eine schnelle

Bewegung machte, um freizukommen, wurde der unglückliche Seemann fast erwürgt. Jans Rechte war in dem dicken, wolligen Haarbusch des Roten Bill vergraben, und bei alledem lag Taylor, hilflos festgenagelt, auf dem Boden. Es war nicht möglich, mit Jan fertig zu werden, denn der Wahnsinn verlieh ihm Riesenkräfte, aber plötzlich, ohne ersichtliche Ursache, ließ Jan seine verschiedenen Gegner los und wälzte sich ruhig auf den Rücken. Zweifelnd und verdutzt zogen sie sich ein wenig zurück. Jan grinste boshaft.

»Meine Freunde«, sagte er, immer noch grinsend, »ihr habt mich gebeten, höflich zu sein, und jetzt bin ich höflich. Was wollt ihr von mir?«

»Das stimmt, Jan – nur ruhig!« sagte der Rote Bill beschwichtigend. »Ich wußte ja, daß du Vernunft annehmen würdest. Bleib jetzt nur ruhig, dann werden wir schon das kleine Kunststück hübsch sauber besorgen.«

»Was für ein Kunststück?«

»Das Hängen. Und du sollst wirklich deinem Gott danken, weil du es mit einem Mann zu tun hast, der seine Sache versteht. Ich habe es mehr als einmal in den Staaten gemacht, und ich weiß Bescheid damit.«

»Mich hängen? Mich?«

»Ja!«

»Ha! Ha! Hört den Mann – was für einen Unsinn er redet! Reich mir deine Hand, Bill, und ich will aufstehen und mich hängen lassen.«

Mit einiger Mühe kam er auf die Beine und sah sich um. »Herr Gott, hört nur den Mann! Er will mich hängen! Ho! Ho! Ho! Ich denke ja nicht daran! Nein, ich denke ja nicht daran!«

»Aber ich, du Lümmel!« sagte Lawson spöttisch, indem

er eine Schlittenleine durchschnitt und sie sorgfältig aufrollte. »Heute hat Richter Lynch das Wort.«

»Einen Augenblick!« Jan trat einen Schritt vor der ihm entgegengehaltenen Schlinge zurück. »Ich habe euch etwas zu fragen und euch einen Vorschlag zu machen. Kentucky, du kennst Richter Lynch?«

»Ja, als eine Einrichtung von freien Ehrenmännern, und zwar eine alte und verdiente Einrichtung. Die Obrigkeit ist manchmal käuflich, aber Richter Lynch – auf den kann man sich verlassen, der erweist Gerechtigkeit ohne Bezahlung. Gesetze können gekauft und verkauft werden, aber in diesem aufgeklärten Lande ist die Gerechtigkeit ebenso gratis wie die Luft, die wir einatmen, ebenso stark wie der Alkohol, den wir trinken, ebenso schnell wie –«

»Halt's Maul! Laß uns hören, was der Bengel will«, unterbrach Lawson den Strom seiner Beredsamkeit.

»Nun ja, Kentucky, so sag mir denn – wenn ein Mann einen andern totschlägt, hängt Richter Lynch dann den Mann?«

»Wenn die Beweise genügen – ja, Verehrtester.«

»Und in diesem Falle genügen die Beweise, um ein Dutzend Männer zu hängen, Jan«, fiel der Rote Bill ihm ins Wort.

»Halt's Maul, Bill. Mit dir spreche ich hinterher. Und jetzt frage ich Kentucky etwas. Und wenn Richter Lynch den Mann nun nicht hängt, was dann?«

»Wenn Richter Lynch den Mann nicht hängt, dann kann der Mann frei hingehen, wo er will, und seine Hände sind rein, es klebt kein Blut an ihnen. Und noch etwas sagt unsere große, herrliche Verfassung. Nämlich: Kein Mann kann zweimal wegen ein und derselben Verbrechen mit dem Tode bedroht werden – ja, oder so was Ähnliches.«

»Und sie erschießen ihn nicht oder schlagen ihn mit einer Keule auf den Kopf oder tun sonst was mit ihm?«

»Nein, Verehrtester.«

»Schön! Ihr alle habt gehört, was Kentucky gesagt hat, ihr Idioten? Jetzt spreche ich mit Bill. Du sagst, du verstehst deine Sache und du hängst mich hübsch sauber, wie? Nicht wahr?«

»Darauf kannst du Gift nehmen, Jan, und wenn du jetzt Vernunft annimmst, dann soll es so gemacht werden, daß du mächtig stolz darauf bist. Ich bin Kenner.«

»Du bist ein guter Kopf, Bill, und verstehst dich auf vieles – und du weißt, daß zwei und eins drei sind –, nicht wahr?«

Bill seufzte.

»Und wenn du zwei Dinge hast, dann hast du nicht drei, nicht wahr? So, jetzt kommst du mit, und ich will dir zeigen, daß drei Dinge dazu gehören, einen Mann zu hängen. Erstens der Mann! Schön! Ich bin der Mann! Zweitens der Strick! Lawson hat den Strick! Schön! Und drittens – müßt ihr etwas haben, um den Strick daran festzubinden. Guckt euch ein bißchen um und findet das dritte Ding, an dem ihr den Strick festmachen wollt! Bitte!«

Ganz mechanisch ließen sie den Blick über das Eis nach der Sonne schweifen. Es war eine einförmige Landschaft, ohne Kontraste und scharfe Konturen, traurig und öde – das Meer mit seinem Packeis, das sanft abfallende Ufer, die niedrigen Hügel, die den Hintergrund bildeten, und über allem der unendliche Mantel des Schnees.

»Kein Baum, kein Felsen, keine Hütte, kein Telegraphenpfahl – nichts!« jammerte der Rote Bill. »Nichts, das kräftig und groß genug ist, um einen fünf Fuß großen Mann vom Boden zu heben. Ich gebe es auf.«

Er warf einen gierigen Blick auf den Körperteil, der Kopf und Schultern Jans miteinander verband.

»Ich gebe es auf«, wiederholte er traurig, zu Lawson gewandt. »Schmeiß den Strick weg. Es ist nie Gottes Wille gewesen, daß lebende Geschöpfe hier wohnen sollten – das ist die reine Wahrheit.«

Jan grinste triumphierend. »Ich glaube, ich gehe ins Zelt und rauche eine Pfeife.«

»Wenn man es so ansieht, hast du natürlich recht, Billy«, sagte Lawson. »Aber du bist ein Esel, und das kann man auch die reine Wahrheit nennen. Euch Landkrabben muß wohl erst ein Seemann zeigen, wie's gemacht wird. Habt ihr je von einer großen Schere gehört? Dann sperrt gefälligst die Augen auf!«

Der Seemann machte sich mit größter Hast an die Arbeit. Aus dem Gerümpel, das an der Stelle lag, wo sie im Herbst das Boot an Land gezogen hatten, suchte er ein paar lange Riemen hervor. Die band er fast im rechten Winkel dicht unter den Ruderblättern zusammen. Die Griffe steckte er in die Löcher, die er durch den Schnee bis in den Sand getreten hatte. Am Schnittpunkt brachte er zwei Halteleinen an und befestigte das Ende der einen an einer Eisscholle am Ufer. Die andere Leine reichte er dem Roten Bill. »Hier, mein Sohn, nimm und laß sie auslaufen!«

Und zu seinem Schrecken sah Jan, wie sein Galgen sich erhob.

»Nein! Nein!« rief er schaudernd und hob die geballten Fäuste. »Das darf nicht sein! Ich lasse mich nicht hängen! Kommt, ihr Idioten! Ich verprügle euch alle wie einen. Ich mach einen Höllenspektakel! Ich weiß nicht, was ich tue! Ich will sterben, ehe ich mich hängen lasse!«

Der Seemann ließ die beiden andern mit dem tollen Menschen ringen. Sie wälzten sich wie rasend auf dem Boden und rissen Schnee und Tundra auf; der wilde Kampf ritzte einen tragischen Bericht über menschliche Leidenschaften in die weiße Decke, die die Natur über die Erde gebreitet hatte. Von Zeit zu Zeit tauchten Jans Hände und Füße aus dem Chaos auf, bis Lawson sie zu fassen bekam und mit Kabelgarn band. Um sich tretend, rasend, furchtbare Flüche ausstoßend, wurde er Zoll für Zoll besiegt und gefesselt und dann zu der Stelle geschleppt, wo die unerbittliche Schere wie ein riesiger Zirkel auf dem Schnee lag. Der Rote Bill legte ihm die Schlinge um den Hals, daß der Knoten gerade unter dem linken Ohr saß. Taylor und Lawson stellten sich an die Halteseile, bereit, den Galgen auf Kommando hochzuhieven. Bill zögerte einen Augenblick und betrachtete sein Werk mit echter Künstlerfreude.

»Herr Gott! Seht dort!«

Das Entsetzen in Jans Stimme ließ die andern innehalten.

Das zusammengestürzte Zelt hatte sich erhoben, und in der zunehmenden Dämmerung focht es mit gespensterhaften Armen und taumelte auf sie zu wie ein Trunkener. Aber im nächsten Augenblick fand John Gordon die Öffnung und kroch hervor.

»Teufel, was –!« Er unterbrach sich, denn mit einem einzigen Blick erfaßte er die Situation.

»Wartet ein bißchen! Ich bin nicht tot!« rief er, indem er sich zornig der Gruppe näherte.

»Gestatten Sie mir, Herr Gordon, Ihnen zu gratulieren, daß Sie so gut davongekommen sind«, sagte Taylor unsicher, »aber es wäre beinahe schiefgegangen. Es war verdammt nahe dabei!«

»Ich hätte ja gestorben und verfault sein können, ohne daß ihr euch darum gekümmert hättet – ihr verfluchten –« John Gordon machte seinen Gefühlen in einem kräftigen Strom konzentrierter wütender Schimpfworte, untermischt mit einer Serie von Flüchen, Luft.

»Hat mich nur betäubt«, fuhr er fort, als er ausgetobt hatte. »Hast du nie einen Ochsen betäubt gesehen, Taylor?«

»Ja, manches liebe Mal im Lande Gottes.«

»Na also. Und so ging es auch mir. Die Kugel streifte mich zwischen Hirnschale und Halswirbel. Das lähmte mich eine Weile, aber es ist kein Schaden geschehen.« Dann wandte er sich zu dem Gefesselten. »Steh auf, Jan! Und wenn du dich nicht bei mir entschuldigst, verbleue ich dich, daß du dich nicht mehr rühren kannst. Ihr andern macht ein bißchen Platz.«

»Ich denke nicht daran. Laßt mich los, und ihr werdet sehen«, antwortete Jan, der Unverbesserliche, denn der Teufel in ihm war immer noch unbesiegt. »Und dann verbleue ich dich und gebe es ihnen, den blöden Hunden, einem nach dem andern!«

Der Sohn des Wolfs

Männer schätzen ihre Frauen selten gebührend ein, wenigstens nicht, ehe sie sie verloren haben. Der Mann weiß die wunderbare Atmosphäre nicht zu schätzen, von der die Frau umgeben ist, solange er darin lebt; nimm sie ihm aber, und eine stets wachsende Leere beginnt sich in seinem Dasein zu offenbaren, und ihn überkommt eine Art Hunger, etwas Unbestimmbares, das er nicht ausdrücken kann. Haben seine Kameraden nicht mehr Erfahrung als er selber, so werden sie verständnislos den Kopf schütteln und ihm schwere körperliche Arbeit anraten. Aber der Hunger wird zunehmen; der Mann wird das Interesse für die Begebenheiten des täglichen Lebens verlieren und kränkeln, bis er eines schönen Tages, wenn das Gefühl der Leere unerträglich geworden ist, eine Erleuchtung hat.

Geschieht das im Yukonland, so befrachtet der Mann, wenn es Sommer ist, gewöhnlich einen Prahm oder schirrt, wenn es Winter ist, seine Hunde an und steuert nach Süden. Einige Monate später kehrt er dann, wenn er überhaupt Vertrauen zu dem Lande gewonnen hat, mit einer Frau wieder, die dies Vertrauen oder – was auch vorkommt – die Gefahren und Enttäuschungen mit ihm teilen kann. Dies soll nur dazu dienen, den Egoismus des Mannes zu zeigen. Es bringt uns aber auch auf den Fall des ›Grindigen‹ Mackenzie, der sich in alten Tagen ereignete, ehe das Land von einwandernden *Chechaquas** überschwemmt

---

* Neulinge

und verteilt war, und zwar zu einer Zeit, als Klondike einzig Anspruch darauf erhob, daß man von seiner Lachsfischerei Kenntnis nehme.

Dem Grindigen Mackenzie sah man es an, daß er unter der Mühsal des Grenzerlebens geboren war und gelebt hatte. Sein Gesicht war vom fünfundzwanzigjährigen unaufhörlichen Kampf mit den wildesten Launen der Natur gezeichnet, und die wildesten und härtesten Jahre von allen, die beiden letzten, hatte er damit verbracht, nach dem Gold zu graben, das dort in der Finsternis der Eisregionen verborgen liegt. Als die Sehnsucht ihn überkam, war er nicht überrascht, denn er war ein praktischer Mann und hatte andere Männer in der gleichen Lage gesehen. Aber er verheimlichte nach Möglichkeit jedes Zeichen seiner Krankheit. Das einzige, was man merkte, war, daß er schwerer als je arbeitete. Den ganzen Sommer kämpfte er mit den Moskitos und wusch die steilen Sandbänke im Stuart River für doppelten Naturalienlohn aus. Dann flößte er Bauholz den Yukon abwärts nach Forty Mile und baute sich eine so bequeme Hütte, wie sich irgendein Lager ihrer nur rühmen konnte. Sie schien so gemütlich zu werden, daß mancher Mann mit Freuden sein Partner geworden wäre, nur um bei ihm zu wohnen. Aber er vernichtete jede Hoffnung mit derben Worten, barsch und bündig, und kaufte sich doppelten Proviantvorrat.

Wie schon erwähnt, war der Grindige Mackenzie ein praktischer Mann. Wenn er etwas haben wollte, bekam er es meistens, aber er bog nie weiter von seinem Wege ab, als strikte notwendig war. Obwohl er Arbeit und Mühe gewohnt war, scheute er doch eine Reise von sechshundert Meilen übers Eis, zweitausend Meilen übers Meer und noch ein drittes Tausend Meilen, ehe das Ziel erreicht war – alles nur, um sich eine Frau zu holen. Das Leben war zu kurz. Daher spannte er seine Hunde vor, verstaute eine merkwürdige Last auf seinem Schlitten und steuerte quer über die Wasserscheide, deren westliche Hänge von den Hauptzuflüssen des Tanana durchfurcht wurden.

Er war ein zäher Reisender, und seine Wolfshunde konnten bei weniger Nahrung schwerer arbeiten und länger laufen als irgendein Gespann in Yukon.

Drei Wochen später fuhr er dann in das Jagdlager am oberen Tanana ein. Die Indianer wunderten sich über seine Unbesonnenheit, denn sie hatten einen schlechten Ruf und waren bekannt dafür, daß sie weiße Männer um unbedeutende Dinge, wie einer geschliffenen Axt oder einer zerbrochenen Büchse willen, töteten. Aber er bewegte sich unbewaffnet, mit einer seltsamen Mischung von Demut, Vertraulichkeit, Kaltblütigkeit und Unverschämtheit unter ihnen. Eine flinke Hand und eine tiefe Kenntnis der Mentalität der Wilden gehörte dazu, um mit Glück so verschiedene Waffen zu handhaben; aber er war ein Meister in dieser Kunst und wußte, wann er schmeicheln und wann er drohen mußte.

Zuerst machte er dem Häuptling Thling-Tinneh seine Aufwartung und überreichte ihm ein paar Pfund schwarzen Tee und Tabak, wodurch er seine äußerste Gewogenheit gewann. Dann mischte er sich unter die Männer und Mädchen und gab ihnen am Abend einen Potlach. Der Schnee wurde festgestampft in einem Oval, das etwa hundert Fuß in der Länge und fünfundzwanzig Fuß in der Breite maß. In der Mitte wurde ein großes Feuer angezündet und der ganze Platz mit Zweigen bedeckt. Die Hütten standen verlassen, und die ungefähr hundert Mitglieder des

Stammes sangen zu Ehren ihres Gastes. Der Grindige Mackenzie hatte sich ihren nicht sehr reichen Wortschatz angeeignet und wußte auch in ihren tiefen Kehllauten, ihrer fast japanischen Mundart, ihrem eigenartigen Satzbau und in all ihren ehrenden und schmückenden Ausdrücken zu reden. Er hielt also Reden in ihrem eigenen Stil und befriedigte ihre angeborene Liebe zur Poesie durch unförmliche Bilder. Nachdem Thling-Tinneh und der Schamane geantwortet hatten, schenkte er den Männern Kleinigkeiten, beteiligte sich an ihren Gesängen und erwies sich als ein Meister in ihrem ›Zweiundfünfzig-Stöcke-Spiel‹.

Und sie rauchten seinen Tabak und waren vergnügt. Die jüngeren Männer nahmen jedoch eine herausfordernde Haltung ein und zeigten eine gewisse prahlerische Zudringlichkeit, die dank den deutlichen Hinweisen der zahnlosen Squaws und dem Kichern der jungen Mädchen nicht zu verkennen war. Sie hatten nur einige weiße Männer, ›Söhne des Wolfs‹ gekannt, aber merkwürdige Dinge von ihnen gelernt.

Das entging auch der Aufmerksamkeit des Grindigen Mackenzie nicht, trotz seiner scheinbaren Sorglosigkeit. Als er sich in seinen Schlafsack gewickelt hatte, dachte er ernsthaft darüber nach und rauchte viele Pfeifen, während er seinen Kriegsplan schmiedete. Nur ein Mädchen hatte ihn gefesselt, und das war keine andere als Zarinska, die Tochter des Häuptlings. Ihre Züge, ihre Gestalt und Haltung entsprachen am meisten dem Schönheitstyp des weißen Mannes. Sie wirkte auch unter ihren Stammesschwestern beinahe auffallend. Sie wollte er besitzen, zu seiner Frau machen und sie – ja, er wollte sie Gertrud nennen! Nachdem er diesen Entschluß gefaßt hatte, drehte er sich auf die Seite und schlief ein als der echte Sohn seiner alles besiegenden Rasse.

Es war eine langsame Arbeit und ein schwieriges Spiel, aber der Grindige Mackenzie manövrierte gewandt und mit einer Sorglosigkeit, die die Sticksindianer unsicher machte. Er achtete sorgfältig darauf, daß die Männer ihn als sicheren Schützen und gewaltigen Jäger kennenlernten, und das Lager widerhallte von Beifallsrufen, als er auf sechshundert Ellen einen Elch erlegte. Abends pflegte er dem Häuptling Thling-Tinneh einen Besuch in seinem Zelt aus Rentierfellen abzustatten, mächtig zu prahlen und freigebig Tabak zu verteilen. Auch den Schamanen vergaß er nicht, denn er kannte den Einfluß des Medizinmannes auf sein Volk und war bestrebt, ihn auf seine Seite zu bekommen. Aber dieser Würdige fühlte sich als großer Mann und wollte sich nicht günstig stimmen lassen, so daß man offenbar mit ihm als einem künftigen Feinde rechnen mußte.

Obgleich sich keine Gelegenheit für ein Gespräch mit Zarinska ergab, warf Mackenzie ihr doch manchen verstohlenen Blick zu und gab ihr seine Absicht deutlich zu erkennen. Und sie verstand sie gut, umgab sich jedoch, wenn die Männer fort waren oder sonst eine Möglichkeit gewesen wäre, mit ihr zu sprechen, kokett mit einem Kreis von Frauen. Aber er hatte keine Eile und wußte zudem, daß sie an ihn dachte und daß einige Tage Denken seinen Absichten nur dienlich sein konnte.

Endlich verließ er eines Abends, als seiner Ansicht nach die Zeit gekommen war, die verräucherte Wohnung des Häuptlings und eilte nach dem benachbarten Zelt. Wie gewöhnlich saß sie von Squaws und Mädchen umgeben da, die alle mit dem Nähen von Mokassins und mit Perlenarbeiten beschäftigt waren. Bei seinem Eintritt lachten sie, und der Klatsch, der ihn mit Zarinska zusammenbrachte, wurde laut. Aber eine nach der andern wurde ohne Umschweife in den Schnee gesetzt, und bald war die Neuigkeit über das ganze Lager verbreitet.

Er führte seine Sache gut in ihrer Sprache, denn sie verstand die seine nicht, und nach zwei Stunden erhob er sich, um zu gehen.

»Zarinska wird also mit in die Wohnung des weißen Mannes kommen? Gut! Ich werde jetzt mit deinem Vater sprechen, denn ihm wird es vielleicht nicht gefallen. Und ich werde ihm viele Geschenke geben; aber er darf nicht zuviel verlangen. Wenn er nein sagt? Gut! Zarinska wird dennoch in die Wohnung des weißen Mannes kommen.«

Er hatte schon den Fellzipfel erhoben, um zu gehen, als ein leiser Ausruf ihn bewog, sich umzudrehen. Zarinska war auf dem Bärenfell in die Knie gesunken, ihr Gesicht strahlte in weiblicher Hingebung, und schamhaft schnallte sie ihm den schweren Gürtel auf. Er sah verwirrt auf sie hinab, mißtrauisch, angestrengt auf den schwächsten Laut von draußen lauschend. Aber ihre nächste Bewegung verscheuchte alle Furcht, und er lächelte froh. Sie nahm aus ihrem Nähbeutel eine Elchfellscheide, die herrlich mit bunten Perlen in phantastischen Mustern verziert war. Sie zog sein großes Jagdmesser, betrachtete ehrfürchtig die scharfe Schneide, schien sie mit dem Daumen probieren zu wollen und schob sie hierauf in ihre neue Hülle. Dann steckte sie ihm die Scheide in den Gürtel, an ihren gewöhnlichen Platz, gerade über der Hüfte. Es war wie eine Szene aus alten Tagen – die Dame und ihr Ritter. Mackenzie hob sie auf und berührte ihre Lippen mit seinem Bart – diese ihr fremde Liebkosung der weißen Männer. Es war eine Begegnung zwischen Steinzeit und Stahlzeit. Die Luft zitterte von Erregung, als Mackenzie, ein Bündel unter dem Arm, den Zipfel von Thling-Tinnehs Zelt beiseite schlug. Die Kinder liefen draußen herum und sammelten trockenes Holz für den Potlach, ein Gewirr von Weiberstimmen erhob sich, die jungen Männer berieten sich in murrenden Gruppen, und aus der Hütte des Schamanen ertönten die unheimlichen Klänge eines Beschwörungsgesanges.

Der Häuptling war allein mit seinem triefäugigen Weibe, aber ein Blick genügte, um Mackenzie darüber zu belehren, daß seine Neuigkeit bereits alt war. Er ging daher geradewegs auf die Sache los, indem er die perlengestickte Scheide demonstrativ nach vorn schob, um die Verlobung bekanntzugeben.

»O Thling-Tinneh, du mächtiger Häuptling der Sticks und des Tanana-Landes, du Herrscher über Lachs und Bär, Elch und Rentier! Der weiße Mann steht in einer großen Sache vor dir. Viele Monde hat seine Wohnung leer gestanden, und er ist einsam. Sein Herz hat sich in der Stille verzehrt und hungert nach einem Weibe, das neben ihm in seiner Wohnung sitzen und ihm warmes Feuer und gutes Essen bieten kann, wenn er von der Jagd heimkehrt. Er hat seltsame Dinge gehört. Das Trippeln kleiner Mokassins und den Klang von Kinderstimmen. Und eines Nachts hatte er ein Gesicht, und er sah den Raben, der dein Vater ist, den großen Raben, der der Vater aller Sticks ist. Und der Rabe sprach zu dem einsamen weißen Manne und sagte: ›Binde dir deine Mokassins und schnalle dir deine Schneeschuhe an und belade deinen Schlitten mit Nahrung für viele Tage und mit schönen Geschenken für den Häuptling Thling-Tinneh. Denn du sollst dein Angesicht dorthin wenden, wo die Frühlingssonne hinter dem Land zu versinken pflegt, und nach den Jagdgründen dieses großen Häuptlings ziehen. Dort sollst du ihm reiche Geschenke machen, und Thling-Tinneh, der mein Sohn ist, soll dir ein Vater sein. In seiner Wohnung ist ein Mädchen, dem ich den Atem des Lebens für dich eingehaucht habe. Dieses Mädchen sollst du zum Weibe nehmen.‹ O Häuptling, so sprach der große Rabe; und deshalb lege ich meine Geschenke vor deine Füße, deshalb bin ich gekommen, um deine Tochter zur Frau zu nehmen!«

Der alte Mann wickelte sich mit dem würdigen Bewußtsein seiner Majestät in seine Felle, schob aber die Antwort hinaus, da ein Kind hereinkroch und ihm den Bescheid überbrachte, daß er in den Rat kommen solle, worauf es wieder verschwand.

»Oh, weißer Mann, den wir den Elchtöter genannt haben, auch bekannt als der Wolf und der Sohn des Wolfs! Wir wissen, du kommst von einem mächtigen Volke. Wir sind stolz, daß wir dich als Gast bei unserm Potlach haben; aber der Königslachs paart sich nicht mit dem Hundelachs, und so auch der Rabe nicht mit dem Wolf.«

»Nein, das stimmt nicht!« rief Mackenzie. »Ich habe die Töchter des Raben in den Lagern der Wölfe gefunden – die Squaw von Mortimer, die von Tregidgo und die von Barnaby, der vor zwei Eisbrüchen kam, und ich habe von andern Squaws gehört, wenn meine Augen sie auch nicht sahen.«

»Sohn, deine Worte sind wahr; aber sie passen schlecht zusammen, wie Wasser und Sand, wie die Schneeflocken und Sonne. Hast du aber Mason und seine Squaw getroffen? Nein? Er kam vor zehn Eisbrüchen – der erste aller Wölfe. Und mit ihm kam ein mächtiger Mann, rank wie ein Weidenzweig, groß und stark wie der graue Bär, mit einem Herz wie der Sommermond; sein –«

»Oh!« unterbrach ihn Mackenzie, der sich der wohlbekannten Gestalt erinnerte – »Malemute Kid!«

»Ja, er war ein mächtiger Mann. Aber sahst du die Squaw? Sie war Zarinskas Schwester.«

»Nein, Häuptling, aber gehört habe ich von ihr. Mason – fern, fern im Norden zerschmetterte ihn eine Kiefer, schwer von Jahren. Aber seine Liebe war groß, und er hatte viel Gold. Mit dem und mit ihrem Knaben reiste sie zahllose Schläfe der Mittagssonne des Winters zu, und dort lebt sie noch – kein schneidender Frost, kein Schnee, keine Mitternachtssonne, keine Winternacht.«

Ein zweiter Bote unterbrach sie mit einer gebieterischen Aufforderung des Rates. Als Mackenzie ihn in den Schnee hinausjagte, sah er einen Augenblick schwankende Gestalten vor dem Ratsfeuer, hörte die tiefen Baßtöne vom rhythmischen Gesang der Männer und wußte, daß der Schamane den Zorn des Volkes entfachte. Eile tat not. Er wandte sich an den Häuptling.

»Ich will dein Kind haben, und sieh, hier ist Tabak, Tee, hier sind viele Tassen Zucker, warme Decken, große und gute Tücher. Und hier, sieh, hier ist eine treffliche Büchse mit vielen Kugeln und viel Pulver.«

»Nein«, antwortete der alte Mann und wehrte sich gegen die großen Reichtümer, die vor ihm ausgebreitet waren. »In diesem Augenblick hat mein Volk sich versammelt. Es will nichts von dieser Heirat wissen.«

»Du bist der Häuptling!«

»Aber meine jungen Männer sind wütend, weil die Wölfe ihnen ihre Mädchen genommen haben, so daß sie nicht heiraten können.«

»Höre mich, o Thling-Tinneh! Ehe die Nacht dem Tage weicht, wird der Wolf seine Hunde nach den Bergen des

Ostens wenden und in das Land des Yukons ziehen. Und Zarinska wird seinen Hunden den Weg bahnen.«

»Und ehe die Nacht halb vergangen ist, werfen meine jungen Männer vielleicht das Fleisch des Wolfes den Hunden vor, und seine Knochen liegen im Schnee verstreut, bis der Frühling sie bloßlegt.«

Das war eine unverhohlene Drohung. Mackenzies Bronzegesicht färbte sich dunkelrot. Er erhob seine Stimme. Die alte Squaw, die bis jetzt als passive Zuhörerin dabeigesessen hatte, versuchte, an ihnen vorbei zur Tür zu kriechen. Der Gesang der Männer brach ab, und man hörte laute Stimmen; Mackenzie warf die alte Frau unsanft auf ihr Fellager zurück.

»Noch einmal rufe ich: Höre mich, o Thling-Tinneh! Der Wolf stirbt mit zusammengebissenen Zähnen, und mit ihm werden zehn deiner stärksten Männer zur Ruhe gehen – Männer, die man vermissen wird, denn die Jagd hat längst begonnen, und es dauert nicht viele Monde, bis der Fischfang beginnt. Was nützt es euch, daß ich sterbe? Ich kenne die Gebräuche deines Volkes. Dein Anteil an meinem Reichtum wird nur sehr klein sein. Gibst du mir dein Kind, so ist alles dein. Noch eines: meine Brüder werden kommen, und ihrer sind viele, und ihre Bäuche sind nie gefüllt; und die Töchter des Raben werden Kinder in den Wohnungen des Wolfes gebären. Mein Volk ist größer als dein Volk. Das ist die Bestimmung. Willige ein, und all diese Reichtümer sind dein.«

Mokassins knirschten draußen im Schnee. Mackenzie spannte den Hahn seiner Büchse und lockerte die beiden Revolver im Gürtel.

»Sag ja, o Häuptling!«

»Aber mein Volk wird nein sagen.«

»Sag ja, und alles dies ist dein. Mit deinem Volke werde ich später abrechnen.«

»Der Wolf will es so. Schön, ich nehme seine Geschenke – aber ich habe ihn gewarnt.«

Mackenzie reichte ihm die Sachen, doch er hatte dafür gesorgt, daß der Patronenauswerfer der Büchse vernagelt war. Als Zugabe erhielt der Häuptling noch ein in den buntesten Farben strahlendes seidenes Taschentuch. Der Schamane trat jetzt mit einem Dutzend junger Leute ein, aber der Weiße drängte sich kühn zwischen ihnen hindurch und verließ das Zelt.

»Pack ein!« lautete sein lakonischer Gruß, als er an Zarinskas Zelt vorbeikam; dann eilte er, um seine Hunde anzuschirren. Wenige Minuten später bog er an der Spitze seines Gespanns, das Weib an seiner Seite, auf dem Rastplatz ein. Er setzte sich an das obere Ende des Kreises neben den Häuptling. Neben ihm, etwas zurück, saß Zarinska – wie es sich ziemte; außerdem war die Lage gefährlich, und er mußte sich den Rücken decken.

Zu beiden Seiten saßen die Männer zusammengekauert am Feuer und sangen ein Lied ihres Volkes aus längst entschwundener Zeit. Voll von eigenartigen, langgezogenen Kadenzen und immer neuen Wiederholungen, klang es nicht gerade schön. ›Schrecklich‹ war die beste Bezeichnung dafür. Am unteren Ende tanzten ein Dutzend Weiber unter den Augen des Schamanen. Wer sich nicht ganz der Ekstase der Beschwörung hingab, bekam schwere Vorwürfe von ihm zu hören. Halb verborgen unter der Masse des rabenschwarzen, gelösten Haares, das ihnen bis zur Hüfte reichte, schwankten sie langsam hin und her, und ihre Leiber wogten nach dem wechselnden Rhythmus.

Es war eine unheimliche Szene, ein Überspringen der

Zeiten. Im Süden ging das neunzehnte Jahrhundert zur Neige, und hier lebten Urmenschen, nur wenig verschieden von den vorhistorischen Höhlenbewohnern, der vergessene Rest einer älteren Welt. Die lohfarbenen Wolfshunde saßen zwischen ihren fellbekleideten Herren oder kämpften miteinander um Platz, und der Widerschein des Feuers leuchtete in ihren roten Augen und ihren geifernden Fängen, die Wälder lagen in geisterhafter Ruhe, finster und teilnahmslos. Das weiße Schweigen, das vor einer Stunde nach dem Waldessaume zurückgetrieben worden war, schien jetzt wieder vorzudringen. Die Sterne tanzten mit großen Sprüngen am Himmel, wie sie zu tun pflegen, wenn die Kälte am schlimmsten ist. Polargeister schleppten ihre Feuergewänder über den Himmel.

Als der Grindige Mackenzie seinen Blick über die pelzbekleideten Reihen schweifen ließ, um Gesichter zu suchen, die er vermißte, kam ihm die wilde Größe des finsteren Auftritts zum Bewußtsein. Sein Blick weilte einen Augenblick auf einem neugeborenen Kinde, das an der nackten Brust seiner Mutter saugte. Es war sehr kalt – mehr als siebzig Grad Fahrenheit. Er dachte daran, wie empfindlich gegen die Kälte die Frauen seiner eigenen Rasse waren, und lächelte finster. Und doch war er den Lenden eines so zarten Weibes mit einem so königlichen Erbe entsprungen – einem Erbe, das ihm die Herrschaft über Land und Meer, über Tiere und Völker aller Zonen verlieh. Ein einzelner gegen hundert, vom arktischen Winter umgeben, fern von den Seinen, fühlte er den Drang, das Erbe zu heben, den Wunsch, zu besitzen, die wilde Liebe zur Gefahr, die Lust zum Kampf, die Fähigkeit zu siegen oder zu sterben.

Singen und Tanzen hörte auf, und der Schamane entwickelte eine wilde Beredsamkeit. Mit allen Mitteln seiner wüsten Mythologie bearbeitete er klug die Leichtgläubigkeit seines Volkes. Seine Stellung war stark. Indem er das gute, schöpferische Prinzip als in der Krähe und im Raben verkörpert hinstellte, brandmarkte er Mackenzie als den Wolf, das streitbare, vernichtende Prinzip. Der Kampf zwischen diesen Mächten war nicht allein geistig, Mann gegen Mann kämpften sie ihn, jeder unter seinem Totem. Sie waren die Kinder von Jelchs, dem Raben, dem Feuerbringer; Mackenzie war ein Kind des Wolfs oder, mit anderen Worten, des Teufels. Für sie war es Verrat und Gotteslästerung schlimmster Art, in diesem ewigen Kampf Waffenstillstand zu schließen, ihre Töchter dem Erbfeind zu vermählen. Kein Ausdruck war zu stark, keine Bezeichnung gehässig genug, um Mackenzie als Meuchelfeind und Sendling des Satans zu brandmarken. Als er in seiner Rede so weit gelangt war, hörte man aus den Reihen seiner Zuhörer ein wütendes unterdrücktes Knurren.

»Ja, meine Brüder, Jelchs ist allmächtig! Brachte er uns nicht das himmlische Feuer, damit wir uns wärmen konnten? Zog er nicht Sonne, Mond und Sterne aus ihren Höhlen, damit wir sehen konnten? Lehrte er uns nicht, mit den Geistern des Hungers und des Frostes zu kämpfen? Aber jetzt ist Jelchs zornig auf seine Kinder, und sie sind hingeschwunden bis auf eine Handvoll, und er will ihnen nicht mehr helfen. Denn sie haben ihn vergessen und sind böse Wege gewandert. Sie haben seine Feinde in ihre Hütten eingelassen und ihnen erlaubt, an ihren Feuern zu sitzen. Und der Rabe trauert über die Sünden seiner Kinder; wenn sie sich aber erheben und zeigen, daß sie sich besonnen haben, dann wird er aus der Finsternis kommen und ihnen helfen. Oh, Brüder! Der Feuerbringer hat euerm Schamanen eine

Botschaft zugeflüstert, und ihr sollt sie hören. Laßt die jungen Männer die jungen Weiber in ihre Hütten führen. Laßt sie dem Wolf an die Kehle fahren; laßt ihre Feindschaft nicht sterben. Dann sollen ihre Weiber fruchtbar werden, und sie sollen zu einem mächtigen Volk aufwachsen! Und der Rabe wird den großen Stamm ihrer Väter und ihrer Väter Väter aus dem Norden herbeiführen. Und sie werden die Wölfe zurücktreiben, bis sie wie das Lagerfeuer verschwundener Jahre sind, und wir werden wieder über alles Land herrschen! Das ist die Botschaft von Jelchs, das Wort des Raben.«

Diese Verheißung vom Kommen eines Messias ließ die Sticks aufspringen und in ein heiseres Heulen ausbrechen. Mackenzie zog vorsichtig die Daumen aus den Fausthandschuhen und wartete, was da kommen sollte. Ein Geschrei erhob sich, man rief nach dem Fuchs, bis einer der jungen Männer vortrat und sprach:

»Brüder! Der Schamane hat weise gesprochen. Die Wölfe haben unsere Weiber genommen, und unsere Männer sind kinderlos. Wir sind zu einer Handvoll zusammengeschmolzen. Die Wölfe haben unsere warmen Felle genommen und uns böse Geister dafür gegeben, die in Flaschen wohnen, und Kleider, die nicht vom Biber oder vom Dachs kommen, sondern aus Gras gemacht sind. Und sie sind nicht warm, und unsere Männer sterben an seltsamen Krankheiten. Ich, der Fuchs, habe mir kein Weib genommen, und weshalb? Zweimal sind die Mädchen, die mir gefielen, in das Lager der Wölfe gegangen. Und jetzt habe ich Felle von Biber, Elch und Rentieren gesammelt, um die Gunst Thling-Tinnehs zu gewinnen, daß er mir Zarinska, seine Tochter, gebe. Aber jetzt hat sie Schneeschuhe an den Füßen, um den Hunden des Wolfs den Weg zu bahnen. Ich rede nicht für mich allein. Wie mir, so ist es auch dem Bären ergangen. Auch er möchte gern der Vater ihrer Kinder sein, und viele Felle hat er dazu gesammelt. Ich spreche für alle jungen Männer, die keine Frau haben. Die Wölfe sind immer hungrig. Immer nehmen sie das Beste, die Raben bekommen nur den Abfall.

Seht Gugkla!« rief er, indem er brutal auf eine Frau wies, die verkrüppelt war. »Ihre Beine sind krumm wie die Spanten eines Birkenkanus. Sie kann weder Holz sammeln noch den Jägern das Fleisch tragen. Haben die Wölfe sie gewählt?«

»Nein! Nein!« brüllten die Stammesgenossen.

»Und Moyri, deren Augen der böse Geist schielend gemacht hat! Selbst die kleinen Kinder werden bang, wenn sie sie ansehen, und man sagt, daß sogar der graue Bär ihr ausweicht. Wurde sie gewählt?«

Wieder erscholl grausamer Beifall.

»Und dort sitzt Pischet. Sie hört meine Worte nicht. Nie hat sie das Gespräch der Frauen, die Stimme ihres Mannes und das Plaudern ihres Kindes gehört. Sie wohnt im weißen Schweigen. Machen die Wölfe sich etwas aus ihr? Nein! Sie nehmen sich das Beste von der Beute; uns bleibt nur der Abfall. Brüder! So soll es nicht bleiben! Die Wölfe sollen nicht mehr um unser Lagerfeuer schleichen. Die Zeit ist gekommen!«

Ein Nordlicht schoß purpurn, grün und gelb über den Zenit, baute eine Brücke von Horizont zu Horizont. Den Kopf zurückgeworfen und die Arme ausgestreckt, stand der junge Indianer da; seine Rede hatte ihren Höhepunkt erreicht.

»Seht! Die Geister unserer Väter haben sich erhoben, und große Taten sollen heute nacht verrichtet werden!«

Er trat zurück, und ein anderer junger Mann trat, etwas unsicher und von seinen Kameraden getrieben, vor. Er überragte sie um Haupteslänge, mit seiner breiten Brust bot er der Kälte Trotz. Unsicher trat er von einem Fuß auf den andern. Er konnte kein Wort herausbringen, und ihm war schlecht zumute. Sein Gesicht war schrecklich anzusehen, denn es war einmal durch einen furchtbaren Schlag halb zerrissen worden. Endlich schlug er sich mit der geballten Faust auf die Brust, schnaufte wie ein Trommelwirbel, und seine Stimme erscholl wie die Brandung gegen Klippen.

»Ich bin der Bär – Silberspitze und der Sohn von Silberspitze! Als meine Stimme noch die eines Mädchens war, tötete ich schon Luchs, Elch und Rentier. Als sie wie der Schrei des Vielfraßes unter einem Steinhaufen erklang, ging ich südwärts über die Berge und tötete drei Männer vom Stamme des weißen Flusses. Als sie wie das Brüllen des Sturmes wurde, begegnete ich dem grauen Bären, aber ich wich ihm nicht aus.«

Hier hielt er inne, und seine Hand fuhr bedeutungsvoll über die furchtbare Narbe.

»Ich bin nicht wie der Fuchs. Meine Zunge ist gefroren wie der Fluß. Ich kann nicht reden. Meiner Worte sind wenige. Der Fuchs sagt, heute nacht sollen große Taten ausgeführt werden. Gut! Die Rede fließt von seiner Zunge wie die Ströme im Frühling, aber er ist sparsam mit Taten. Heute nacht will ich mit dem Wolfe kämpfen. Ich will ihn töten, und Zarinska soll an meinem Feuer sitzen. Der Bär hat gesprochen.«

Obgleich alle Geister der Hölle ihn umtosten, hielt der Grindige Mackenzie stand. Da er wußte, wie wenig ihm seine Büchse im Nahkampf nützen konnte, schob er beide Revolver im Gürtel so hin, daß er sie mit einem einzigen

Griff erreichen konnte, und zog die Fäustlinge halb aus. Er wußte, daß es keine Hoffnung gab, wenn sie ihn gesammelt angriffen, aber seinem Worte getreu, bereitete er sich vor, mit zusammengebissenen Zähnen zu sterben. Der Bär jedoch hielt seine Genossen zurück, indem er die eifrigsten mit seiner furchtbaren Faust vertrieb. Als der Lärm sich zu legen begann, blickte Mackenzie sich nach Zarinska um. Sie sah prachtvoll aus. Mit halbgeöffneten Lippen und zitternden Nüstern bog sie sich, wie ein Tiger im Sprunge, auf den Schneeschuhen vor. Ihre großen schwarzen Augen hefteten sich in Furcht und Trotz auf ihre Stammesgenossen. So stark war ihre Spannung, daß sie zu atmen vergaß. Die eine Hand krampfhaft gegen die Brust gedrückt, die andere um die Hundepeitsche gepreßt, schien sie zu Stein verwandelt. Als er sie ansah, ließ ihre Spannung nach. Ihre Muskeln erschlafften; mit einem tiefen Seufzer sank sie zurück und warf ihm einen Blick zu, der mehr als Liebe enthielt.

Thling-Tinneh versuchte zu reden, aber sein Volk schrie ihn nieder. Da trat Mackenzie vor. Der Fuchs öffnete den Mund zu einem durchdringenden Schrei, aber so wild sprang Mackenzie auf ihn los, daß er zurückwich und der Schrei in seiner Kehle erstickte. Sein Erschrecken wurde mit schallendem Gelächter begrüßt, und Mackenzie bekam einen Augenblick Ruhe zum Sprechen.

»Brüder! Der weiße Mann, den ihr den Wolf zu nennen beliebt, kam mit aufrichtigen Worten zu euch. Er war nicht wie der Innuit. Er sprach keine Lügen. Er kam als Freund und wollte euer Bruder sein. Aber eure Männer haben gesprochen, und die Zeit der sanften Worte ist vorbei. Zunächst will ich euch sagen, daß der Schamane eine böse Zunge hat und ein falscher Prophet ist und daß die Botschaft, die er brachte, nicht vom Feuerbringer ist. Seine

Ohren sind der Stimme des Raben verschlossen, und in seinem eigenen Kopfe hat er listige Pläne erdacht und euch zum Narren gehalten. Er hat keine Macht. Als eure Hunde verzehrt wurden, als euer Magen schwer war von ungegerbten Häuten und Mokassinstreifen, als die alten Männer starben, als die alten Frauen starben, und als die Säuglinge an den vertrockneten Brüsten der Mütter starben, als das Land finster war und ihr zugrunde ginget wie der Lachs in der Falle, ja, als die Hungersnot unter euch herrschte, brachte da der Schamane euern Jägern Glück? Brachte er euerm Magen Fleisch? Ich sage euch, der Schamane hat keine Macht. Seht, ich speie ihm ins Gesicht!«

Trotz aller Bestürzung über die Lästerung war kein Laut zu hören. Einige der Frauen waren zwar entsetzt, aber unter den Männern war nur eine Spannung zu spüren, als erwarteten sie ein Wunder. Aller Augen richteten sich auf die Hauptdarsteller. Der Priester war sich klar, daß ein kritischer Augenblick gekommen war, er fühlte seine Macht wanken, öffnete den Mund zu Drohungen, wich aber vor dem furchtbaren Vorrücken Mackenzies, seiner erhobenen Faust und seinen flammenden Blicken zurück. Mackenzie lächelte höhnisch und fuhr fort:

»Bin ich getroffen? Hat der Blitz mich verbrannt? Sind die Sterne vom Himmel gefallen und haben mich zerschmettert? Pah! Mit dem Hund bin ich fertig! Und jetzt will ich euch von meinem Volk erzählen, dem mächtigsten aller Völker, die auf Erden herrschen. Zuerst jagen wir, wie ich jage – allein. Dann aber jagen wir in Rudeln, und zuletzt wimmelt das ganze Land von uns wie von den Rentieren. Wen wir in unsere Wohnungen nehmen, der lebt. Wer nicht kommen will, stirbt. Zarinska ist ein schönes Mädchen, aufrecht und stark – wohlgeeignet, die Mutter von Wölfen zu werden. Selbst wenn ich sterbe, wird sie es werden; denn meiner Brüder sind viele, und sie werden der Spur meiner Hunde folgen. Hört das Gesetz des Wolfes: Wer das Leben eines Wolfes nimmt – zehn von seinem Volke sollen mit ihrem Leben dafür büßen. In vielen Ländern ist der Preis bezahlt worden, in vielen Ländern wird er bezahlt werden.

Laßt mich wieder zurückkommen auf den Bären und den Fuchs. Es schien, als hätten sie beide ihr Auge auf das Mädchen geworfen. Aber seht, ich habe sie gekauft! Thling-Tinneh stützt sich auf die Büchse, die andern Waren liegen an seinem Feuer. Doch ich will den jungen Männern entgegenkommen. Dem Fuchs, dessen Zunge trocken von vielen Worten ist, will ich fünf lange Rollen Tabak geben. Dann kann sein Mund wieder feucht werden und seine Zunge im Rate lärmen. Dem Bären aber, auf den ich stolz bin, will ich zwei Decken, zwanzig Tassen Mehl und ebensoviel Tabak wie dem Fuchs geben. Und wenn er mit mir über die Berge im Osten zieht, dann will ich ihm eine Büchse geben, wie Thling-Tinneh sie bekam. Wenn nicht? Gut! Der Wolf ist der Worte müde. Doch noch einmal will er die Worte des Gesetzes sagen: Wer das Leben eines Wolfes nimmt – zehn von seinem Volke sollen mit ihrem Leben dafür büßen.«

Mackenzie trat lächelnd auf seinen Platz zurück, aber im Innern war er unruhig. Die Nacht war noch finster. Das Mädchen trat zu ihm, und er hörte genau zu, wie sie ihm von den Kunstgriffen des Bären im Messerkampf erzählte.

Die Entscheidung fiel für den Kampf. Im Handumdrehen waren Dutzende von Mokassins dabei, den in den Schnee gestampften Platz um das Feuer zu erweitern. Es wurde viel über die Niederlage des Schamanen gesprochen. Manche behaupteten, er hätte nur seine Macht zurückgehalten, während andere sich an frühere Begebenheiten erinnerten und dem Wolf recht gaben. Der Bär trat in die Mitte des Kampfplatzes, ein langes entblößtes Jagdmesser russischer Arbeit in der Hand. Der Fuchs machte darauf aufmerksam, daß Mackenzie Revolver hätte. Daher nahm er seinen Gürtel ab und schnallte ihn Zarinska um, deren Händen er auch seine Büchse anvertraute. Sie schüttelte den Kopf. Sie konnte nicht schießen – für ein Weib bestand wenig Aussicht, solch feine Dinge zu gebrauchen.

»Wenn mir Gefahr von hinten droht, so rufe laut: ›Mein Gatte!‹ Nein, so: ›Mein Gatte!‹«

Er lachte, als sie es wiederholte, kniff sie in die Wange und trat wieder in den Kreis. Nicht allein an Reichweite und Größe war der Bär ihm überlegen, seine Klinge war auch um gut zwei Zoll länger. Mackenzie hatte schon Männern in die Augen gesehen, und daher wußte er, daß er einem Manne gegenüberstand.

Immer wieder wurde er bis an den Rand des Feuers oder in den tiefen Schnee hinausgedrängt, und immer wieder arbeitete er sich mit der Taktik des geübten Faustkämpfers in die Mitte zurück. Nicht eine Stimme erhob sich, um ihn anzufeuern, während sein Gegner Beifall, Winke und Warnungen erhielt. Aber er biß die Zähne zusammen, während die Messer klirrten; und er stieß und parierte mit einer Kaltblütigkeit, die er der Kenntnis seiner eignen Kraft verdankte. Anfangs fühlte er Sympathie für seinen Feind; aber sie mußte bald dem Lebensinstinkt in seiner ursprünglichsten Form weichen, und an dessen Stelle trat wieder die Lust zu töten. Die Kultur von Jahrtausenden war von ihm abgestreift, er war ein Höhlenbewohner, der um sein Weibchen kämpfte.

Zweimal traf er den Bären und sprang selbst unbeschädigt zurück; das drittemal aber verfing sich sein Messer, und sie blieben aneinander hängen. Jetzt begann er die furchtbare Kraft seines Gegners zu spüren. Seine Muskeln spannten sich zu schmerzenden Knoten, die Sehnen drohten zu zerreißen, aber immer näher kam der russische Stahl. Er versuchte loszukommen, ermattete sich aber nur dadurch. Der in Pelze gekleidete Kreis schloß sich immer dichter in der sicheren Erwartung eines entscheidenden Stoßes. Aber mit einem Ringergriff machte er eine halbe Seitwärtsdrehung und stieß nach seinem Gegner. Unwillkürlich bog sich der Bär nach hinten und kam dadurch aus dem Gleichgewicht. Da warf Mackenzie sich vor und schleuderte ihn außerhalb des Kreises in den tiefen Schnee. Der Bär taumelte und kam im Sprung zurück.

»Oh, mein Gatte!« die Stimme Zarinskas zitterte vor Angst.

Ein Bogenstrang schwirrte, Mackenzie duckte sich blitzschnell, ein Pfeil mit einer Knochenspitze fuhr über ihn hinweg und bohrte sich in die Brust des Bären, der mitten im Sprunge war und nun über seinen zusammengekauerten Feind taumelte. Im nächsten Augenblick stand Mackenzie auf den Beinen und hatte sich umgedreht. Der Bär lag unbeweglich da, aber auf der andern Seite des Feuers stand der Schamane und legte einen neuen Pfeil auf den Bogen.

Mackenzies Messer kreiste durch die Luft. Er hatte die schwere Klinge an der Spitze gegriffen. Sie funkelte im Feuerschein, als das Messer über die Flammen schwirrte. Der Schamane schwankte einen Augenblick und stürzte dann nach vorn in die Gluten. Das Messer saß bis zum Schaft in seiner Kehle.

Klick! Klick! – Der Fuchs hatte sich der Büchse Thling-Tinnehs bemächtigt und versuchte vergeblich, eine Patrone hineinzuschieben, ließ sie aber fallen, als er das Lachen Mackenzies hörte.

»Der Fuchs weiß wohl noch nicht mit dem Spielzeug umzugehen? Er ist nur ein Weib. Komm her! Gib sie her, dann will ich es dir zeigen.«

Der Fuchs zögerte.

»Komm, sage ich!«

Wie ein Hund kroch der Indianer vorwärts.

»So und so, und jetzt ist es in Ordnung.«

Eine Patrone flog an ihren Platz, der Hahn war gespannt, und Mackenzie hob die Büchse an die Schulter.

»Der Fuchs hat gesagt, heute nacht sollen große Taten verrichtet werden, und er sprach die Wahrheit, große Taten sind getan, aber die des Fuchses war die kleinste. Ist er noch entschlossen, Zarinska heimzuführen? Will er vielleicht den Weg beschreiten, den der Schamane und der Bär geebnet haben? Nicht? Gut!«

Mackenzie wandte sich verächtlich ab und zog sein Messer aus der Kehle des Priesters.

»Gibt es noch andere junge Männer, die dergleichen im Sinn haben? Dann will der Wolf sie zu zweit oder zu dritt auf einmal nehmen, bis keiner mehr da ist. Nein? Gut! Thling-Tinneh, hier gebe ich dir deine Büchse zum zweitenmal. Wenn du einmal ins Land des Yukons kommst, so wisse, daß immer ein Platz und viel Essen für dich am Feuer des Wolfes ist. Die Nacht weicht jetzt dem Tage. Ich gehe, aber vielleicht komme ich wieder. Und noch einmal: Denkt an das Gesetz des Wolfes!«

Als er zu Zarinska trat, war er in ihren Augen ein übernatürliches Wesen. Sie nahm ihren Platz an der Spitze des Gespanns ein, und die Hunde zogen an. Wenige Augenblicke später war sie von dem dunklen Walde verschlungen. Darauf hatte Mackenzie gewartet. Jetzt schnallte er sich die Schneeschuhe an, um ihr zu folgen.

»Hat der Wolf die fünf langen Rollen vergessen?«

Mackenzie wandte sich wütend gegen den Fuchs. Dann überkam ihn die Komik der Situation.

»Ich will dir eine kurze Rolle geben.«

»Wie der Wolf will«, antwortete der Fuchs demütig und streckte die Hand aus.

Das weiße Schweigen

»Carmen hält keine zwei Tage mehr durch.« Mason spie einen Klumpen Eis aus und betrachtete besorgt das arme Tier, dann nahm er die Pfote der Hündin in den Mund und begann das Eis loszubeißen, das zwischen ihren Zehen saß und sie grausam quälte.

»Ich hab auch noch nie einen Hund mit einem so hochtrabenden Namen gesehen, der etwas taugte«, sagte er, spie das letzte Eisstück aus und schob den Hund fort. »Die schwinden einem direkt unter den Fingern weg. Habt ihr je gesehen, daß ein Hund mit einem ordentlichen Namen wie Cassiar, Siwash oder Husky zu Schaden gekommen wäre? Seht nur Shookum, das ist –«

Haps! Die magere Bestie fuhr hoch und hätte Mason um ein Haar an der Kehle gepackt.

»Was!« Ein gewandter Schlag hinters Ohr mit der Hundepeitsche streckte das Tier in den Schnee, wo es zitternd liegenblieb, während ihm gelblicher Schaum aus dem Fang tropfte.

»Was ich sagen wollte: Seht mal Shookum an – der hat's in sich. Wetten, daß er Carmen gefressen hat, ehe die Woche um ist?«

»Ich schlage eine andere Wette vor«, entgegnete Malemute Kid und wendete das gefrorene Brot, das zum Auftauen vor das Feuer gestellt war. »Wir werden Shookum fressen, ehe die Reise zu Ende ist. Was meinst du, Ruth?«

Die Indianerin, die dabei war, Eis aufzutauen, um

Kaffee zu machen, blickte von Malemute Kid auf ihren Mann und dann auf die Hunde, ließ sich aber zu keiner Antwort herbei. Die Wahrheit dessen, was der Mann gesagt hatte, war so offenkundig, daß jede Antwort überflüssig war. Eine ununterbrochene Reise von zweihundert Meilen vor sich und kaum für sechs Tage Proviant für Menschen und Hunde – es gab keine Wahl. Die Frau und die beiden Männer setzten sich um das Feuer und machten sich an ihre karge Mahlzeit. Die Hunde lagen angeschirrt da, denn es war nur Mittagsrast, und beobachteten neidisch jeden Bissen.

»Von heute ab gibt es kein Frühstück mehr«, sagte Malemute Kid. »Und wir müssen ein Auge auf die Hunde haben – sie fangen an, bösartig zu werden. Wenn sich die Gelegenheit bietet, fallen sie ohne weiteres über uns her.«

»Und dabei bin ich Geschworener und Sonntagsschullehrer gewesen.« Nachdem Mason sein Herz durch diesen etwas merkwürdigen Ausspruch erleichtert hatte, versank er in träumerische Betrachtung seiner dampfenden Mokassins, wurde aber aus seinen Betrachtungen durch Ruth geweckt, die ihm die Tasse füllte. »Gott sei Dank haben wir ja noch eine Menge Tee! Ich hab ihn selbst wachsen sehen in Tennessee. Was würde ich jetzt für ein Stück Kuchen geben! Na, mach dir nichts draus, Ruth; es dauert gar nicht mehr lange, dann brauchst du nicht mehr hungrig in Mokassins herumzulaufen.«

Als die Frau diese Worte hörte, schüttelte sie die Niedergeschlagenheit ab, und eine große Liebe zu ihrem weißen Herrn und Gebieter leuchtete in ihren Augen auf. Er war der erste Weiße, den sie je gesehen – der erste Mann, den sie je ein Weib besser als ein Lasttier hatte behandeln sehen.

»Ja, Ruth«, sagte ihr Gatte in dem Kauderwelsch, in dem

sie sich allein verständlich machen konnten. »Warte nur, bis wir aus dem Dreck heraus sind. Wir werden das Kanu des weißen Mannes nehmen und nach dem Salzwasser fahren. Ja, schlimmes Wasser, ringsum Wasser – große Berge, die immer auf und ab tanzen. Und so groß, so weit, weit fort – du reisen zehn Schlaf, zwanzig Schlaf, vierzig Schlaf« (er zählte die Tage an den Fingern ab), »immer Wasser, schlimmes Wasser. Dann du kommen nach großem Dorf, viele Menschen, gerade wie Moskitos nächsten Sommer. Wigwams, oh, so hoch – zehn, zwanzig Kiefern. Hi-yu Shookum!« Er hielt inne, sandte Malemute Kid einen flehentlichen Blick und stellte dann mühselig mittels Zeichensprache die zwanzig Kiefern aufeinander. Malemute Kid lächelte ironisch, aber Ruths Augen standen weit offen vor Verwunderung und Freude; denn sie wußte nicht recht, ob er nicht scherzte, und eine solche Herablassung erfreute ihr armes Frauenherz.

»Und dann gehen hinein in ein – einen Kasten und puff! du fahren hoch.« Er warf seine leere Tasse zur Illustration in die Luft, fing sie gewandt und rief: »Und piff! du kommen runter. Oh! Große Medizinmänner! Du gehen Fort Yukon, ich gehen Arctic City, fünfundzwanzig Schlaf, lange Leine ganzer Weg – ich fangen eine Leine – ich sagen ›Hallo, Ruth! Wie geht's?‹ – und du sagen ›Das ist mein lieber Mann?‹ und ich sagen ›Ja‹. Und du sagen ›Ich nicht können backen gutes Brot, kein Soda mehr‹, dann ich sagen ›Sieh nach in der Speisekammer unterm Mehl; auf Wiedersehen‹. Du sehen nach und finden viel Soda. Die ganze Zeit du Fort Yukon, mich Arctic City. Hi-yu Medizinmann!«

Ruth lächelte so freimütig über das Märchen, daß beide Männer in Lachen ausbrachen. Eine Rauferei unter den

Hunden machte den Herrlichkeiten des Wunderlandes ein schnelles Ende, und als die knurrenden Gegner getrennt waren, hatte die Frau die Schlitten angeschirrt, und alles war zum Aufbruch bereit.

»Los! Baldy! He! Los!« Mason gebrauchte tüchtig die Peitsche, und als die Hunde sich heulend ins Geschirr warfen, brach er mit der Steuerstange den Schlitten vom Eise los. Ruth folgte mit dem nächsten Gespann, und Malemute Kid, der ihr beim Aufbruch geholfen hatte, bildete die Nachhut. Dieser starke, rauhe Mann, der imstande war, einen Ochsen mit einem Schlag zu fällen, brachte es nicht übers Herz, die armen Tiere zu schlagen, sondern war freundlich zu ihnen, wie ein Hundetreiber selten ist – ja, er weinte fast über ihr Elend.

»So, los jetzt, ihr armen, wundfüßigen Viecher!« murmelte er nach mehreren vergeblichen Versuchen, den Schlitten in Gang zu bringen; aber schließlich wurde seine Geduld belohnt, und sie hasteten ihren Genossen nach.

Es wurde nicht mehr gesprochen; die Mühen der Reise erlaubten eine solche Kraftverschwendung nicht. Und von allen tötenden Mühen ist die Nordlandsfahrt die schlimmste. Glücklich der Mann, der sich einen Tagesmarsch durch Schweigen erkaufen kann – und das selbst auf gebahnten Wegen.

Und von allen unsäglichen Mühen ist das Pfaden die schlimmste. Bei jedem Schritt sinken die großen, breiten Schneeschuhe ein, daß der Schnee bis zum Knie reicht. Dann muß der Fuß gehoben, senkrecht gehoben werden, denn eine Abweichung von auch nur dem Bruchteil eines Zolls bedeutet sicheren Sturz, der Schneeschuh muß bis ganz über die Oberfläche gehoben werden; dann vorwärts und hinunter, worauf der andere Fuß ungefähr eine Elle senkrecht gehoben werden muß. Wer es zum erstenmal versucht, wird es, wenn er seine Schuhe glücklich auseinanderhalten kann, so daß er nicht über seine eigenen Beine fällt, nach hundert Ellen erschöpft aufgeben. Wer einen ganzen Tag vor den Hunden bleiben kann, darf mit gutem Gewissen und einem Stolz, der über alle Begriffe geht, in seinen Schlafsack kriechen. Und wer zwanzig Tagesmärsche geschafft hat, ist ein Mann, den die Götter selbst beneiden dürfen.

Es wurde Nachmittag, und unter der drückenden Benommenheit, die von dem weißen Schweigen erzeugt wird, machten die Reisenden sich schweigend an ihre Arbeit. Die Natur hat viele Möglichkeiten, den Menschen von seiner Sterblichkeit zu überzeugen – der unendliche Wechsel der Gezeiten, das Wüten des Sturmes, die Schrecken des Erdbebens, der rollende Donner des Himmels –, aber am betäubendsten von allem ist die totengleiche Ruhe des weißen Schweigens. Jede Bewegung hört auf, der Himmel ist klar, das leiseste Flüstern wird eine Entweihung. Und der Mensch wird ängstlich, fürchtet sich vor dem Klang seiner eigenen Stimme. Ein winziges Atom Leben, zieht er durch die geisterhaften Weiten einer toten Welt, zittert über seine eigene Verwegenheit und erkennt, daß er ein Wurm und nicht mehr ist. Seltsame Gedanken kommen ungerufen, und das große Geheimnis aller Dinge kämpft um Enthüllung. Die Furcht vor dem Tode, vor Gott, vor dem All kommt über ihn – die Hoffnung auf Auferstehung und Leben, die Sehnsucht nach Unsterblichkeit, die gebundene Kraft seines Wesens, die sich vergebens müht, frei zu werden – ja, wenn je, so wandert der Mensch dann allein mit Gott.

So verging der Tag. Der Fluß machte einen großen Bogen, den Mason abschnitt, indem er sein Gespann quer über die schmale Landzunge steuerte. Aber die Hunde kamen nicht auf das andere Ufer hinauf. Immer wieder glitten sie zurück, obwohl Ruth und Malemute Kid den Schlitten schoben. Noch eine Anstrengung. Die elenden, vom Hunger ermatteten Tiere boten ihre letzten Kräfte auf. Hinauf – hinauf – der Schlitten schwankte auf dem äußersten Rande; aber der Leithund bog nach rechts ab und stolperte über Masons Schneeschuhe. Das Ergebnis war traurig. Mason verlor das Gleichgewicht; einer der Hunde stürzte im Geschirr, der Schlitten glitt zurück und riß sie alle wieder mit zum Fluß hinunter.

Klatsch! Die Peitsche fiel wild auf die Hunde und am härtesten auf den gestürzten.

»Nicht, Mason«, bat Malemute Kid, »der arme Teufel pfeift aus dem letzten Loch. Warte, wir ziehen den Schlitten wieder hoch.«

Mason hielt ruhig die Peitsche zurück, bis das letzte Wort gefallen war, dann schoß die lange Schnur vor und wand sich ganz um den Körper des schuldigen Tieres. Carmen – sie war es nämlich – kroch im Schnee zusammen, heulte jämmerlich und fiel auf die Seite.

Es war ein kritischer Augenblick, eine unheimliche Episode der Reise: ein sterbender Hund und zwei aufgebrachte Kameraden. Ruth blickte flehend von einem zum andern. Aber Malemute Kid beherrschte sich, obwohl eine Welt von Vorwürfen in seinen Blicken lag, als er sich über den Hund beugte und die Riemen zerschnitt. Kein Wort wurde gesprochen. Die andern Hunde wurden vorgespannt und die Schwierigkeit überwunden; die Schlitten kamen wieder in Gang, der sterbende Hund schleppte sich hinterher. Solange ein Hund auch nur kriechen kann, wird er nicht erschossen, man gibt ihm noch die letzte Chance: ins Lager zu kriechen, wenn er kann, und gerettet zu werden, falls man einen Elch erwischt.

Mason bereute schon seine Heftigkeit, war aber zu eigensinnig, um sich zu entschuldigen. Er arbeitete sich vor, bis er die Spitze des Zuges erreicht hatte, ohne die Gefahr zu ahnen, die drohte. Die Bäume standen schirmend dicht am Ufer, und zwischen ihnen hindurch mußten sie sich ihren Weg bahnen. Fünfzig Fuß oder weiter vom Wege ragte eine mächtige Kiefer empor. Seit Generationen stand sie da, und seit Generationen hatte das Schicksal seine Absicht mit ihr – und vielleicht mit Mason gehabt.

Er beugte sich nieder, um den Riemen des einen Mokassins fester zu schnallen. Die Schlitten hielten, und die Hunde legten sich in den Schnee, ohne auch nur einen Laut von sich zu geben. Die Stille war unheimlich. Nicht ein Hauch regte sich in dem bereiften Wald; die Kälte und das Schweigen des Raumes hatten das Herz der Natur vereist und ihre zitternden Lippen zum Verstummen gebracht. Ein Seufzer zitterte in der Luft – sie hörten es weniger, als daß sie es fühlten. Es war wie der Vorbote einer Bewegung in diesem von jeder Bewegung verlassenen Urwald. Dann spielte dieser große Baum, der von der Wucht der Jahre und des Schnees beschwert war, seine letzte Rolle in der Tragödie des Lebens. Mason hörte das warnende Krachen und versuchte aufzuspringen, erhielt aber, fast schon stehend, den Schlag gegen die Schulter. Die plötzliche Gefahr, der schnelle Tod – wie oft hatte Malemute Kid ihnen ins Auge geblickt! Die Kiefernnadeln zitterten noch, als er auch schon zusprang. Auch die Indianerin wurde weder ohnmächtig noch erhob sie ihre Stimme zu unnützen Klagen, wie viele ihrer Schwestern getan hätten. Auf seine Anordnung warf sie sich mit ihrem ganzen Gewicht auf eine schnell improvisierte Hebestange, erleichterte damit den Druck und lauschte auf das Stöhnen ihres Gatten, während Malemute Kid dem Baum mit der Axt zu Leibe ging. Der Stahl klang hell, als er in den gefrorenen Stamm biß, und jeder Schlag wurde von einem atemlosen »Hup! Hup!« des Fällers begleitet.

Endlich legte Kid das klägliche Etwas, das einmal ein Mann gewesen war, in den Schnee. Näher aber als die Qual seines Kameraden ging ihm die stumme Angst auf dem Gesicht der Frau, der aus hoffendem und hoffnungslosem Fragen gemischte Ausdruck. Es wurde nicht viel gesprochen. Im Nordland sieht man bald die Nutzlosigkeit der Worte und den unendlichen Wert der Taten ein. Bei einer Temperatur von fünfundsechzig Grad Fahrenheit unter Null kann ein Mensch nicht lange im Schnee liegen, ohne zu sterben. So wurden denn die Zugleinen zerschnitten, der Leidende wurde in Pelze gehüllt und auf ein Lager von Zweigen gelegt. Vor ihm knisterte ein Feuer, genährt von dem Baum, der das Unglück verursacht hatte. Hinter und teilweise über ihm war ein primitiver Schirm aufgestellt – ein Stück Leinwand, das die Wärmestrahlen auffing und auf den Mann zurückwarf –, eine der Erfindungen, die Männer machen, wenn sie Physik an der Quelle studieren.

Und Männer, die ihr Bett mit dem Tode geteilt haben, wissen, wann der Ruf ertönt. Mason war schrecklich zugerichtet. Schon die oberflächlichste Untersuchung ergab das. Auf der rechten Seite waren ihm Arm, Bein und Rücken zerschmettert, die Glieder von der Hüfte an gelähmt, und aller Wahrscheinlichkeit nach hatte er auch innere Verletzungen erlitten. Ein gelegentliches Stöhnen war das einzige Lebenszeichen, das er gab.

Es gab keine Hoffnung; es war nichts zu tun. Die unbarmherzige Nacht verstrich langsam für Ruth, die in dem verzweifelten Stoizismus ihrer Rasse dasaß, und für Malemute Kid, in dessen Bronzegesicht sich neue Furchen zeigten. Mason litt in der Tat am wenigsten, denn er verbrachte die Zeit in den Bergen von Tennessee, wo er Szenen aus seiner Kindheit wiedererlebte. Und sein längst vergessener Südstaatendialekt ertönte mit einem seltsamen Pathos, wenn er in seinen Phantasien schwamm, Waschbären jagte und Wassermelonen stahl. Für Ruth war es Chinesisch, Kid aber verstand es – verstand es, wie nur der es kann, der jahrelang von aller Zivilisation abgeschlossen gewesen ist.

Der Morgen brachte den Sterbenden wieder zum Bewußtsein, und Malemute Kid beugte sich über ihn, um sein Flüstern zu verstehen.

»Weißt du noch, wie wir uns auf dem Tanana trafen? Im nächsten Frühling sind es vier Jahre her. Ich machte mir damals nicht soviel aus ihr. Gewiß, sie war hübsch, und irgend etwas an ihr reizte mich, glaube ich. Aber seitdem habe ich sie sehr liebgewonnen. Sie ist mir eine gute Frau gewesen, immer Schulter an Schulter mit mir, wenn ich in der Klemme war. Und beim Handel, das weißt du, hat sie nicht ihresgleichen. Weißt du noch, wie sie die Moosehornschnellen hinabfuhr, um dich und mich vom Felsen herunterzuholen, während die Kugeln das Wasser wie Hagelschloßen peitschten? Und damals bei der Hungersnot in Nuklukyeto? – oder als sie mit dem Eisbruch um die Wette lief, um mir die Nachricht zu bringen? Ja, sie ist mir eine gute Frau gewesen, besser als die andre. Das wußtest du vielleicht nicht? Ich hab es dir nie erzählt, was? Ja, ich hab es schon einmal in den Staaten versucht. Darum bin ich ja hier. Wir waren zusammen aufgewachsen. Ich ging fort, um ihr Gelegenheit zu geben, sich von mir scheiden zu lassen. Und die nahm sie wahr.

Aber das hat nichts mit Ruth zu tun. Ich habe gedacht, im nächsten Jahr reinen Tisch zu machen und wegzugehen – mit ihr –, aber jetzt ist es zu spät. Schick sie nicht zu ihrem Volk zurück, Kid. Es ist verflucht schwer für eine Frau, wenn sie wieder zurückgehen soll. Denk nur – fast vier Jahre hat sie unsere Kost gegessen: Schinken und Bohnen und Mehl und Dörrobst, und da sollte sie wieder zu ihren Fischen und ihrem Rentierfleisch zurück? Es wäre nicht gut für sie, unser Leben versucht und gemerkt zu haben, daß es besser als das ihres eigenen Volkes ist, um dann zu ihnen zurückzukehren. Nimm dich ihrer an, Kid – warum willst du nicht selbst – aber nein, du hast ja immer Angst vor ihnen gehabt – und du hast mir auch nie erzählt, warum du ins Land gekommen bist. Sei gut zu ihr und schicke sie nach den Staaten, sobald du kannst. Aber mach es so, daß sie wiederkehren kann – sie bekommt so leicht Heimweh.

Und das Kleine – das hat uns noch näher aneinander geknüpft, Kid. Ich hoffe nur, daß es ein Junge wird! Denk daran! – Fleisch von meinem Fleisch, Kid. Es darf nicht hier im Lande bleiben. Und wenn es ein Mädchen wird, wie könnte es! Verkauf meine Felle. Sie werden mindestens viertausend einbringen, und ebensoviel habe ich bei der ›Kompanie‹ zugute. Sorg dafür, daß er eine gute Erziehung erhält, und, Kid, vor allem, laß ihn nicht hierher zurückkommen. Das Land ist nicht für weiße Männer geschaffen.

Mit mir ist es vorbei, Kid. Drei oder vier Tage höchstens. Ihr sollt weiter. Ihr müßt! Denk daran, daß es meine Frau, daß es mein Junge ist – mein Gott! Ich hoffe, es ist ein

Junge! Ihr könnt nicht bei mir bleiben – und ich befehle euch, ich, ein Sterbender, daß ihr weiterzieht.«

»Laß mir drei Tage«, bat Malemute Kid, »es könnte dir besser gehen; vielleicht geschieht etwas.«

»Nein.«

»Nur drei Tage.«

»Ihr müßt weiter.«

»Zwei Tage.«

»Es geht um meine Frau und meinen Jungen, Kid. Du darfst mich nicht bitten.«

»Einen Tag.«

»Nein, nein, ich verlange –«

»Nur einen einzigen Tag. Wir könnten an den Rationen sparen, und vielleicht schieße ich einen Elch.«

»Nein – nun, schön; einen Tag, aber nicht eine Minute länger. Und, Kid, laß mich nicht allein dabei. Nur einen Schuß, den Finger auf den Drücker. Du verstehst. Denk daran! Denk daran! Fleisch von meinem Fleisch, und ich werde ihn nie sehen!

Schick mir Ruth her. Ich will ihr Lebewohl sagen und sie bitten, an den Jungen zu denken und nicht zu warten, bis ich tot bin. Sonst weigert sie sich vielleicht, mit dir zu gehen. Leb wohl, Alter, leb wohl!

Kid, grabe nach, wo wir den Hund verscharrt haben, neben der Schlittenbahn. Ich habe auf meiner Schaufel Gold gehabt. Und, Kid!« Der beugte sich tiefer herab, um die letzten schwachen Worte zu hören, in denen der Sterbende seinen Stolz aufgab. »Es tut mir leid – wegen – du weißt – Carmen.«

Malemute Kid verließ die Frau, die leise um ihren Mann weinte, zog seine Parka und seine Schneeschuhe an, nahm die Büchse unter den Arm und schritt in den Wald. Es war nicht das erstemal, daß er dem finsteren Grauen des Nordlands gegenüberstand. Aber noch nie hatte es ihn vor eine so schwere Aufgabe gestellt. Bei nüchterner Betrachtung wäre es ein einfaches Rechenexempel gewesen – drei Lebende gegen einen zum Tode Verurteilten. Aber dennoch zögerte er. Fünf Jahre hatten sie Seite an Seite auf Flüssen und Schneeöden, in Lagern und Minen, immer den Tod vor Augen, die Bande ihrer Kameradschaft geknüpft. So fest waren die Bande gewesen, daß er, seit Ruth zu ihnen gekommen war, oft eine unbestimmte Eifersucht bei ihr gespürt hatte. Und jetzt sollte er diese Bande mit eigener Hand zerschneiden.

Obwohl er betete, daß ein Elch, nur ein einziger Elch kommen möchte, war alles wie ausgestorben, und bei Einbruch der Nacht schleppte sich der ermattete Mann mit leeren Händen und schwerem Herzen zum Lager zurück. Lärm unter den Hunden und gellende Schreie Ruths ließen ihn seine Schritte beschleunigen.

Als er das Lager erreichte, sah er Ruth mitten unter den knurrenden Hunden stehen und mit einer Axt um sich schlagen. Die Hunde hatten das eiserne Gesetz ihrer Herren übertreten und waren an den Proviant gegangen. Mit erhobenem Kolben sprang er zwischen sie, und der uralte Kampf ums Dasein wurde mit all der Brutalität seiner ursprünglichen Umgebung ausgekämpft. Büchse und Axt fuhren auf und nieder, trafen oder fehlten mit monotoner Regelmäßigkeit. Geschmeidige Körper flogen hoch mit wilden Augen und schäumendem Rachen, Menschen und Tiere stritten wild um die Übermacht. Dann krochen die geschlagenen Bestien ans Feuer, leckten ihre Wunden und heulten ihr Elend den Sternen zu.

Den ganzen Vorrat an getrocknetem Lachs hatten sie

gefressen, und kaum fünf Pfund Mehl waren übrig, um sie zweihundert Meilen weit durch die Wüste zu bringen. Ruth kehrte zu ihrem Manne zurück, während Malemute Kid einen der Hunde, dem die Axt den Kopf zerschmettert hatte, abzog. Alles wurde sorgfältig beiseitegelegt, nur die Haut und die Eingeweide wurden den andern Hunden vorgeworfen.

Der Morgen brachte neue Schwierigkeiten. Die Tiere kehrten sich gegeneinander. Carmen, die nur noch mit einem schwachen Faden am Leben hing, wurde von der Koppel angegriffen. Sie kümmerten sich nicht um die Peitsche. Sie krochen heulend unter den Schlägen zusammen, ließen sich aber nicht auseinandertreiben, ehe der letzte elende Bissen verschwunden war – Knochen, Haut, Haare, alles.

Malemute Kid ging an seine Arbeit, während er den wilden Reden Masons lauschte, der wieder mit den Kameraden anderer Zeiten in Tennessee war.

Er wählte einige Kiefern in der Nähe und arbeitete schnell. Ruth beobachtete ihn, wie er einen Steinhaufen errichtete, so wie die Jäger zuweilen tun, um ihr Fleisch gegen Wölfe und Hunde zu schützen. Er bog die Wipfel von zwei kleinen Kiefern gegeneinander und fast bis zum Boden herab und band sie mit Riemen aus Elchshaut aneinander. Dann schlug er die Hunde, bis sie zahm wurden, und spannte sie vor zwei von den Schlitten, auf die er alles lud mit Ausnahme der Felle, in die Mason gehüllt war. Die wickelte er dicht um ihn und schnallte sie mit Riemen fest, deren Enden er an den herabgezogenen Kiefern befestigte. Ein einziger Schnitt mit dem Messer mußte die Bäume befreien und den Körper des Mannes hoch in die Luft schnellen lassen.

Ruth hatte den letzten Wunsch ihres Mannes erfahren und widersetzte sich nicht. Die Ärmste hatte die Kunst des Gehorchens zur Genüge gelernt. Von Kind an hatte sie sich wie alle Frauen, die sie kannte, vor dem Herrn der Schöpfung gebeugt, und es kam ihr gar nicht in den Sinn, daß Frauen ungehorsam sein konnten. Kid erlaubte ihr, sich ein einziges Mal ihrem Kummer hinzugeben, als sie ihren Mann küßte, ein Brauch, den ihr eigenes Volk nicht kannte. Er führte sie dann zu dem ersten Schlitten und half ihr in die Schneeschuhe. Blindlings, ganz instinktiv, ergriff sie Steuerstange und Peitsche und setzte die Hunde in Gang. Kid kehrte zu Mason zurück, der eingeschlummert war, und lange, nachdem sie verschwunden war, saß er noch am Feuer, wartete, hoffte und betete, daß sein Kamerad sterben möchte.

Es ist nicht gut, mit traurigen Gedanken allein im weißen Schweigen zu sein. Die Stille der Finsternis ist barmherzig, schützt uns und strömt tausend unfaßbare Sympathien aus; aber die helle weiße Stille, die klar und kalt unter stahlgrauen Wolken liegt, ist unbarmherzig.

Eine Stunde verging – zwei Stunden, aber der Mann wollte nicht sterben. Gegen Mittag warf die Sonne, ohne ihren Rand über den südlichen Horizont zu erheben, einen Lichtschein über den Himmel, um dann schnell wieder hinabzugleiten. Malemute Kid stand auf und schleppte sich zu seinem Kameraden. Er warf einen Blick um sich. Das weiße Schweigen schien ihn zu verhöhnen, und ein großer Schrecken überkam ihn. Ein scharfer Knall, Mason schwang in seinem luftigen Grabe, und Malemute Kid peitschte auf die Hunde los, daß sie in wildem Galopp über den Schnee jagten.

Eine Tochter des Nordlichts

»Sie – was Sie genannt werden – Faulpelz, Sie Faulpelz wollen mich zur Frau. Das nicht richtig. Nie, nein, nie, wird Faulpelz mein Mann werden.«

So sagte Joy Molineau Jack Harrington ihre Meinung, genauso, wie sie sich am Abend zuvor mit wenigeren Worten in ihrer eigenen Sprache Louis Savoy gegenüber ausgesprochen hatte.

»Aber hören Sie doch mal, Joy...«

»Nein, nein, wie soll ich hören auf Faulpelz? Das wär verkehrt. Sie treiben sich rum, machen Besuch in meiner Hütte und tun nichts, Sie. Wie Sie schaffen Nahrung in Zukunft? Warum Sie nicht haben Gold? Andre Männer haben viel Goldstaub!«

»Aber ich arbeite doch schwer, Joy. Es vergeht nicht ein Tag, ohne daß ich auf der Schlittenfahrt oder oben am Flusse bin. In diesem Augenblick bin ich heimgekehrt. Meine Hunde sind noch müde. Andre Männer haben Glück und finden massenhaft Gold, aber ich – ich habe kein Glück.«

»Oh! Aber als dieser Mann mit der Frau, die Indianerfrau ist, dieser Mann, McCormack, als er entdecken Klondike, da Sie nicht gehen. Andre Männer gehen. Andre Männer jetzt reiche Männer.«

»Sie wissen doch selbst, daß ich damals ein paar Minen an der Quelle des Tanana untersuchte«, wandte Harrington ein, »und von Eldorado oder Bonanza erfuhr ich erst, als es zu spät war.«

»Das ist etwas anderes. Aber Sie sind nun mal – was ihr nennen – nicht mit dabei.«

»Was?«

»Nicht mit dabei – ja, nicht mit bei allem. Es ist nie zu spät. Eine sehr reiche Mine ist da, wo es heißt Eldorado. Der Mann schlagen einen Pfahl ein und gehen seiner Wege. Kein andrer Mann weiß, was aus ihm geworden. Dieser Mann, der den Pfahl eingeschlagen hat, er ist nicht mehr. Zwei Monate registrierte kein Mann den Claim. Andre Männer – viele andre Männer – nehmen den Claim, fahren davon – wie der Wind – lassen den Claim registrieren. Ihn sehr reich. Ihn können Familie ernähren.«

Harrington ließ sich keineswegs anmerken, wie gespannt er war.

»Wann ist die Frist abgelaufen?« fragte er. »Was für ein Claim ist das?«

»So ich sagen zu Louis Savoy gestern abend«, fuhr sie fort, ohne seine Worte zu beachten. »Er ich glaube gewinnen.«

»Der Teufel soll Louis Savoy holen!«

»So Louis Savoy sprechen in meiner Hütte gestern abend. Ihn sagen: ›Joy, ich bin ein starker Mann. Ich haben gute Hunde, ich haben gute Lungen. Ich will gewinnen. Willst du mich dann zum Mann?‹ Und ich sagen zu ihm, ich sagen –«

»Was sagten Sie?«

»Ich sagen, wenn Louis Savoy gewinnt, dann wird er mich haben zur Frau.«

»Und wenn er nicht gewinnt?«

»Dann wird Savoy nicht werden – wie ihr sagen – Vater von meine Kinder.«

»Und wenn ich gewinne?«

»Sie gewinnen? Ha! Ha! Nie.«

Wie sehr einen das Lachen Joy Molineaus auch zur Verzweiflung bringen konnte, war es doch immer eine Freude fürs Ohr. Es störte Harrington nicht. Er war zu lange daran gewöhnt. Außerdem war er keine Ausnahme. Sie hatte alle Männer, die in sie verliebt waren, dieselbe Qual erdulden lassen. Und verlockend war sie in diesem Augenblick, wie sie dastand, die Lippen zu einem Lächeln gekräuselt, die Wangen durch den Kuß der Kälte tiefer gefärbt, und mit Augen, in denen die ganze zitternde Verführung lag, die die größte aller Verlockungen ist und die man nirgends sehen kann als in den Augen einer Frau.

Ihre zottigen Schlittenhunde drängten sich um sie zusammen, und der Leithund, Wolfszahn, legte behutsam seine Schnauze in ihren Schoß.

»Wenn ich gewinne?« drang Harrington in sie.

Sie sah von dem Hund auf den Mann und wieder zurück.

»Was sagen du, Wolfszahn? Wenn ihn starker Mann und einregistrierten Papier, sollen wir dann seine Frau werden? Was sagen du?«

Wolfszahn spitzte die Ohren und knurrte Harrington an.

»Es ist sehr kalt«, fügte sie plötzlich mit echt weiblichem Mangel an Logik hinzu, sprang auf und ordnete ihr Gespann.

Ihr Bewerber sah sie unverwandt und unbeirrt an. Seit sie sich das erstemal getroffen, hatte sie ihn alles erraten lassen, und er hatte sich Geduld angewöhnt.

»Heh! Wolfszahn!« rief sie, indem sie auf den Schlitten sprang, als er sich in Bewegung setzte. »Ai! Ya! Mush!«

Harrington blickte ihr verstohlen nach, wie sie schnell auf der Schlittenbahn nach Forty Mile fuhr. An der Stelle, wo der Weg nach Fort Cudahy auf der andern Seite des

Flusses abbog, hielt sie die Hunde an und wandte sich um.

»Oh! Herr Faulpelz!« rief sie zurück. »Wolfszahn, ihn sagen ja – wenn Sie Sieger werden!«

Aber wie es stets in solchen Fällen geht, sickerte es durch, und ganz Forty Mile, das bisher mit Spekulationen in Anspruch genommen gewesen, welchen von ihren beiden letzten Bewerbern Joy Molineau nehmen würde, begann jetzt zu wetten und zu raten, wer von ihnen in dem bevorstehenden Wettlauf den Sieg davontragen würde. Das Lager teilte sich in zwei Parteien, deren jede die größten Anstrengungen machte, um ihrem Helden den Sieg zu sichern. Man riß sich um die besten Hunde, die es im Lande gab, denn Hunde, und zwar gute Hunde, waren mehr als alles andere notwendig für den Sieg. Und der Sieg bedeutete ungeheuer viel für den Sieger. Außer daß er ihm eine Frau verschaffte, wie es keine zweite auf Erden gab, war er gleichbedeutend mit einer Goldmine im Werte von mindestens einer Million.

In dem Herbst, als die Nachricht von McCormacks Entdeckung von Bonanza kam, waren alle Bewohner der unteren Landesteile, darunter auch von Circle City und Forty Mile, nach dem Yukon aufgebrochen, jedenfalls alle mit Ausnahme derer, die wie Jack Harrington und Louis Savoy auf der Goldsuche nach Westen zogen. Markierungspfähle wurden haufenweise eingerammt, sowohl auf Elchweiden wie an Bächen und zufällig auch an dem Bach, der von allen die geringste Möglichkeit zu bieten schien, dem Eldorado. Olaf Nelson belegte fünfhundert Fuß an ihm, machte, wie es sich gehört, einen Anschlag und verschwand hierauf pflichtschuldigst. Zu diesem Zeitpunkt befand sich das nächste Registrierungsbureau in der Polizeikaserne von

Fort Cudahy, gerade gegenüber Forty Mile am Flusse. Als aber das Gerücht durchsickerte, daß der Eldorado-Creek eine Schatzkammer sei, machte man schnell die Entdeckung, daß Olaf Nelson es unterlassen hatte, den Yukon hinabzureisen, um seinen Besitz registrieren zu lassen. Die Leute sahen mit gierigen Augen auf den herrenlosen Claim, wo, wie sie wußten, Tausende von Dollars auf Schaufeln und Pfannen warteten. Und doch wagten sie nichts zu unternehmen, denn das Gesetz sagte, daß sechzig Tage zwischen dem Einrammen der Pfähle und dem Registrieren vergehen dürften, und unterdessen war ein Claim völlig unantastbar. Das ganze Land wußte von Olaf Nelsons Verschwinden, und Dutzende von Männern trafen ihre Vorbereitungen, um sich in den Besitz des Claims zu setzen und an dem darauffolgenden Wettlauf nach Fort Cudahy teilzunehmen.

In Forty Mile gab es nicht viel Konkurrenz. Da die ganze Stadt alle Kräfte dafür einsetzte, entweder Jack Harrington oder Louis Savoy auszurüsten, war keiner töricht genug, sich allein auf eigene Faust an dem Wettlauf zu beteiligen. Es war eine Strecke von hundert Meilen bis zum Registrierungsbureau, und die Bestimmung lautete, daß die beiden Favoriten je vier Gespanne unterwegs vorfinden sollten. Das letzte Stück war natürlich das entscheidende, und so strengten sich denn die Leute an, ihren Schützlingen für diese letzten fünfundzwanzig Meilen die stärksten Tiere zu verschaffen. So heftig entbrannte der Streit zwischen den Parteien, und so hoch boten sie, daß Hunde mit höheren Preisen bezahlt wurden als je zuvor in der Geschichte des Landes. Und dieser Kampf um die Hunde sollte mehr als alles andere die Aufmerksamkeit der Öffentlichkeit auf Joy Molineau lenken. Denn nicht allein, daß sie schuld an allem war, sie besaß auch das beste Schlittengespann von Chilcoot bis zur Beringsee. Es gab keinen Leithund, der mit Wolfszahn verglichen werden konnte. Der Mann, der ihn auf dem letzten Stück Weges in seinem Gespann hatte, mußte notgedrungen den Sieg davontragen. Darüber konnte kein Zweifel bestehen. Aber die kleine Gesellschaft hatte ein angeborenes Gefühl für Schicklichkeit, und es wurde kein einziger Versuch gemacht, Joy zu veranlassen, ihn zur Verfügung zu stellen. Im übrigen trösteten sich die beiden Parteien damit, daß auf diese Weise eben keiner einen Vorteil davon hätte.

Da Männer, einzeln wie in der Gesamtheit, nun aber einmal so eingerichtet sind, daß sie in glücklicher Unwissenheit über das feinere Ränkespiel des Weibes durchs Leben gehen, hatten die Männer in Forty Mile auch keine Ahnung von den Teufelskünsten, die Joy Molineau vorhatte. Hinterher räumten sie ein, daß sie die dunkeläugige Tochter des Nordlichts nicht gut genug gekannt hatten, deren Vater mit Pelzwerk im Lande gehandelt hatte, ehe sie sich je hatten träumen lassen, hier einzudringen, und die selbst unter dem funkelnden Nordlicht zur Welt gekommen war. Nein, der Zufall, der für ihre Geburtsstätte bestimmend gewesen war, hatte ihrer Weiblichkeit und auch ihrem weiblichen Instinkt in der Behandlung von Männern keinen Abbruch getan. Sie wußten, daß sie mit ihnen spielte, aber sie wußten nicht, wie klug ihr Spiel war, und mit welcher Schlauheit und Gewandtheit sie es spielte. Sie konnten nur die Karten sehen, die auf dem Tisch lagen, so daß alle in Forty Mile sich bis zuletzt in einem Zustand angenehmer Geistesverdunklung befanden, und erst, als sie mit ihrem letzten Trumpf herausrückte, gewannen sie Klarheit.

An einem der ersten Tage der Woche wurde alles für den Aufbruch Jack Harringtons und Louis Savoys bereitgemacht. Die Zeit war sehr klug gewählt, denn sie hatten die Absicht, ein paar Tage, ehe die Frist abgelaufen war, bei Olaf Nelsons Claim zu sein, so daß sie sich und ihre Hunde ausruhen konnten, um auf dem ersten Teil des Weges frisch zu sein. Auf der Hinreise machten sie die Entdeckung, daß die Leute in Dawson schon am Wege Hundegespanne bereit hielten, und es war klar, daß keine Ausgabe gespart wurde in Erwartung der Millionen, die der Einsatz in diesem Spiel waren.

Ein paar Tage nach der Abreise der beiden Favoriten begann Forty Mile Gespanne zum Wechseln zu schicken, zuerst nach der Station, die fünfundsiebzig Meilen von der Stadt entfernt lag, dann nach der, die fünfzig Meilen, und zuletzt nach der, die fünfundzwanzig Meilen entfernt lag. Die Gespanne für das letzte Stück waren prachtvoll, und sie waren einander so ebenbürtig, daß sich die Leute bei fünfzig Grad Fahrenheit unter Null eine ganze Stunde stritten, welches von ihnen das beste sei, ehe sie fortziehen durften. Im letzten Augenblick kam Joy Molineau auf ihrem Schlitten angesaust. Sie zog Lon McFane, der Harringtons Hundegespann versorgte, beiseite, und kaum hatte sie ihre Erklärung begonnen, als man auch schon beobachtete, daß ihm das Kinn auf die Brust sank, mit einer Hast und einem Nachdruck, die zeigten, daß es sich um eine Sache von großer Wichtigkeit handelte. Er spannte Wolfszahn von ihrem Schlitten, schirrte ihn an die Spitze von Harringtons Gespann und trieb dann die Hunde in einer langen Reihe auf den Schlittenweg am Yukon.

»Armer Louis Savoy!« sagten die Leute, aber Joy Molineau warf ihnen einen herausfordernden Blick aus ihren schwarzen Augen zu und fuhr nach der Hütte ihres Vaters zurück.

Es war auf dem Claim von Olaf Nelson. Mitternacht näherte sich. Ein paar hundert in Pelze gekleidete Männer hatten sechzig Grad Fahrenheit unter Null der Versuchung vorgezogen, die die warmen Hütten und Betten boten. Dutzende von ihnen hielten ihre Anschläge zum Einrammen und ihre Hunde zum Davonjagen bereit. Eine Abteilung von Kapitän Constantines reitender Polizei war abkommandiert worden, um aufzupassen, daß alles ehrlich zuging. Es war ein Tagesbefehl erlassen worden, daß keiner einen Pfahl einrammen durfte, ehe die letzte Sekunde des Tages zur Vergangenheit geworden war. In den Nordländern sind derartige Befehle ebenso bindend wie die Gesetze Jehovas, und die Dum-Dum-Kugel ist ebenso schnell und wirkungsvoll wie der Donnerkeil. Es war klares, kaltes Wetter. Das Nordlicht färbte den Himmel mit zitternder, üppiger Farbenpracht. Rosige Wogen kalten Strahlenglanzes schossen zum Zenit empor; die Sterne wurden ausgelöscht von großen, glänzenden Strahlenbündeln, und mächtige Bogen erhoben sich, wie von Titanenhänden erbaut, über dem Pol. Und diese ganze verschwenderische Farbenpracht heulten die Wolfshunde an, wie ihre Vorfahren es in längst entschwundenen Tagen getan.

Ein Polizist im Bärenfell trat, die Uhr in der Hand, in die erste Reihe. Männer stürzten zwischen die Hunde und scheuchten sie auf, ordneten das Geschirr und machten die Schlitten fahrtbereit. Wer den Wettlauf mitmachen wollte, trat auf den Claim und griff nach Pfahl und Anschlag. Sie hatten so oft die Grenzen des Claims untersucht, daß sie ihnen jetzt blind folgen konnten. Der Polizist hob die

Hand. Sie warfen die überflüssigen Pelze und Decken fort, schnallten sich zum letztenmal die Gurte fester und standen bereit.

»Fertig!«

Von sechzig Paar Händen flogen die Fäustlinge, und ebenso viele Mokassins traten hart in den Schnee.

»Los!«

Sie schossen nach allen vier Seiten über das breite Grundstück und rammten die Pfähle an allen Ecken und Enden ein. Dann stürzten sie zu den Schlitten in dem gefrorenen Bachbett. Es herrschte eine vollkommene Anarchie von Lärm und Bewegung. Schlitten stießen zusammen, und die Gespannhunde gingen mit gesträubten Mähnen und aus voller Kehle bellend aufeinander los. Das schmale Bachbett war ganz von der kämpfenden Masse verstopft. Schnüre und Schäfte von Hundepeitschen fielen auf Menschen und Tiere nieder. Und um das Durcheinander noch größer zu machen, hatte jeder Teilnehmer am Wettlauf eine Schar Kameraden, die sich aus aller Macht bemühten, ihn aus dem furchtbaren Chaos herauszuholen. Aber einer nach dem andern, mit Aufbietung großer physischer Kraft, schlüpften die Schlitten heraus und verschwanden schnell in der Dunkelheit des vorspringenden Landes.

Jack Harrington, der dieses furchtbare Gedränge vorausgesehen hatte, wartete an seinem Schlitten, bis etwas Ordnung herrschte. Louis Savoy, der wußte, daß sein Nebenbuhler vom Hundefahren mehr verstand als er, folgte getreulich seinem Beispiel und wartete ebenfalls. Der lärmende Aufzug befand sich schon außer Hörweite, als sie auf der Schlittenfährte abfuhren, und erst als sie an zehn Meiler nach Bonanza zu gefahren waren, holten sie ihn ein – eine lange Reihe, einer dicht hinter dem andern. Der

Lärm war nicht groß und die Möglichkeit, zu diesem Zeitpunkt vorbeizukommen, sehr gering. Die Schlitten maßen sechzehn Zoll von Kufe zu Kufe, und die Schlittenfährte achtzehn Zoll. Sie war aber durch den starken Verkehr einen guten Fuß tief eingepreßt und wie ein Rinnstein. Zu beiden Seiten lagen wie ein Teppich die weichen Schneekristalle. Geriet man bei dem Versuch, die andern zu überholen, hier hinein, so mußten die Hunde bis zum Bauche einsinken und konnten nur wie die Schnecken weiterkommen. Folglich lagen die Männer flach auf den hüpfenden Schlitten und warteten auf eine Gelegenheit. Während der fünfzehn Meilen am Bonanza und Klondike entlang bis Dawson, wo sie auf den Yukon hinaus mußten und die ersten Wechselgespanne warteten, erfolgte keine Veränderung. Und hier hatten Harrington und Savoy, die entschlossen waren, ihr erstes Gespann, wenn nötig, zu Tode zu jagen, ihr frisches Gespann ein paar Meilen weiter vorn warten lassen als die andern. In der Verwirrung, die entstand, als die Schlitten gewechselt werden sollten, überholten sie gut die Hälfte der andern. Es waren vielleicht noch dreißig Mann, die auf die breite Kruste des Yukons kamen. Und jetzt ging es ums Leben.

Als der Fluß im Herbst zugefroren war, war etwa eine Meile offenes Wasser zwischen zwei mächtigen Schraubungen stehengeblieben. Die Strömung war so stark, daß sich erst vor kurzem eine Eiskruste darauf gebildet hatte, die jetzt eben hart und glatt wie ein Tanzboden war. Im selben Augenblick, als sie auf das blanke Eis kamen, erhob Harrington sich auf die Knie, klammerte sich mit der einen Hand an seinen unruhigen Sitz, peitschte wie ein Rasender auf die Hunde ein und ließ die kräftigsten Flüche auf sie herabregnen. Die beiden Gespanne schossen über die blanke

Fläche dahin und strengten sich beide aufs äußerste an. Aber es gab nur wenige Männer im Nordlande, die so viel aus ihren Hunden herausholen konnten wie Jack Harrington. Er bekam gleich einen kleinen Vorsprung, und Louis Savoy machte verzweifelte Anstrengungen, um nicht zurückzubleiben. So blieb sein Leithund immer dicht am Hinterende vom Schlitten seines Nebenbuhlers.

Mitten auf dem glatten Stück kamen ihre Wechselgespanne in voller Fahrt vom Ufer heran. Aber Harrington verminderte seine Schnelligkeit nicht. Er paßte genau auf, und als der neue Schlitten sich neben ihn schwang, sprang er mit einem lauten Ruf hinüber und trieb seine frischen Hunde an. Der andere Fahrer ließ sich vom Schlitten fallen, wie es traf. Savoy tat mit seinem Wechselgespann dasselbe, und die verlassenen Gespanne, die nach rechts und links abschwenkten, stießen mit den andern zusammen und richteten eine wilde Verwirrung unter ihnen an. Harrington bestimmte das Tempo, und Savoy hielt sich dicht hinter ihm. Auf dem letzten Stück blanken Eises holten sie den führenden Schlitten ein. Als sie auf die schmale Schlittenbahn zwischen den weichen Schneehängen sausten, führten sie das Rennen an, und Dawson, das sie im Schein des Nordlichts beobachtete, schwur, daß sie es verflucht gut gemacht hätten.

Bei sechzig Grad Kälte kann der Mensch nicht lange ohne Feuer oder kräftige Bewegung leben, weshalb Harrington und Savoy denn auch den alten Brauch befolgten und ›fuhren und liefen‹. Die Leine in der Hand, sprangen sie vom Schlitten und liefen hinterher, bis das Blut wieder seinen normalen Kreislauf durch die Adern begann und die Kälte vertrieb, worauf sie auf die Schlitten sprangen, bis die Wärme erneut entwich. Und so legten sie laufend und fahrend die Strecke zwischen dem zweiten und dritten Wechselgespann zurück. Ein paarmal spornte Savoy seine Hunde auf dem glatten Eis zu einem kräftigen Spurt an, ohne daß es ihm jedoch gelang, vorbeizukommen. – Hinter ihnen kamen, über eine Strecke von fünf Meilen verteilt, die übrigen Wettläufer, die sie vergebens einzuholen versuchten, denn Louis Savoy war der einzige, der die Ehre genoß, das mörderische Tempo Jack Harringtons aushalten zu können.

Als sie die Station, die fünfundsiebzig Meilen vom Claim entfernt lag, erreichten, fuhr Lon McFane neben sie. Harrington erblickte Wolfszahn, der das Gespann anführte, und nun wußte er, daß er den Sieg errungen hatte. Kein Gespann im Norden konnte ihn auf den letzten fünfundzwanzig Meilen überholen. Als Savoy Wolfszahn an der Spitze des Gespannes seines Nebenbuhlers sah, wußte er, daß das Spiel verloren war, und er fluchte leise, so, wie Männer meistens Frauen verfluchen. Aber er folgte immer noch der rauchenden Spur des andern und hoffte, daß der Zufall ihm irgendwie zu Hilfe kommen würde. So jagten sie dahin, während der Tag im Südosten anbrach, und wunderten sich in Freude und Kummer über das, was Joy Molineau getan hatte.

Forty Mile war zeitig aus den Schlafdecken gekrochen und hatte sich an der Schlittenbahn gesammelt. Von hier aus konnte es den oberen Lauf des Yukon bis zu der Stelle übersehen, wo er seine erste Biegung machte. Von hier aus konnte es auch quer über den Fluß bis zum Ziele, dem Fort Cudahy, sehen, wo der Goldregistrator in großer Aufregung wartete. Joy Molineau stand ein Stückchen von der Schlittenfährte entfernt, und im Hinblick auf die besonderen Verhältnisse wollte das übrige Forty Mile nicht aufdringlich sein. Deshalb befand sich niemand zwischen ihr und der schmalen Schlittenbahn. Man hatte Feuer angezündet, und die Leute saßen drum herum und wetteten um Gold und Hunde, aber Wolfszahn war Favorit.

»Da kommen sie!« heulte ein Indianerjunge aus dem Wipfel einer Kiefer.

Oben auf dem Yukon zeichnete sich ein schwarzer Punkt vom Schnee ab, und gleich darauf kam ein zweiter Punkt zum Vorschein. Während sie größer wurden, zeigten sich immer mehr Punkte, aber weit hinter den andern. Allmählich lösten sie sich zu Hunden und Schlitten und flach darauffliegenden Männern auf.

»Wolfszahn führt«, flüsterte ein Leutnant der Polizei Joy zu. Sie lächelte interessiert.

»Zehn gegen eins auf Harrington!« rief ein Birch-Creek-König und zog seinen Beutel.

»Die Königin Ihnen nicht bezahlen viel?« fragte Joy. Der Leutnant schüttelte den Kopf.

»Sie haben etwas Goldstaub, ah, wieviel?« fuhr sie fort. Er zeigte einen Goldbeutel, den sie hastig abschätzte.

»Vielleicht – sagen wir – zweihundert, nicht wahr? Schön. Jetzt ich gebe Ihnen – was Sie nennen – Tip. Nehmen Sie die Wette an.« Joy lächelte ein unergründliches Lächeln. Der Leutnant dachte nach. Er sah auf die Schlittenspur hinaus. Die beiden Männer hatten sich auf die Knie erhoben und peitschten wie rasend auf ihre Hunde ein. Harrington führte.

»Zehn gegen eins auf Harrington!« brüllte der Birch-Creek-König und schwang einen Beutel vor den Augen des Leutnants.

»Nehmen Sie doch die Wette an«, sagte Joy wieder. Er gehorchte achselzuckend, um zu zeigen, daß er sich nicht der Vernunft, sondern ihrer gewinnenden Persönlichkeit beuge. Joy nickte beruhigend. Da verstummte aller Lärm, und die Leute gingen keine Wetten mehr ein.

Heftig schleudernd und mit Sprüngen wie Segeljollen vor dem Winde kamen die Schlitten mit rasender Schnelligkeit auf sie zu. Obwohl sein Leithund sich ganz dicht hinter Harringtons Schlitten hielt, hatte Louis Savoys Gesicht einen hoffnungslosen Ausdruck angenommen. Harringtons Lippen waren zusammengebissen, und er sah weder nach rechts noch nach links. Seine Hunde liefen dahin, mit vollkommen rhythmischen Bewegungen, sicher auf den Füßen und tief auf der Schlittenspur; Wolfszahn, der mit gebeugtem Kopf, ohne etwas zu sehen und mit einem leisen Winseln lief, war ein strahlender Anführer des übrigen Gespannes.

Forty Mile stand atemlos da. Nicht ein Laut war zu hören außer dem Knirschen der Kufen und dem Knallen der Peitschen. Da tönte Joy Molineaus klare Stimme durch die Stille.

»Ai! Ya! Wolfszahn! Wolfszahn!«

Wolfszahn hörte, bog plötzlich von der Schlittenspur ab und eilte auf seine Herrin zu. Das Gespann folgte ihm auf den Fersen, und der Schlitten balancierte einen Augenblick auf einer Kufe. Harrington fiel kopfüber in den Schnee. Savoy schoß wie der Blitz vorbei. Harrington kam wieder auf die Füße und sah ihm nach, wie er nach dem Bureau des Goldregistrators über den Fluß setzte. Er mußte hören, was gesagt wurde.

»Ach, ihn machen es wirklich gut«, erklärte Joy Molineau dem Leutnant. »Ihn – was wir nennen – ihn spurten, ja, ihn spurten — sehr gut!«

Am Ende des Regenbogens

Es hatte zwei Gründe, daß Montana Kid sich von seinem Sattel und seinen mexikanischen Sporen trennte und den Staub der Idahoranch von seinen Füßen schüttelte. Erstens hatte eine ruhige, ernste und streng moralische Zivilisation die Verhältnisse verdorben, die seit Urzeiten auf den Viehranchen des Westens geherrscht hatten, und eine verfeinerte Gesellschaft sah ihn und seinesgleichen mit offener Mißbilligung an. Zweitens hatte sich die Rasse in einem ihrer zyklopischen Augenblicke erhoben und ihre Grenzen ein paar tausend Meilen weiter gesteckt. So machte die reifgewordene Gesellschaft in unbewußter Vorausschau ihren heranwachsenden Mitgliedern Platz. Es ist richtig, daß das neue Territorium im großen ganzen unfruchtbar war; aber seine Hunderttausende hartgefrorener Quadratmeilen schenkten gleichfalls denen, die sonst aus Luftmangel in der Heimat erstickt wären, Ellbogenfreiheit.

Montana Kid war einer von ihnen. Er war an die Küste geeilt mit einer Hast, die sich möglicherweise daraus erklärte, daß mehrere Gerichtsvollzieher hinter ihm her waren, und er war mit mehr Mut als Geld ausgestattet. Es glückte ihm, mit einem Schiff einen Hafen am Puget Sound zu verlassen und all das Elend zu überstehen, das eine unvermeidliche Folge von Zwischendeckseekrankheit und Zwischendeckproviant war. Er war ziemlich gelb und mitgenommen, als er an einem Frühlingstage am Ufer von

Dyea an Land gesetzt wurde. Die Preise von Hunden, Proviant und Ausrüstung sowie die Zölle, die zwei kollidierende Regierungen verlangten, brachten ihn schnell zur Einsicht, daß das Nordland alles andere eher als ein Mekka des armen Mannes war. Deshalb begann er sich denn auch nach schneller Ernte umzusehen. Zwischen dem Ufer und den Pässen verstreut gab es viele Tausende begeisterter Pilger, und an die Pilger machte Montana Kid sich heran.

Zuerst errichtete er in einem Schuppen aus Kiefernbrettern eine Pharaobank, aber die Notwendigkeit zwang ihn, dem Dasein eines Mannes ein Ende zu machen und gleichzeitig die Schlittenbahn weiter hinabzuziehen. Dann machte er einen Corner in Hufnägeln, die bald ebensogut wie bares Geld waren, da sie zu einem Kurse von vier Stück für einen Dollar umgesetzt wurden, aber ganz unerwartet erschienen hundert Tonnen Nägel auf dem Markte und zwangen ihn, seinen Vorrat mit Verlust abzusetzen. Hierauf ließ er sich in Sheep Camp nieder, organisierte die berufsmäßigen Lastträger und schraubte an einem einzigen Tage die Fracht um zehn Cents in die Höhe. Als Ausdruck ihrer Dankbarkeit erschienen die Lastträger getreulich an seinen Pharao- und Roulettetischen, wo er ihnen ihren Verdienst in aller Gemütlichkeit wieder abnahm. Aber sein Geschäftstalent war allzu bösartig, als daß man sich es lange gefallen ließ, und so überfielen sie ihn eines Nachts, brannten seine Bude nieder, teilten die Bank unter sich und schickten ihn mit leeren Taschen wieder die Schlittenbahn hinauf.

Das Unglück verfolgte ihn, wo er ging und stand. Er schloß ein Abkommen mit verantwortlichen Persönlichkeiten über den Transport von Whisky auf gefährlichen und unbekannten Pfaden über die Grenze und verlor seine indianischen Führer, während ihm sein erster Vorrat von der berittenen Polizei konfisziert wurde. Zahlreiche andere Unglücksfälle trugen dazu bei, ihn bitter und rücksichtslos zu machen, und so feierte er seine Ankunft am Bennett-See, indem er ganze zwanzig Stunden lang ein wahres Schreckensregiment über das Lager ausübte. Dann beschäftigte sich eine Goldgräberversammlung mit ihm und befahl ihm zu verduften. Er hegte einen heiligen Schrecken vor derartigen Versammlungen und gehorchte in solcher Eile, daß er, am Gespann eines anderen Mannes hängend, verschwand. Das galt unter milderen Himmelsstrichen als Pferdediebstahl, und deshalb berührte er auf seiner eiligen Flucht über Bennett und den Tagish hinab nur die höchsten Punkte und schlug erst sein Zelt auf, als er gut hundert Meilen nordwärts gelangt war. Nun traf es sich so, daß der Frühling vor der Tür stand und viele von den vornehmsten Bürgern Dawsons südwärts reisten, ehe das Eis brach. Er traf diese Männer und sprach mit ihnen, merkte sich ihre Namen und Besitzungen und reiste weiter. Er hatte ein gutes Gedächtnis und eine lebhafte Phantasie, und schließlich gehörte Wahrheitsliebe nicht gerade zu seinen Tugenden.

Dawson, das immer auf Neuigkeiten versessen ist, sah den Schlitten Montana Kids den Yukon herunterkommen und begab sich aufs Eis hinaus, um ihn zu empfangen. Nein, er hatte keine Zeitungen, er wußte nicht, ob Darrant gehängt worden war und wer das letzte Derby gewonnen hatte, er hatte nichts vom Krieg zwischen den Vereinigten Staaten und Spanien gehört, er wußte nicht, wer Dreyfus war, aber O'Brien? Hatten sie das nicht gehört? – Ja, O'Brien war beim Weißen Pferd ertrunken, Sitka Charley war der einzige von der Gesellschaft, der entkommen war. Joe Ladue? Beide Beine erfroren, so daß sie bei fünf Finger amputiert worden waren. Und Jack Dalton? Mit dem ›Seelöwen‹ in die Luft geflogen, ja, und die ganze Besatzung mit ihm. Und Bettles? Mit der ›Cartagena‹ in der Seymourstraße gestrandet – zwanzig Mann von dreihundert gerettet. Und Swiftwater Bill? Durch das morsche Eis auf dem Le-Barge-See mit sechs weiblichen Mitgliedern von der Operngruppe, die er eskortierte, eingebrochen. Gouverneur Walsh? Mit allen Mann und acht Schlitten bei Thirty Mile ertrunken. Devereaux? Wer war Devereaux? Ach, der Kurier! Von den Indianern auf dem Marsh-See erschossen.

Und so ging es weiter – das Gerücht gelangte in die Stadt, und die Leute drängten sich herbei, um nach Freunden und Kameraden zu fragen, und dann wurden sie wieder hinausgedrängt, zu betäubt, um sich aufs Fluchen einzulassen. Ehe Montana Kid den Uferhang erreichte, war er von mehreren hundert pelzbekleideten Goldgräbern umringt. Als er an den Baracken vorbeikam, war er der Mittelpunkt einer ganzen Prozession. Beim Opernhaus umgab ihn ein aufgeregter Volkshaufen, und alle kämpften, um an ihn heranzukommen und nach abwesenden Kameraden zu fragen. Von allen Seiten regneten Angebote von Getränken auf ihn herab. Noch nie war ein Unbekannter derart mit offenen Armen empfangen worden. Ganz Dawson war auf den Beinen. Eine solche Reihe von Katastrophen war noch nie in der Geschichte der Stadt vorgekommen. Jeder Mann von Ansehen, der im Laufe des Frühlings nach Süden gezogen war, war ausgelöscht. Aus allen Hütten kamen die Bewohner herbeigeströmt. Männer mit wilden, verstörten Blicken kamen von den Bächen und Flüssen, um diesen Mann zu sehen, der von soviel Unglück erzählte. Bettles' russische Mischlingsfrau zog sich, völlig untröstlich, an ihren Herd zurück und streute weiße Asche auf ihr rabenschwarzes Haar. Die Flagge auf der Kaserne hing melancholisch auf Halbmast. – Dawson beweinte seine Toten.

Warum Montana Kid das tat, kann kein Mensch wissen, man kann keine andere Erklärung dafür finden, als daß es für ihn keine Wahrheit gab. Ganze fünf Tage lang stürzte er das Land in Trauer und Klage, und ganze fünf Tage lang war er der berühmteste Mann in ganz Klondike. Das Land gab ihm das Beste, was es an Wohnung und Essen zu bieten hatte. In den Wirtschaften hatte er gratis Zutritt zu den Bars. Und immer mehr Leute suchten ihn auf. Die hohen Beamten beugten sich vor ihm, um weitere Nachrichten zu erhalten, und Constantin und seine Kollegen gaben ihm Feste in der Kaserne. Eines Tages aber hielt Devereaux, der Regierungskurier, seine müden Hunde vor dem Bureau des Goldregistrators an. Tot? Wer das sage? Sie sollten ihm ein Elchschnitzel geben – dann wollte er ihnen schon zeigen, wie tot er war. So! Gouverneur Walsh läge im Lager bei Little Salmon, und O'Brien käme, sobald das Wasser offen sei. Tot? Sie sollten ihm nur ein Elchschnitzel geben, dann wollte er es ihnen zeigen.

Und gleich darauf war Dawson wieder auf den Beinen – die Kasernenflagge ging hoch, und Bettles' Frau wusch sich und zog sich reine Kleider an. Dann gab die Gemeinde Montana Kid auf eine feine Art zu verstehen, daß er am besten verdufte, was er wie gewöhnlich hinter dem Hundegespann eines anderen Mannes tat. Dawson freute sich, als er den Yukon hinabfuhr, und wünschte ihm glückliche Reise nach dem Ort, der das endgültige Ziel aller verhärteten Sünder ist. Hinterher griff der Besitzer der Hunde ein, klagte bei Constantin und lieh sich von ihm einen Polizisten.

Circle City in Sicht, fuhr Montana Kid drauflos, während das Eis ihm unter den Kufen schmolz. Er zweifelte kaum, daß die Besitzer der erwähnten Hunde ihm auf der Spur waren, und wünschte amerikanisches Territorium zu erreichen, ehe der Fluß aufbrach. Aber am Nachmittag des dritten Tages wurde er sich klar darüber, daß er im Wettlauf mit dem Frühling den kürzeren zog. Der Yukon knurrte und zerrte an seinen Fesseln. Er mußte weite Umwege machen, denn die Schlittenbahn begann bis auf die reißende Strömung durchzuschmelzen, und in dem in ewiger Unruhe befindlichen Eise entstanden mit dumpfem Krachen große, klaffende Risse. Durch diese Risse und zahllosen Luftlöcher begann das Wasser über das Eis zu spülen, und als er bei einer Holzhauerhütte auf der äußersten Spitze einer Insel vorfuhr, konnten die Hunde nicht mehr auf den Füßen stehen und schwammen mehr, als daß sie liefen. Die beiden Bewohner der Hütte empfingen ihn recht unfreundlich, aber er schirrte die Hunde ab und machte sich daran, sein Essen zu bereiten.

Donald und Davy waren typische Repräsentanten der untauglichen Grenzbevölkerung. Sie waren in Kanada geborene Schotten, die, in der Stadt erzogen, in der Dummheit eines Augenblicks ihre Kontorstühle verlassen, ihre Ersparnisse genommen hatten und nach Klondike gereist waren, um Gold zu schürfen. Sie hatten hinreichend zu fühlen bekommen, welch hartes, ungastliches Land es war. Als sie schließlich ohne Proviant, ohne Lebensmut und mit einer brennenden Sehnsucht nach der Heimat in ihrem

Herzen dastanden, waren sie von der P. C. Company zum Holzhauen für ihre Dampfer engagiert worden, wogegen sie Proviant und das Versprechen freier Heimfahrt nach einer gewissen Zeit erhielten. Sie hatten ihre Untauglichkeit schlagend durch die Wahl der Insel bewiesen, auf der sie sich niedergelassen hatten, ohne sich darum zu kümmern, daß das Eis einmal brechen mußte. Obwohl Montana Kid nicht viel davon wußte, wie es zuging, wenn das Eis auf einem großen Flusse brach, sah er sich doch unschlüssig um und warf sehnsüchtige Blicke nach dem andern Ufer hinüber, wo die hohen Felshänge Sicherheit gegen alles Eis des Nordlandes versprachen.

Nachdem er sich und die Hunde versorgt hatte, steckte er sich eine Pfeife an und schlenderte hinaus, um sich über die Situation klarzuwerden. Die Insel war wie all ihre Schwestern im Flusse höher am oberen Ende, und dort hatten Donald und Davy ihre Hütte erbaut und viele Klafter Holz gesammelt. Der Fluß war ein paar Kilometer breit, und zwischen den Inseln und dem nächsten Ufer floß ein Seitenarm, der ungefähr hundert Meter von Ufer zu Ufer maß. Im ersten Augenblick wollte Montana Kid seine Hunde nehmen und einen Versuch machen, nach dem Festland hinüberzugelangen, bei näherer Untersuchung aber entdeckte er eine schnell fließende Strömung über dem Eise. Ein Stück weiter unten bog der Fluß scharf nach Westen ab, und bei dieser Biegung war er von einem völligen Labyrinth winzig kleiner Inseln übersät.

›Dort kommen Schraubungen‹, sagte er bei sich.

Ein halbes Dutzend Schlitten, die sich offenbar auf dem Wege flußaufwärts nach Dawson befanden, kamen durch das kalte Wasser nach dem unteren Ende der Insel geplätschert. Die Fahrt auf dem Flusse war jetzt gefährlich und mußte bald unmöglich sein, und sie arbeiteten aus Leibeskräften, bis sie die Insel erreichten und den Pfad der Holzhauer zur Hütte heraufkamen. Einer von ihnen war schneeblind und an einen Schlitten gebunden, er taumelte hilflos hinter ihm her. Es waren kräftige junge Burschen mit grober Kleidung und mitgenommen von der langen Schlittenreise, aber Montana Kid hatte ihre Art schon früher getroffen und war sich gleich darüber klar, daß sie nicht seinesgleichen waren.

»Hallo! Wie steht es in Dawson?« fragten sie, während sie von Donald auf Davy und von diesem auf Kid sahen.

Eine erste Begegnung in der Wildnis zeichnet sich nicht durch viele Zeremonien aus. Die Unterhaltung wurde schnell allgemein, und sie erzählten der Reihe nach, welche Neuigkeiten es in den oberen beziehungsweise unteren Landesteilen gab. Aber das wenige, das die Neuankömmlinge wußten, war bald erzählt, denn sie hatten in Minook, tausend Meilen weiter abwärts am Flusse, überwintert, wo nichts geschah. Montana Kid hingegen kam direkt aus den Salzwasserländern, und während sie ihr Lager aufschlugen, belegten sie ihn mit Beschlag und bombardierten ihn mit Fragen nach der Außenwelt, von der sie ein ganzes Jahr lang abgeschnitten gewesen.

Ein schneidendes Kreischen rief plötzlich alle ans Ufer. Das Wasser auf der Eisoberfläche war tiefer geworden, und das Eis, das jetzt von oben wie von unten angegriffen wurde, kämpfte, um sich von dem harten Griff der Küste loszureißen. Spalten öffneten sich mit Lärm und Gepolter vor ihren Augen, und die Luft wurde von einem vielstimmigen kurzen und scharfen Knistern erfüllt.

Ein Stück weiter flußaufwärts kamen zwei Männer in einem Hundegespann auf einem Stück Eis angejagt, das noch nicht unter Wasser stand. Während sie aber noch hinsahen, kamen die beiden auf das Wasser hinaus und begannen sich herüberzuarbeiten. Hinter ihnen, wo ihre schnellen Füße vor einem Augenblick hingetreten hatten, ging das Eis in Stücke und stellte sich hochkant. Durch die Öffnung kam der Fluß geströmt, umspülte sie bis zum Leibe und begrub den Schlitten und die Hunde. Aber die Männer arbeiteten sich durch das rauschende Wasser und die scheuernden Eisstücke an das Ufer, wo Montana Kid ihnen als erster zu Hilfe kam.

»Ich will gehängt sein, wenn das nicht Montana Kid ist!« rief einer der Männer, die Kid soeben auf den Hang heraufgezogen hatte. Er trug das rote Hemd der berittenen Polizei und hob die rechte Hand zum Gruß.

»Ich hab eine Vorladung für dich, Montana Kid«, fuhr er fort, indem er ein weißes Papier aus der Brusttasche zog, »und ich hoffe, du machst keine Schwierigkeiten und kommst mit.«

Montana Kid sah auf den chaotischen Fluß hinaus und zuckte die Achseln, und der Polizist, der seinem Blick folgte, lächelte:

»Wo sind die Hunde?« fragte sein Begleiter.

»Meine Herren«, unterbrach ihn der Polizist, »mein Kamerad hier ist Jack Sutherland, Besitzer von Eldorado Nr. 20 –«

»Doch nicht der Sutherland von 1892?« fiel der Schneeblinde von Minook ihm ins Wort und tastete sich kraftlos zu ihm hin.

»Ja, eben der.« Sutherland ergriff seine Hand. »Und Sie?«

»Ach, ich bin ein späterer Jahrgang, aber ich entsinne mich Ihrer gut aus meiner Fuchsenzeit. Kameraden«, er wandte sich halb zu ihnen, »dies ist Sutherland, Jack Sutherland, früherer erster Torwart der Universität. Kommt her, ihr Goldgräber, und werft euch über ihn. Sutherland, hier ist Greenwich – war auch Torwart vor zwei Jahren.«

»Ja, ich hab davon gelesen«, sagte Sutherland, ihm die Hand drückend. »Und ich erinnere mich Ihres prachtvollen Kampfes.«

Eine tiefe Röte stieg in Greenwichs Wangen unter der sonnenverbrannten Haut, und er machte einem andern Manne verlegen Platz.

»Und hier ist Metthews – aus Berkeley. Und wir haben auch ein paar feine Leute von den Universitäten im Osten. Kommt her, Leute! Hierher! Dies ist Sutherland, Jack Sutherland!«

Und sie stürzten sich über ihn und schleppten ihn ins Lager, wo sie ihm trockene Kleidung und zahllose Becher schwarzen Tees gaben.

Donald und Davy, von denen niemand Notiz nahm, hatten sich zu einem Spiel Karten zurückgezogen, an dem sie sich allabendlich ergötzten. Montana Kid folgte ihnen mit dem Polizisten.

»Seht nun zu, daß ihr etwas Trockenes auf den Leib kriegt«, sagte er, indem er einige von seinen eigenen spärlichen Kleidungsstücken hervorzog. »Und du mußt wohl mit mir zusammen schlafen.«

»Na, das muß ich sagen – du bist wirklich ein anständider Kerl!« meinte der Polizist, indem er die Socken des andern anzog. »Es tut mir leid, daß ich dich wieder mit nach Dawson nehmen muß, aber ich hoffe, sie werden nicht zu hart mit dir verfahren.«

»Nicht so schnell.« Montana Kid lächelte, aber es war

ein seltsames Lächeln. »Wir sind noch nicht fortgekommen. Wenn ich von hier aufbreche, dann geht es flußabwärts, und aller Voraussicht nach begleitest du mich.«

»Nicht, wenn ich mich recht kenne –«

»Komm mit hinaus – dann will ich es dir zeigen. Die verfluchten Idioten da«, er zeigte mit dem Daumen auf die beiden Schotten, »haben sich ihr eigenes Grab gegraben, als sie sich hier niederließen. Stopf dir eine Pfeife, Kamerad – es ist anständiger Tabak –, und genieße das Leben, solange du kannst. Viele Pfeifen hast du nicht mehr zu rauchen.«

Der Polizist ging verwundert mit ihm, und Donald und Davy hielten in ihrem Spiel inne und gingen mit. Die Männer aus Minook sahen Montana Kid bald flußauf, bald flußab zeigen und traten zu ihnen.

»Was ist los?« fragte Sutherland.

»Nicht viel.« Montana Kid sprach ganz kaltblütig. »Es wird nur einen Höllenspektakel geben. Könnt ihr die Biegung dort sehen? Dort werden Millionen von Tonnen sich aufschrauben. Und auch dort oben wird das Eis sich aufstauen. Wenn die obere Schraubung birst, und die untere Schraubung hält noch – puff!« Er machte eine dramatische Handbewegung über die Insel. »Millionen von Tonnen«, fügte er nachdenklich hinzu.

»Und die Brennholzstapel?« fragte Davy.

Montana Kid machte dieselbe fortfegende Handbewegung über die Insel, und Davy sagte klagend: »Die Arbeit von Monaten, das kann nicht wahr sein! Mensch, nein, das kann nicht wahr sein. Das muß doch Scherz sein! Ach, sag, daß es Scherz ist«, flehte er.

Doch Montana Kid lachte nur hart und schneidend und drehte sich auf dem Absatz um, während Davy sich über die Brennholzstapel warf und wie ein Rasender begann, das Holz vom Hange wegzuwerfen.

»Hilf mir, Donald!« rief er. »Kannst du mir denn nicht helfen? Die Arbeit von Monaten – und die Heimreise!«

Donald packte ihn am Arm und schüttelte ihn, aber er riß sich los. »Hast du denn nicht gehört? Millionen Tonnen, und die Insel wird weggefegt.«

»Jetzt hör aber auf, Mann«, sagte Donald. »Du bist ja ganz verrückt, jawohl!«

Aber Davy warf sich über das Brennholz. Donald watete zur Hütte zurück, schnallte sich seinen und Davys Geldgürtel um und ging nach der Landspitze, wo eine mächtige Kiefer die andern Bäume überragte.

Der Mann vor der Hütte hörte das Geräusch seiner Axt und lächelte. Greenwich kehrte von der andern Seite der Insel zurück mit dem Bescheid, daß sie abgeschnitten wären. Es war unmöglich, über den Seitenkanal zu gelangen. Der schneeblinde Minook-Mann begann zu singen, und die übrigen stimmten ein:

Sagt, ist es denn wahr?
Ist euch denn klar?
Glaubt ihr nicht, er lügt?
Sagt, ist es denn wahr?

»Es ist sündhaft«, klagte Davy, als er den Kopf hob und sie in den schrägen Sonnenstrahlen herumtanzen sah. »Und all mein gutes Holz wird vernichtet!«

Ach, ist es denn wahr?

klang es spottend zurück.

Der Lärm vom Flusse hörte plötzlich auf, und eine seltsame Stille senkte sich auf sie herab. Das Eis hatte sich von den Ufern losgerissen und hob sich mit dem Wasserspiegel. Schnell und geräuschlos stieg es, ganze zwanzig Fuß, bis die mächtigen Schollen weiß gegen den Gipfel des Hanges stießen. Das untere Ende der Insel, das niedriger lag, war schon überflutet. Dann begann die weiße Flut ohne Anstrengung stromabwärts zu gleiten. Aber das Geräusch wuchs mit der Schnelligkeit, und bald zitterte und bebte die ganze Insel unter den gewaltigen Angriffen der scheuernden Eismassen. Unter dem gewaltigen Druck wurden mächtige Schollen, die Hunderte von Tonnen wogen, wie Erbsen in die Luft geschleudert. Die Anarchie des Eises nahm an Wildheit zu, und die Männer mußten einander in die Ohren schreien, um sich Gehör zu verschaffen. Hin und wieder konnte man den Lärm aus dem Seitenkanal über das Getöse hören. Die Insel erbebte, als eine mächtige Scholle gerade gegen ihre äußerste Spitze stieß. Sie riß ein Dutzend Kiefern mit der Wurzel aus, dann drehte sie sich und kenterte, hob ihren erdigen Fuß vom Grunde des Flusses und steuerte geradewegs auf die Hütte los, wobei sie wie ein riesiges Messer Hang und Bäume abrasierte. Es war, als striche sie kaum an einer Ecke der Hütte entlang, aber die Balken stürzten wie Streichhölzer, und das Gebäude wurde wie ein Spielzeughaus zertrümmert.

»Die Mühe von Monaten! Die Mühe von Monaten und die Heimreise!« jammerte Davy, während Montana Kid und der Polizist ihn von den Brennholzstapeln zurückzogen.

»Warte nur, dir wird es nicht an Gelegenheit zur Heimreise fehlen«, brummte der Polizist, indem er ihm eine tüchtige Ohrfeige gab und ihn kopfüber an eine Stelle fliegen ließ, wo er in Sicherheit war.

Donald, der im Wipfel der Kiefer saß, sah die verheerende Eisscholle das Brennholz beiseitefegen und flußabwärts verschwinden. Und als sei der Eisstrom zufrieden mit dem Unheil, das er schon angerichtet hatte, sank er schnell zu seiner früheren Höhe und begann seine Schnelligkeit zu verringern. Der Lärm ließ nach, und die andern konnten Donald von seinem Aussichtsturm rufen hören, daß sie flußabwärts schauen sollten. Wie vorausgesagt, war die Schraubung zwischen den Inseln in Schwung gekommen, und das Eis häufte sich zu einer mächtigen Schranke auf, die sich von Küste zu Küste erstreckte. Die Flut hielt jetzt an, und das Wasser, das keinen Ausweg fand, begann zu steigen. Es stieg immer weiter, bis die Insel ganz unter Wasser stand und die Männer bis zu den Knien darin herumwateten, während die Hunde zu den Ruinen der Hütte schwammen. Zu diesem Zeitpunkt machte das Wasser plötzlich halt ohne spürbares Steigen oder Fallen.

Montana Kid schüttelte den Kopf. »Es ist oben zusammengeschraubt und kommt nicht mehr herunter.«

»Und jetzt kommt es darauf an, welche von den Schraubungen zuerst gesprengt wird«, fügte Sutherland hinzu.

»Eben«, bestätigte Montana Kid. »Wenn die oberste zuerst zum Teufel geht, haben wir nicht die geringste Chance. Dem kann nichts standhalten.«

Die Minook-Männer wandten sich ab, ohne noch etwas zu sagen, aber bald klangen ihre heiteren Studentenlieder wieder durch die stille Luft.

Man bildete einen Kreis um Montana Kid und den Polizisten, die schnell den Rhythmus der Kehrreime erfaßten.

»Ach, Donald, willst du mir nicht helfen?« schluchzte Davy am Fuße des Baumes, den sein Kamerad erklettert hatte. »Ach, Donald, Donald, willst du mir nicht helfen?«

schluchzte er wieder, und seine Hände bluteten von dem fruchtlosen Bemühen, den Stamm zu erklimmen. Aber Donald starrte unverwandt den Fluß hinauf, und jetzt tönte seine Stimme, zitternd vor Angst, in den Raum hinaus: »Allmächtiger Gott, da kommt es!«

Und knietief in dem eisigen Wasser stehend, faßten die Minook-Männer, Montana Kid und der Polizist einander an den Händen und stimmten den glorreichen Schlachtgesang der Republik an. Aber die Worte ertranken in dem mächtigen Getöse, das auf sie losrückte.

Und so war es Donald vergönnt, etwas zu sehen, das kein Mensch sehen kann, ohne zu sterben. Eine mächtige weiße Mauer stürzte sich über die Insel. Bäume, Hunde, Männer, alles wurde vollständig ausgelöscht, als hätte Gott das Antlitz der Natur rein gewaschen. All dieses sah er, während er noch einen Augenblick auf seinem hohen Sitz hin- und herschwankte. Dann wurde er weit fort in die Eishölle gewirbelt.

Der Abtrünnige

»Wenn du jetzt nicht aufstehst, Johnny, gebe ich dir keinen Bissen zu essen!«

Die Drohung übte keine Wirkung auf den Knaben aus. Er klammerte sich immer noch an den Schlaf und kämpfte um das Vergessen, das er schenkt, wie der Träumende um seinen Traum kämpft. Der Knabe ballte die schwachen Fäuste und schlug kraftlos und krampfhaft um sich. Die Schläge waren gegen die Mutter gerichtet, aber sie hatte offenbar durch lange Übung gelernt, ihnen auszuweichen. Sie faßte ihn an der Schulter und schüttelte ihn tüchtig.

»Laß mich!«

Es war ein Schrei, der, halb erstickt, in der tiefsten Tiefe des Schlafes begann und hastig wie eine Klage zu heftiger Angriffigkeit anstieg, dann legte sich auch die, und der Schrei wurde zu einem unartikulierten Wimmern. Es war ein tierischer Schrei, den eine Seele in Qual ausstieß, voll von unendlicher Erbitterung und von Schmerz.

Aber das machte keinen Eindruck auf die Frau mit den traurigen Augen und dem müden Gesicht, denn sie war diese Arbeit gewohnt und mußte sie jeden Tag von neuem tun. Sie versuchte die Bettdecke wegzuziehen, aber der Knabe schlug weiter nach seiner Mutter und klammerte sich mit dem Mut der Verzweiflung an die Decke, während er, immer noch von ihr bedeckt, ganz am Fußende des Bettes zusammenkroch. Sie versuchte die Bettdecke auf den

Fußboden zu ziehen, aber der Knabe wehrte sich. Da machte sie eine äußerste Anstrengung. Sie war die schwerere von den beiden, und der Knabe und die Bettdecke lagen auf dem Fußboden, denn er klammerte sich instinktiv fest, um sich gegen die Kälte in der Stube zu schützen, die seinen ganzen Körper durchschauerte.

Als er über den Bettrand taumelte, sah es fast aus, als sollte er kopfüber hinstürzen. Aber da erwachte ein Schimmer von Bewußtsein in ihm. Er versuchte das Gleichgewicht zu bewahren, und wenn die Situation auch einen Augenblick drohend aussah, so landete er doch mit den Füßen zuerst auf dem Fußboden. Im selben Augenblick packte seine Mutter ihn an den Schultern und schüttelte ihn. Wieder begann er die Fäuste zu gebrauchen, diesmal aber mit größerer Kraft und Sicherheit. Gleichzeitig öffnete er die Augen. Sie ließ los. Er war wach.

»Schon recht«, murmelte er.

Sie nahm die Lampe und eilte hinaus. Er blieb allein im Dunkel zurück.

»Du kommst zu spät!« rief sie ihm über die Schulter zu.

Die Dunkelheit kümmerte ihn nicht. Als er sich angezogen hatte, ging er in die Küche. Sein Gang war sehr schwer für einen so dünnen und leichten Knaben. Er schleppte die Beine nach, was ganz unbegreiflich wirkte, da sie fast nur aus Haut und Knochen bestanden. Er zog einen Stuhl mit durchlöchertem Sitz an den Tisch.

»Johnny!« rief die Mutter scharf.

Er stand schnell wieder vom Stuhl auf und ging, ohne ein Wort zu sagen, zum Ausguß. Es war ein fettiger, schmutziger Ausguß, und ein arger Gestank stieg aus dem Rohr auf, aber er beachtete es nicht. Für ihn war es selbstverständlich, daß ein Ausguß schlecht roch, wie es auch selbstverständlich war, daß die Seife fettig war vom Aufwaschwasser und nicht ordentlich schäumen wollte. Er gab sich auch keine besondere Mühe, sie zum Schäumen zu bringen. Ein paar Spritzer kaltes Wasser aus dem Hahn – und der feierliche Akt war beendet. Die Zähne putzte er sich nicht. Was das betrifft, so hatte er nie eine Zahnbürste gesehen und ahnte nicht, daß es Menschen gab, die so töricht waren, sich die Zähne zu putzen.

»Das eine Mal am Tage könntest du dich nun wirklich waschen, ohne daß ich es dir immer zu sagen brauche«, schimpfte seine Mutter.

Sie hielt den zerbrochenen Deckel auf der Kanne fest, während sie zwei Tassen Kaffee einschenkte. Er sagte nichts, denn das war eine ewige Streitfrage zwischen ihnen und der einzige Punkt, in dem seine Mutter vollkommen unerbittlich war. ›Einmal am Tage‹ war es durchaus notwendig, daß er sich das Gesicht wusch. Er trocknete sich mit einem fettigen Handtuch ab, das feucht und schmutzig und so zerfetzt war, daß sein Gesicht, als er fertig war, mit Fasern bedeckt war.

»Ich wünschte, wir wohnten nicht so weit weg«, sagte sie, sich setzend. »Ich tue ja gern, was ich kann. Das weißt du doch. Aber wenn wir einen Dollar an der Miete sparen, so ist das nicht wenig, und dazu haben wir hier mehr Platz. Das weißt du auch.«

Er hörte kaum, was sie sagte. Er hatte das alles schon früher gehört – viele Male. Ihr Gedankenkreis war sehr eng, und sie kam immer wieder darauf zurück, wie schwer es für sie war, so weit von der Fabrik zu wohnen.

»Ein Dollar heißt mehr Essen«, sagte er kurz. »Ich will lieber das Ende laufen und mehr zu essen kriegen.«

Er aß schnell, kaute das Brot nur halb und spülte die

ungekauten Bissen mit dem Kaffee hinunter. Die warme, trübe Flüssigkeit hieß Kaffee. Johnny glaubte selbst, daß es Kaffee sei – und zwar ausgezeichneter Kaffee. Das war eine von den wenigen Illusionen, die ihm noch geblieben waren. Nie in seinem Leben hatte er richtigen Kaffee getrunken.

Außer dem Brot gab es ein kleines Stück kalten Speck. Seine Mutter füllte ihm die Tasse wieder mit Kaffee. Als er sein Stück Brot beinahe aufgegessen hatte, begann er sich umzusehen, in der Hoffnung, mehr zu bekommen. Sie fing seinen forschenden Blick auf.

»Sei nicht so gefräßig, Johnny!« schalt sie. »Du hast dein Teil bekommen. Deine Geschwister sind kleiner als du.«

Er antwortete nicht auf ihre Vorwürfe – er war kein Mensch, der viel sagte –, sondern beschied sich. Er beklagte sich nie und zeigte eine Geduld, die ebenso furchtbar war wie die Schule, in der er sie gelernt hatte. Er leerte seine Tasse, wischte sich den Mund mit dem Handrücken ab und machte Miene aufzustehen.

»Wart einen Augenblick!« sagte sie hastig. »Ich glaube doch, daß ich dir noch ein Stück geben kann – ein kleines Stück!«

Mit der Gewandtheit eines Taschenspielers tat sie, als schnitte sie eine Scheibe Brot für ihn ab, legte dann aber den Laib in den Brotkasten zurück und gab ihm statt dessen eine ihrer eigenen zwei Scheiben. Sie glaubte, sie hätte ihn angeführt, aber er hatte das Kunststück gesehen. Dennoch nahm er das Brot ganz schamlos. Er hegte die unerschütterliche Überzeugung, daß seine Mutter wegen ihrer chronischen Schwächlichkeit nie Appetit hätte.

Sie sah, wie er auf dem trockenen Brot herumkaute,

beugte sich vor und goß den Inhalt ihrer Kaffeetasse in die seine.

»Es schmeckt mir heute nicht so recht«, erklärte sie.

In der Ferne ertönte ein langgezogenes, schrilles Pfeifen und brachte sie auf die Füße. Sie sah nach der billigen Weckuhr auf dem Regal. Die Zeiger standen auf halb sechs. Die anderen Fabrikarbeiter wachten jetzt auf. Sie warf sich einen Schal über die Schultern und setzte sich einen schmutzigen Hut auf, der uralt und völlig formlos war.

»Wir werden wohl laufen müssen«, sagte sie, indem sie den Docht herunterschraubte und die Lampe ausblies.

Im Dunkeln tappend, verließen sie die Stube und gingen die Treppe hinab. Es war klar und kalt, und Johnny schüttelte sich bei der ersten Berührung mit der Morgenluft. Die Sterne hatten noch nicht am Himmel zu verblassen begonnen, die Stadt lag im Dunkeln. Johnny sowohl wie seine Mutter schleppten die Füße beim Gehen nach – es war nicht Ehrgeiz genug in ihren Beinmuskeln, um die Füße vom Boden zu heben.

Als sie eine Viertelstunde gegangen waren, ohne etwas zu sagen, bog seine Mutter rechts ab.

»Komm nicht zu spät!« ertönte ihre letzte Warnung aus dem Dunkel, ehe es sie verschlang.

Er antwortete nicht, sondern ging ruhig und besonnen weiter.

Überall im Fabrikviertel öffneten sich die Türen, und er war bald mitten in einer ganzen Schar, die durch das Dunkel vorwärts eilte. Als er das Tor der Fabrik erreichte, ertönte die Pfeife wieder. Er sah nach Osten. Über der langen Reihe ungleicher Hausdächer begann sich ein blasses Licht zu zeigen. Das war alles, was er vom Tage sah, ehe er ihm den Rücken kehrte und mit seinen Arbeitsgenossen hineinging.

Er nahm seinen Platz an einer der vielen langen Reihen von Maschinen ein. Vor ihm, über einem mit kleinen Spulen gefüllten Kasten, waren einige sich schnell drehende große Spulen angebracht, und auf sie spann er Jutefäden von kleinen Spulen. Die Arbeit war ganz einfach. Alles, was sie erforderte, war Schnelligkeit. Die kleinen Spulen leerten sich so schnell, und es gab so viele große Spulen, um sie zu leeren, daß nie Zeit zum Nichtstun blieb.

Er arbeitete ganz mechanisch. Wenn eine kleine Spule leer war, benutzte er seine linke Hand als Bremse, um die große Spule anzuhalten, während er gleichzeitig mit Daumen und Zeigefinger das lose Fadenende der großen und mit der rechten Hand das lose Fadenende einer kleinen Spule faßte. Diese zwei verschiedenen Bewegungen mit beiden Händen führte er gleichzeitig und sehr schnell aus. Dann knüpfte er mit einer blitzschnellen Bewegung beider Hände einen Weberknoten und ließ die Spule los. Es war keine Kunst, einen Weberknoten zu knüpfen. Er hatte einmal damit geprahlt, daß er es im Schlaf könnte. Und das tat er übrigens auch hin und wieder, wenn er in einer einzigen Nacht Jahrhunderte damit verbrachte, eine endlose Reihe von Weberknoten zu knüpfen.

Einige von den Knaben waren faul und vergeudeten Zeit und Maschinenkraft, indem sie kleine Spulen, wenn sie leer waren, nicht durch neue ersetzten, und ein Vorarbeiter hatte das zu verhindern. Er ertappte Johnnys Nachbar auf frischer Tat und verabreichte ihm ein paar Ohrfeigen.

»Sieh dir Johnny an – warum ist der nicht so wie du?« sagte der Aufseher.

Johnnys Spulen schnurrten aus voller Kraft, aber das

indirekte Lob machte keinen Eindruck auf ihn. Es hatte eine Zeit gegeben... aber das war lange her, sehr lange her. Sein schlaffes Gesicht war völlig ausdruckslos, während er mit anhörte, wie er als leuchtendes Beispiel hingestellt wurde. Er war ein ausgezeichneter Arbeiter. Das wußte er sehr gut – er hatte es so oft gehört. Es war etwas ganz Alltägliches, und ihm schien zudem, als ob es nichts mehr für ihn bedeutete. Vom vollkommenen Arbeiter hatte er sich zur vollkommenen Maschine entwickelt. Ging seine Arbeit nicht glatt, so kam es wie bei der Maschine daher, daß das Material nichts taugte. Ein vollkommener Nagelstempel hätte ebensogut schlechte Nägel verfertigen wie er einen Fehler begehen können.

Und das war auch nicht so merkwürdig. Nie hatte es eine Zeit gegeben, da er nicht in enger Verbindung mit Maschinen gestanden hätte. Er war unter Maschinen geboren und unter ihnen aufgewachsen. Vor zwölf Jahren war in der Webstube in eben dieser Fabrik eine Störung eingetreten. Johnnys Mutter war ohnmächtig geworden. Sie legten sie flach auf den Fußboden zwischen den lärmenden Maschinen. Ein paar ältere Frauen wurden von ihren Webstühlen hinzugerufen, der Vorarbeiter half, und im Laufe weniger Minuten gab es in der Webstube eine Seele mehr, als die zur Tür hereingekommen waren. Das war Johnny, der mit dem Poltern und Krachen der Maschinen in den Ohren geboren war und zum erstenmal in der warmen feuchten Luft atmete, die dick von Leinenflocken war. Er hatte an jenem ersten Tage gehustet, um sich die Lunge von den Leinenflocken zu befreien, und aus demselben Grunde hustete er seitdem immer.

Der Knabe neben Johnny wimmerte und schnaufte. Sein Gesicht war von Haß auf den Vorarbeiter verzerrt, der ihn drohend aus der Ferne im Auge behielt, aber jede Spule lief in voller Fahrt. Der Junge heulte furchtbare Flüche in die sich hastig drehenden Spulen hinein, aber das Geheul drang keine sechs Fuß weit in den Raum, denn der Lärm stemmte sich wie eine Mauer dagegen.

Von alledem nahm Johnny keine Notiz. Er pflegte die Dinge zu nehmen, wie sie kamen. Zudem wurde alles in der Welt so eintönig, wenn es sich immer wiederholte, und dieses bestimmte Geschehnis hatte er viele Male erlebt. Sich gegen den Vorarbeiter aufzulehnen, erschien ihm ebenso zwecklos, wie dem Willen einer Maschine zu trotzen. Maschinen waren so gemacht, daß sie auf eine bestimmte Art und Weise wirkten und eine bestimmte Arbeit verrichteten. Und dasselbe galt von dem Vorarbeiter.

Um elf Uhr aber gab es plötzlich eine Störung, und wie durch Zauberei verpflanzte sich die Erregung augenblicklich bis in die entferntesten Winkel. Der einbeinige Knabe, der an der anderen Seite von Johnny arbeitete, humpelte eilends zu einem leeren Spulkasten und verschwand mit Krücke und allem darin. Der Fabrikverwalter kam durch das Lokal gegangen, in Begleitung eines jungen Mannes, der gut gekleidet war und ein gestärktes Hemd trug – ein feiner Herr nach Johnnys Einteilung der Menschheit, aber es war ja auch der ›Inspektor‹.

Er sah die Knaben scharf forschend an, während er an den Webstühlen vorbeiging. Hin und wieder blieb er stehen und fragte nach diesem oder jenem. Wenn er das tat, mußte er laut rufen, und in solchen Augenblicken verzerrte die Anstrengung, sich Gehör zu verschaffen, sein Gesicht geradezu lächerlich. Die leere Maschine neben Johnny entging seinem scharfen Blick nicht, aber er sagte nichts. Johnny zog sich seine Aufmerksamkeit auch zu, und er blieb plötzlich stehen. Er faßte Johnny am Arm, um ihn ein wenig von der Maschine zurückzuziehen, ließ ihn aber mit einem erstaunten Ausdruck wieder los.

»Da sitzt nicht viel Fleisch«, sagte der Verwalter mit verlegenem Lachen.

»Die reinen Pfeifenrohre«, lautete die Antwort. »Sehen Sie die Beine! Der Junge hat die Englische Krankheit – nicht gerade sehr schlimm, aber er hat sie. Wenn er nicht eines schönen Tages Epileptiker wird, dann kommt es daher, weil die Tuberkulose ihn schon vorher geholt hat.«

Johnny lauschte, verstand aber nicht, was der Mann sagte. Dazu kam, daß er sich nicht für die Übel der Zukunft interessierte. Ein gegenwärtigeres und ernsteres Übel drohte in der Gestalt des Inspektors.

»Hör mal, mein Junge, jetzt mußt du die Wahrheit sagen«, sprach oder vielmehr rief der Inspektor, indem er sich zu dem Ohr des Jungen beugte, damit dieser ihn hören konnte. »Wie alt bist du?«

»Vierzehn Jahre«, log Johnny, und er log mit aller Kraft seiner Lungen. So laut log er, daß er husten mußte – einen trockenen, quälenden Husten, der die Flocken, die den ganzen Morgen seine Lungen gereizt hatten, löste.

»Er sieht aus, als wäre er wenigstens sechzehn«, sagte der Verwalter.

»Oder sechzig«, erwiderte der Inspektor zornig.

»Er hat immer so ausgesehen.«

»Seit wann?« fragte der Inspektor hastig.

»Seit Jahren. Er wird nie älter.«

»Nein, und jünger auch nicht. Er hat wohl die ganzen Jahre hier gearbeitet?«

»Hin und wieder – aber das war, ehe das neue Gesetz kam«, fügte der Verwalter schnell hinzu.

»Steht die Maschine leer?« fragte der Inspektor und zeigte auf die verlassene Maschine neben der Johnnys, auf der die halbvollen Spulen mit rasender Schnelligkeit herumschnurrten.

»Es sieht so aus.« Der Verwalter machte dem Vorarbeiter ein Zeichen, daß er herkommen sollte, und rief ihm ins Ohr, während er auf die Maschine zeigte. »Die Maschine steht leer«, meldete er dem Inspektor.

Sie gingen weiter, und Johnny kehrte zu seiner Arbeit zurück, erleichtert, weil das große Übel abgewendet war. Aber der einbeinige Knabe war nicht so glücklich. Der Inspektor, der alles sah, zog ihn aus dem Spulkasten hervor und hielt ihn mit ausgestrecktem Arm von sich ab. Die Lippen des Knaben zitterten, und sein Gesicht trug einen Ausdruck, als wäre er von einem furchtbaren und nicht wiedergutzumachenden Unglück betroffen worden. Der Vorarbeiter sah äußerst verblüfft aus, als erblickte er den Knaben zum erstenmal, während das Gesicht des Inspektors sowohl Erstaunen wie Empörung ausdrückte.

»Ich kenne ihn«, sagte er. »Er ist zwölf Jahre alt. Ich habe ihn im letzten Jahre aus drei Fabriken hinausgeworfen. Dies ist die vierte.«

Dann wandte er sich zu dem einbeinigen Knaben. »Du hast mir doch versprochen, zur Schule zu gehen.«

Der einbeinige Knabe brach in Tränen aus. »Bitte, Herr Inspektor, uns sind zwei Kinder gestorben, und wir sind so schrecklich arm.«

»Warum hustest du so?« fragte der Inspektor, als klagte er ihn eines Verbrechens an.

Und als wäre es eine Beschuldigung, von der er sich reinwaschen mußte, antwortete der einbeinige Knabe: »Es ist nichts. Ich habe mich nur vorige Woche erkältet, Herr Inspektor, das ist alles.«

Es endete damit, daß der einbeinige Knabe den Saal mit dem Inspektor verlassen mußte, gefolgt von dem besorgten und protestierenden Verwalter. Dann senkte sich die Eintönigkeit wieder über die Webstühle. Der lange Vormittag und der noch längere Nachmittag vergingen, und die Pfeife ertönte als Signal, daß es Zeit war, heimzugehen. Es war schon dunkel geworden, als Johnny die Fabrik verließ. In der Zwischenzeit hatte die Sonne ihren goldenen Bogen am Himmel beschrieben, die Welt mit ihrer milden Wärme übergossen und war untergegangen und im Westen hinter der unebenen Reihe der Dächer verschwunden.

Das Abendessen war die Familienmahlzeit des Tages – die einzige Mahlzeit, bei der Johnny mit seinen jüngeren Geschwistern zusammentraf. Es war immer eine halb feindselige Begegnung, denn er war sehr alt, während sie so verzweifelt jung waren. Er hatte keine Geduld mit ihrer überströmenden, verblüffenden Jugendlichkeit. Er verstand sie nicht. Seine eigene Kindheit lag allzu weit zurück. Er war wie ein alter, reizbarer Mann, der sich über ihre jugendliche Ausgelassenheit ärgerte, die ihm als vollkommene Torheit erschien. Er verzehrte sein Essen unter düsterem Schweigen und fand Trost in dem Gedanken, daß auch sie bald anfangen müßten zu arbeiten. Das würde sie abschleifen und sie gesetzt und würdig machen – wie er es geworden war. Nach menschlichem Brauch machte Johnny sich zu der Elle, mit der er das ganze Universum maß.

Während des Essens erklärte seine Mutter auf verschiedene Art und Weise und mit unendlichen Wiederholungen, daß sie wirklich versuchte, es so gut zu machen, wie sie konnte, und mit einem Gefühl der Erleichterung schob

Johnny, als die karge Mahlzeit beendet war, seinen Stuhl fort und stand auf. Er schwankte einen Augenblick zwischen dem Bett und der Haustür und wählte endlich letztere. Er ging nicht sehr weit. Er setzte sich auf die Treppe, zog die mageren Knie ganz hoch, bog die schmalen Schultern nach vorn und stützte die Ellbogen auf die Knie und das Kinn in die Hände.

Er dachte nicht. Er ruhte sich nur aus. Seine Gedanken schliefen schon. Seine Brüder und seine Schwestern kamen heraus und begannen um ihn her ein lärmendes Spiel mit anderen Kindern. Eine elektrische Laterne an der Ecke beleuchtete die muntere Versammlung. Er war reizbar und verdrießlich, das wußten sie gut; aber ihre Abenteuerlust verleitete sie, ihn zu necken. Sie faßten einander an den Händen, bewegten die Körper rhythmisch und sangen ihm einen wenig schmeichelhaften Gassenhauer ins Gesicht.

Sein Bruder Will, der Zehnjährige, der ihm im Alter am nächsten kam, war der Anführer der Bande. Johnny hegte keine sehr freundlichen Gefühle für ihn. Sein Dasein war frühzeitig verbittert worden durch die ewige Rücksicht, die er auf Will nehmen mußte. Er hatte das ganz klare Gefühl, daß Will ihm allerhand verdankte und recht undankbar war. In der fernen, dunklen Vergangenheit, als er selbst noch spielte, war er vieler seiner Spielstunden beraubt worden, weil er auf Will aufpassen mußte. Damals war Will ganz klein, und damals wie heute hatte seine Mutter ihren Tag in der Fabrik verbracht. Johnny hatte seinem Bruder Väterchen und Mütterchen sein müssen.

Es war, als könnte man Will ansehen, daß alles sich ihm fügen und nach ihm richten mußte. Er war ziemlich kräftig und schwer gebaut, ebenso groß wie sein älterer Bruder und wog mehr als er. Es sah fast aus, als wäre das Lebensblut des einen in die Adern des andern übertragen worden. Das galt auch von ihrem Temperament. Johnny war müde und abgehetzt, ohne die Fähigkeit sich aufzurichten, während sein jüngerer Bruder einen unbeugsamen, überströmenden Lebensmut zu besitzen schien.

Das Necklied erklang immer lauter. Im Tanze beugte Will sich vor und streckte die Zunge aus. Johnnys linker Arm fuhr hastig vor und packte den Hals des Bruders, während seine knochige Faust gleichzeitig dessen Nase traf. Es war eine traurig knochige Faust; daß sie aber etwas ausrichten konnte, zeigte deutlich der Schmerzensschrei, den der Schlag hervorrief. Die anderen Kinder schrien laut auf vor Schreck, während Johnnys Schwester Jennie ins Haus lief.

Er stieß Will von sich, gab ihm erbittert einen Fußtritt gegen das Schienbein, packte ihn dann wieder und stieß sein Gesicht gegen den Boden. Er ließ ihn nicht los, ehe er ihm das Gesicht ein paarmal in den Schmutz gestoßen hatte. Dann erschien die Mutter, ein blutarmer Sturmwind von Kummer und Mutterzorn.

»Warum kann er mich nicht in Frieden lassen«, lautete Johnnys Antwort auf ihre Vorwürfe. »Kann er denn nicht sehen, daß ich müde bin?«

»Ich bin ebenso groß wie du«, rief Will wütend in den Armen der Mutter, und sein Gesicht war von Tränen, Schmutz und Blut beschmiert. »Ich bin schon ebenso groß wie du – und ich werde noch größer. Und dann verkeile ich dich – darauf kannst du dich verlassen!«

»Wenn du schon so groß bist, solltest du wirklich arbeiten!« sagte Johnny ärgerlich. »Das ist es eben mit dir – du solltest etwas tun. Und dafür sollte deine Mutter sorgen – dich arbeiten lassen...«

»Aber er ist doch noch zu jung«, wandte sie ein. »Er ist doch noch ein kleiner Junge.«

»Ich war jünger als er, als ich zu arbeiten anfing.« Johnny wollte noch mehr sagen, um seinen Gefühlen Luft zu machen, dann aber biß er hastig die Zähne zusammen, machte kehrt, schlurfte ins Haus und ging zu Bett. Die Tür zu seinem Zimmer stand offen, damit er ein bißchen Wärme aus der Küche bekam. Als er sich im Halbdunkel entkleidete, konnte er seine Mutter mit einer Nachbarin sprechen hören, die zu Besuch gekommen war. Seine Mutter weinte, und ihre Worte wurden hin und wieder von einem verzagten Schnaufen unterbrochen.

»Ich kann nicht begreifen, was mit Johnny los ist«, konnte er sie sagen hören. »So ist er noch nie gewesen. Er war immer ein geduldiger kleiner Engel. – Und er ist auch ein guter Junge«, fügte sie schnell zu seiner Verteidigung hinzu. »Er hat brav gearbeitet, und er hat auch zu früh damit angefangen. Aber es war nicht meine Schuld. Ich versuche es so gut zu machen, wie ich kann – das weiß Gott!«

Ein langandauerndes Schnaufen ertönte aus der Küche, und Johnny murmelte bei sich, während seine Augen sich schlossen: »Ja, du kannst dich drauf verlassen, ich habe brav gearbeitet!«

Am nächsten Morgen riß seine Mutter ihn buchstäblich aus den Armen des Schlafes. Dann kamen das magere Frühstück, die schwere Wanderung durch die Dunkelheit und der bleiche Schimmer des Tages über den Dächern, dem er, durch das Fabriktor schreitend, den Rücken kehrte. Es war ein neuer Tag, ein Tag wie viele andere, denn seine Tage waren alle gleich.

Und doch hatte es Abwechslung in seinem Dasein gegeben – wenn er von einer Arbeit zur anderen übergegangen, oder wenn er krank gewesen war. Mit sechs Jahren war er Väterchen und Mütterchen für Will und die andern, noch kleineren Kinder gewesen. Mit sieben Jahren hatte er angefangen, in den Fabriken zu arbeiten – Garn aufzuspulen. Mit acht Jahren hatte er in einer anderen Fabrik Arbeit bekommen. Seine neue Arbeit war wunderbar leicht. Alles, was er zu tun hatte, war, daß er mit einem kleinen Stock in der Hand einen Strom von Tuch lenken mußte, der an ihm vorbeifloß. Dieser Tuchstrom kam aus einer mächtigen Maschine, ging über eine warme Trommel und dann weiter in andere Gegenden. Johnny saß immer an derselben Stelle, wo das Tageslicht nie hingelangte, und wie er unter einer Gasflamme dasaß, war es, als bildete er selbst einen Teil der Maschinerie.

Trotz der feuchten Wärme war er sehr glücklich bei der Arbeit, denn er war noch jung und hatte seine Träume und Illusionen. Und er träumte wundersame Träume, während er auf das dampfende Tuch sah, das immer weiter an ihm vorbeiströmte, als sollte es kein Ende nehmen. Aber seine Arbeit erforderte keine Bewegung, nichts, was seine Gedanken erregte, und er träumte immer weniger, während seine Seele träge und schläfrig wurde. Dennoch verdiente er zwei Dollar wöchentlich, und die zwei Dollar trennten ihn von akutem Hunger und chronischer Unterernährung. Mit neun Jahren aber verlor er diese Stellung. Die Masern waren schuld daran. Als er wieder gesund war, erhielt er Arbeit in einer Glasfabrik. Der Lohn war höher, und die Arbeit erforderte eine gewisse Tüchtigkeit. Es war Akkordarbeit, und je tüchtiger er war, um so höher war sein Lohn. Hier hatte er einen Ansporn zur Arbeit, und unter diesem Ansporn entwickelte er sich zu einem ausgezeichneten Arbeiter. Es war eine einfache Arbeit – die Befestigung von

Glaspfropfen auf kleinen Flaschen. Am Gürtel trug er eine Rolle Bindfaden. Die Flaschen hielt er zwischen den Knien, so daß er mit beiden Händen arbeiten konnte, und in dieser Stellung saß er zehn Stunden täglich, die mageren Schultern hochgezogen und die Brust eingeengt. Es war nicht gesund für die Lunge, aber er schaffte dreihundert Dutzend Flaschen täglich.

Der Fabrikleiter war sehr stolz auf ihn und benutzte ihn als Schauobjekt für Besucher. Im Laufe von zehn Stunden gingen dreihundert Dutzend Flaschen durch seine Hände. Das heißt, daß er tatsächlich die Vollkommenheit einer Maschine erlangt hatte. Alle Bewegungen, die eine Vergeudung von Kräften bedeuteten, waren beseitigt. Jede Bewegung der mageren Arme, jede Bewegung in den Muskeln der dünnen Finger war schnell und genau. Er arbeitete unter ständigem Hochdruck, und das Ergebnis war, daß er nervös wurde. Nachts arbeiteten seine Muskeln weiter, und am Tage konnte er sich nie von der inneren Erregung befreien und sich ausruhen. Er blieb dauernd bis zum äußersten angespannt, und seine Muskeln arbeiteten weiter. Er wurde gelb und blaß, sein Husten verschlimmerte sich. Da packte Lungenentzündung die schwache Lunge in der engen Brust, und er verlor seine Arbeit in der Glasfabrik.

Hierauf war er zur Jutefabrik zurückgekehrt, wo er zuerst gespult hatte. Aber er sollte bald befördert werden. Der nächste Schritt war die Stärkerei, und dann kam die Webstube. Dann gab es nichts weiter, außer erhöhter Fertigkeit.

Die Maschine lief schneller als zu der Zeit, da er mit der Arbeit begonnen hatte, und sein Gehirn ging langsamer. Jetzt träumte er überhaupt nicht mehr, obwohl er früher viele Träume geträumt hatte. Einmal war er verliebt gewesen. Das war in der ersten Zeit, als er begonnen hatte, das Tuch über die warmen Trommeln zu führen, und es war die Tochter des Betriebsleiters, in die er verliebt war. Sie war sehr viel älter als er, ein erwachsenes junges Weib, und er hatte sie nur fünf- oder sechsmal aus der Ferne gesehen. Aber das machte nichts. In dem Tuchstrom, der an ihm vorbeiglitt, sah er beständig strahlende Bilder einer Zukunft, in der er eine phänomenale Arbeit leistete, wunderbare Maschinen erfand, Besitzer der Fabrik wurde und zuletzt die Geliebte in seine Arme schloß und ehrbar auf die Stirn küßte.

Aber das gehörte alles jener fernen Vergangenheit an, ehe er zu alt und müde geworden war, um zu lieben. Im übrigen hatte sie sich auch verheiratet und war weggezogen, und sein Gehirn hatte zu schlafen begonnen. Und doch war es ein wunderbares Gefühl gewesen, und er dachte daran zurück, wie Männer und Frauen an die Zeit zurückdenken, da sie an Elfen glaubten. Er hatte nie an Elfen oder den Weihnachtsmann, felsenfest aber an die lächelnde Zukunft geglaubt, die seine Phantasie in den dampfenden Tuchstrom verwebt hatte.

Er war sehr jung ein erwachsener Mensch geworden – ja, tatsächlich war er es von dem Tage an, als er seinen ersten Wochenlohn erhielt. Da hatte er begonnen, sich unabhängig zu fühlen, und das Verhältnis zwischen ihm und seiner Mutter hatte sich verändert. Jetzt, da er selbst Geld verdiente und durch seine eigene Arbeit in der Welt zum Unterhalt der Familie beitrug, war er mehr ihresgleichen. Ein Mann, ein vollentwickelter Mann, war er im Alter von elf Jahren geworden, als er ein halbes Jahr in der Nachtschicht gearbeitet hatte. Kein Kind arbeitet in der Nachtschicht und bleibt dabei Kind.

Es hat mehrere große Ereignisse in seinem Leben gegeben. Eines davon war gewesen, wie seine Mutter einige kalifornische Pflaumen kaufte. Die beiden anderen Male hatte sie Eierrahm für die Kinder zubereitet. Das waren wirklich Ereignisse gewesen. Er erinnerte sich ihrer mit Freundlichkeit. Und einmal hatte seine Mutter ihm von einem ganz wunderbaren Gericht erzählt, das sie ihnen einmal machen wollte – ›Götterspeise‹ hatte sie es genannt –, etwas, das ›viel besser als Eierrahm‹ war. Mehrere Jahre lang hatte er sich auf den Tag gefreut, da er sich an den Tisch setzen und Götterspeise essen sollte – bis er schließlich den Gedanken als eines der unerreichbaren Ideale beiseite schob.

Einmal fand er fünfundzwanzig Cent auf dem Bürgersteig. Das war auch ein großes Ereignis in seinem Leben – aber ein tragisches. Im selben Augenblick, als er die Silbermünze erblickte, noch ehe er sie aufgehoben hatte, wußte er, was seine Pflicht war. Zu Hause hatten sie wie gewöhnlich nichts zu essen, und er hätte das Geld heimbringen sollen, wie er es an jedem Sonnabend mit seinem Wochenlohn tat. Was in diesem Fall das richtige war, stand fest, aber er hatte sein Geld nie selbst verbrauchen dürfen, und ihn quälte ein wütender Drang, sich Bonbons zu kaufen. Er konnte seine Sehnsucht nach Süßigkeiten, die er bisher nur bei sehr feierlichen Gelegenheiten geschmeckt hatte, kaum beherrschen.

Er versuchte nicht, sich etwas vorzumachen. Er wußte, daß es Sünde war, und er sündigte mit voller Überlegung, als er ganze fünfzehn Cent für Bonbons gebrauchte. Zehn Cent bewahrte er für eine spätere Ausschweifung auf; da er aber nicht gewohnt war, Geld bei sich zu haben, verlor er es. Das geschah zu dem Zeitpunkt, da er alle Qualen eines schlechten Gewissens litt, und war für ihn der Ausdruck göttlicher Vergeltung. Er hatte das ängstliche Gefühl von der Nähe eines furchtbaren, erbitterten Gottes. Gott hatte es gesehen, und Gott hatte ihn schnell gestraft, indem er ihm einen Teil des Sündenlohnes vorenthielt.

In der Erinnerung erschien ihm dieses Ereignis immer noch als die einzige große verbrecherische Tat seines Lebens, und wenn er daran dachte, erwachte stets sein Gewissen wieder und quälte ihn. Es war der einzige dunkle Punkt seines Lebens. Seine Veranlagung ließ ihn stets mit Bedauern auf diese Tat zurückblicken. Er war unzufrieden mit der Art und Weise, wie er die fünfundzwanzig Cent verbraucht hatte. Er hätte sie besser ausgeben können, und von der Kenntnis aus, die er später von dem schnellen Eingreifen Gottes erlangte, würde er Gott genarrt haben, wenn er alles Geld auf einmal verbraucht hätte. In Gedanken verbrauchte er die fünfundzwanzig Cent mindestens tausendmal, und jedesmal bekam er mehr dafür.

Es gab noch eine Erinnerung an die Vergangenheit, unklar und verblichen, aber für alle Ewigkeit seiner Seele durch die grausamen Füße seines Vaters eingehämmert. Es war mehr ein böser Traum als die Erinnerung an etwas wirklich Erlebtes – mehr wie die Rassenerinnerungen der Menschheit, die sich melden, wenn man einschläft, und die zu den Tagen zurückgehen, da die ersten Vorfahren in den Baumwipfeln lebten.

Diese eine Erinnerung kam Johnny nie in vollem Tageslicht, wenn er ganz wach war. Sie kam des Nachts, wenn er im Bett lag, in dem Augenblick, da sein Bewußtsein ihn verlassen und sich im Schlaf verlieren wollte. Der Schreck machte ihn stets ganz wach, und in dem Augenblick, da das erste würgende Gefühl von Angst ihn überkam, war ihm, als läge er quer über dem Fußende des Bettes. Im Bett konnte er undeutlich die Umrisse seines Vaters und seiner Mutter unterscheiden. Er wußte nicht, wie sein Vater ausgesehen hatte. Er hatte nur einen einzigen Eindruck von seinem Vater, und der war, daß er sehr harte und erbarmungslose Füße hatte.

Er bewahrte alle Erinnerungen aus seinen frühesten Jahren, aus seinen späteren aber besaß er keine. Ein Tag war wie der andere. Gestern oder vorgestern war dasselbe wie tausend Jahre – oder eine Minute. Es geschah nie etwas. Es gab keine Ereignisse, die den Flug der Zeit angegeben hätten. Die Zeit flog überhaupt nicht. Sie stand immer still. Nur die wirbelnden Maschinen bewegten sich, und die kamen nicht vorwärts – obgleich sie sich mit immer größerer Schnelligkeit bewegten.

Als er vierzehn Jahre alt war, wurde er in die Stärkerei versetzt. Das war ein ungeheures Ereignis. Jetzt war doch endlich etwas geschehen, dessen man sich länger erinnern konnte als eine Nacht Schlaf und den Tag, an dem man seinen Wochenlohn ausbezahlt bekam. Es war eine ganz neue Zeitrechnung. Es war eine Epoche in seinem Dasein. ›Als ich in der Stärkerei zu arbeiten begann‹, oder ›nachdem‹, oder ›bevor ich in der Stärkerei zu arbeiten begann‹ waren Sätze, die er häufig anwendete.

Seinen sechzehnten Geburtstag feierte er damit, daß er in die Webstube versetzt wurde, wo man ihn an einen eigenen Webstuhl setzte. Hier hatte er wieder einen Ansporn zur Arbeit, denn es war Akkordarbeit. Und er zeichnete sich aus, weil der Lehm, aus dem er gemacht war, von den Fabriken zur vollkommenen Maschine umgebildet worden war. Und als drei Monate vergangen waren, hatte er zwei Webstühle zu besorgen und später drei und vier.

Er war noch nicht zwei Jahre in der Webstube, als er

schon mehr Ellen produzierte als jeder andere Weber und mehr als doppelt soviel wie die weniger tüchtigen. Zu Hause begannen sich die Verhältnisse auch zu bessern, da er ungefähr den Wochenlohn eines Erwachsenen verdiente. Nicht daß sein größerer Verdienst ihm je mehr als das Notwendigste verschafft hätte. Die Kinder wuchsen heran. Sie aßen mehr. Sie gingen zur Schule, und Schulbücher kosten Geld. Und wie dem nun war oder nicht war, je mehr er arbeitete, desto höher stiegen die Preise von allem. Selbst die Miete stieg, obwohl das Haus immer mehr verfiel.

Er war jetzt ausgewachsen, aber er sah magerer aus als je. Er wurde auch nervöser, und seine Reizbarkeit und Verdrießlichkeit nahmen mit seiner Nervosität zu. Aus langer, bitterer Erfahrung hatten die Kinder gelernt, sich in hinreichendem Abstand von ihm zu halten. Seine Mutter achtete ihn, weil er Geld verdiente, aber ihre Achtung vor ihm war gleichsam mit Furcht gemischt.

Das Leben enthielt keine Freuden für ihn. Er bemerkte nicht, daß die Tage vergingen. Die Nächte verschlief er in zitternder Bewußtlosigkeit. Die übrige Zeit arbeitete er, und in seinem Bewußtsein gab es nichts als Maschinen. Darüber hinaus war sein Hirn ein unbeschriebenes Blatt. Er hatte kein Ideal und nur eine einzige Illusion – nämlich, daß er ausgezeichneten Kaffee bekam. Er war ein Arbeitstier. Er hatte keinerlei Seelenleben, und doch erfolgte in den geheimsten Winkeln seines Hirns ein Abwägen und Sichten jeder einzigen Arbeitsstunde, jeder Bewegung seiner Hände, jeden Rucks in seinen Muskeln, womit der Grund zu der Tat gelegt wurde, die dereinst ihn selbst und seine ganze Kleinwelt verblüffen sollte.

Es war eines Abends im Spätfrühling, als er heimkam und sich ungewöhnlich müde fühlte. Es lag etwas in der

Luft, als er sich zu Tisch setzte, aber er beachtete es nicht. Er saß finster und schweigend da und aß ganz mechanisch, was ihm vorgesetzt wurde. Die Kinder machten »mhm« und »ah« und schmatzten vor Wohlbehagen. Aber er hörte es nicht.

»Weißt du, was du da ißt?« fragte seine Mutter schließlich mit dem Mut der Verzweiflung.

Er sah verständnislos auf den Teller vor sich und dann ebenso verständnislos auf sie.

»Götterspeise«, erklärte sie triumphierend.

»Oh«, sagte er.

»Götterspeise!« riefen alle Kinder im Chor.

»Oh«, sagte er. Und nachdem er ein paar Löffel voll gegessen hatte, fügte er hinzu: »Ich glaube, ich habe heute abend keinen Hunger.«

Er legte den Löffel nieder, schob seinen Stuhl zurück und erhob sich müde vom Tisch.

»Und ich denke, jetzt gehe ich zu Bett.«

Er schleppte die Füße noch mehr als gewöhnlich nach, als er durch die Küche ging. Sich zu entkleiden bedeutete eine Titanenarbeit, eine ungeheure Abrackerei für ihn, und er weinte vor Schwäche, als er, noch mit einem Schuh, ins Bett kroch. Er hatte das Gefühl, als erhöbe und schwölle etwas in seinem Kopf und machte sein Hirn dickflüssig. Seine mageren Finger fühlten sich ebenso dick an wie sein Handgelenk, und in den Fingerspitzen hatte er ein Gefühl, als gingen sie ihn nichts an und als wären sie ebenso unbestimmt und dickflüssig wie sein Hirn. Seine Lenden schmerzten unerträglich. Jeder Knochen in seinem Körper schmerzte. Und in seinem Kopfe begann es zu kreischen und zu klopfen, zu knarren und zu poltern wie von Millionen Webstühlen. Der ganze Raum war wie von fliegenden

Weberschiffchen erfüllt. Sie schossen wirr zwischen den Sternen ein und aus. Er hatte selbst tausend Webstühle zu besorgen, und sie liefen immer schneller und schneller, und sein Hirn wickelte sich, schneller und schneller, ab und wurde zu dem Faden, der die tausend fliegenden Schiffchen füllte.

Am nächsten Morgen ging er nicht zur Arbeit. Er war zu beschäftigt mit dem ewigen Gesurr der tausend Webstühle in seinem Kopfe. Seine Mutter ging zur Arbeit. Vorher aber schickte sie nach dem Arzt. Es sei ein ernster Anfall von Grippe, meinte der. Jennie machte die Krankenschwester nach den Anweisungen des Arztes.

Es war ein sehr ernster Anfall, und es dauerte eine ganze Woche, bis Johnny sich ankleidete und kraftlos durch die Zimmer wankte. Es würde noch eine Woche dauern, sagte der Arzt, ehe er gesund genug sei, zu seiner Arbeit zurückzukehren. Der Vorarbeiter der Webstube besuchte ihn am Sonntag, dem ersten Tage, als er wieder ein wenig zu Kräften gekommen war. »Der beste Weber im ganzen Raum«, sagte der Vorarbeiter zu seiner Mutter. Seine Stellung würde ihm freigehalten werden; er könnte am Montag in acht Tagen wieder anfangen.

»Warum bedankst du dich nicht, Johnny?« fragte seine Mutter bekümmert.

»Er ist so krank gewesen, daß er noch nicht wieder recht zu sich gekommen ist«, entschuldigte sie sich bei dem Gast.

Johnny saß mit hochgezogenen Schultern da und sah unverwandt zu Boden. Noch lange, nachdem der Vorarbeiter gegangen war, saß er in derselben Stellung da. Es war ein warmer Tag, und am Nachmittag saß er draußen auf der Treppe. Ab und zu bewegte er die Lippen. Es war, als sei er ganz in endlose Berechnungen verloren.

Am nächsten Tag setzte er sich, sobald es warm wurde, wieder auf die Treppe. Diesmal hatte er einen Bleistift und Papier mitgenommen, um weiter an seinen Berechnungen zu arbeiten, und er rechnete mühselig mit verblüffend hohen Zahlen.

»Was kommt nach Millionen?« fragte er mittags, als Will aus der Schule kam. »Und wie rechnet man damit?«

Am selben Nachmittag wurde er mit seiner Rechnung fertig. Jeden Nachmittag setzte er sich wieder auf die Treppe, aber ohne Papier und Bleistift. Er beschäftigte sich eifrig mit dem einsamen Baum, der auf der anderen Seite der Straße wuchs. Er studierte ihn jedesmal stundenlang und beobachtete mit größtem Interesse, wie der Wind die Zweige bewegte und die Blätter raschelnd aneinanderschlagen ließ. Die ganze Woche schien er in Gedanken versunken. Am Sonntag, als er auf der Treppe saß, lachte er mehrmals laut, was seine Mutter, die ihn viele Jahre lang nicht lachen gehört hatte, in hohem Maße beunruhigte.

Am nächsten Morgen trat sie, ehe es hell geworden war, an sein Bett, um ihn zu wecken. Er hatte sich diese Woche richtig ausgeschlafen und wachte sehr leicht auf. Er wehrte sich nicht und versuchte auch nicht, sich am Deckbett festzuhalten, als sie es wegzerrte. Er blieb ganz ruhig liegen und sagte:

»Es hat keinen Zweck, Mutter!«

»Du kommst zu spät«, sagte sie im Glauben, daß er immer noch halb im Schlaf wäre.

»Ich bin wach, Mutter, und ich sage, daß es keinen Zweck hat. Du kannst mich ebensogut in Ruhe lassen. Ich gedenke nicht aufzustehen.«

»Aber du verlierst deine Stelle!« rief sie.

»Ich denke nicht daran, aufzustehen«, wiederholte er mit seltsam leidenschaftsloser Stimme.

Sie ging selber an diesem Morgen nicht zur Arbeit. Das war eine weit schlimmere Krankheit als jede, die sie je gekannt hatte. Fieber und Fieberphantasien konnte sie verstehen, aber das war ja der reine Wahnsinn. Sie deckte ihn wieder zu und schickte Jennie nach dem Arzt.

Als er kam, schlief Johnny ruhig, und er wachte friedlich auf und ließ es sich gefallen, daß der Arzt seinen Puls fühlte.

»Es ist nichts mit ihm«, erklärte der. »Schrecklich entkräftet — das ist alles. Er hat nicht viel Fleisch auf dem Leibe.«

»So ist er immer gewesen«, warf seine Mutter ein.

»So, geh nun, Mutter, und laß mich ausschlafen.« Johnny sprach sanft und ruhig, und sanft und ruhig drehte er sich auf die Seite und schlief ein.

Um zehn wachte er auf und kleidete sich an. Er ging in die Küche, wo seine Mutter mit erschrockenem Gesicht herumhantierte.

»Ich will dir nur Lebewohl sagen, Mutter«, sagte er, »denn jetzt gehe ich.«

Sie schlug sich die Schürze vors Gesicht, setzte sich plötzlich und weinte. Er wartete geduldig.

»Ich hätte es mir sagen können«, schluchzte sie.

»Wohin?« fragte sie schließlich, nahm die Schürze herab und sah ihn an, neugierig, aber mit einem Ausdruck, als ob sie völlig gelähmt wäre.

»Das weiß ich nicht – und es ist auch einerlei.«

Während er sprach, stand plötzlich der Baum auf der anderen Seite der Straße mit blendender Klarheit vor ihm.

Es war, als wäre er immer da, so daß er ihn jederzeit sehen konnte, wenn er es wünschte.

»Und deine Stelle?« sagte sie mit zitternder Stimme.

»Ich will nie mehr zur Arbeit gehn!«

»O Gott, Johnny«, klagte sie. »Das darfst du nicht sagen.«

Was er sagte, war ja die reine Gotteslästerung für sie. Wie eine Mutter, die ihr Kind Gott verleugnen hört, so entsetzte sich Johnnys Mutter über seine Worte.

»Was ist denn nur in dich gefahren?« sagte sie mit einem lahmen Versuch, gebieterisch aufzutreten.

»Zahlen«, antwortete er. »Nur Zahlen. Ich habe mich die ganze Woche mit einer Menge Zahlen beschäftigt, und das ist sehr merkwürdig.«

»Ich sehe nicht ein, was das damit zu tun hat.«

Johnny lächelte geduldig, und es gab seiner Mutter gleichsam einen Ruck, als sie plötzlich erkannte, wie vollkommen seine Verdrießlichkeit und Reizbarkeit verschwunden waren.

»Jetzt will ich es dir zeigen«, sagte er. »Ich bin todmüde. Was ist es, was mich so müde macht? Bewegungen. Ich habe mich bewegt, seit ich geboren wurde. Ich bin es müde, mich zu bewegen, und ich will mich nicht mehr bewegen. Weißt du noch, wie ich in der Glasfabrik arbeitete? Da konnte ich dreihundert Dutzend Flaschen jeden Tag fertig machen. Sieh, ich rechne nun, daß ich ungefähr zehn verschiedene Bewegungen mit jeder Flasche machte. Das macht sechsunddreißigtausend Bewegungen am Tage. Etwas über eine Million Bewegungen im Monat. Rechnen wir rund eine Million –«, er sprach so milde und ruhig wie ein Wohltäter der Menschheit – »rechnen wir rund eine Million, so macht das zwölf Millionen Bewegungen im Jahr.

In der Weberei bewege ich mich doppelt soviel. Das macht fünfundzwanzig Millionen Bewegungen jährlich, und ich habe ein Gefühl, als hätte ich mich auf die Art fast eine Million Jahre bewegt.

Sieh, diese Woche habe ich mich gar nicht bewegt. Ich habe viele, viele Stunden lang nicht eine einzige Bewegung gemacht. Ich sage dir, es war ein Fest, viele, viele Stunden lang dazusitzen und nichts zu tun. Ich bin noch nie glücklich gewesen. Ich habe nie Zeit gehabt. Ich habe mich die ganze Zeit bewegt. Auf diese Weise wird man nicht glücklich. Und ich tue es nicht mehr. Ich will nur ruhen und ruhen und immer ruhen.«

»Aber was soll denn aus Will und den Kindern werden?« fragte sie verzweifelt.

»Ja, da haben wir's – Will und die Kinder.«

Aber es war keine Bitterkeit in seiner Stimme. Er kannte längst die ehrgeizigen Pläne, die seine Mutter für ihren Jüngeren hegte, aber er spürte keine Bitterkeit mehr bei dem Gedanken. Er machte sich aus nichts mehr etwas. Nicht einmal daraus.

»Ich weiß gut, Mutter, woran du für Will gedacht hast – ihn zur Schule gehen und Buchhalter werden zu lassen. Aber daraus wird nichts – ich bin fertig. Jetzt muß er zupacken.«

»Und das, nachdem ich dir so in der Welt vorwärtsgeholfen habe«, sagte sie weinend und machte Miene, das Gesicht in der Schürze zu bergen.

»Du hast mir nie vorwärtsgeholfen«, antwortete er freundlich, aber betrübt. »Ich habe mir selbst vorwärtsgeholfen, und ich habe Will vorwärtsgeholfen. Er ist größer als ich, dicker und größer. Ich glaube, ich habe als kleiner Bengel nicht genug zu essen bekommen. Als kleiner

Bengel arbeitete ich und verdiente das Essen für ihn mit. Aber das Spiel mache ich nicht mehr mit. Will kann zupacken und etwas tun wie ich, oder er kann zum Teufel gehen – mir ist es verflucht gleichgültig. Ich bin müde. Und jetzt gehe ich. Willst du mir nicht Lebewohl sagen?«

Sie antwortete nicht. Sie hatte sich wieder das Gesicht mit der Schürze bedeckt und weinte. Er blieb einen Augenblick in der Tür stehen.

»Ich tat, was ich konnte – weiß Gott, das tat ich!« schluchzte sie.

Er verließ das Haus und trat auf die Straße. Ein blasses Lächeln glitt über sein Gesicht bei dem Anblick des einsamen Baumes. »Nichts tun!« trällerte er vor sich hin. Träumerisch sah er zum Himmel empor, aber die Strahlen der Sonne blendeten ihn, und er mußte die Augen schließen.

Es war ein weiter Weg, den er ging, und er ging nicht schnell. Der Weg führte an der Jutefabrik vorbei. Das gedämpfte Poltern in der Weberei klang zu ihm heraus, und er lächelte. Es war ein sanftes, zufriedenes Lächeln. Er haßte keinen, nicht einmal die hämmernden, kreischenden Maschinen. Es war keine Bitterkeit in ihm – nichts außer einem unwiderstehlichen Drang, zu ruhen.

Häuser und Fabriken wurden spärlicher und die unbebauten Grundstücke zahlreicher und größer, als er sich dem freien Lande näherte. Schließlich lag die Stadt hinter ihm, und er ging einen Feldweg am Bahndamm entlang. Er ging nicht wie ein Mann. Er sah nicht wie ein Mann aus. Er war die Parodie eines menschlichen Wesens. Es war ein verzerrtes, verkümmertes und namenloses Stück Leben, das wie ein kranker Affe dahintrottete, mit hängenden Armen und gebeugten Schultern, engbrüstig, komisch und entsetzlich.

Er ging an einem kleinen Bahnhof vorbei und legte sich unter einem Baum ins Gras. Den ganzen Nachmittag lag er dort. Zuweilen schlief er ein wenig, und jedesmal, wenn er schlummerte, ruckte es in seinen Muskeln. Wenn er wach war, lag er ohne sich zu rühren da und beobachtete die Vögel oder sah zwischen den Zweigen hindurch zum Himmel empor. Ein paarmal lachte er laut, aber ohne daß er etwas gesehen oder gefühlt hätte.

Als der Dämmerung die erste Dunkelheit der Nacht folgte, kam ein Güterzug auf den Bahnhof gerumpelt. Während die Lokomotive einige Wagen auf ein Seitengleis fuhr, kroch Johnny am Zug entlang. Er riß die Tür eines leeren Packwagens auf und kletterte schwer und mühselig hinein. Er schloß die Tür. Die Maschine pfiff. Johnny hatte sich niedergelegt und lächelte im Dunkeln.

Die Liebe zum Leben

Sie humpelten unter Schmerzen den Hang hinunter, und einmal stolperte der vordere der beiden Männer über einen der herumliegenden Felsblöcke. Sie waren sehr erschöpft und kraftlos. Ihre Gesichter trugen den Ausdruck bitterer Geduld, der eine Folge allzulang ertragener Entbehrungen ist. Sie schleppten schwere Lasten auf dem Rücken, Deckenbündel, die mit Riemen an den Schultern befestigt waren. Auch um die Stirn hatten sie einen Riemen gelegt, um den Druck der Bündel auf die Schultern zu erleichtern. Jeder trug ein Gewehr. Sie gingen gebückt, die Schultern weit vorgeschoben, den Kopf tief hinabhängend, die Augen starr auf den Boden gerichtet.

»Ich wünschte, wir hätten zwei von den Patronen, die wir in unserm Depot liegen haben«, sagte der Mann, der hinterherging.

Seine Stimme hatte einen unheimlich gleichgültigen Klang. Er sprach ohne jeden Eifer, und der vorangehende, der soeben in den milchigen Strom hinaushinkte, der über die Felsblöcke schäumte, würdigte ihn keiner Antwort.

Der andere folgte ihm auf den Fersen. Es fiel ihnen nicht ein, sich die Fußbekleidung auszuziehen, obgleich das Wasser eisig kalt war – so kalt, daß ihnen die Gelenke schmerzten und die Füße ganz unempfindlich wurden. An einzelnen Stellen ging ihnen das Wasser bis zu den Knien, und beide Männer waren nahe daran, das Gleichgewicht zu verlieren.

Der zweite Mann glitt auf einem glatten Kieselstein aus. Er wäre beinahe gestürzt, kam jedoch mit einer gewaltigen Anstrengung wieder auf die Beine und stieß dabei einen scharfen Schmerzensruf aus. Er schien plötzlich kraftlos und schwindlig zu werden, streckte die freie Hand aus und fuchtelte mit ihr in der Luft herum, wie um eine Stütze zu finden. Als er das Gleichgewicht wiedergefunden hatte, ging er einige Schritte vorwärts, taumelte jedoch abermals, fuchtelte mit den Armen und schien fallen zu wollen. Dann blieb er stehen und sah dem andern Mann nach, der nicht ein einziges Mal den Kopf gedreht hatte.

Eine volle Minute blieb er stehen, als ob er etwas ernst überlegte. Dann rief er laut:

»Hörst du denn nicht, Bill, ich hab mir den Fuß verstaucht.«

Bill wankte weiter durch den milchigen Strom. Er wandte nicht den Kopf, sah sich nicht um. Der andere stand noch immer da und sah ihn gehen. Und obgleich sein Gesicht ausdruckslos war, glichen seine Augen denen eines verwundeten Hirsches.

Bill erkletterte unterdessen das andere Ufer und setzte seinen Weg fort, ohne sich ein einziges Mal umzudrehen. Der Mann im Fluß beobachtete ihn. Seine Lippen zitterten ein wenig, so daß die langen rauhen Haare des braunen Bartes, der sie verbarg, sich sichtbar bewegten. Er befeuchtete sich die Lippen mit der Zunge.

»Bill!« rief er.

Es war der verzweifelte Hilferuf eines starken Mannes, der in Not war, aber Bill wandte nicht einmal den Kopf. Der Zurückgebliebene sah ihn weitergehen. Sah, wie er grotesk dahinhumpelte, sich mit unsicheren Schritten den sanft ansteigenden Hang zu der dunstigen Kuppe des niedrigen

Hügels hinaufarbeitete. Er sah ihm nach, bis er den Kamm erreicht hatte und hinter dem Horizont verschwunden war. Dann wandte er den Blick ab und ließ ihn langsam in dem engen Kreis schweifen, der jetzt nach Bills Verschwinden alles war, was ihm von der Welt geblieben.

Tief am Horizont glomm fahl die Sonne, fast verborgen hinter gestaltlosen Nebeln und Dämpfen, die wie dichte Massen, aber ohne feste Form und Linien wirkten. Der Mann nahm die Uhr heraus, während er sich mit seinem ganzen Gewicht auf das eine Bein stützte. Es war vier. Und da es schon Ende Juli oder Anfang August sein mußte – er wußte seit einer Woche oder vierzehn Tagen das Datum nicht mehr genau –, zeigte die Sonne jetzt, wenn auch nur ungenau, die Nordwestrichtung an. Er warf einen Blick nach Süden – irgendwo dort unten jenseits der öden und windigen Hügel lag – das wußte er – der Große Bärensee. Er wußte auch, daß in dieser Richtung der Polarkreis die Einöden Kanadas durchschnitt. Der Fluß, in dem er jetzt stand, war ein Nebenfluß des Coppermine, der nach Norden strömte und in die Coronation-Bucht und in das nördliche Eismeer mündete. Er war noch nie dort gewesen, hatte es aber einmal auf einer Karte bei der Hudson-Bay-Company gesehen.

Wieder durchmaß sein Blick den Kreis der Welt, die ihm geblieben war. Es war kein sehr erheiterndes Schauspiel, das sich ihm darbot. Wo er hinsah – überall derselbe weiche Horizont. Die Hügel waren alle sehr niedrig. Nirgends waren Bäume, nirgends Gebüsch oder Gras zu sehen ... es gab nichts als erschütternde, furchtbare Öde und Einsamkeit. Langsam und leise tauchte unüberwindbare Furcht in seinen Augen auf.

»Bill!« flüsterte er, einmal, zweimal, »Bill!«

Er watete in das milchige Wasser hinein, als ob die ungeheure Öde ihn mit unwiderstehlicher Schwere weiterschöbe, während sie ihn mit grausamer, brutaler Freude zermalmte. Wie in einem Anfall von Schüttelfrost zitterte er, bis das Gewehr ihm aus der Hand und mit einem Platschen ins Wasser fiel. Das brachte ihn wieder zu sich. Er bekämpfte seine Angst und nahm sich gewaltsam zusammen. Er bückte sich, suchte im Wasser, bis er sein Gewehr gefunden hatte, und hob es auf. Dann schob er sich das Bündel weiter auf die linke Schulter hinauf, als ob er dadurch dem rechten Fuß, den er sich verstaucht hatte, das Gewicht abnehmen wollte. Und langsam und vorsichtig näherte er sich, vor Schmerzen zusammenzuckend, dem andern Ufer.

Hier blieb er nicht stehen. Mit einer verzweifelten Anstrengung, die an Wahnsinn grenzte, eilte er, ohne auf den Schmerz zu achten, den Hügel hinan, um den Gipfel zu erreichen, hinter dem sein Kamerad vorhin verschwunden war... noch grotesker und noch tragikomischer anzusehen, als sein humpelnder, springender Genosse es gewesen. Als er aber den Gipfel erreicht hatte, sah er vor sich nur ein flaches Tal, das von allem Leben entblößt war. Wieder bekämpfte er seine Angst, überwand sie, schob sich das Bündel noch weiter nach links hinüber und taumelte den Hang hinunter.

Die Sohle des Tales war feucht. Dichtes Moos klebte wie nasser Schwamm an den Fersen. Das Wasser quoll bei jedem Schritt, den er machte, unter seinen Füßen hervor. Und jedesmal, wenn er den Fuß wieder hob, gab es ein glucksendes, saugendes Geräusch, wie wenn das Moos nur zögernd seinen Griff um den Mokassin löste. Er suchte sich vorsichtig die Stellen aus, wo er den Fuß hinsetzen konnte, und folgte dabei nach Möglichkeit der Fährte seines Kameraden zwischen den Felsblöcken, die sich wie kleine Inseln aus dem Meere von Moos erhoben.

Obgleich allein, war er doch nicht verloren. Er wußte, daß er ein Stück weiter eine Stelle erreichen mußte, wo abgestorbene Tannen und Kiefern verwachsen und verdorrt das Ufer eines kleinen Sees umsäumten, der in der Sprache der Eingeborenen Titchinniechilie hieß. Das Land selbst wurde das ›Land der kleinen Zweige‹ genannt. Und durch diesen See strömte ein kleiner Fluß, dessen Wasser nicht milchig war. An diesem Fluß wuchs auch Schilf, dessen entsann er sich noch, aber Wald war nicht da. Diesem Fluß wollte er bis zur ersten Wasserscheide folgen. Die wollte er dann überschreiten, bis er den nächsten Fluß traf, der nach Westen floß und der ihn bis zu dem größeren Dease-Fluß führen mußte. Hier würde er unter einem umgekippten Kanu und mit vielen großen Steinen bedeckt ihr Depot finden. In diesem Depot befanden sich Munition für sein leeres Gewehr, Angelhaken und -leinen, ja sogar ein kleines Netz – kurz, alles Gerät, das zum Fangen und Töten der verschiedenen Tiere notwendig war. Dort würde er auch Mehl – freilich nicht sehr viel –, ein Stück Räucherspeck und einige Bohnen finden.

Wahrscheinlich wartete auch Bill dort auf ihn. Sie konnten dann gemeinsam den Dease bis zum Großen Bärensee hinunterpaddeln. Den überqueren sie dann in südlicher Richtung, immer weiter nach Süden, bis sie den Mackenzie erreichten. Und weiter, immer weiter nach Süden würden sie ziehen. Während der Winter ihnen vergeblich nachlief und die Eiskruste selbst die Strudel erstarren ließ und die Tage kalt und klingend klar machte, würden sie selbst immer weiter nach Süden wandern, bis sie eine behagliche

Station der Hudson-Bay-Company erreichten, wo der Wald hoch und reich wuchs und wo es Lebensmittel in Fülle gab.

Solche Gedanken schossen durch den Kopf des Mannes, der sich langsam und mühselig vorwärts kämpfte. Aber wenn er auch große Anforderungen an seinen Körper stellte, so war doch der Kampf, den er mit seiner Seele führte, nicht weniger hart. Vergebens versuchte er sich vorzutäuschen, daß Bill ihn gar nicht verlassen hätte, daß Bill sicher beim Depot auf ihn warten würde. Er war gezwungen, aus allen Kräften an diesem Glauben festzuhalten, denn sonst wäre er gar nicht imstande gewesen weiterzuschreiten; er hätte sich einfach hingelegt und wäre gestorben. Und als der düster glimmende Sonnenball langsam hinter dem nordwestlichen Hügelrand verschwunden war, ging er in Gedanken immer wieder jeden Zoll durch, den Bill und er südwärts ziehen mußten, um dem kommenden Winter zu entfliehen. Und ein Mal über das andere stellte er sich die Lebensmittel im Depot und die, welche er bei der Hudson-Bay-Station erhalten würde, vor. Seit zwei Tagen hatte er nichts zu essen gehabt, und schon seit langem hatte er nicht gegessen, was er zu essen wünschte. Manchmal blieb er stehen und pflückte die blassen Moosbeeren, steckte sie in den Mund, kaute und verschlang sie. Eine Moosbeere besteht aber nur aus einem kleinen, von etwas Flüssigkeit umgebenen Samen. Im Munde verschwindet die Flüssigkeit, und der Samen, der übrigbleibt, schmeckt bitter und scharf. Der Mann wußte genau, daß die Beere keinen Nährwert hat, aber er kaute sie trotzdem geduldig, mit einer Hoffnungsfreudigkeit, die größer als alles Wissen war und sich den Teufel um alle praktischen Erfahrungen scherte.

Gegen neun Uhr stieß er sich den Zeh an einem Stein, und vor lauter Müdigkeit und Schwäche stolperte er und stürzte. Er lag einige Zeit auf dem feuchten Boden, ohne die Kraft zu haben, wieder aufzustehen. Dann gelang es ihm, die Gepäckriemen abzustreifen, und mühselig und schwerfällig setzte er sich auf. Es war noch nicht ganz dunkel geworden, und in der zögernden Dämmerung suchte er mit den Händen auf dem Boden, um etwas Moos zu finden, das trocken genug war. Als er einen kleinen Haufen zusammengeschabt hatte, machte er ein Feuer – ein schwach glimmendes, rauchendes Feuer – und stellte den Zinntopf auf, um Wasser zu kochen.

Er öffnete sein Bündel, und das erste, was er dann tat, war, daß er seine Streichhölzer zählte. Es waren im ganzen siebenundsechzig. Er zählte sie dreimal, um seiner Sache sicher zu sein. Dann teilte er sie in drei Häufchen und packte jedes für sich in Ölpapier ein. Das erste Häufchen tat er hierauf in seinen leeren Tabaksbeutel, das zweite in das Schweißleder seines arg mitgenommenen Hutes, während er das dritte auf der Brust unter dem Hemd verbarg. Als das getan war, überkam ihn plötzlich ein panischer Schrecken, er packte sie alle wieder aus und zählte sie noch einmal. Es waren immer noch siebenundsechzig.

Er trocknete seine Fußbekleidung am Feuer. Die Mokassins waren zu durchnäßten Fetzen geworden. Die Überzugstrümpfe waren durchlöchert, seine Füße zerschunden und blutig. In seinem Fußgelenk hämmerte es, und er untersuchte es deshalb. Es war so stark angeschwollen, daß es ebenso dick wie das Knie war. Er riß einen langen Streifen von einer seiner beiden Decken und band ihn straff um das Fußgelenk. Er riß weitere Streifen ab und band sie um seine Füße, damit sie ihm gleichzeitig als Strümpfe und als Mokassins dienen konnten. Dann trank er den ganzen Topf heißes Wasser aus, zog seine Uhr auf und kroch in seinen Schlafsack.

Er schlief wie ein Toter. Die kurze Dunkelheit um Mitternacht kam und schwand. Im Nordosten ging die Sonne auf – oder richtiger gesagt, die Dämmerung brach drüben an, denn die Sonne selbst blieb hinter grauen Wolken verborgen.

Um sechs Uhr wachte er auf. Er lag ruhig auf dem Rücken, starrte in den grauen Himmel empor und fühlte nur das eine, daß er hungrig war. Als er sich auf die Seite legte und sich auf den Ellbogen stützte, hörte er zu seinem Staunen ein lautes Schnauben und sah einen Rentierbullen, der ihn wachsam und neugierig betrachtete. Das Tier war kaum zwanzig Schritt von ihm entfernt, und im selben Augenblick schoß dem Mann die Vision und der Geschmack eines Rentierbratens, der auf dem Feuer zischte und schmorte, durch den Kopf. Mechanisch streckte er die Hand nach dem leeren Gewehr aus, zielte und drückte ab. Der Bulle schnaubte und lief in weiten Sprüngen davon. Seine Hufe klapperten und schlugen, während er über die Felsblöcke setzte.

Der Mann fluchte und schleuderte das leere Gewehr weit von sich. Laut stöhnend versuchte er, auf die Beine zu kommen. Das war eine langsame und schwierige Arbeit. Die Füße, die noch nicht an ihre neuen Hüllen gewöhnt waren, mühten sich ab und glitten hin und her; jedes Beugen und Strecken gelang nur durch eine ungeheure Willensanspannung. Als der Mann endlich auf den Füßen stand, brauchte er wieder lange Zeit, um sich aufzurichten und wie ein normaler Mensch dazustehen.

Er kroch auf eine kleine Bodenerhöhung und sah sich

um. Es gab keinen Baum, keinen Strauch – nur ein graues Meer von Moos, das von den grauen Felsen, den grauen Pfützen und den kleinen grauen Bächlein kaum zu unterscheiden war. Der Himmel war ebenfalls grau. Keine Sonne oder auch nur die Andeutung einer Sonne war zu sehen. Er ahnte nicht mehr, wo Norden sein mochte, und hatte ganz den Weg vergessen, den er in der vorigen Nacht hierhergewandert war. Aber er war nicht verloren. Das wußte er. Bald kam er in das ›Land der kleinen Zweige‹. Er hatte das Gefühl, daß es irgendwo links vor ihm liegen mußte, gar nicht so weit entfernt – vielleicht schon hinter dem nächsten Hügel.

Er kehrte zu seinem Lagerplatz zurück, um sein Bündel für die Weiterfahrt zu schnüren. Zunächst vergewisserte er sich, daß alle drei Päckchen Streichhölzer vorhanden waren, gab sich aber nicht die Mühe, sie noch einmal zu zählen. Dagegen zögerte er lange und nachdenklich, als er einen prallen Beutel aus Elchleder wieder einpacken wollte. Der Beutel war nicht groß. Er konnte ihn in seinen beiden Händen verbergen. Er wußte genau, daß das Ding nur ein Gewicht von fünfzehn Pfund hatte ... genausoviel wie das ganze übrige Bündel ... aber es machte ihm immerhin gewisse Schwierigkeiten. Er blieb einen Augenblick stehen und starrte den dicken elchledernen Beutel an. Schließlich nahm er ihn doch, während er einen mißtrauischen Blick um sich warf, als ob die Einöde versuchen könnte, ihm den Beutel zu stehlen. Und als er endlich aufstand, um seine Tageswanderung anzutreten, befand sich der Beutel unter den Sachen, die er auf seinem Rücken trug.

Er bog nach links ab. Hie und da blieb er stehen, um Moosbeeren zu essen. Sein Fußgelenk war jetzt ganz steif, er hinkte stärker als zuvor, aber der Schmerz in dem Fuß war nichts gegen die Qualen, die ihm sein leerer Magen verursachte. Der Hunger begann sehr weh zu tun. Er fühlte ihn immer stärker und schmerzhafter, bis er nicht mehr imstande war, seine Gedanken auf den Weg zu richten, den er einschlagen mußte, um nach dem ›Land der kleinen Zweige‹ zu gelangen. Die Moosbeeren vermochten nichts gegen die Schmerzen. Sie machten nur durch ihre beißende Schärfe seine Zunge und seinen Schlund ganz wund.

Er erreichte ein Tal, wo Bergschneehühner sich auf flatternden Flügeln von Felsblöcken und Moosbeerensträuchern in die Luft erhoben. »Kerr... Kerr... Kerr...« schrien sie. Er warf ihnen Steine nach, konnte sie aber nicht treffen. Er legte sein Bündel auf den Boden und pirschte sich an sie heran wie eine Katze an einen Sperling. Die scharfen Steine zerrissen ihm die Hosen, bis seine Knie eine Fährte von Blut hinterließen. Aber der Schmerz, den der Hunger verursachte, war so groß, daß er sonst nichts empfand. Er kroch durch das feuchte Moos, seine Kleider wurden durchnäßt, sein Körper zitterte vor Kälte, aber er merkte es gar nicht, so furchtbar brannte das Fieber des Hungers. Und immer wieder erhoben die Schneehühner sich und umflatterten ihn, bis ihm ihr ewiges »Kerr... Kerr... Kerr...« wie blutiger Hohn erschien. Und er verfluchte sie und rief ihnen ihren eigenen Schrei zu.

Einmal stolperte er sogar über ein Schneehuhn, das wahrscheinlich eingeschlafen war. Er hatte es gar nicht bemerkt, bis es aus seinem steinigen Winkel ihm direkt ins Gesicht flatterte. Er haschte nach dem Vogel, aber seine Bewegung war ebenso erschrocken und ungeschickt wie der Flug des Schneehuhns aus dem Versteck, und so blieben ihm nur ein paar Schwungfedern in der Hand. Als er ihn wegfliegen sah, fühlte er einen flammenden Haß gegen den

Vogel, als hätte der ihm etwas Furchtbares angetan. Dann kehrte er um und lud sich das Bündel wieder auf die Schultern.

Im Laufe des Tages erreichte er noch andere Täler und Schluchten, wo es reichlich Wild gab. Eine ganze Herde von Rentieren kam an ihm vorbei... vielleicht zwanzig. Und das schlimmste war, daß sie sich innerhalb Schußweite befanden und seine Büchse leer war. Er empfand eine wahnsinnige Lust, ihnen nachzulaufen, und war überzeugt, sie einholen zu können. Ein schwarzer Fuchs spazierte einmal dicht vor seiner Nase vorbei – mit einem Schneehuhn im Maul. Der Mann schrie auf. Aber obgleich der Fuchs tödlich erschrak und in großen Sprüngen flüchtete, ließ er doch das Schneehuhn nicht fallen.

Am späten Nachmittag ging der Mann an einem milchigen Fluß entlang, der voll Kalk und an einzelnen Stellen mit Schilf bewachsen war. Er riß die Schilfhalme ab, so nahe an der Wurzel wie möglich, und pflückte ein Stück heraus, das ungefähr wie ganz junge Zwiebelkeimlinge aussah und nicht länger als ein Bildernagel war. Es war zart, und als seine Zähne sich darin vergruben, knackte es knusprig, daß er schon glaubte, eine delikate Speise gefunden zu haben. Aber die Fibern waren zäh, ungenießbare Fasern, die von Wasser durchtränkt waren, ganz wie die Moosbeeren. Nährwert hatten sie überhaupt nicht. Und doch schleuderte er sein Gepäck fort und kroch in das Schilf. Er kaute und fraß wie ein Vieh.

Er war sehr müde und hatte oft genug nur den einen Gedanken, sich hinzulegen und auszuruhen – ganz still zu liegen und zu schlafen. Aber er wurde unaufhaltsam weitergetrieben – nicht so sehr durch den Wunsch, das ›Land der kleinen Zweige‹ zu erreichen, wie durch den ewig nagenden

Hunger. Er suchte in den kleinen Pfützen nach Fröschen und grub mit seinen Nägeln in der Erde nach Würmern, obgleich er ganz genau wußte, daß es so hoch im Norden weder Frösche noch Würmer gab.

Vergebens untersuchte er den kleinsten Tümpel, bis er endlich, als die Dämmerung längst angebrochen war, in einer Pfütze einen einsamen Fisch entdeckte. Er war nicht größer als eine Elritze. Dennoch steckte der Mann seinen Arm bis zur Schulter in das eisige Wasser, aber der Fisch entschlüpfte ihm. Er griff mit beiden Händen nach ihm, doch das Wasser wurde durch den milchigen Bodenschlamm so getrübt, daß er kaum etwas sehen konnte. In seiner Aufregung fiel er auch noch selbst in die Pfütze und wurde bis zum Leibe naß. Und jetzt war das Wasser so trübe geworden, daß alles weitere Suchen zwecklos war. Er mußte deshalb warten, bis es schließlich wieder klar geworden war.

Dann erneuerte er seine Anstrengungen, den Fisch zu fangen. Aber er war zu ungeduldig. Deshalb nahm er seinen Zinnbecher aus dem Bündel und begann die Pfütze leer zu schöpfen. Zuerst arbeitete er wie ein Wilder drauflos, bespritzte sich und schleuderte das Wasser nicht weit genug, so daß es wieder in die Pfütze lief. Dann nahm er sich zusammen und machte es mit größerer Sorgfalt. Er bemühte sich, ruhig und kühl zu bleiben, obgleich sein Herz gegen die Brust hämmerte und seine Hände zitterten. Nach einer halben Stunde anstrengender Arbeit war die Pfütze fast leer. Kaum eine Tasse voll war noch übrig. Aber – jetzt war kein Fisch mehr da. Nach langem Suchen fand er dann eine verborgene Ritze im Steingrund, durch die der Fisch in eine größere Pfütze, die daneben lag, entschlüpft war, und diese Pfütze war zu groß, als daß er sie hätte ausschöpfen können. Hätte er nur eine Ahnung vom Vorhandensein der Ritze gehabt, so hätte er sie gleich mit einem Stein versperren können, und der Fisch wäre ihm leicht zur Beute gefallen.

So dachte er und versuchte aufzustehen, sank aber müde auf dem feuchten Boden um. Anfangs sprach er leise mit sich selbst, dann begann er immer lauter in die unbarmherzige Einöde hinauszurufen, die um ihn her brütete. Und zuletzt wurde er von einem krampfhaften, tränenlosen Schluchzen geschüttelt.

Er machte ein Feuer und wärmte sich durch große Schlucke brühheißen Wassers. Dann bereitete er sich am felsigen Ufer des Stromes ein Lager, wie er es am Abend zuvor getan hatte. Das letzte, was er tat, war, daß er untersuchte, ob seine Streichhölzer trocken waren. Dann zog er seine Uhr auf. Die Decken waren feucht und klamm. In seinem Fußgelenk hämmerte der Schmerz. Aber er dachte nur an eines: daß er hungrig war. Und in seinem unruhigen Schlaf träumte er von Festen und Banketten und von wunderbaren Gerichten, die ihm in Vielfalt vorgesetzt wurden.

Er wachte frierend und elend auf. Keine Sonne war zu sehen. Das Grau der Erde und des Himmels war noch tiefer geworden, noch undurchdringlicher. Ein rauher Wind wehte, und die ersten Schneefälle hatten die Gipfel der Hügel mit weißem Schimmer verhüllt. Die Luft um ihn wurde dichter und weißer, während er Feuer machte und Wasser kochte. Es war ein nasser Schnee, halbwegs Regen, und die Flocken waren groß und klamm. Anfangs zerschmolzen sie, sobald sie den Boden berührten, aber es fielen immer mehr, und schließlich verhüllten sie die Erde, verlöschten das Feuer und verdarben ihm seinen Vorrat an trockenem Moos, das er zum Feuermachen gesammelt hatte.

Dies war für ihn ein Zeichen, daß er schnell sein Gepäck nehmen und vorwärts gehen sollte, wenn er auch nicht wußte, wohin. Weder das ›Land der kleinen Zweige‹ noch Bill oder das Depot unter dem umgekippten Kanu am Dease-Fluß interessierten ihn jetzt. Es gab für ihn nur ein einziges Wort: ›Essen‹, und das beherrschte ihn vollkommen. Er war vor Hunger fast wahnsinnig geworden. Er kümmerte sich gar nicht um die Richtung, die er einschlug, solange sie ihn durch die Schluchten führte. Instinktiv fand er unter dem nassen Schnee die wässerigen Moosbeeren. Sein Gefühl half ihm, mitten im Schnee das Schilfgras zu finden und es mit der Wurzel herauszuziehen. Das war jedoch eine Nahrung, die nach nichts schmeckte und in keiner Beziehung befriedigte. Er fand auch ein Kraut, das einen säuerlichen Geschmack hatte, und aß alles, was er davon finden konnte. Aber es war nur sehr wenig, denn es war eine Kriechpflanze, die unter einer mehrzölligen Schneekruste kaum zu finden war.

Diese Nacht schlief er ohne Feuer und ohne heißes Wasser zum Trinken. Wie zerschlagen kroch er in seinen Schlafsack, um den unruhigen Schlaf des Hungernden zu schlafen. Der Schnee wurde zu einem kalten Regen. Er wachte immer wieder auf, weil es ihm eisig auf sein nach oben gewandtes Gesicht tropfte. Es wurde Tag – ein grauer Tag ohne Sonne. Es hatte aufgehört zu regnen. Sein Hunger war nicht mehr so ätzend. Der schmerzhafte, fast unerträgliche Drang nach Essen war vorbei, hatte sich erschöpft. Es war nur ein stumpfer, dumpfer Schmerz im Magen geblieben, aber dieser Schmerz störte ihn nicht sehr. Er war auch wieder vernünftiger geworden und imstande, seine Gedanken auf das ›Land der kleinen Zweige‹ und das Depot am Dease-Fluß zu konzentrieren.

Er riß den Rest einer Decke in Streifen und verband damit seine blutenden Füße. Dann machte er sich einen neuen Verband um das verletzte Fußgelenk und bereitete sich auf eine lange Tagereise vor. Als er sein Bündel zu packen begann, machte er wieder lange und nachdenklich bei dem dicken elchledernen Beutel halt. Aber schließlich entschloß er sich, ihn mitzunehmen.

Der Schnee war durch den Regen geschmolzen, und nur die Gipfel der Hügel schimmerten noch weiß. Die Sonne kam zum Vorschein, und es gelang ihm, die Himmelsrichtungen festzustellen, wenn er auch leider erkennen mußte, daß er sich verirrt hatte. Wahrscheinlich war er an einem der vorhergehenden Tage zu weit nach links abgeschwenkt. Er bog deshalb jetzt scharf nach rechts ab, um der möglichen Abweichung von seiner Richtung entgegenzuwirken.

Obgleich die Schmerzen, die der Hunger ihm verursachte, längst nicht mehr so schlimm waren, konnte er doch merken, daß er sehr schwach geworden war. Er mußte öfters haltmachen, um auszuruhen, wenn er Moosbeeren oder mit Schilf bewachsene Stellen aufsuchte. Er merkte, daß seine Zunge dick und geschwollen war und sich anfühlte, als ob sie mit feinen Haaren bewachsen wäre, und er hatte einen bitteren Geschmack im Munde. Sein Herz machte ihm viel Sorge. Sobald er einige Minuten gegangen war, begann es unbarmherzig zu klopfen: dump, dump, dump ... und dann wieder hüpfte es wie wild, mit flatternden Schlägen, die ihn erschreckten und seine Schritte schwach und unsicher machten.

Mitten am Tage hatte er das Glück, in einer großen Pfütze zwei Elritzen zu finden. Es war unmöglich, das Wasser auszuschöpfen, aber er war heute ruhiger als am vorhergehenden Tage, und es gelang ihm, sie in seinem

Zinnbecher zu fangen. Sie waren freilich nicht länger als sein kleiner Finger, aber merkwürdigerweise hatte er keinen besonderen Hunger. Der Schmerz in seinem Magen wurde immer dumpfer und schwächer. Es war fast, als ob der Magen allmählich einschliefe. Er verzehrte die Fische roh und kaute sie mit peinlichster Sorgfalt, denn er aß ja überhaupt nur aus rein vernunftmäßigen Gründen, nicht weil er einem Bedürfnis gehorchte. Er hatte nicht die geringste Lust zu essen, aber er wußte, daß er essen mußte, um zu überleben.

Im Laufe des Abends fing er noch drei Elritzen. Zwei davon verzehrte er gleich, die dritte hob er sich für das Frühstück am nächsten Tage auf. Die Sonne hatte hie und da Streifen von Moos getrocknet, so daß es ihm möglich wurde, Feuer zu machen und sich mit heißem Wasser zu erwärmen. An diesem Tage hatte er nicht mehr als zehn Meilen zurückgelegt. Und am nächsten Tage wanderte er, sooft sein hart klopfendes Herz es ihm erlaubte, legte aber auf diese Weise nur fünf Meilen zurück. Sein Magen verursachte ihm nicht mehr das geringste Unbehagen. Der Hunger schien einfach eingeschlafen zu sein. Er befand sich jetzt auch in einem gänzlich unbekannten Lande, und er sah schon viele Rentiere, außerdem auch zahlreiche Wölfe. Oft hörte er ihr Heulen durch die Einöde, und einmal sah er drei Wölfe in kurzer Entfernung seinen Weg kreuzen.

Wieder eine Nacht. Als er gegen Morgen erwachte, war er noch ruhiger und vernünftiger geworden. Er löste den ledernen Riemen, mit dem der Elchlederbeutel zugebunden war. Ein gelber Strom von grobem Goldstaub und -klumpen ergoß sich durch die Öffnung. Er teilte das Gold in zwei ungefähr gleiche Haufen. Die eine Hälfte verpackte er in ein Stück von einer Decke und verbarg es hinter einem hervorspringenden Felsblock, die andere Hälfte tat er in den Sack zurück.

Zum Wickeln seiner Füße mußte er jetzt schon Streifen von seiner letzten Decke schneiden. Sein Gewehr behielt er noch immer bei sich, lagen doch im Depot am Dease-Fluß Patronen.

Es war ein nebliger Tag, und leider erwachte der Hunger jetzt wieder. Er fühlte sich sehr schwach und litt an einem Schwindel, der ihn hin und wieder vollkommen blind machte. Es war schon längst nichts Ungewöhnliches mehr, daß er strauchelte und stürzte. Und einmal, als er stolperte, fiel er gerade in ein Schneehuhnnest. Es waren vier erst vor kurzem ausgekrochene Küken darin; sie waren vielleicht einen Tag alt, kleine Klumpen pulsierenden Lebens, jedes kaum mehr als ein Happen, und er verschlang sie gierig. Er steckte sie sich lebendig in den Mund, zerkaute sie wie Eierschalen zwischen seinen Zähnen. Das Muttertier schlug unter lautem Gekreisch auf ihn ein. Mit seinem Gewehr als Keule versuchte er den Vogel zu erschlagen, aber das Tier entkam. Er schleuderte ihm Steine nach, und es gelang ihm, einen Flügel zu zerschmettern. Aber der Vogel entflatterte, bevor er ihn fangen konnte, lief, den verstümmelten Flügel nachschleppend, fort, während er ihn humpelnd verfolgte.

Die kleinen Küken hatten seinen Appetit nur verschärft. Er hüpfte und hinkte mit seinem kranken Fußgelenk dahin. Ab und zu warf er mit Steinen nach dem Vogel, dann und wann schrie er mit heiserer Stimme. Dann wieder humpelte und hüpfte er in grimmigem Schweigen. Mürrisch und geduldig raffte er sich wieder auf, wenn er hinfiel. Und immer wieder rieb er sich mit der Hand die Augen, wenn der Schwindel ihn zu überwältigen drohte.

Die Verfolgung führte ihn über sumpfiges Gelände in die Tiefe der Schlucht hinab, und dort fand er plötzlich im feuchten Moos Fußstapfen. Es waren nicht die seinigen – das sah er sofort. Es mußte Bills Fährte sein. Aber er konnte nicht stehenbleiben, denn die Schneehuhnmutter lief vor ihm her. Zuerst wollte er sie fangen und dann umkehren und die Fußspuren untersuchen.

Er ermüdete das Schneehuhn allmählich – gleichzeitig aber ermüdete er sich selber. Das Huhn lag, nach Atem ringend, auf der Seite – nur wenige Schritt von ihm entfernt. Und er lag ebenfalls auf der Seite, hatte aber nicht Kraft genug, um hinzukriechen. Und als er sich erholt hatte, hatte der Vogel es auch getan und flatterte fort, als der Mann gerade die Hand ausstreckte, um ihn zu ergreifen. Die Jagd war zu Ende. Die Nacht brach herein, und der Vogel war damit endgültig entkommen. Vor lauter Schwäche stolperte er und schlug vornüber zu Boden, das Bündel auf dem Nacken. Es dauerte lange, ehe er sich überhaupt rühren konnte. Dann wälzte er sich auf die Seite, zog seine Uhr auf und blieb bis zum nächsten Morgen liegen.

Wieder kam ein nebliger Tag. Die Hälfte seiner letzten Decke hatte er bereits als Fußlappen verwendet. Er war nicht mehr imstande, die Fährte Bills zu finden. Sie war ihm auch völlig gleichgültig. Sein Hunger trieb ihn jetzt wieder weiter, nur dachte er mit Staunen, ob Bill sich vielleicht auch verirrt hätte. Gegen Mittag wurde das Schleppen des schweren Bündels ihm zu ermüdend. Abermals teilte er das Gold in zwei Häufchen, ließ diesmal aber das eine einfach auf den Boden strömen. Im Laufe des Nachmittags warf er auch die andere Hälfte fort. Jetzt blieben ihm überhaupt nur noch eine halbe Decke, der Zinnbecher und das Gewehr.

Eine seltsame Halluzination begann sich seiner zu bemächtigen: er war ganz überzeugt, daß er noch eine Patrone übrig hätte. Sie lag in der Kammer des Stutzens, und er hatte sie bisher einfach übersehen. Anderseits aber wußte er die ganze Zeit, daß die Kammer leer war. Die Halluzination wollte jedoch keiner vernunftmäßigen Überlegung weichen. Er konnte sie für Stunden verdrängen, dann aber öffnete er doch schnell die Kammer und mußte feststellen, daß sie leer war. Und die Enttäuschung war genauso bitter, wie wenn er wirklich erwartet hätte, eine Patrone zu finden.

Eine halbe Stunde lang trottete er weiter. Dann tauchte die verrückte Halluzination wieder in seinem Gehirn auf. Und abermals bekämpfte er sie, und dennoch blieb sie hartnäckig, bis er, um sich zu vergewissern und sich von ihr zu befreien, wiederum die Gewehrkammer öffnete und feststellte, daß nichts vorhanden war. Zu andern Zeiten wanderten seine Gedanken noch seltsamere Wege. Und während er wie ein lebloser Automat weiterwankte, nagten höchst merkwürdige Pläne und Einfälle wie Würmer an seinem Gehirn. Aber all diese Ausflüge aus der Wirklichkeit waren doch nur von kurzer Dauer, denn der stechende Schmerz, den der Hunger verursachte, rief ihn immer wieder zurück. Einmal wurde er von einem solchen Ausflug in die Welt der Phantasie ganz plötzlich durch ein Gesicht zurückgerufen, das ihn beinahe die Besinnung gekostet hätte. Er schwankte, taumelte und wankte wie ein Betrunkener, der sich vergebens bemüht, das Gleichgewicht zu bewahren. Vor ihm stand ein Pferd! Ein richtiges Pferd! Er wollte seinen Augen nicht trauen. Um ihn her lag ein dichter Nebel, der von flimmernden Lichtflecken gesprenkelt war. Er rieb sich wie ein Wilder die Augen, um klar sehen zu können – und bei Gott: es war kein Pferd, sondern ein großer brauner Bär! Das Tier beobachtete ihn mit aggressiver Neugierde.

Der Mann hatte sein Gewehr schon halb an die Schulter gehoben, als er sich klarmachte, daß er ja keine Patrone darin hatte. Er senkte es wieder und zog sein Jagdmesser aus der mit Glasperlen bestickten Scheide an seiner Hüfte. Es war sehr scharf. Und es hatte eine scharfe Spitze. Er wollte sich auf den Bären stürzen und ihn töten. Aber sein Herz begann wieder sein warnendes Pochen: dump... dump... dump... Dann kamen das wilde Hüpfen und das aufgeregte Flattern, der eiserne Ring, der sich um seine Stirn preßte, und dann kroch das Schwindelgefühl schleichend durch sein Gehirn.

Sein verzweifelter Mut wurde von einer mächtigen Woge von Angst besiegt. Was sollte er in seiner verdammten Schwäche tun, wenn das Tier ihn angriff? Er nahm sich zusammen und stellte sich in seine imposanteste Positur, faßte das Messer fest und starrte den Bären scharf an. Das mächtige Tier machte mit plumper Bewegung einige Schritte vorwärts, stellte sich auf die Hinterbeine und ließ versuchsweise ein Knurren hören. Wenn der Mann lief, würde es ihm nachlaufen – aber er lief nicht. Jetzt war er von der Kühnheit der Angst beseelt. Auch er knurrte, wild, schreckenerregend. Und verlieh auf diese Weise der Angst Stimme, die dem Lebenswillen so nahe verwandt und mit den tiefsten Wurzeln des Lebens verbunden und verwachsen ist.

Der Bär entfernte sich langsam, während er drohend knurrte, sich aber in Wirklichkeit selbst vor dem seltsamen Geschöpf, das so aufrecht und furchtlos dastand, fürchtete. Der Mann rührte sich nicht. Wie eine Statue blieb er stehen, bis die Gefahr verschwunden war. Dann gab er der Schwäche nach und sank erschöpft und zitternd in das feuchte Moos.

Wieder raffte er sich auf und wanderte weiter. Aber jetzt hatte er eine neue Art von Furcht kennengelernt. Es war nicht die Furcht vor dem passiven Tod des Verhungerns, sondern die, durch äußere Gewalt vernichtet zu werden, ehe die Entbehrungen das letzte Streben, das den Willen zum Leben aufrechthielt, in ihm vernichtet hätten. Da waren zum Beispiel die Wölfe. Ihr Heulen erscholl von allen Seiten in der Einöde und verwandelte die Luft in eine Werkstatt der Drohung, der Vernichtung und dunkler Gefahren. Und so erfüllt war die Luft von diesen schreckeinflößenden Tönen, daß er sich selbst dabei ertappte, wie er die Arme emporstreckte und sich körperlich dagegen stemmte, als ob es die Wand eines vom Winde umtobten Zeltes wäre.

Wieder und wieder kreuzten die Wölfe in kleinen Rudeln von zwei oder drei Stück seinen Weg. Aber sie hielten sich von ihm fern. Sie waren nicht zahlreich genug, und außerdem jagten sie die Rentiere, die nicht kämpften, während sie nie wissen konnten, ob dieses seltsame Geschöpf, das auf zwei Beinen aufrecht herumlief, nicht vielleicht doch kratzte oder biß.

Im Laufe des späten Nachmittags kam er an eine Stelle, wo abgenagte Knochen verrieten, daß die Wölfe ein Tier getötet hatten. Es war, wie er aus den Überresten feststellte, ein Rentierkalb, das noch vor einer Stunde munter herumgelaufen und äußerst lebendig gewesen war. Er betrachtete die Knochen, die so sauber abgenagt waren, als ob man sie gewaschen und poliert hätte, und die noch einen rosigen Ton zeigten, weil das Leben, das in ihren Zellen gewirkt hatte, noch nicht endgültig erloschen war. Konnte es geschehen, daß, ehe der Tag zu Ende ging, von ihm selbst nichts weiter übrig war? So war das Leben ja. Ein eitles und flüchtiges Etwas. Und nur das Leben war eine Qual. Der Tod hatte keine Stacheln. Der Tod war nur Schlaf. Er bedeutete Aufhören. Ruhe. Frieden. Warum in aller Welt wollte er da nicht gerne sterben?

Aber er meditierte nicht allzulange. Er hockte im Moos und begann an den Resten vom Leben zu saugen, die noch von dem zarten Rosa der lebendigen Kraft getönt waren. Der süße Geschmack vom Fleisch, der nur leise und unwirklich wie eine Erinnerung war, machte ihn vollkommen verrückt. Seine Kiefer umschlossen die Knochen und kauten drauflos. Zuweilen waren es die Knochen, bisweilen aber auch seine Zähne, die zersprangen. Dann zermalmte er die Knochen zwischen zwei Steinen, mahlte sie zu einem Brei, den er schluckte. Hin und wieder quetschte er sich bei der Eile auch die Finger, und doch fand er einen Augenblick Zeit, darüber zu staunen, daß es nicht besonders weh tat, wenn er die Finger versehentlich mit dem schweren Stein traf.

Es kamen schreckliche Tage mit Schnee und Regen. Er wußte nicht mehr, wann er lagerte und wann er wieder aufbrach. Er wanderte ebensooft nachts wie am Tage. Er blieb liegen, wo er zufällig umfiel, und kroch weiter, sobald der sterbende Lebenswille in ihm aufflackerte und ein wenig klarer brannte. Als Einzelwesen kämpfte er überhaupt nicht mehr. Es war das Leben selbst in ihm, das ihn vorwärts trieb. Er litt nicht mehr. Seine Nerven waren abgestumpft und unempfindlich geworden. Aber seine Seele wurde von wunderbaren Visionen und herrlichen Träumen erfüllt.

Und die ganze Zeit ging er und sog und nagte an den

zersplitterten Knochen des Rentiers, denn er hatte die letzten elenden Reste aufgesammelt und schleppte sie überall mit sich. Er überquerte keine Wasserscheiden oder Hügel mehr, sondern folgte rein mechanisch einem großen Fluß, der durch ein weites, seichtes Talgelände strömte. Er sah weder das Tal noch den Fluß. Er sah nichts als seine Visionen. Seele und Körper krochen weiter Seite an Seite, aber doch jede für sich, so dünn war der Faden, der beide miteinander verband.

Er kam plötzlich richtig zum Bewußtsein, als er auf einem Felsen auf dem Rücken lag. Die Sonne schien klar und warm. Aus weiter Ferne hörte er das Quieken der Rentierkälber. Er hatte eine unklare Erinnerung an Regen, Wind und Schnee, ob er aber zwei Tage oder zwei Wochen vom Sturm herumgeschleudert worden war, das vermochte er nicht zu sagen.

Eine Zeitlang blieb er unbeweglich liegen und ließ den freundlichen Sonnenschein auf sich herabströmen und seinen mißhandelten Körper mit wundervoller Wärme sättigen. ›Ein herrlicher Tag‹, dachte er. Vielleicht würde es ihm gelingen festzustellen, wo er war. Mit einer schmerzhaften Anstrengung wälzte er sich auf die Seite. Unter ihm strömte ein breiter, langsam fließender Fluß. Er kam ihm verblüffend unbekannt vor. Langsam folgte er ihm mit den Augen: der Fluß schlängelte sich in weiten Windungen durch öde, nackte Hügel, die öder und nackter waren als irgendwelche Hügel, die er je gesehen hatte. Langsam, wohlüberlegt, ohne Erregung oder größeres Interesse als sonst, folgte er mit den Augen dem Lauf des unbekannten Stromes bis zum Horizont und sah, daß er sich dort in einen klaren, hell schimmernden See ergoß. Noch immer spürte er keine Erregung. ›Es ist höchst seltsam‹, dachte er,

›es muß eine Vision oder eine Fata Morgana sein‹ – irgendeine Gaukelei seines verworrenen Geistes. Er wurde in dieser Annahme auch dadurch bestärkt, daß er ein Schiff entdeckte, das mitten auf dem schimmernden See vor Anker lag. Er schloß einen Augenblick die Augen und öffnete sie dann wieder. Merkwürdigerweise blieb die Vision immer noch. Und doch war es gar nicht seltsam. Er wußte genau, daß es keinen See und kein Schiff mitten im öden Lande geben konnte, genau wie er wußte, daß er keine Patrone mehr in seinem leeren Stutzen hatte.

Er hörte hinter sich ein sonderbares Schnaufen – ein halbersticktes Würgen oder Husten. Infolge seiner unerhörten Schwäche und Steifheit vermochte er sich nur sehr langsam auf die andere Seite zu wälzen. In unmittelbarer Nähe sah er nichts, aber er wartete geduldig. Wieder vernahm er das Husten und Schnaufen, und jetzt erblickte er gerade vor sich, keine fünf Schritt entfernt, den grauen Kopf eines Wolfs zwischen zwei zackigen Steinen hervorlugen. Die aufrechtstehenden Ohren waren nicht ganz so spitz, wie er sie sonst an Wölfen bemerkt hatte. Die Augen schienen entzündet und blutunterlaufen. Der Kopf hing schlaff und verzweifelt herab. Das Tier blinzelte immerfort in den Sonnenschein. Er hatte den Eindruck, daß es krank sein müßte. Als er hinsah, schnaufte und hustete es wieder.

›Das ist doch, zum Teufel‹, dachte er, ›unbedingt etwas Wirkliches!‹ Und er drehte sich deshalb wieder auf die andere Seite, um auch hier die wirkliche Umgebung zu sehen, die die Vision ihm vorhin verhüllt hatte. Aber der See lag immer noch schimmernd da, und das Schiff war genauso deutlich zu erkennen wie vorher. War es denn trotz allem etwas Wirkliches? Er schloß die Augen längere Zeit und dachte nach. Dann kam die Erleuchtung über ihn.

Er war in nordöstlicher Richtung gewandert, von der Dease-Wasserscheide bis ins Coppermine-Tal. Dieser schimmernde See war nichts anderes als das Polarmeer.

Das Schiff mußte ein Walfänger sein, der von der Mündung des Mackenzie ostwärts, weit ostwärts abgetrieben war. Jetzt lag er in der Coronation-Bucht vor Anker. Er entsann sich der Karte von der Hudson-Bucht, die er vor langer Zeit gesehen hatte, und alles erschien ihm jetzt klar und vernünftig.

Er setzte sich auf und überlegte, was er im Augenblick tun könnte. Die Fußlappen, die er sich aus seinen Decken gemacht hatte, waren schon ganz durchlöchert, und seine Füße waren ungestalte Klumpen von rohem Fleisch. Seine letzte Decke war auch schon längst dahin. Gewehr und Messer hatte er ebenfalls verloren. Irgendwo hatte er auch seinen Hut liegenlassen und damit das Päckchen Streichhölzer, das er unter das Band gesteckt hatte. Aber die, welche er auf seiner Brust trug, waren in Sicherheit im Tabaksbeutel, in Ölpapier gewickelt. Er sah auf die Uhr. Sie zeigte, daß es bereits elf war, und sie ging merkwürdigerweise immer noch. Er hatte sie also offenbar immer aufgezogen.

Er war ruhig und gefaßt. Obgleich äußerst kraftlos, empfand er doch keine Schmerzen. Er war nicht einmal hungrig. Der Gedanke an Essen war ihm sogar unangenehm, und was er in bezug auf Essen tat, geschah nur aus Vernunftgründen. Er riß sich die Hosen bis zu den Knien ab und wickelte sie um seine Füße. Auf irgendeine geheimnisvolle Weise war es ihm gelungen, seinen Zinnbecher zu behalten. Er wollte etwas heißes Wasser trinken, ehe er die Wanderung nach dem Schiffe antrat, von der er bereits voraussah, daß sie furchtbar werden würde.

Seine Bewegungen waren sehr langsam. Er zitterte, wie wenn er einen Schlaganfall gehabt hätte. Er wollte aufstehen, um trockenes Moos zu sammeln, mußte sich aber damit begnügen, auf Händen und Füßen herumzukriechen. Einmal kroch er ganz nahe an den kranken Wolf heran. Das Tier zog sich zögernd von ihm zurück, während es sich das Maul leckte mit einer Zunge, die kaum Kraft genug besaß, sich überhaupt bewegen zu können. Der Mann sah, daß sie nicht die gewöhnliche, gesunde, rote Farbe hatte. Sie war von einem gelblichen Braun und, soweit er sehen konnte, mit einem körnigen, halbtrocknen Schleim belegt.

Als er eine Menge heißen Wassers verschlungen hatte, fand der Mann, daß er imstande war, aufzustehen und sogar weiterzuwandern, jedenfalls so gut, wie man es von einem sterbenden Manne erwarten durfte. – Jede Minute beinahe war er genötigt haltzumachen, um auszuruhen. Seine Schritte waren schwach und unsicher, genau wie die Schritte des Wolfes, der ihm nachtrottete. Und als die Nacht kam und die Finsternis die schimmernde See und das Schiff verhüllte, wußte er, daß er ihnen nur um vier Meilen näher gekommen war.

Die ganze Nacht hörte er das Schnaufen und Husten des kranken Wolfes, und hin und wieder vernahm er aus der Ferne das Quieken der Rentierkälber. Rings um ihn war Leben genug, aber es war ein starkes, gesundes Leben, höchst lebendig und lebenslustig. Und er wußte auch, daß der kranke Wolf an der Fährte des kranken Menschen kleben würde in der Hoffnung, daß der Mann zuerst sterben würde. Als er am Morgen aufwachte und die Augen öffnete, sah er, wie der Wolf ihn mit traurigen und hungrigen Augen anstarrte. Das Tier hockte da, die Rute zwischen den Beinen, wie ein elender und verzweifelter Köter. In dem schneidend kalten Morgenwind zitterte und grinste es mutlos, als der Mann es mit einer Stimme anredete, die kaum mehr als ein heiseres Flüstern war.

Die Sonne stieg strahlend empor, und den ganzen Morgen stolperte und strauchelte der Mann vorwärts, dem Schiff auf der schimmernden See zu. Das Wetter war wundervoll. Es war der kurze Spätsommer dieser Breitengrade. Er dauerte vielleicht eine Woche. Morgen oder übermorgen konnte er schon vorbei sein.

Am Nachmittag stieß der Mann auf eine Fährte. Es war ein anderer Mensch gewesen, der nicht mehr gegangen, sondern sich auf allen vieren weitergeschleppt hatte. Er dachte, daß es wohl Bill gewesen sein müßte, aber er dachte es dumpf und gleichgültig. Er empfand nicht einmal irgendwelche Neugierde dabei. In Wirklichkeit hatte ihn die Fähigkeit, sich zu erregen und sich rühren zu lassen, längst verlassen. Er war auch nicht mehr imstande, Schmerz zu empfinden. Magen und Nerven hatten sich bereits schlafen gelegt. Es war nur das Leben selbst, das ihn weitertrieb. Er war sehr müde, sehr erschöpft, aber er weigerte sich zu sterben. Und weil das Leben in ihm sich zu sterben weigerte, aß er immer noch Moosbeeren und Elritzen und trank heißes Wasser. Deshalb behielt er auch den kranken Wolf im Auge.

Er folgte der Fährte des andern Mannes, der auf allen vieren weitergekrochen war, bis er schließlich zu einer Stelle kam, wo die Fährte aufhörte. Hier fand er einige frisch abgenagte Knochen und die Fährten vieler Wölfe im feuchten Moos. Er fand auch einen elchledernen Beutel, der genau wie der seine war. Scharfe Zähne hatten ihn zum Teil zerrissen. Er hob ihn auf, obgleich sein Gewicht fast zu schwer für seine schwachen Finger war. Bill hatte das

Gold also bis zum letzten mitgeschleppt. Ha, ha ... Jetzt konnte er den guten Bill auslachen! Er allein blieb am Leben und brachte den Beutel mit dem Golde zu dem Schiff in der schimmernden See. Sein Lachen war heiser und gespensterhaft; es klang wie das Krähen eines Raben, und der Wolf schloß sich ihm an und begann melancholisch zu heulen. Der Mann hörte plötzlich auf zu lachen. Wie konnte er über Bill lachen – falls es wirklich Bill war –, wenn diese Knochen, die so rosig und so sauber abgenagt aussahen, tatsächlich die Knochen Bills waren?

Er wandte sich ab. Gut, Bill hatte ihn schmählich im Stich gelassen, aber dennoch wollte er das Gold nicht nehmen und auch nicht an Bills Knochen saugen. Bill würde es freilich getan haben, wenn die Lage die umgekehrte gewesen wäre, überlegte er, während er weiterhumpelte.

Er gelangte zu einem größeren Tümpel. Als er sich darüber beugte, um nach Elritzen zu sehen, riß er seinen Kopf schnell zurück, als ob er gestochen worden wäre. Er hatte sein eigenes Spiegelbild im Wasser gesehen. So gräßlich war es, daß seine Empfindsamkeit, die sonst eingeschlafen war, lange genug wach blieb, um einen furchtbaren Eindruck auf ihn zu machen. Es waren drei Elritzen im Tümpel, der indessen zu groß war, um ihn trockenlegen zu können. Und nachdem er verschiedene vergebliche Versuche gemacht hatte, sie zu fangen, verzichtete er darauf. Er hatte Angst, daß er infolge seiner schrecklichen Erschöpfung selbst hineinfallen und ertrinken könnte. Und aus demselben Grunde wagte er es auch nicht, sein Leben dem Fluß anzuvertrauen, obgleich er sonst auf einem der vielen Stämme, die mit der Strömung trieben, den Strom hätte hinabreiten können.

An diesem Tage verringerte sich die Entfernung zwischen ihm und dem Schiffe um drei Meilen, am nächsten nur um zwei – denn jetzt kroch er auf allen vieren, wie Bill es getan. Und als der fünfte Tag vergangen war, befand er sich noch sieben Meilen vom Schiff entfernt und war sich darüber klar, daß er höchstens eine Meile am Tage zurücklegen konnte. Der Spätsommer dauerte immer noch an, und er kroch abwechselnd und ruhte sich erschöpft aus. Und die ganze Zeit hindurch hustete und ächzte der kranke Wolf hinter ihm her. Allmählich waren auch seine Knie zu blutigen Fleischklumpen wie die Füße geworden, und obgleich er ein Stück von seinem Hemd abriß und sie damit verband, hinterließ er doch eine rote Fährte auf Moos und Steinen. Als er einmal einen Blick zurückwarf, sah er, wie der Wolf gierig die blutigen Spuren ableckte, und erkannte klar und deutlich, wie es ihm ergehen würde ... wenn ... ja, wenn er nicht selbst den Wolf erwischte. Dann begann eine so grauenhafte Tragödie des Lebens, wie sie je gespielt worden ist: ein kranker Mann, der auf allen vieren kriecht, ein kranker Wolf, der hinterher humpelt. Zwei sterbende Geschöpfe, die ihre fast leblosen Körper durch die Einöde schleppen und sich gegenseitig nach dem elenden Rest von Leben trachten.

Wäre es ein gesunder Wolf gewesen, es hätte den Mann gar nicht so sehr gestört. Aber der Gedanke, daß er Futter für den Magen dieses ekligen und fast schon verreckten Geschöpfes werden würde, stieß ihn ab. Seine Gedanken begannen wieder weite Wege zu wandeln. Halluzinationen überwältigten ihn, und die Augenblicke klaren Bewußtseins wurden immer kürzer.

Ein Schnaufen dicht neben seinem Ohr weckte ihn aus einer Ohnmacht. Es war der Wolf, der jetzt ungeschickt zurücksprang, dabei das Gleichgewicht verlor und erschöpft hinfiel. Es sah lächerlich aus, aber der Mann war nicht in der rechten Stimmung, sich darüber zu amüsieren. Ebensowenig empfand er irgendwelche Angst. Das Stadium der Furcht hatte er hinter sich. Aber sein Gehirn war wieder klar geworden, und er blieb liegen und überlegte. Das Schiff war nur vier Meilen entfernt. Er konnte es ganz deutlich sehen, wenn er sich den Nebel aus den Augen rieb, und er sah auch die weißen Segel eines kleinen Bootes, welches das Wasser des schimmernden Sees durchschnitt. Er wußte indessen, daß er nie imstande sein würde, diese letzten vier Meilen zu kriechen. Und doch war er trotz dieses verhängnivollen Wissens vollständig ruhig... Er wußte sogar, daß er nicht einmal eine halbe Meile zu kriechen vermochte. Und dennoch wünschte er, am Leben zu bleiben. Es schien ihm ganz irrsinnig, sterben zu wollen, nachdem er so viel ausgehalten hatte. Das Schicksal stellte zu große Ansprüche an ihn. Und selbst jetzt, da er dem Tode nahe war, wollte er nicht sterben. Es war freilich der reine Wahnsinn, aber dennoch verachtete er den Tod noch in dem Augenblick, da er ihn am Kragen packte. Er weigerte sich zu sterben.

Er schloß die Augen und legte sich mit unendlicher Vorsicht zurecht. Er nahm sich zusammen, um nicht in die quälende Ohnmacht zu sinken, die wie eine steigende Flut alle Quellen seines Wesens überschwemmte. Es war fast wie das Meer, dieses tödliche Ohnmachtsgefühl, das immer stieg und stieg und Stück für Stück sein Bewußtsein verschlang. Zuweilen tauchte er vollkommen darin unter und schwamm mit unsicheren Schlägen durch das große Vergessen. Und dann gelang es ihm dank irgendeinem seltsamen Element seiner Seele immer wieder, einen neuen Streifen von Willen zu finden, so daß er wieder mit stärkeren Zügen weiterschwimmen konnte.

Unbeweglich blieb er auf dem Rücken liegen. Er konnte den Atem des Wolfes hören, der sich langsam näher schlich. Immer näher kam das Tier, immer näher, obgleich es eine Ewigkeit dauerte. Aber er rührte sich nicht. Jetzt war der Wolf an seinem Ohr. Die rauhe trockene Zunge rieb wie Sandpapier die Haut seiner Wange. Seine Hände stießen hin – oder jedenfalls wollte er, daß sie hinstießen. Die Finger waren gekrümmt wie die Krallen eines Raubvogels – aber sie schlossen sich nur um die leere Luft. Schnelligkeit und Entschluß erfordern Stärke, und der Mann, der hier am Boden lag, besaß keine mehr.

Die Geduld des Wolfes war erschütternd. Aber die des Mannes war nicht weniger unheimlich. Einen halben Tag blieb er unbeweglich liegen, überwand die Bewußtlosigkeit, die sich an ihn heranschlich, und wartete auf dies Geschöpf, das sich an ihm sättigen wollte – und an dem er sich zu sättigen entschlossen war. Hin und wieder quoll die Woge der Ohnmacht über ihn herein, und er träumte lange Träume. Aber stets – ob wachend oder träumend – wartete er auf das Schnaufen des Tieres und die rauhe Liebkosung der Zunge.

Er hörte nicht einmal das Atmen des Tieres und glitt nur langsam aus irgendeinem Traum auf, um die Zunge an seiner Hand zu spüren. Er wartete immer noch. Die Pfoten begannen leise zuzudrücken, und der Druck wurde stärker... Der Wolf spannte seine letzten Kräfte an, um die Zähne in die Beute zu setzen, auf die er so lange gewartet hatte. Aber auch der Mann hatte lange gewartet, und die eine erschöpfte Hand schloß sich um den Kiefer. Der Wolf konnte nur schwach kämpfen, aber die Hand hatte auch nicht viel Kraft. Deshalb gelang es der andern Hand nur sehr schwerfällig und langsam, sich zu einem zweiten Griff zu heben. Fünf Minuten darauf ruhte das ganze Gewicht des Mannes auf dem Vorderteil des Wolfes. Die Hände hatten nicht Kraft genug, das Tier zu erwürgen, aber der Mann drückte sein Gesicht dicht an die Kehle des Wolfes, und sein Mund füllte sich mit Haaren. Als eine halbe Stunde vergangen war, fühlte er ein warmes Rieseln durch seinen Hals. Angenehm war es nicht. Es war ungefähr, wie wenn er geschmolzenes Blei in den Magen goß, und nur eine starke Willensanspannung ermöglichte es ihm. Darauf drehte der Mann sich auf den Rücken und schlief ein.

An Bord des Walfängerschiffes ›Bedford‹ befanden sich die Mitglieder einer wissenschaftlichen Expedition. Vom Deck sahen sie ein seltsames Ding am Ufer. Es bewegte sich den Strand hinunter auf das Schiff zu. Sie waren nicht imstande festzustellen, was es sein mochte, und da sie Forscher waren, kletterten sie in das Großboot, das längsseits am Schiffe lag, und gingen an Land, es sich anzusehen. Und da erblickten sie etwas, das lebendig war, aber kaum Anspruch darauf erheben konnte, ein Mensch genannt zu werden. Es war blind und bewußtlos. Es kroch am Boden wie ein unheimliches Gewürm. Die meisten Anstrengungen, die es machte, waren vergeblich, aber es war voll zäher Energie, und es wand und krümmte und schlängelte sich weiter, so daß es vielleicht ein halbes Dutzend Schritte in der Stunde weiterkam.

Drei Stunden später lag der Mann in einer Koje des Walfängers ›Bedford‹. Tränen strömten über seine ausgemergelten Wangen, als er berichtete, wer er war und was er durchgemacht hatte. Er schwätzte auch unzusammenhängendes Zeug von einer Mutter, von dem sonnigen Kalifornien und von einem Heim zwischen Orangenhainen und Blumen.

Es dauerte nicht mehr viele Tage, und er saß mit den Gelehrten und den Offizieren des Schiffes bei Tisch. Er machte ein ganz dummes Gesicht, als er die vielen Gerichte sah, und folgte mit ängstlichen Blicken jedem Bissen, der im Munde eines anderen verschwand. Und jedesmal, wenn der Bissen verschwunden war, kam ein seltsamer Ausdruck von tiefem Bedauern in seine Augen. Sein Verstand war völlig intakt, aber dennoch haßte er bei jeder Mahlzeit die andern Männer. Er wurde von der Furcht geplagt, daß die Lebensmittel nicht ausreichen könnten. Er fragte den Kapitän, den Koch, den Kajütsjungen über die Lebensmittelbestände aus. Sie gaben ihm unzählige Male beruhigende Erklärungen. Aber er hatte nicht den Mut, ihnen zu glauben, und bat händeringend, den Vorratsraum besichtigen und mit eigenen Augen die Bestände feststellen zu dürfen.

Man sah, daß der Mann immer dicker wurde. Er nahm tatsächlich mit jedem Tag an Umfang zu. Die Gelehrten schüttelten die Köpfe und versuchten allerlei Erklärungen. Sie setzten seine Rationen bei den Mahlzeiten herab, aber dennoch wurde er immer dicker, und man konnte sehen, wie sein Körper in unheimlicher Weise unter dem Hemd anschwoll.

Die Matrosen grinsten. Sie wußten nämlich Bescheid. Und als die Forscher ihn überwachen ließen, dauerte es nicht lange, und sie wußten auch Bescheid. Sie sahen, wie er sich nach dem Frühstück nach vorne schlich und sich wie ein Bettler mit ausgestreckter Hand einem Matrosen näherte. Der Seemann grinste und reichte ihm einen Brocken von einem Zwieback. Er nahm ihn gierig, betrachtete ihn, wie ein Armer einen Goldklumpen betrachten würde, und steckte ihn unter sein Hemd. Von den andern grinsenden Matrosen bekam er ähnliche Geschenke.

Die Forscher waren diskret und ließen ihn gewähren. In aller Stille untersuchten sie aber seine Koje. Und da entdeckten sie, daß die Koje mit Zwiebäcken gefüttert war. Die Matratzen waren mit Zwiebäcken ausgestopft. Jeder Winkel und jede Ritze war mit Zwiebäcken ausgefüllt. Und doch war sein Verstand völlig in Ordnung. Er wollte sich nur gegen die Möglichkeit eines neuen Verhungerns sichern – das war alles. Die Forscher erklärten, daß er gesund werden würde. Und er war es auch, noch ehe die ›Bedford‹ in der Bucht von San Franzisko vor Anker ging.

»Jede Art zu schreiben ist erlaubt –
nur die langweilige nicht.«

VOLTAIRE

Roman
Aus dem amerikanischen Englisch von Christine Hoeppener
384 Seiten

Warnsignale über der Bucht von San Francisco. Aus den Wellen des Meeres wird der bei einer Fährboot-Havarie über Bord geschleuderte Literaturkritiker Humphrey Van Weyden von einem Robbenfang-Schoner gerettet. Auf dem Schoner erwartet den weltfremden Van Weyden ein harter Existenzkampf: mit Wolf Larsen, dem dämonischen Kapitän, und der primitiven, aber lebenstüchtigen Mannschaft. Aber auch eine zarte Liebesgeschichte.

Auf **diogenes.ch/newsletter** erfahren Sie zuerst
von Neuerscheinungen und Neuigkeiten unserer
Autorinnen und Autoren.

Oder schauen Sie hier vorbei: